RENOUVEAU

RENOUVEAU

ÉTOILES DU NORD #1

SARINA BOWEN

TRADUCTION PAR
LAURE VALENTIN

TUXBURY PUBLISHING LLC

PARTIE I

1

———

ZARA

Juillet 2015

Le vendredi soir qui a changé ma vie a pourtant débuté comme les autres.

C'était un soir d'été et le bar était très animé, la bière locale et les conversations coulant à flots. J'avais lancé une excellente playlist sur la stéréo, ce qui m'aidait toujours à faire passer le temps. *Riptide* de Vance Joy avait un rythme agréable et enlevé, si bien qu'assurer derrière le bar relevait plus de la danse que du travail.

Pour ne rien gâcher, un mec canon aux cheveux cuivrés comme les pièces d'un cent me regardait fixement depuis son tabouret de bar. Je l'avais déjà vu plusieurs fois. Lui et ses amis aimaient s'asseoir sur la banquette d'angle, au fond. Le Bel Inconnu prenait toujours une bière du Vermont, et quand ses amis étaient là, il leur arrivait de boire de la tequila. Toujours les meilleures marques. Et ils ne lésinaient pas sur le pourboire.

Ce soir, pourtant, il était seul. J'éprouvais un petit pincement d'intérêt chaque fois qu'il entrait dans ma ligne de mire. Si je croyais à ces trucs-là, je pourrais dire que je ressentais un frémissement de la conscience. Peut-être même une prémonition.

Mais je n'y croyais pas vraiment et je n'avais jamais été très douée pour prédire qui aurait de l'importance dans ma vie et qui ne ferait que passer. Alors, il serait certainement plus juste de décrire comme une

3

bonne vieille attirance sexuelle les petites ondes que je percevais de la part de ce beau spécimen.

Et ce n'était pas à sens unique. Je pouvais sentir son regard sur moi pendant que je préparais les cocktails et rendais la monnaie aux autres clients. Il avait de très beaux yeux. Verts, si je ne me trompais pas. Son attention ne me dérangeait pas. Sous son regard admiratif, j'avais l'impression d'être une jolie fille dans un bar, et non pas la femme célibataire surmenée qui venait de se faire larguer.

Je servais des verres. Je souriais. J'envoyais des commandes à mon cuistot en cuisine. Les mêmes et on recommence. À vingt heures, je rencontrai un petit souci avec un groupe d'étudiants ivres un peu trop tapageurs à la table du coin.

— Excusez-moi, vous n'êtes pas en plein air ici, parlez moins fort ! Et vous n'avez pas le droit de lancer les sous-bocks, d'accord ? Si vous êtes d'humeur à jeter des trucs, on a un jeu de fléchettes à l'arrière.

— Désolé, répondit le plus sobre d'entre eux.

De retour au bar, je me rendis compte que mon ami aux cheveux cuivrés n'avait rien raté de la scène.

— Tout va bien ? demanda-t-il.

— Aucun problème. Vous voyez ça ? dis-je en désignant le fusil de chasse sur le mur derrière moi.

L'inconnu aux yeux verts me sourit. Waouh ! Son sourire, c'était quelque chose. Il adoucissait son visage aux traits secs, faisant ressortir sa structure osseuse. Sur une joue, je devinais même un soupçon de fossette. Comme si ce type était trop viril pour les fossettes et que cette jolie spécificité physique n'osait pas se montrer. Quant à son rire, il évoquait le whisky bien vieilli, à la fois riche et suave.

— Je croyais que le fusil était là pour la déco.

Je secouai la tête.

— Il est vide, pour éviter les ennuis. Mais je pourrais très bien le charger, viser et tirer en très peu de temps. Alors, non. Bessie n'est pas là pour la déco.

— Bessie, sérieux ? C'est le nom de ma sœur. Et honnêtement, elle est aussi subtile qu'un fusil de chasse. Je ne savais pas qu'on donnait des noms aux armes à feu.

Je ramassai le chiffon pour essuyer le bar.

— Eh bien, j'ai quatre frères. Ils aiment bien piquer les affaires des autres sans demander la permission. Alors, j'ai donné le nom d'une fille à mon fusil, histoire de les décourager de partir avec.

— Ça a marché ?

— Non. Mais j'ai fini par comprendre que si mes affaires avaient une couleur girly, comme le rose ou le violet, ils n'y toucheraient pas. C'est pour ça que j'ai un vélo rose et un téléphone rose. Le pire, c'est que je ne suis même pas fan de cette couleur.

Revoilà ce rire, chaud et mélodieux. Malheureusement, il fut interrompu par l'un des ivrognes de la fac, qui s'était approché du bar pour commander trois autres shooters de Jack Daniel's.

Les affaires d'abord. Tournant le dos au Bel Inconnu, je récupérai trois verres à liqueur.

— Qui conduit ? demandai-je en attrapant la bouteille de whisky.

Tout en inclinant le goulot au-dessus du premier verre, je dévisageai le gamin aux joues écarlates.

— Mon frère vient nous chercher dans quarante minutes, répondit-il, ses oreilles virant au cramoisi.

— Promis ?

— Oui, oui.

— Bon, très bien.

Je remplis le verre.

— Je peux vous en offrir un ? proposa soudain l'étudiant. J'aime beaucoup votre chemisier.

— Oh, merci. C'est très gentil, dis-je avec autant d'enthousiasme que possible. Je ne peux pas accepter de verre. Politique de la maison. Mais j'apprécie votre proposition.

— Il n'y a pas de quoi, marmonna le jeune homme.

Sur ce, il récupéra ses trois shooters et disparut en moins de temps qu'il n'en faut pour dire « tu t'es pris un vent ».

Quand je jetai un œil en direction du beau mâle aux cheveux cuivrés, il m'adressa un sourire entendu.

Une fois de plus, ce sourire me fit un drôle d'effet. Mon petit doigt me disait que les filles ne mettaient jamais de vent à un type comme lui. Au-delà de son physique agréable, il y avait une assurance indéfinissable chez cet homme. Peut-être était-ce la montre brillante à son poignet – luxueuse, pas le genre des gens du coin. À moins que ce soit simplement l'éclat confiant de son regard.

Il avait à peu près mon âge, ou deux ans de plus. Trente ans, peut-être. Je ne pus m'empêcher de remarquer sa carrure athlétique. Il avait de larges épaules musclées, saillantes sous son polo en coton. Et la forme de ses biceps me donnait envie de passer ma main sur sa peau lisse pour tâter la force du muscle en dessous.

Bien sûr, je ne comptais pas le faire. D'ailleurs, il ne me le proposait pas. Cela dit, s'il me le proposait…

Chassant cette pensée, j'allai chercher un autre baril de Long Trail. J'avais un bar à gérer et pas de temps pour les fantasmes.

De toute façon, le prochain client à entrer dans le bar mit un terme à mes pensées lubriques. Prenant place sur le tabouret du milieu, il commanda une Corona au citron vert. Enfin, *commander* n'est pas le terme exact. Il se contenta de lancer :

— Femme, une bière.

Mesdames et messieurs, voici mon frère jumeau, Benito.

Chaque fois qu'il ouvrait la bouche, c'était pour m'agacer. Il n'y avait personne au monde que je connaisse aussi bien que Benito. Il aimait son café avec un infime nuage de lait, ce qui n'avait aucun sens à mes yeux, parce qu'on ne sentait même pas la différence. Il avait une cicatrice à l'arcade sourcilière gauche depuis qu'il avait sauté de la balançoire à l'école pour atterrir sur son vélo. Et il avait une autre cicatrice, sur le côté de sa cage thoracique, après avoir été poignardé lors de sa première et unique mission militaire en Irak.

Benito était un casse-cou. Même si je n'avais que vingt-huit ans, j'avais déjà quatre cheveux gris. Et j'étais sûre qu'au moins trois d'entre eux étaient à cause de lui.

— Comment se passe ton vendredi ? me demanda mon jumeau.

— Je ne me plains pas. Quoique, si, en fait, je me plains. Tonton Otto ne me lâche pas la grappe pour changer de distributeur de bière, parce qu'il s'est mis dans la tête que North Corp, c'était du vol. Mais on est déjà passés par là, et franchement, ça reste la meilleure affaire en ville.

Mon frère leva les yeux au ciel.

— Je suis certain que tu lui feras entendre raison. Comme toujours.

— Oui, mais ça va me prendre deux heures de ma vie.

— Tu peux toujours démissionner. Ça lui apprendra.

— Sérieusement, j'y pense en permanence.

Mais nous savions tous les deux que je n'irais pas jusqu'au bout. Même si la famille me tapait sur les nerfs, j'avais plutôt la belle vie en ce moment. Non seulement j'étais seule aux manettes du bar, avec à peine quelques interventions de son propriétaire, mais mon oncle me laissait habiter gratuitement dans le petit appartement à l'étage. C'était minuscule et ça ne valait pas grand-chose, mais on trouvait difficilement mieux qu'un logement gratuit. Si je ne travaillais pas ici, je ne serais pas en mesure de me payer un loyer tout en faisant des économies. À moins de m'installer chez ma mère ou, encore pire, chez mes oncles trop envahissants.

Hors de question.

Enfin, je n'avais aucune envie de penser à mes perspectives d'avenir merdiques un vendredi soir.

— Et toi, qu'est-ce que tu racontes ? Tu ne passes pas me voir le week-end, d'habitude.

— J'ai des nouvelles.

Devant son sourire, je me préparai à encaisser. Les nouvelles pouvaient être bonnes ou mauvaises, et avec Ben, difficile à dire.

— J'ai enfin réussi à décrocher un job au département des stups, Zara. J'ai reçu l'offre cet après-midi. Je commence ma formation dans deux mois.

— Oh, *Benny.*

Ma voix semblait plus désemparée que je ne le pensais, mais quand même… *Et voilà, c'est reparti.* Mes frères n'avaient jamais eu de chance avec les boulots dangereux. Si Benito n'avait subi qu'une seule blessure au couteau, notre aîné, Damien, avait failli se faire tuer en Afghanistan.

Le visage de mon frère se ferma aussitôt.

— Je pense que tu veux dire : Félicitations, Ben. C'est un super boulot que tu as mérité, parce que même si tu es sous-qualifié pour ce poste, tu as travaillé d'arrache-pied et tu as réussi à le décrocher.

Comme d'habitude, je commençai à m'énerver. C'est spécial, quand on a un jumeau, parce qu'on a constamment envie de serrer l'autre dans ses bras et en même temps de le frapper.

— Je suis contente qu'on te propose ce boulot, lui dis-je, trahie par mon timbre de voix. Mais il y a des carrières où personne ne te tirerait dessus ! Maintenant, je vais flipper en permanence que tu te mettes à dos un cartel de la drogue mexicain. Je ne veux pas me réveiller avec un télégramme nous annonçant ta mort, à maman et à moi.

— Ça n'existe plus, les télégrammes, Z.

— Ne joue pas au con, grommelai-je.

— Si je suis un con, alors ça ne devrait pas t'inquiéter que je meure !
rétorqua-t-il du tac au tac.

Deux tabourets plus loin, mon ami aux cheveux roux ricana. Il ne
faisait même pas semblant de ne pas écouter notre conversation.

Nous nous regardâmes dans les yeux pendant un moment, Benito et
moi, exprimant des années d'histoire commune. Ses yeux sombres me
faisaient l'effet d'un miroir. J'y voyais des combats. De petites victoires
et autant de défaites. Notre famille se relevait presque toujours, mais
rien n'était jamais facile.

Le pire, c'était de savoir que certains des problèmes de Benito étaient
ma faute. Un jour, j'avais privé mon frère de son bonheur. Au moins une
fois. Alors aujourd'hui, je pouvais me réjouir pour lui, je lui devais
bien ça.

— Sois prudent, d'accord ? murmurai-je.

Un sourire se dessina sur ses lèvres.

— Je suis toujours prudent.

Il n'y avait rien de plus faux. Il conduisait sa moto comme un
dingue, et encore, ce n'était que l'exemple qui me venait le plus spontanément à l'esprit. Cela dit, pour une fois dans ma vie, je ne le contredis
pas. Au lieu de ça, je lançai :

— Tu me dois six dollars pour la bière.

— Non, répondit-il en riant. Tu viens de m'offrir une bière pour me
féliciter, figure-toi.

Comme les vieilles habitudes ont la vie dure, je le fusillai du regard
et il dégaina aussitôt son portefeuille.

Quand je revins vers lui, dix minutes plus tard, je trouvai un billet de
dix dollars, une bouteille vide et pas de Benito.

Bon sang, il me *manquait*, ce con. Il me manquait déjà.

J'aurais dû être plus gentille avec lui.

Le beau roux souriait quand je passai devant lui.

— Qu'y a-t-il de drôle ?

— Vous.

— Alors comme ça, on laisse traîner ses oreilles ?

Il n'avait même pas honte.

— J'ai une sœur. On se dispute tout le temps.

— On ne se dispute pas *tout le temps*, protestai-je par réflexe.
Seulement quatre-vingt-dix pour cent du temps.

— Mais j'avais raison, de toute façon.

Il ricana.

— Sérieusement. Vous, par exemple, est-ce que les gens vous tirent dessus dans votre boulot ? demandai-je en récupérant son verre vide.

— Eh bien… fit-il d'un air songeur. Tout dépend de ce que vous voulez dire par là.

— Laissez tomber, dis-je d'un ton sec. Je ne veux pas savoir. Une autre Long Trail ? Ou aimeriez-vous goûter autre chose ?

— Une autre.

Il posa son menton dans sa main et son regard devint brûlant.

— Je vous remercie.

La façon dont il avait dit ça – ses mots bien sages, mais son regard tout le contraire – me réchauffa de l'intérieur. Je lui apportai sa bière et m'éloignai faire un tour dans le bar pour débarrasser les tables vides et prendre les nouvelles commandes.

À partir de ce moment-là, la soirée commença à se dégrader.

Quinze minutes après le départ de mon frère, son tabouret de bar fut repris par le client que j'aimais le moins, Jimmy Gage. Ancien flic, fin de la quarantaine, c'était l'une des rares personnes dont j'avais vraiment peur.

Il commanda une Bud Light et un burger. Je me rendis en cuisine pour transmettre le message au cuistot et lui demander de se dépêcher sur ce coup-là.

— Pourquoi ? fit Titus. Ça m'est déjà arrivé de rater une commande ?

— Non, seulement je ne veux pas d'embrouilles avec Jimmy Gage.

Titus hocha la tête avant de jeter un steak sur la plaque.

Pour ne rien arranger, Rita, ma serveuse, choisit ce moment pour prendre sa troisième pause clope de la soirée. Elle n'aimait pas plus Jimmy Gage que moi, mais en plein boum du vendredi soir, je me retrouvais complètement débordée. Je passais mon temps à regarder la porte en me demandant où elle avait bien pu disparaître.

À ce moment-là, la soirée n'était pas encore totalement irrécupérable. Jusqu'au client suivant. Comme j'attendais impatiemment le retour de Rita, je lançai un regard noir en direction de la porte lorsqu'elle s'ouvrit enfin. Et merde ! Là, sur le seuil, se trouvait la dernière personne que je voulais voir entrer dans mon bar, Griffin Shipley, mon dernier plan cul en date.

Malheureusement, Griff reçut le regard assassin que je destinais à Rita. Non seulement je croisais le regard de l'homme qui avait mis à mal mon ego quelque temps plus tôt, mais je lui donnais l'impression de lui en vouloir. Quand il perçut la colère qui émanait de moi, son expression s'adoucit aussitôt, à deux doigts de la pitié.

— Oh, dites-moi que je rêve ! marmonnai-je.

Je reportai mon attention sur le zinc, mais c'était aussi efficace que de refermer la porte de l'écurie une fois que le cheval s'est enfui. Un poil trop tard. Mon petit feu d'artifice émotionnel était déjà terminé. *Rien à voir, circulez.*

Après quoi, je pris soin de m'affairer derrière le bar. Ce fut le cousin de Griff qui vint commander un pichet. Apparemment, ce soir, on faisait comme si l'autre n'existait pas.

Charmant.

Va te faire voir, Griffin Shipley. J'aurais bien aimé passer à autre chose, mais j'avais du mal à l'oublier.

— Ce n'est pas toi, Zara, avait-il dit le soir où il avait décidé de tout arrêter.

Parce qu'ils disent toujours ça.

— Je n'ai pas vraiment le temps pour une relation dans ma vie en ce moment.

— Mais ce n'est pas une relation, tu sais, avais-je souligné même si j'avais horreur de me justifier.

Nous étions de simples amis qui prenaient du bon temps ensemble à l'occasion.

Il s'était raclé la gorge.

— Je sais. Mais ça ne te convient pas. Et je ne veux pas te faire perdre ton temps.

C'était à ce moment-là que j'avais cessé de protester. Parce qu'il n'avait pas tort. Je voulais plus qu'un coup vite fait après le travail. Griff était l'un des rares célibataires du coin qui avaient tout pour réussir dans la vie. Et je voulais en faire partie.

Seulement, il ne le voyait pas du même œil.

Alors, j'étais là, un vendredi soir, barmaid toujours célibataire. Même histoire. Même ville. Tout ce qui roulait pour moi en cet instant, c'était un pot à pourboire bien rempli et le regard vert du Bel Inconnu, là-bas, sur son tabouret de bar, pendant que je travaillais. Ce regard me réchauffait comme un feu de camp.

J'aurais dû rester à l'écart. Au lieu de ça, je m'y brûlai les ailes.

2

——

DAVE

Même si j'avais visité des centaines de bars dans presque autant de villes différentes, le *Mountain Goat* était rapidement en train de devenir mon préféré. Et j'avais de grands projets pour ce soir. Voilà pourquoi je m'installai au bar, profitant du spectacle.

Pendant une grande partie de l'année, je vivais sur la route avec mes coéquipiers. J'étais sorti dans des clubs urbains chics autant que dans des bistrots tranquilles à la campagne. Il n'y avait absolument plus rien dans un bar qui puisse me surprendre. De toute façon, je n'étais pas venu au *Mountain Goat* de Tuxbury, dans le Vermont, pour être impressionné. Pourtant, il y avait quelque chose qui me charmait dans ce petit établissement de bord de route.

Ces quatre dernières semaines, j'avais pu découvrir qu'au Vermont, tout paraissait plus authentique. Le décor rustique de ce bar n'avait rien de factice. Il était évident qu'il était là depuis une éternité. Les planches de la façade étaient usées par le temps, et les boiseries foncées à l'intérieur étaient d'époque. Le long bar en noyer ciré brillait sous la lumière. Çà et là, une bougie brûlait dans un petit photophore en verre. Dans le Vermont, on ne prenait pas le brassage artisanal à la légère, comme en témoignait la liste des bières longue comme le bras. Même la musique me plaisait.

Mais ce que je préférais ici, ce n'était pas quelque chose. C'était quelqu'un. En l'occurrence, la barmaid.

Zara. Même son prénom était exotique. Elle avait les cheveux noirs ondulés, longs dans son dos, un corps menu et des pommettes marquées. Elle était sexy dans son genre fille sérieuse aux yeux sombres.

Ce n'était pas vraiment mon genre. Ou du moins, pas que je sache. Elle était plus maigre que les femmes avec qui je sortais habituellement. Mais ça lui allait bien. Elle avait des bras gracieux et un cou élégant. Je passais beaucoup de temps à contempler son cou en songeant au goût de sa peau sous ma langue. Elle marchait de long en large derrière le bar et j'imaginais ses jambes minces enroulées autour de mon corps.

La regarder, c'était comme retrouver la saveur d'un bon expresso après un mois de cafés d'aéroport dégueulasses. La première fois que je l'avais vue, elle m'avait immédiatement fait de l'effet. Mais j'avais mis un certain temps avant de tenter une approche, parce que chaque fois, j'étais en compagnie de mes coéquipiers.

Ce soir, j'avais envie d'un avant-goût. Terriblement envie. Alors, j'avais pris la sage décision de venir ici tout seul. C'était le meilleur moyen d'obtenir ce que je voulais.

Et Dieu sait que je *voulais*.

Elle et moi, nous nous étions regardés toute la soirée, même si nous avions à peine échangé deux mots. Mais j'étais un homme patient. Au bon moment, je savais jouer la carte du charme. J'étais également disposé à jouer celle du sportif professionnel. Cela dit, j'avais l'intuition que rouler des mécaniques ne fonctionnerait pas avec Zara. Elle était peut-être trop franche et directe pour être impressionnée par les millions que je gagnais avec quelques tours de patinoire une centaine de soirs par an.

Je n'avais pas eu de mal à attendre le bon moment pendant son service, en sirotant une excellente bière. Pour tout dire, je ne manquais pas de divertissements. D'abord, son frère était passé, ce qui avait donné une conversation plutôt amusante. Voir Zara tenir tête à son frère m'avait fait quelque chose. Quand elle avait redressé ses épaules et levé son menton parfait, j'avais senti mon corps réagir. Il y avait une étincelle dans ses yeux, et ses pommettes étaient rouges. J'avais envie qu'elle s'embrase, à ma façon.

Malheureusement, l'ambiance sembla se dégrader pour elle à mesure que la soirée avançait. La porte s'ouvrit pour laisser entrer un grand barbu avec quelques amis. Il n'y avait rien de très intéressant chez lui, pourtant Zara écarquilla les yeux quand il franchit le seuil. Elle détourna le regard, visiblement gênée. Son langage corporel changea après cela. Son dos resta raide, son visage crispé.

J'étais doué pour deux choses dans la vie : tirer un palet en caoutchouc de deux cents grammes dans un filet et comprendre les gens. C'était d'ailleurs cette seconde qualité qui avait facilité la première. La capacité de deviner les intentions du gardien adverse avait fait de moi un attaquant précieux.

Cependant, je ne pensais pas au hockey, en ce moment. Il s'agissait de Zara. Quelque chose chez ce barbu dérangeait ma barmaid préférée. Je sentais sa déception. Il y avait une histoire là-dessous, mais je n'en savais pas plus.

Puis une petite blonde guillerette arriva. Elle prit place au bar et commanda une salade. J'entendis Zara et cette charmante inconnue discuter des hommes qui venaient d'entrer, peu de temps auparavant.

— Attention à ceux-là, souffla Zara. Les Shipley se prennent pour un don du ciel.

La blonde joyeuse n'avait pas l'air de vouloir suivre les conseils de Zara. À peine quinze minutes plus tard, elle changea de place pour aller s'asseoir à la table du barbu.

Et peu de temps après ? Tout le bar put voir la blonde partir au bras du grand gaillard.

Zara continua à servir les clients avec une efficacité et une grâce irréprochables, mais elle n'avait plus l'air aussi dynamique. Au contraire, ses yeux sombres étaient abattus. Et pour la première fois depuis que je l'avais repérée, l'affaissement de ses épaules exprimait une certaine tristesse.

Pourtant, elle me regardait toujours. Je sentais ses yeux sur moi, aussi souvent que les miens aimaient se poser sur elle pour mon plus grand plaisir.

Les clients vidaient les lieux au fur et à mesure. La cuisine avait fermé et le chef cuisinier était rentré chez lui. Bientôt, il ne resta plus que la tablée d'étudiants dans le coin, moi-même au bout du bar et un autre type, à l'autre extrémité.

Cet autre client me posait un problème. Il était plus âgé que Zara et moi. À ses cheveux grisonnants, je lui donnais la fin de la quarantaine environ. Il était mince, avec une musculature sèche. Ce qui le faisait sortir du lot, c'était son regard agressif.

Zara ne l'aimait pas, elle non plus. Elle restait très polie, mais elle évitait le contact visuel.

Le type n'appréciait pas. Plus elle prenait ses distances, plus son regard devenait mauvais. Sans compter que ses yeux étaient pratiquement collés sur sa poitrine.

— Zara, chérie, dit-il enfin en sortant son portefeuille pour régler sa note. Griff Shipley n'est pas le seul homme du comté, tu sais. Si tu te sens seule, tu peux venir me tenir chaud quand tu veux.

Ce fut à ce moment qu'elle tourna les yeux vers moi, pour la première fois depuis une heure. Comme pour me prendre à témoin. *Non, mais vous vous rendez compte ?* semblait-elle vouloir dire.

Récupérant sa carte de crédit sur le bar, elle lui répondit avec un sourire crispé.

— Si tu as froid, tu peux toujours t'acheter une couverture électrique, Jimmy.

Il ricana.

— Ton problème, c'est que tu es trop coincée. Peut-être que si tu te lâchais un peu, Griff Shipley ne t'aurait pas larguée.

— Tu m'en diras tant.

Elle plaqua un reçu et un stylo devant lui sans en dire plus. Ce crétin rentra tout seul chez lui, moins de deux minutes plus tard.

Elle poussa un soupir de soulagement quand la porte se referma derrière lui.

— Dernière commande, me dit-elle en essuyant le bar. Voulez-vous autre chose ?

— Non, sauf si vous m'accompagnez. J'ai l'impression que vous auriez bien besoin de vous détendre après ce grand n'importe quoi.

Elle m'adressa un sourire ironique.

— C'est très gentil de me le proposer, mais je ne peux pas accepter. Politique de la maison.

— Hmm, je vois.

Je sortis mon portefeuille et posai un billet de cinquante dollars sur le bar.

— Primo, je ne suis pas gentil, déclarai-je.

À ces mots, ses yeux s'ouvrirent en grand. Voilà, j'avais attiré son attention.

— Et secundo, politique de la maison, à d'autres. C'est vous qui tirez les ficelles ici. Personne d'autre que vous. Bien sûr, je comprends pourquoi vous avez besoin d'une excuse. Si vous ne pouviez pas opposer cet argument de temps en temps, les hommes passeraient leur temps à payer des verres à la barmaid sexy, j'imagine. Et vous n'auriez jamais un moment de tranquillité.

Elle esquissa un sourire.

— Oui, c'est ça. Je dois garder un bâton ici, derrière le bar, pour repousser tous les hommes intéressés.

— Vous n'avez pas besoin de ce bâton, ma belle, parce qu'il vous suffit d'un coup d'œil dissuasif pour les faire fuir. Ils comprennent vite qu'ils ne sont pas assez virils pour vous. Mais chaque type qui vient boire un coup ici espère secrètement que la chance lui sourira assez longtemps pour lui accorder une heure de votre attention pleine et entière.

Zara leva au ciel ses jolis yeux, mais ses joues se teintaient déjà d'un rouge révélateur.

— Vous avez l'art d'en rajouter.

— Ce n'est pas nécessaire, dis-je en secouant la tête. Je vous dis la vérité, c'est tout. Cela dit, je pense que vous devriez faire un essai avec moi, et nous porterons un toast à votre inaccessibilité.

Elle pouffa, et pour la première fois de la soirée, son regard s'illumina.

— Vous savez y faire, monsieur. Je suis presque tentée.

— Presque ? Zut.

Elle sourit.

— Il n'y a pas de taxis par ici, dans les bois, et vous avez enchaîné les bières toute la soirée. Si vous buvez un coup avec moi, ce ne sera pas prudent de partir. De toute façon, c'est l'heure de la fermeture.

— Eh bien, maintenant que vous le dites…

Je tendis le bras par-dessus le bar et posai très doucement la main sur sa peau douce. Nos regards se croisèrent lorsque je caressai le dos de sa main sous mon pouce.

— Conduire après avoir bu avec vous, ce ne serait pas une très bonne idée. Il faudrait que je reste quelques heures, le temps que l'alcool se dissipe.

Zara attendit un instant avant de retirer sa main.

— Je vois.

— Vraiment ?

Accoudé au bar, je me penchai en avant. Elle essayait de jouer le détachement, mais elle comprenait très bien mon message sans équivoque. Une fois de plus, ses pommettes fines s'empourprèrent. L'alchimie était palpable entre nous. Après tout, nous avions passé la soirée à nous baiser du regard.

— Écoutez, repris-je. Je pense que vous avez passé une soirée plutôt stressante. Et je suis vraiment doué pour soulager le stress. Un vrai pro.

Elle posa ses deux mains à plat sur le bar et me sourit.

— Êtes-vous toujours aussi direct ?

— Non, dis-je en secouant la tête. Certaines femmes ne sont pas de taille à entendre la vérité. Mais je vous ai vue diriger ce bar. Vous êtes responsable de tout ce qui se passe entre ces quatre murs, et je parie que ça vous pèse. Vous aimeriez peut-être lâcher la bride de temps en temps. Laisser quelqu'un d'autre prendre les choses en main. Et ce soir, ce quelqu'un, ce sera moi.

Le temps resta suspendu tandis que nous nous regardions droit dans les yeux. Eddie Vedder chantait *Black* à la radio pendant ce combat de regards à forces égales.

Je finis par l'emporter.

Elle se détourna et récupéra le chiffon sur le bar pour essuyer des éclaboussures invisibles sur le bois lustré.

— Vous semblez sûr de vous.

— Ça me réussit, répondis-je d'une voix grave. Les plaintes sont rares, voire inexistantes.

Les étudiants du fond de la salle choisirent ce moment précis pour repousser leurs chaises. Ils saluèrent Zara en sortant.

Il ne restait plus que moi dans le bar.

Elle me tourna le dos, s'éloignant pour aller s'occuper de leur table. Elle empocha son pourboire et récupéra les quatre bouteilles de bière d'un coup de main, puis elle essuya la table.

Je patientai.

Elle revint au bar et abandonna les bouteilles vides dans une poubelle.

— Vous avez grandi ici ? lui demandai-je alors qu'elle reportait son attention sur la fermeture de la caisse enregistreuse.

J'étais parfaitement capable de bavarder de tout et de rien, si ça pouvait la mettre à l'aise.

— Écoutez, dit-elle sans lever les yeux de son travail. Épargnons-nous le jeu des vingt questions. Je vous propose de fermer votre clapet pendant quelques minutes, le temps que je termine ce que j'ai à faire. Ensuite, si vous êtes sage, je vous emmènerai à l'étage.

Voilà qui me réduisit au silence pendant une seconde. Elle m'avait battu à mon propre jeu. Mais je n'allais pas me plaindre.

— À l'étage, vraiment ? Vous n'avez pas beaucoup de trajet à faire pour vous rendre au boulot.

— Ça me convient très bien. Surtout dans un moment comme celui-ci. Si je devais vous donner l'adresse et vous expliquer comment aller chez moi, ça me laisserait le temps de décider que vous n'en valez pas la peine.

— Non, ça m'étonnerait, dis-je à mi-voix. Vous aussi, vous me regardiez.

Elle leva un instant ses yeux sombres, comme pour reconnaître la vérité de ce que je venais de dire. Pourtant, elle se garda bien de l'avouer à haute voix.

— Rendez-moi service, dit-elle à la place. Il y a une caméra de sécurité dans le coin, au-dessus du juke-box. Approchez-vous lentement.

— Bien sûr, avec plaisir. Je vais faire encore mieux.

Je récupérai mon portefeuille dans ma poche de derrière et en sortis mon permis de conduire. Puis je me dirigeai vers la caméra de sécurité, regardai droit dans l'objectif et brandis mon permis.

Quand je me retournai, Zara ne me quittait pas des yeux.

— Je vous remercie. Une fille doit savoir rester prudente.

— Je comprends, répondis-je en reprenant ma place sur le tabouret de bar.

— Je m'appelle Zara, fit-elle à mi-voix.

— Je sais. Je l'ai appris la deuxième fois que je suis venu ici. Je m'appelle Dave Beringer.

— Eh bien, Dave, dit-elle en refermant le tiroir de la caisse. Ne bougez pas de ce tabouret pendant une minute. Je vais boucler ça dans le coffre-fort, puis on pourra y aller.

— Prenez votre temps, dis-je. J'ai toute la nuit.

Ses yeux s'illuminèrent alors qu'elle se détournait.

Moins d'une demi-heure plus tard, je savais que je lui ferais agripper sa tête de lit en la prenant par-derrière. Et une minute ou deux après ça, elle gémirait mon nom entre deux cris de plaisir.

3

—

ZARA

Tu es folle, me dis-je en laissant tomber le sac d'argent liquide dans le coffre-fort avant de le fermer à clé.

Je n'avais encore jamais emmené d'inconnu dans ma chambre. Bien trop risqué. Je n'avais même pas de reçu de carte de crédit au nom de ce type. Dave avait toujours payé en espèces.

Pourtant, ce n'était même pas le principal problème de ce plan. Au fond, je savais que je n'aurais pas invité Dave dans ma chambre sans la peine de cœur que m'avait causée Griff Shipley. J'allais laisser ma déception envers un homme me pousser à un brin de folie avec un autre.

Bien joué, ma vieille. C'est très malin.

C'était fini entre Griff et moi depuis trois mois et je croyais avoir tourné la page. Mais ce soir, c'était la première fois que je le voyais avec quelqu'un d'autre. Audrey machin-chose. Une jolie petite blonde, tout sourire et toute en courbes. Mon exact opposé.

Évidemment.

Avec quelqu'un d'autre que Griff, je ne ressentirais pas autant de colère. Mais c'était un homme intelligent, diplômé de chimie, passionné d'agriculture et taillé pour diriger une entreprise. Quand il avait mis un terme à notre accord, il avait prétexté qu'il était trop occupé. Mais ce que j'avais entendu, c'était : *tu ne conviens pas à un homme destiné à se faire une place dans le monde.*

Et puis, Audrey avait débarqué. Quand j'avais sorti la poubelle du recyclage, je les avais surpris tous les deux. Mauvais timing. Griff l'avait plaquée contre le bâtiment, sa bouche à quelques centimètres de ses adorables lèvres en bouton de rose. Mais c'était l'expression sur son visage qui m'avait vraiment fait mal. Il était tellement… passionné. Comme si quelque chose dans le regard de cette fille nourrissait son *âme*.

L'excuse qu'il m'avait donnée tournait en boucle dans ma tête : *Je n'ai pas vraiment le temps pour une relation dans ma vie en ce moment.* Pourtant, il trouvait du temps pour la jolie petite Audrey qui n'habitait pas au village. Pas une seule fois il ne m'avait regardée comme il la regardait, elle, ce soir.

En le voyant aussi heureux, j'avais ressenti une profonde colère. J'avais envie de foutre le feu à ma vie et de la regarder brûler. Ils devaient être en train de s'envoyer en l'air en ce moment même, alors que j'étais là, à fermer le bar pour la millième fois d'affilée. Bientôt, ils allaient sans doute commencer à parler mariage.

Ce soir, je me sentais tellement seule que j'avais envie de frapper quelque chose. Comme c'était impossible, j'allais opter pour quelques heures avec le beau mâle aux yeux verts. *Dave.* Ce n'était pas du tout mon genre. Des cheveux cuivrés et un visage rasé de frais ? En général, je les aimais un peu plus bruts de décoffrage. Dave portait des vêtements décontractés, comme tout le monde au bar, et pourtant il avait tout du type plein aux as. C'était peut-être la montre de luxe à son poignet. Ou le petit groupe d'amis avec qui il venait souvent. Chaque fois, ils lâchaient des billets de cinquante et de cent dollars, et ils ne buvaient pas de bières bas de gamme.

Je savais que je devrais le renvoyer seul chez lui. Mais je n'allais pas le faire. Je voulais sentir son regard sur moi un peu plus longtemps. Et ses mains aussi. Je voulais sentir ce que je ressentais quand ses yeux parcouraient mon corps.

De quoi avais-je besoin de la part d'un homme riche du Connecticut ou de New York ? Rien. Les gars comme ça n'étaient pas intéressés par les barmaids, sauf pour se les envoyer vite fait. Ce que j'allais lui accorder. En retour, j'obtiendrais une nuit d'oubli.

Il était plutôt agréable à regarder, ce qui ne gâchait rien.

Je jetai un dernier coup d'œil dans la cuisine, m'assurant que tout était à sa place. J'essayais de gagner du temps, manifestement. Un coup d'un soir, ce n'était pas nouveau pour moi, j'en avais depuis le lycée.

Mais en général, prendre un risque avec un inconnu ne faisait pas partie du deal.

J'espérais pouvoir encore me regarder dans les yeux le lendemain matin. Parce qu'une chose était sûre, ce ne serait pas le beau rouquin que je verrais. Il serait parti depuis longtemps.

Quand je retournai au bar, il m'attendait, le menton dans sa main.

— Ça va ? Tu peux toujours me faire dégager, tu sais, me dit-il avec un sourire engageant. Je ne le prendrai pas personnellement, enfin, juste un peu.

Ce sourire me rappela pourquoi je faisais ça. *Mamma Mia !* Je me sentais un peu plus vivante chaque fois qu'il me regardait. Ce bourdonnement dans ma poitrine n'était pas de la peur, mais une forme d'attente impatiente. Cet homme avait un corps si ferme que même son polo ne parvenait pas à le dissimuler. Je n'étais pas grimpée aux rideaux depuis des mois.

Il était grand temps. Et il attendait.

— Allez, dis-je avec humeur.

C'était facile pour moi d'être ronchonne, et il était hors de question que cet homme voie combien j'étais mal à l'aise.

— Viens.

Une minute plus tard, j'avais fermé le bar pour la nuit. J'insérai ma clé dans l'autre porte, celle qui menait à mon appartement à l'étage. Après l'avoir franchie, je rangeai la clé dans ma poche et allumai la cage d'escalier étroite. Il me suivit. C'était bizarre d'avoir de la compagnie dans cet espace exigu. La première marche grinça quand j'y posai le pied.

Ce serait le moment le plus maladroit. Lui et moi savions tous les deux ce qui allait se passer à l'étage. Mais d'abord, nous devions échanger quelques banalités. Je lui offrirais un verre. Il aurait un mot gentil à propos de mon petit appartement. J'essaierais de savoir qui allait faire le premier pas...

Soudain, une main chaude vint s'enrouler autour de mon avant-bras, arrêtant ma progression dans les escaliers. Puis une autre main se referma avec détermination dans mes cheveux. J'aurais pu être terrifiée, mais l'instant d'après, des lèvres chaudes m'embrassaient dans le cou avec délicatesse. J'en eus la chair de poule dans le dos.

— Zara, ma belle.

— Je ne suis pas *ta* belle, dis-je d'une voix presque normale, malgré les battements de mon cœur, alors que sa poigne se resserrait dans mes cheveux.

Il partit d'un petit rire.

— D'accord, beauté. Mais garde tes petites fesses grincheuses ici une seconde. Il y a quelque chose que je dois dire.

— Vas-y, je t'écoute.

Un grognement sourd monta des tréfonds de sa poitrine, en signe d'approbation, et je réprimai difficilement un autre frisson d'excitation.

— Tu es fougueuse. Ça me plaît. Je vais te faire passer un très bon moment, tu vas voir, murmura-t-il. Mais si je fais quelque chose que tu n'aimes pas, il te suffit de me dire *temps mort*.

— D'accord, dis-je entre mes dents, un peu effrayée, mais très émoustillée.

— Vas-y, dis-le. Pour faire un essai.

Il m'embrassa à nouveau sur la nuque, m'effleurant tendrement de sa langue.

— Temps mort, soufflai-je.

Ses mains s'éloignèrent et il recula. À présent, seul l'air frais embrassait mon cou.

— C'est tout ce que tu as à faire, murmura-t-il. Je ne m'amuserai pas, sauf si tu t'amuses aussi.

— Euh, d'accord… balbutiai-je.

Sa grande main se posa sur mes fesses.

— Et maintenant, monte cet escalier pour que je puisse te déshabiller.

Bon. Voilà qui nous évitait les discussions de politesse.

Je gravis d'un pas léger les dernières marches pour déboucher dans ma pièce de séjour obscure et me dirigeai vers la lampe de chevet, que j'allumai. Deux secondes plus tard, il était à côté de moi, me repoussant doucement contre la porte du placard. Une main sur ma joue, il se pencha pour m'embrasser dans le cou. Son gémissement de délice se répercuta dans ma poitrine.

— Putain, tu es magnifique. J'ai envie de goûter ta peau depuis le premier soir où je suis entré dans ce foutu bar.

Je n'avais pas l'habitude d'entendre des compliments et je ne leur faisais pas entièrement confiance. Mais ses lèvres et sa langue vénéraient mon cou sensible, propageant des frissons dans tout mon corps. Son souffle me caressait tandis que sa bouche chaude déposait un autre baiser dans mon cou. Quand il me suça légèrement la peau, je me sentis fondre contre la porte.

Mes choix de vie commençaient à me paraître plutôt malins, tout compte fait. Je levai la main pour toucher enfin ces pectoraux sculpturaux et il émit un petit rire contre ma peau.

— Ça te plaît ? Enlève mon haut, beauté. Vas-y.

Je m'empressai d'obéir, soulevant le coton de son polo, mes paumes se livrant à l'exploration de chaque relief et ondulation, sous son regard vaguement narquois. Son expression amusée me facilitait la tâche. Ce mélange d'autorité et d'humour me mettait à l'aise.

Apparemment, je prenais trop de temps, car il prit l'initiative d'ouvrir le bouton de son col, puis il attrapa l'ourlet de son polo et le glissa par-dessus sa tête. Waouh ! Ce type était baraqué. Même ses muscles avaient des muscles.

— Tu dois passer beaucoup de temps à la salle de sport.

— Tu n'as pas idée. Assez parlé, beauté.

Saisissant mes deux mains, il les posa sur son torse chaud. Puis il se pencha et m'embrassa à nouveau dans le cou. Décidément, ses lèvres avides et sa langue autoritaire opéraient des merveilles sur mon état d'esprit.

Il évitait ma bouche, cependant. C'était peut-être trop intime pour un inconnu. J'espérais qu'il était réellement célibataire. Parce que…

Je perdis le fil de mes pensées lorsqu'une de ses mains écarta mon menton pour lui donner accès à l'autre côté de ma gorge, tandis que son autre main se refermait sur ma hanche. Il m'attira à lui sans ménagement et gémit alors que nous nous pressions l'un contre l'autre.

Ce râle de désir trouva écho dans mon corps. Agrippant ses biceps durs comme le roc, je posai mes lèvres juste sous son oreille. Il sentait l'air frais et l'homme affamé.

Il avait raison. C'était exactement ce dont j'avais besoin ce soir.

Dave ralentit, me taquinant par le frôlement de sa langue à mon oreille. Sa main me comprimait les fesses avec une lenteur érotique. Quand j'étouffai un cri de surprise, il en profita pour m'embrasser franchement. Sa bouche glissa sur la mienne, ses lèvres fermes et assurées. Je m'ouvris instantanément, et lorsque nos langues se rencontrèrent, nos cœurs aussi se synchronisèrent. J'avais l'impression de le connaître depuis des années.

Enfin, je perdis tout esprit critique. Tout s'apaisa en moi, à l'exception du bruit sensuel de nos lèvres et de nos langues. J'avais toujours aimé le langage des baisers. Avec une intensité rare, il m'attira tout contre lui, me pressant contre son torse incroyable, nos souffles entremêlés. Sans relâche, il se délectait de nos baisers éperdus.

Je te tiens maintenant, son corps disait au mien. *Tu peux lâcher prise.* Je ne ressentais pas ses bras puissants autour de moi comme une cage, mais plutôt comme un échafaudage. Je me laissai aller dans cette force et il m'encouragea avec un gémissement de bonheur surgi du plus profond de sa poitrine.

Bientôt, la pièce bascula. Mon dos heurta la surface du lit. Une seconde plus tard, il était à califourchon sur mes cuisses et il me regardait.

— Tu n'as plus besoin de ça, déclara-t-il en tirant sur mon haut pour exposer mon ventre.

Alors que je l'aidais à passer mon chemisier par-dessus ma tête, il lâcha un grognement. Je portais un haut avec brassière intégrée, sans soutien-gorge en dessous.

Révéler ma petite poitrine devant un inconnu aurait dû me faire un drôle d'effet. Mais le ravissement que je perçus dans son regard me rassura. Il se pencha et commença à déposer un chemin de baisers sur le galbe de mes seins. J'enfouis mes mains entre les mèches soyeuses de ses cheveux couleur d'automne, frissonnant lorsque ses lèvres se refermèrent autour de mon mamelon pour le sucer.

— Ça te plaît ? murmura-t-il.

Tellement ! Pourtant, je ne lui répondis pas. J'avais toujours été une personne très sexuelle, plus facilement excitée que les autres femmes en temps normal. On m'avait toujours taquinée là-dessus. *Zara, la dévergondée.*

Cela dit, personne n'entendrait parler de ma petite aventure de ce soir.

Les mains et la bouche de Dave étaient partout à la fois, léchant et pinçant mes tétons, déposant des baisers sous mon menton.

— Tu vois ? fit-il à mi-voix. Je sais ce que tu aimes.

Sans blague. Mes mains suivirent son cou jusqu'à son dos musclé. Quand il remonta pour m'embrasser à nouveau, ajustant ses hanches contre les miennes, je poussai un gémissement et me cambrai afin de le rencontrer.

La température montait en flèche. Je m'enfonçai dans le matelas, soumise à des sensations qui défiaient toute logique. Cet homme avait un goût de bière et de tentation. Mes deux saveurs préférées.

L'exploration de son corps devenait ma nouvelle passion. Ses épaules larges étaient couvertes d'adorables taches de rousseur. Mes lèvres suivirent leurs dessins et je lui mordis le cou.

— Vilaine, susurra-t-il à mon oreille. J'ai d'autres idées pour utiliser ta jolie bouche, tu sais ?

— Vraiment ? lançai-je sur un ton de défi.

Mes mains glissaient le long de son torse, mes doigts dans la fine toison couleur châtain qui pointait vers sa ceinture.

— Ouvre ma braguette, ordonna-t-il.

Les mains tremblantes, je lui obéis. Le bruit de sa fermeture éclair fit monter ma tension d'un cran. Ça faisait une éternité que je n'avais pas fait l'amour.

— Continue.

D'un seul geste, je baissai son pantalon et son boxer. Son érection ambitieuse jaillit sous mes yeux. Il était long, d'un teint rosé, et il luisait déjà pour moi. Waouh. Il était intégralement roux. J'en avais l'eau à la bouche.

Sa grande main se posa sur ma nuque. Il me saisit les cheveux et m'attira vers son corps. Sa poigne était ferme et solide.

— Suce-moi, beauté.

Je m'exécutai. Sans attendre et sans vergogne. Il était délicieux, salé dans ma bouche et lourd sur ma langue.

— Oh, fit-il d'une voix éraillée. C'est bien, continue.

Ses compliments me galvanisaient. Je l'aspirai goulûment et j'entendis qu'il retenait son souffle.

— Putain !

Une main sous mon menton, il m'arrêta. Je le regardai, les yeux écarquillés. Ses pupilles étaient troubles et son visage rouge. Il me sourit.

— Enlève ce jean.

Je le relâchai, mais je ne devais pas être assez rapide à son goût. Il me repoussa sur le lit et attrapa ma fermeture éclair. Je me délestai de mes vêtements, retirant les chaussures qui étaient restées à mes pieds.

Enfin, je me retrouvai nue avec ce parfait inconnu prénommé Dave.

— Putain, gémit-il. Tu es éblouissante.

Éblouie, plutôt. Parce qu'il faut dire que son corps était incroyable. J'avais un super-héros en tenue d'Adam sur mon lit. Ses abdominaux impressionnants conduisaient vers le V creusé entre ses hanches. Il avait des cuisses puissantes, et quand j'y passai la main, les poils raides de ses quadriceps chatouillèrent ma paume.

Impatient, Dave se tourna vers moi, interrompant ma pensée par un autre baiser à couper le souffle. À présent, ses mains vagabondaient librement sur mon corps nu. Un pouce calleux s'enfonça dans la chair de ma hanche, puis serra, démontrant sa force. Au lieu de me faire peur, cette brusquerie m'arracha un gémissement.

J'aimais être malmenée et on aurait dit qu'il le savait. À moins que ce soit un simple hasard.

Nous roulâmes en nous embrassant, tandis que j'essayais de repousser ses habits au bord du matelas. Récupérant son jean, il sortit son portefeuille de la poche arrière.

— J'ai des préservatifs récents, murmurai-je. Au cas où celui-ci serait dans ton portefeuille depuis trop longtemps…

— Je l'ai mis aujourd'hui, répondit-il en souriant. J'avais de grands projets pour toi.

Ça alors, l'ego de ce type !

— Et si je t'avais dit non ?

Je lui pris le menton et le serrai. Nous nous dévisageâmes longuement. Son regard était bestial, mais il se laissa immobiliser, même si nous savions tous les deux qu'il pouvait aisément se dégager.

— Tu serais passée à côté de quelque chose, railla-t-il. Maintenant, tais-toi et laisse-moi te le montrer.

J'aurais peut-être dû me vexer. J'avais jeté tous mes principes à la poubelle ce soir. Mais cela n'avait plus aucune importance, parce qu'à présent, il étendait son corps nu sur le mien et m'embrassait à nouveau. Sa langue était autoritaire et ses mains avides. Son sexe en érection me brûlait le ventre.

Avec un homme aussi confiant, je m'attendais à ce que tout se passe vite, mais ce ne fut pas le cas. Son orgueil le poussait au contraire à prendre son temps, à m'attiser. Ses doigts épais s'aventurèrent entre mes jambes, glissant sur mon clitoris jusqu'à ce que je sois moite d'envie. J'étais déjà sur le point de jouir. Quand j'aspirai sa langue dans ma bouche, il poussa un gémissement et se redressa.

En entendant le froissement de l'emballage du préservatif, je lâchai un soupir de soulagement. Mes membres retombèrent lourdement sur la couette alors que j'attendais de passer aux choses sérieuses.

Mais cet enfoiré en avait décidé autrement. Il se pencha sur moi et prit mon mamelon entre ses lèvres, le faisant rouler jusqu'à me donner envie de crier.

— D… Dave, essayai-je de dire en décollant les hanches.

Je descendis le long de son corps à la recherche de ma récompense, mais il repoussa ma main.

— Non, non. Pas avant que je te le dise.

Il passa à mon autre sein, sa bouche brûlante sur ma peau tendre, me soumettant à sa torture insoutenable.

Frustrée, je poussai sa tête à l'écart de ma poitrine.

Il réagit en saisissant mes mains, les plaquant sur le lit. Puis il remonta sur mon corps et me fixa du regard, à quelques centimètres de distance.

— Un problème ? fit-il.

— Sérieusement ?

— Tu as oublié les règles ? Dans l'escalier, je t'ai clairement fait comprendre qui mènerait la danse ce soir.

Je clignai des paupières.

— Maintenant, je vais te lâcher, et je veux que tu te retournes, ordonna-t-il sans me libérer. À quatre pattes, d'accord ?

Le souffle court, je me contentai de hocher la tête.

Il me lâcha les mains et je basculai rapidement sur mes avant-bras.

— Redresse-toi. À quatre pattes.

— Je commence à en avoir ras le cul de tes ordres, marmonnai-je tout en trouvant mon équilibre.

Soudain, une claque retentit et ma fesse gauche m'élança douloureusement.

— Maintenant, tu en as ras le cul au sens propre du terme.

Venait-il vraiment de me donner une *fessée* ? Abasourdie, je tournai la tête pour le regarder.

Le sourire aux lèvres, il mit une main en cornet devant son oreille.

— Je ne t'entends toujours pas réclamer de temps mort. Alors, approche.

Saisissant mes hanches à deux mains, il tira mon corps en arrière. Je me sentis glisser le long du drap en coton, dans une perte de contrôle étourdissante.

Appliquant sa grande paume sur ma peau, il me caressa juste après la fessée. J'éprouvais de la chaleur, des frottements et de petites décharges électriques partout où il me touchait. Quand il reprit la parole, sa voix était remarquablement douce.

— Ne t'inquiète pas, beauté. Tu vas avoir ce que tu veux.

J'attendis, à quatre pattes sur le lit. C'était déjà la rencontre sexuelle la plus étrange de toute ma vie. Un jour, quand je serais vieille et grisonnante, j'y repenserais en me demandant : *Est-ce réellement arrivé ?*

Derrière moi, Dave émit un gémissement de désir pur. Je tremblais lorsque son gland se présenta entre mes jambes, taquin tout d'abord. Je retenais mon souffle, les yeux fermés. Enfin, il s'enfonça, me remplissant tout entière. Il y eut une pause, puis il donna un nouveau coup de reins, me pénétrant encore plus. Cette fois, je tremblais franchement, au bord de l'extase. Je me mordis la lèvre jusqu'au sang, mais la douleur ne fut pas suffisante pour contenir mon premier orgasme. J'ouvris la bouche dans un cri silencieux tandis que des vagues de plaisir me submergeaient.

Pourtant, je n'émis aucun bruit. Inutile de lui faire savoir quel pouvoir il exerçait sur moi.

— Ça alors, lâcha Dave dans un souffle frémissant. Sensationnel.

Il avait compris, l'enfoiré ! Il posa un baiser sur mon épaule.

— Petite créature sexy. Tu es bien contente de m'avoir invité à l'étage, n'est-ce pas ?

— Ne t'emballe pas, dis-je, bottant en touche.

Puis je gonflai mes poumons, essayant de me calmer. Certains hommes trouvaient étrange l'hyper réactivité de mon corps.

— Tu parles toujours autant au lit ? demandai-je, histoire de l'agacer un peu.

— Non, répondit-il en riant. C'est toi qui me rends dingue.

Il s'enfonça encore plus profondément et je me sentis poussée en avant. Je me mordis à nouveau la lèvre afin de ne pas gémir.

— Je ne sais pas pourquoi, murmura-t-il. Mais c'est comme ça.

Une fois de plus, il ondula du bassin. Je fus incapable de retenir un soupir de plaisir. Ma tête sur l'oreiller, je me laissai prendre avec vigueur. Il écarta un peu plus mes chevilles en ricanant. J'étais entièrement à sa merci.

Je n'avais rien ressenti de meilleur depuis des mois.

— C'est bien, me chuchota-t-il à l'oreille. Comme ça.

Il imprima des mouvements de va-et-vient, lentement, profondément. J'enfouis mon visage contre la taie d'oreiller, concentrée sur toutes les zones de mon corps qui s'embrasaient en même temps. Mes mamelons trop sensibles étaient dressés, frottant sur le drap. Ses bourses lourdes claquaient contre mon corps.

Mon Dieu, c'était tellement beau. Je sentis à nouveau mon plaisir monter en flèche. Tout ce qu'il me fallait, c'était un moment de concentration. J'attirai ma conscience sur la pression de son sexe en moi, puis je me stabilisai sur le lit et me laissai faire. Cette fois, je ne fis rien pour le lui cacher. Je poussai un gémissement grave alors que mon corps se contractait autour du sien.

— Putain, oui, fit-il en accélérant le rythme. Tu es tellement belle.

Après plusieurs coups de reins, il me tapota la hanche en me demandant de rouler sur le dos. Ivre de plaisir, je lui obéis.

Ainsi, j'avais une bien meilleure vue. Il prit mes genoux dans ses mains et les écarta davantage. Je levai les yeux vers son corps incroyable tandis qu'il passait à la vitesse supérieure. Ses hanches allaient et venaient, tous ses muscles bandés. Je pris son bassin entre mes genoux pour l'encourager.

Ses yeux étaient emplis de désir.

— Un de plus, beauté. Donne-m'en un autre.

Avec un sourire espiègle, il glissa la main entre nous pour effleurer l'endroit où nos corps s'unissaient.

Cette fois, je rejetai la tête en arrière et jouis pour la troisième fois.

Dans un rugissement de satisfaction, il se jeta dans le vide avec moi.

4

———

DAVE

Putain de merde.

Je restai allongé là, les membres lourds, aussi fatigué que si je venais de disputer un match avec double prolongation. Mes pensées se mouvaient lentement, presque liquides. Nous nous étions effondrés côte à côte sur le lit de Zara, mais je n'étais pas prêt à la laisser partir. Avec une tendresse inhabituelle, je l'enlaçai et la serrai contre ma poitrine.

Elle haletait, la tête sur mon bras.

— C'est tout le temps comme ça avec toi ? dis-je, hors d'haleine. À moins que je mérite de rejoindre directement ton panthéon des amants les plus mémorables ?

Elle rit sans prendre la peine d'ouvrir les yeux.

— Tu veux la vérité ?

— Oui. Mais sens-toi libre de mentir un peu, si c'est plus gentil comme ça.

Elle me serra le bras.

— Tu es bête. Mais la vérité, c'est que le sexe me vient facilement. Le plaisir, je veux dire.

— Alors, tu dis que je ne suis pas spécial ? demandai-je en riant.

Elle tourna la tête et m'adressa un sourire plus chaleureux que je n'en avais encore obtenu de sa part.

— Tu cherches des compliments ?

— Non.

Amusé, je pinçai ses jolies fesses.

— Certaines personnes sont douées avec un ballon de foot. D'autres savent jouer du piano. Mais toi, tu peux avoir trois orgasmes un vendredi soir sans lever le petit doigt.

— J'ai levé plus que le petit doigt.

Cette fille. Elle me tuait. J'avais couché avec beaucoup d'inconnues. Pour l'essentiel de mes relations, d'ailleurs. Parfois, c'était sympa, et parfois franchement gênant.

Mais pas ce soir. Ce soir, c'était *génial*. Zara et moi, ça collait à tous les niveaux. Je n'en avais pas encore fini avec elle, mais d'abord, j'avais besoin de repos. Je n'étais plus un adolescent.

Je restai étendu en silence, à écouter battre nos cœurs. La sérénité m'envahit, grâce aux endorphines, à cette belle fille et à cette irrésistible nuit d'été. Je pris conscience d'un hululement dans la brise qui nous parvenait depuis la fenêtre. C'était le chant estival de la nature dans toute sa splendeur, tel qu'on ne l'entendait jamais à Brooklyn.

— Quel genre d'oiseaux chante la nuit ? demandai-je d'une voix rauque aussi fatiguée que le reste de mon corps.

Zara partit d'un petit rire contre ma peau.

— Les oiseaux ne chantent pas la nuit. Ce que tu entends, ce sont des grenouilles.

— Des *grenouilles* ? Les bestioles qui sautent dans les étangs ?

— Tu connais un autre genre de grenouille, toi ?

Sa réponse me fit éclater de rire et elle se joignit à mon hilarité.

— Tu viens de la ville, ça se voit, lança-t-elle.

— Oui. De Brooklyn. Mais j'ai grandi…

Sa main bougea si vite qu'elle n'aurait pas démérité dans les cages d'un gardien de but. Elle plaqua sa petite paume sur ma bouche.

— Rien de personnel.

— Pourquoi ? demandai-je après avoir écarté sa main de mes lèvres.

Elle secoua la tête.

— Ce n'est qu'une question de sexe. Ne gâche pas tout.

Hmm.

— C'est à propos du barbu de ce soir ? Ton ex ?

Elle détourna le visage. Apparemment, ce n'était pas un bon sujet de conversation. Mais je n'étais pas connu pour ménager les susceptibilités.

— Désolé, dis-je tout bas. Ça ne me regarde pas.

— Non, ça ne te regarde absolument pas, confirma-t-elle.

— Ça en fait plus pour moi !

Elle pouffa en me donnant une bourrade amicale sur la cuisse.

— Allez. Je dois me lever tôt, dit-elle avec détachement. Tu ferais mieux d'y aller.

— Hmm…

Honnêtement, il fallut un instant à mon pauvre petit cerveau pour comprendre qu'elle me jetait hors de son lit. *Je rêve ou quoi ?* s'exclama mon ego. J'étais un sportif professionnel, c'était moi qui délivrais les avis d'expulsion, pas l'inverse.

— D'accord. C'est parce que j'ai parlé de ton ex ?

— Pas du tout. Mais il est tard. J'ai passé un excellent moment.

Aïe, ça pique. J'avais prononcé ces mots très souvent pour quitter le lit d'une femme. Seulement, je ne les avais jamais entendus moi-même.

Je m'assis.

— Heureusement pour toi, on pourra se retrouver plus tard dans la semaine. Tu travailles tous les soirs ?

Elle tourna la tête et me dévisagea. Aucune femme ne m'avait jamais regardé avec des yeux noir charbon aussi critiques.

Pourtant, ce n'était pas difficile de rendre à Zara son regard. Elle était jolie comme une fleur et je me surpris à remarquer certains détails que je n'avais pas l'habitude de déceler. La longueur de son cou. Sa peau bronzée tendue sur sa clavicule à la finesse royale. Ses mamelons sombres sur ses petits seins parfaits.

— Je travaille presque tous les soirs, déclara-t-elle enfin. C'est moi qui gère le bar de mon oncle.

— D'accord.

Ça, je l'avais compris.

— Alors, je passerai mercredi ou jeudi.

— Peut-être que je n'aurai pas envie de sortir après le travail, répondit-elle.

Mais ses yeux s'aventurèrent sur mon torse.

— Peut-être que si, contrai-je joyeusement.

Ça faisait des mois que je ne m'étais pas autant amusé. Cette fille me faisait sortir les rames. Personne n'était comme ça avec moi, ou du moins, plus depuis mes débuts en tant que nouvelle recrue. Et encore, c'était rare.

— On verra, dit-elle, le regard tendre et lascif.

Je me penchai pour l'embrasser sur le nez.

— C'est sympa de parler avec toi. Tu le sais ?

— Parler, vraiment ? fit-elle avec un sourire un peu gêné.

— Oui, entre autres.

Elle rougit à mon clin d'œil. C'était léger, mais visible.

Pour la première fois de ma vie, je quittai le lit d'une femme avant d'y être prêt. J'enfilai mes vêtements sous son regard attentif.

— Pas la peine de te lever, lançai-je.

C'était du sarcasme, parce qu'elle n'avait pas l'air de vouloir me raccompagner à la porte.

— Au revoir, Dave, fit-elle d'une voix douce.

— On se voit dans quelques jours, lui rappelai-je.

Elle se contenta de secouer la tête.

Puis je m'éclipsai dans la nuit d'été du Vermont, où les grenouilles chantaient leur étrange mélopée.

5

ZARA

Tu fais chier, Dave Barrier. Ou Carrier ? *Quel que soit ton nom, décampe de mon cerveau.*

C'était mardi soir et je travaillais au bar. Comme toujours. Mais son sourire carnassier ne me quittait pas.

Je m'étais laissée aller à notre coup de folie parce que j'imaginais qu'on ne se reverrait plus jamais. Tout dans cette aventure avait été passionnant et parfait – jusqu'à ce qu'il évoque son retour éventuel plus tard dans la semaine.

Maintenant, mon petit cœur stupide l'attendait. Je regardais la porte chaque fois qu'elle s'ouvrait en me demandant s'il allait la franchir.

Et merde !

Comme toutes les filles, l'un de mes objectifs dans la vie était de ne pas devenir comme ma mère. Malgré ses nombreuses qualités admirables, ma mère avait passé des décennies comme ça, à attendre qu'un homme apparaisse sur le seuil de sa porte. Elle avait eu cinq enfants avec mon père, un type qui se pointait en ville quand il en avait envie, pour disparaître ensuite pendant des mois.

Mais ma mère ne l'avait jamais abandonné. Elle n'avait jamais demandé le divorce. Elle n'avait jamais cessé d'espérer qu'il reviendrait et nous annoncerait qu'il nous aimait plus que tout.

Spoiler alert : il ne l'a jamais fait.

Alors, chaque fois que je me surprenais à surveiller la porte dans l'attente d'un homme, j'avais envie de me donner des coups de pied aux fesses. Je savais d'expérience que les hommes avaient une très courte fenêtre d'attention avec les femmes. Quand Dave avait dit : « On se voit la semaine prochaine », tout ce que j'avais entendu, c'était : « Merci pour ce bon moment. »

— Excusez-moi, vous faites des boissons frappées ?

Je levai les yeux pour découvrir deux femmes qui venaient de s'asseoir au bar. Celle qui m'avait demandé si je savais me servir d'un shaker m'était inconnue, mais je connaissais son amie. Jill Sullivan et moi, nous avions été proches autrefois. Enfin, si par « proche » on entendait le genre de copines en compétition constante, qui essayaient toujours de casser l'autre.

Jill était la fille riche, toujours à la pointe de la mode. Moi, j'étais sexy et audacieuse. J'enviais ses fringues, sa voiture et sa chambre gigantesque. Et elle, elle rêvait d'avoir mon assurance, et mon frère jumeau aussi.

Ni elle ni moi n'avions jamais obtenu ce que nous voulions.

— Salut, Jill.

Nous étions adultes maintenant, après tout. Les vieilles blessures ne devraient pas me hanter.

De toute façon, Jill n'était plus aussi canon. Elle avait les yeux rouges et la peau marbrée. De plus, sans vouloir être méchante, elle avait pris quelques kilos depuis la dernière fois que je l'avais vue. Je ressentis un élan de compassion pour cette fille qui minait mon amour-propre, à l'époque de la terminale.

— Salut, répondit-elle avant de prendre une profonde inspiration.

Apparemment, elle avait pleuré récemment.

— Que puis-je vous offrir, mesdames ?

— Je tuerais pour une margarita frappée, déclara son amie.

— Ce ne sera pas nécessaire, répondis-je avec entrain. Du sel ?

Elle secoua la tête.

— Et pour toi ? ajoutai-je en plaçant un sous-bock devant Jill.

Elle renifla.

— Qu'est-ce que les gens prennent quand ils viennent de surprendre leur mari au lit avec la nounou ?

— Oh, merde, soufflai-je.

Jill leva les yeux au plafond.

— C'était encore plus difficile à dire à haute voix que je m'y attendais.

— Je pense que tu devrais boire ce qui te fait envie, décrétai-je. Surtout s'il avait horreur de ça.

— Deux margaritas, alors.

— Ça marche.

J'allais devoir leur appeler un taxi plus tard. J'en mettrais ma main au feu.

C'était un mardi d'été, plutôt calme. J'avais le temps de jeter un œil à Jill en préparant leurs verres. Je la trouvais si glamour autrefois, avec ses cheveux raides et ses reflets blonds. Maintenant, elle avait l'air d'une femme au foyer fatiguée. Et ces reflets avaient bien besoin d'un sérieux passage au salon de coiffure.

Je ne menais pas précisément la grande vie ici, derrière le bar du *Mountain Goat*, mais nos existences ne semblaient pas si différentes, tout compte fait. Comme moi, Jill n'avait pas terminé l'université. Après avoir échoué à attirer l'attention de Benito, elle avait épousé le quart-arrière du lycée. Il travaillait chez un concessionnaire automobile à Montpelier. Ils avaient un enfant. Ou deux ?

Curieusement, j'avais perdu le fil. Qui aurait cru que les jalousies pouvaient se dessécher et tomber comme les feuilles d'automne ?

Jill et son amie burent leurs margaritas avant de passer au vin blanc. Je leur apportai une assiette de chips gratuite en leur disant qu'après une journée aussi terrible, elles avaient besoin de glucides. En réalité, je ne voulais pas qu'elles boivent autant à jeun.

— Alors, qu'est-ce que tu deviens, Zara ? demanda-t-elle après m'avoir remerciée.

— Comme tu le vois.

— C'est sympa, répondit-elle.

J'avais du mal à savoir si elle essayait d'être gentille ou condescendante. Les deux, peut-être. Ça avait toujours été comme ça entre nous. Elle m'avait prêté l'un de ses foulards de soie pour accessoiriser ma tenue de pauvre, mais ensuite, elle s'était assurée que tout le monde sache que c'était le sien. Ce souvenir raviva une vague de colère vieille de dix ans.

Je pris une grande inspiration et expirai lentement. M'accrocher à ces conneries ? Je n'en avais pas besoin.

— Il y a de bons moments, lui dis-je. Mais je suis surtout ici parce que ça paie les factures.

Je n'entrerais plus dans le jeu de Jill.

— Je crois que j'aurai bientôt besoin d'un job, répondit-elle en regardant son verre à vin. Je vais le quitter.

— Oh, chérie, s'exclama son amie en lui frottant le dos. Tu peux, mais ne décide pas ce soir, d'accord ? Respire.

C'était un bon conseil. Au moment où je reculais, la porte du bar s'ouvrit pour révéler Jimmy Gage, l'ex-flic que je détestais. Pour ne rien arranger, il prit place au bar à deux tabourets de Jill et son amie.

Les cheveux se dressèrent sur ma tête. Franchement, j'aurais préféré voir Griff Shipley et Audrey la blonde à sa place. Même la bouche collée l'un à l'autre, à distribuer des faire-part de mariage.

Jimmy me fit signe.

— Une Coors Light, grogna-t-il.

— Pression ou bouteille ? demandai-je négligemment, priant pour qu'il soit détendu ce soir et qu'il ait oublié ses vieux griefs.

Dix ans plus tôt, Jimmy nous avait arrêtées, Jill et moi, en excès de vitesse parce que nous étions en retard au bal de remise des diplômes. Jill lui avait répondu avec insolence, nous attirant un tas de problèmes à toutes les deux. Il y avait eu un esclandre et je m'étais très, très mal comportée.

En d'autres termes, cette soirée commençait à réveiller un lourd bagage émotionnel que j'espérais avoir laissé derrière moi. Et dire qu'une heure plus tôt, à peine, mon seul problème se résumait à ma nouvelle obsession pour un certain inconnu aux yeux verts.

— Bière pression, demanda Jimmy. Au prix de l'*happy hour*.

J'avais les nerfs à vif. L'*happy hour* était déjà terminée depuis une heure. Non seulement ce connard ne connaissait ni *merci* ni *s'il vous plaît*, mais il voulait aussi boire pour la moitié du prix. Évidemment, je n'allais pas insister.

Je lui servis sa bière et la posai devant lui. Il hocha la tête, faisant glisser un billet de cinq dollars sur le zinc.

Après ça, je restai sur les dents derrière le comptoir, à attendre que tout se dégrade. Il ne fallut que quelques minutes à Jimmy pour apercevoir Jill et son amie qui éclusaient leurs verres de vin au bout du bar.

— Bonsoir, mesdames, fit-il, le regard froid. Je vous paie un verre ?

Jill se redressa, surprise. Ses yeux croisèrent les miens et je détournai le regard.

— Non merci, dit-elle prudemment. On devrait freiner un peu notre consommation.

— Un Coca Light ? proposai-je en m'emparant du robinet à soda.

Jill adorait le Coca Light. Je faisais semblant de m'en moquer, à l'époque, parce que je n'avais pas les moyens de mettre des sous dans le distributeur automatique de la cafétéria.

Elle hocha la tête avec reconnaissance.

— Tu as toujours été une petite garce coincée, lança soudain Jimmy sans cesser de la regarder. Il paraît que ça n'a pas changé.

— Eh ! m'écriai-je, ébahie qu'il s'en prenne aussi ouvertement à elle.

Ce connard nous adressa un sourire sans joie avant de reporter son attention sur sa bière.

Ce fut à ce moment-là, alors même que je l'avais complètement oublié, que la porte s'ouvrit sur Dave. Une fois de plus, il était tout seul. Il passa derrière Jimmy et les deux femmes pour aller se percher sur le même siège qu'il avait occupé trois soirs plus tôt.

Ses avant-bras musclés sur le bar, il examina la liste des bières. Sans raison, je m'autorisai à me détendre. On aurait dit qu'il avait aéré la pièce par sa présence sereine. L'amie de Jill le regarda avec gourmandise depuis son tabouret de bar, mais il ne lui accorda pas un regard (à moins qu'il fasse semblant de ne pas la voir).

— Bonsoir. Qu'est-ce que ce sera ? demandai-je comme si c'était la première fois que je le voyais.

Il leva vers moi ses yeux pleins d'humour.

— Qu'est-ce que tu me conseilles ?

— Les bières du Vermont, dis-je avec conviction. Je recommande Sip of Sunshine de Lawson's Liquids. Une blonde forte, fraîche et houblonnée. Les fanas de bière font des milliers de kilomètres pour y goûter.

— Tant que ça ?

Ses yeux ardents me dévoraient, comme s'il n'avait envie de commander qu'une seule chose, *moi*.

En ce moment, je n'avais pas de temps à lui consacrer. Je tambourinai sur le bar avec impatience.

— Je te laisse une minute pour y réfléchir ?

— Non. La Lawson, ça me va.

Je lui servis sa bière et la posai devant lui sans un mot.

— Merci, beauté, fit-il d'une voix rocailleuse.

Oh, là, là. Cet homme me mettait dans tous mes états. Malgré tout, je le laissai seul avec sa bière. Tout en allant et venant derrière le bar, j'essayai de garder un œil sur l'échange tendu entre Jimmy et Jill.

— Je suis navré pour tes problèmes conjugaux, disait Jimmy en ricanant.

— Ah, parce que tu sais ce que ça veut dire, *navré* ? rétorqua l'amie de Jill.

Jill et moi tressaillîmes en même temps. Les bagarres étaient rares au *Mountain Goat*. Encore plus entre un ancien flic et une mère de famille. Mais ce soir, ce n'était pas à exclure.

— Vous avez besoin de quelque chose, les filles ? demandai-je, jetant un œil dans la salle à la recherche d'une table libre.

Si mon mariage battait de l'aile, je voudrais probablement un peu d'intimité à l'une de ces tables. Cela dit, j'étais mal placée pour le savoir, étant donné que personne ne m'avait jamais demandée en mariage.

Et ça n'arriverait sans doute jamais.

— Pourquoi est-ce qu'on n'est plus amies ? me demandait Jill maintenant, tellement saoule qu'elle louchait presque.

— Oh, chérie, répondis-je en soupirant. Nos chemins se sont séparés, c'est tout.

— On s'amusait tellement, toutes les deux, à l'époque !

Oui, quelquefois, mais le reste du temps, c'était l'enfer.

— Tu retrouveras des moments joyeux, lui dis-je avec une assurance feinte. Seulement, ne t'attaque pas au monde entier en même temps, d'accord ? Un problème à la fois. Tu ne peux pas changer radicalement de vie en une seule soirée.

— Moi, je peux changer ta vie en une soirée, proposa Jimmy. Je pourrais te montrer un truc ou deux.

— Rien d'exceptionnel, sûrement ! lança l'amie de Jill.

Ma tension artérielle augmenta d'un cran supplémentaire.

— Les hommes satisfaits ne vont pas voir ailleurs, railla Jimmy. Il faut se mettre à genoux pour lui, des fois, tu sais ? Je parie que tu ne l'as même pas fait.

— Jimmy, l'avertis-je, trop énervée pour avoir peur de lui plus longtemps. Reste en dehors de ça.

Mais il se contenta de ricaner. *Merde.* J'avais déjà posé mon téléphone sur le bar au cas où il me faudrait appeler la police si ça commençait à chauffer. Bien sûr, ça ne désamorcerait rien du tout. Jimmy ne serait pas content de se faire sermonner par le département de police qui l'avait licencié pour corruption.

C'était déjà le mardi soir le plus long de l'histoire.

Dave me fit signe, de l'autre côté du bar. Son verre était vide.

— Un autre ? lui demandai-je rapidement.

Son regard balaya la salle.

— Tout va bien ?

— Mais oui, grommelai-je. Une bière ?

— Avec plaisir, beauté.

En croisant son regard, j'éprouvai une émotion inattendue. Apparemment, je n'étais pas trop déconcentrée pour me rappeler quel effet ça faisait de le regarder alors que son corps puissant…

— Ton homme passe beaucoup de temps dans son garage, lança Jimmy à haute voix, me tirant de ma rêverie.

Il s'était remis à se moquer de Jill.

— À caresser ses nouvelles voitures au lieu de tes nichons. C'est bien bête de sa part.

Une fois de plus, j'ouvris ma grande gueule, abandonnant Dave pour retourner à l'autre bout du bar.

— Boucle-la ! Si tu harcèles les gens dans mon établissement, tu ne remettras plus les pieds ici. Réfléchis-y. Tu devras aller jusqu'à Montpelier pour une pinte. Ça ne vaut pas le coup.

— Ne m'énerve pas, chérie. Ça ne vaut pas le coup, répéta-t-il.

Ce connard me regardait avec un rictus mauvais. Il portait un t-shirt Ted Nugent avec un AK-47 dessus.

J'en avais par-dessus la tête.

— Tu sais quoi ? Un fusil d'assaut sur ton t-shirt ne te donnera pas une plus grosse queue.

Tout le monde éclata de rire dans le bar, mais je n'avais pas fini.

— Maintenant, dégage d'ici ou j'appelle l'agent Brown.

Jimmy devint blanc comme un linge, puis rouge. Soudain, tout se produisit en même temps. Dave descendit de son tabouret pour rejoindre les filles. Jimmy attrapa son verre de bière dans le poing et le projeta. Dave m'avertit en poussant un cri et je restai immobile, la boule au ventre. J'ignorais si c'était la peur ou un esprit de provocation insensé, toujours est-il que je restai clouée sur place. Peut-être un peu les deux.

Pour une quelconque raison – une certaine morale, allez savoir, ou l'instinct de survie –, Jimmy ne me frappa pas. Au lieu de ça, il jeta sa pinte de bière, qui atterrit avec fracas contre le mur derrière moi, faisant dégringoler plusieurs bouteilles alignées sur une étagère.

Avant même que les émanations d'alcool et le bruit du verre brisé ne parviennent à ma conscience pétrifiée, il se rua vers la porte.

— Tu veux que je l'attrape ? demanda Dave, les poings serrés le long du corps.

— Non, dis-je avec détermination.

Il était parti et c'était mieux comme ça.

Pendant un long moment, personne d'autre ne parla. Mes clients étaient stupéfaits.

— Le spectacle est terminé, mesdames et messieurs. Désolée pour tout ce raffut !

— Excuse-nous, Zara, murmurèrent Jill et son amie à leur tour. On peut t'aider à nettoyer.

— Ça va, je m'en charge. Vous voulez que je vous appelle un taxi ?

Au moins, c'était dit. Il était toujours préférable de faire cette proposition en milieu de soirée. C'était une façon de leur faire comprendre que ce serait plutôt gênant si elles en avaient besoin finalement une heure plus tard.

— Non, répondit l'amie de Jill. On va reprendre un autre Coca, si ça ne vous dérange pas, et attendre d'aller mieux avant de rentrer.

— Pas de problème.

Je leur apportai leurs verres, puis j'allai chercher un balai et une pelle. Je retirai mes talons pour enfiler la paire de bottes noires que j'utilisais en cas de travaux salissants.

— Tu veux que je t'aide ? proposa Dave lorsque je me mis à balayer derrière le bar.

— Non.

Je pris alors conscience que je ne lui avais jamais servi de deuxième verre.

— Merde. Tu veux boire quelque chose ? Avant que je me concentre sur le ménage.

— Je veux bien une autre Lawson. Mais je peux attendre, ça va.

Je lui servis sa bière et il posa son menton dans une main pour m'envelopper du regard.

— C'est une soirée mouvementée, dis-moi.

— Ne m'en parle pas. Je cherchais une bonne excuse pour le virer, de toute façon.

Dave sourit, révélant sa fossette discrète.

— Tu es sûre que tu n'as pas besoin d'un coup de main ? Je n'en reviens pas que ce connard t'ait laissé un tel foutoir.

— Un homme typique, dis-je pour le taquiner. En même temps, je l'ai cherché. On ne peut pas insulter le t-shirt et la queue d'un mec sans s'attendre à une réaction.

Le clin d'œil que m'adressa Dave me fit effet dans tout le corps.

— Heureusement qu'il n'a pas sorti son matériel pour te prouver le contraire.

J'inspectai les dégâts dans mon bar.

— Ça m'aurait fait moins de désordre à nettoyer.

Il partit d'un grand éclat de rire.

— Tu veux que je tienne la pelle à poussière ?

— Non. Ce ne sera pas long. Dommage pour cette bonne bouteille de cognac, quand même, dis-je en claquant la langue.

Une heure plus tard, les dégâts avaient disparu depuis longtemps. Tout comme la majeure partie des clients. J'avais réapprovisionné les bouteilles que Jimmy avait cassées.

Tout ce qu'il restait de l'incident, c'était une légère odeur de cognac et mes mains tremblantes. J'avais les nerfs en pelote. Jill avait pleuré sur son tabouret de bar, et ses reniflements n'aidaient pas. Pendant tout ce temps, Dave dardait sur moi son regard de braise.

Enfin, Jill et son amie s'en allèrent, me laissant seule avec Dave. Je fis alors quelque chose qui ne me ressemblait pas du tout. Récupérant deux verres à liqueur sur l'étagère, je les posai sur le bar, puis je pris la bouteille de Jose Cuervo et versai deux shooters avant d'en offrir un à Dave.

Il me regarda, les yeux brillants.

— Soirée difficile ?

— La pire de toutes.

— Je peux arranger ça.

Sa voix était comme une caresse sur mon visage brûlant.

— Viens ici, beauté.

Il tapotait le tabouret à côté de lui.

— Assieds-toi avec moi une minute.

J'hésitai au moins une demi-seconde.

— Zara, dit-il, sa voix plus grave et intense que jamais. Je ne te le propose pas, je l'exige.

J'en avais la chair de poule. Je lui obéis, passant sous le bar avant de poser mes fesses sur le tabouret à côté de lui. La salle ne m'était pas familière sous cet angle.

— Alors, c'est comme ça, de l'autre côté ? dis-je avec humour.

Dave prit son verre et le vida cul sec avant de pousser le mien.

Comme les quartiers de citron vert étaient à portée de main, j'en attrapai un et le pressai au-dessus de mon shooter. Puis je le bus en essayant de paraître assurée. Dave avait un impact indéniable sur mon ego. À force de me dire que j'étais sexy, il me donnait envie de l'être.

— C'est bien, susurra-t-il en me prenant la main.

Il se saisit de mon tabouret et l'attira vers lui.

Puis, ses mains fermes sur mes épaules, il m'embrassa. Avec force.

6

———

DAVE

Un mois plus tard

Le premier août, je descendis de mon pick-up de location devant le *Mountain Goat* pour la dernière fois.

Mais je n'entrai pas tout de suite. Au lieu de ça, je restai là pendant quelques minutes, écoutant le moteur tourner, mes fesses contre la portière. On entendait faiblement la musique à l'intérieur du bar, mais je me tournai dans l'autre sens et levai les yeux. La Voie lactée étendait sa voûte au-dessus de ma tête, bande de lumière stellaire désordonnée. Je savais maintenant que, dans une heure, la lune l'éclairerait et qu'elle serait plus difficile à voir.

J'avais trente ans. Pourtant, six semaines auparavant, la Voie lactée n'était encore pour moi qu'une expression dans les manuels scolaires, au vague nom de crème glacée. Là où j'avais grandi, près de Détroit, il y avait trop de lumière industrielle pour voir les étoiles. Et là où j'habitais maintenant, à New York, c'était encore pire.

Deux semaines après mon arrivée dans le Vermont, j'avais acheté de formidables jumelles – je les avais fait livrer au chalet par FedEx. D'abord, j'avais fait des recherches sur les télescopes, mais un engin de bonne qualité mesure un mètre vingt de hauteur et n'aime pas être déplacé. Étant donné que j'étais constamment sur la route, j'avais décidé de me contenter de jumelles. De toute façon, je n'étais qu'un voyou un

43

peu ignare issu des quartiers chauds de Détroit. Pas un astronome. Comme si je m'y connaissais en télescopes !

Les jumelles m'avaient révélé bien plus de ciel que je n'en avais jamais vu auparavant. Surtout la lune. Quand je l'observais, son paysage me semblait soudain bien réel. J'étais étonné de voir à quel point les cratères étaient visibles et les surfaces désertiques bien nettes de l'autre côté de mes lentilles.

Tout comme la lune, le Vermont n'était pour moi qu'une forme sur la carte jusqu'à tout récemment, quelques mois plus tôt. C'était mon coéquipier qui avait eu l'idée de louer un chalet ici pendant deux mois, pour faire de la randonnée et de la pêche. Il avait joué au hockey pour l'Université du Vermont et il était tombé amoureux de la région.

Étant donné que j'étais célibataire, et que mon équipe de hockey représentait toute ma vie, j'avais accepté de venir.

Quand j'étais monté en voiture à Brooklyn, tout ce que je connaissais du Vermont, c'était son bon fromage et sa bière, deux spécialités qui figuraient au menu des restaurants de New York. Mais je n'aurais jamais pensé aux étoiles.

Maintenant, mes vacances étaient terminées. En début de soirée, j'avais rangé ma petite chambre dans le chalet de location. Après ce soir, mes nouvelles jumelles ramasseraient la poussière sur le rebord de la fenêtre de mon appartement, où mes coéquipiers me les piqueraient probablement pour essayer de repérer des femmes en train de se changer derrière les fenêtres des immeubles d'en face, à Brooklyn.

Nous n'étions qu'un groupe de grands gamins, en réalité. Vraiment pas sortables.

Debout sur le parking, je jetai un coup d'œil à la Voie lactée. Je savais que je ne la reverrais pas avant longtemps. Dans une semaine, je serais de retour en ville, entre la salle de musculation et la patinoire, à essayer de participer aux séries éliminatoires. Ensuite, ce serait le début des déplacements et je vivrais dans les bagages.

J'avais une vie formidable. J'étais sous contrat avec la NHL, au sommet de ma carrière, payé comme une superstar. Mais la sérénité de ces bois allait me manquer et je prenais le temps de l'apprécier. C'était une nuit chaude, mais pas moite. J'adorais cet aspect du Vermont. L'air embaumait, et partout, c'était le silence. La fin de l'été approchait et les grenouilles et les grillons s'étaient tus. Je pris une autre inspiration dans la pénombre.

Puis j'entrai dans le bar.

C'était un mercredi, et en prenant place sur un tabouret, je remarquai qu'il n'y avait pas beaucoup de clients.

Comme d'habitude, Zara prit son temps pour venir me saluer.

— Bonsoir, dit-elle enfin, plaçant un dessous de verre sur le bois verni devant moi. Qu'est-ce que ce sera ?

Devant l'apparente froideur de cette salutation, je réprimai un sourire. Même si nous avions passé beaucoup de temps ensemble ces dernières semaines, Zara mettait toujours mon ego en échec.

Si c'était comme ça qu'elle voulait jouer, moi aussi.

— Qu'est-ce que tu as en pression ? demandai-je, comme si je ne le savais pas déjà.

J'avais passé de nombreuses soirées d'été assis sur ce tabouret, à parcourir la sélection de bières artisanales du Vermont.

Elle passa un pouce au-dessus de son épaule, indiquant l'écriteau terriblement simple à déchiffrer pour quiconque s'intéressait aux bières pression.

— Bon...

Un point pour Zara.

— Sers-moi une Allagash, beauté.

Le voilà, mon premier sourire de la soirée. C'était si furtif qu'un autre l'aurait manqué. Mais j'ai un œil de lynx. Demandez à n'importe qui.

Elle prit une pinte et me servit ma bière pendant que son autre main était occupée à ouvrir une bouteille pour un autre client. Zara était toujours follement occupée là derrière, même un soir calme de semaine. Elle ne cessait d'aller et venir dans le bar, parcourant certainement plus de kilomètres que moi lors d'un match de hockey de championnat. J'aimais la regarder s'activer. Il y avait une certaine économie de mouvement lorsqu'elle essuyait une table ou préparait une addition. Ça m'excitait presque autant que le décolleté que je pouvais voir chaque fois qu'elle se penchait pour ramasser un verre sur une table. Elle avait un long cou gracieux qui me donnait envie d'y passer la langue.

Quand elle posa la bière devant moi, je n'eus pas droit à mon clin d'œil. Pas même en coup de vent. Mais c'était notre petite danse, notre lien fragile. Ce n'était peut-être pas comme ça que les gens normaux se comportaient, or j'avais découvert ces dernières semaines que Zara et moi nous fichions éperdument des convenances.

Je pris une gorgée de mon excellente bière et m'installai pour la regarder assurer sa dernière heure de la soirée. Zara ne ressemblait à aucune autre femme de ma connaissance. Ni à aucune barmaid, d'ailleurs. C'était une vraie tempête en mouvement, toujours à devancer les demandes des clients. Ses mains constamment occupées, ses membres fins et élégants. J'admirais tout ce que je voyais chez Zara. Mais j'avais toujours l'impression que son comportement détaché cachait autre chose.

Je l'avais touché du doigt. Et ce n'est pas une image grivoise. J'avais vu son expression quand elle lâchait vraiment prise et j'avais entendu le rire auquel elle se laissait aller quand personne ne l'écoutait.

Pourtant, même dans mes bras, elle gardait ses émotions sous cloche, plus que n'importe quelle autre femme. Parfois, quand je la regardais, elle semblait se concentrer ailleurs, comme si son âme était branchée sur des ondes sous-jacentes qu'aucun de nous, simples mortels, ne pouvait percevoir.

La Voie lactée et Zara. Mes deux découvertes exotiques préférées dans le Vermont.

La sono diffusait une chanson de Green Day et je la vis bouger ses épaules en rythme, non pour se donner en spectacle, mais pour elle-même.

— Dernières commandes, lança-t-elle à la cantonade.

Après quoi, sa clientèle du mercredi s'empressa de partir. Je n'eus pas à attendre longtemps. Bientôt, elle s'affairait dans la salle, empilant les chaises à l'envers sur les tables. Elle m'ignorait. Une fois, j'avais essayé de l'aider, mais elle m'avait houspillé sans ménagement.

Au lieu de ça, je terminai ma bière.

Bientôt, j'étais le dernier client du bar. Sans un coup d'œil dans ma direction, elle compta l'argent liquide dans la caisse enregistreuse, puis elle disparut à l'arrière, vraisemblablement pour aller l'enfermer dans le coffre-fort.

Je me levai du tabouret, les veines bourdonnant d'un désir impatient. Je me dirigeai vers la porte, puis je me glissai à l'extérieur, où les étoiles m'attendaient. Adossé contre les planches de la façade, je penchai la tête en arrière jusqu'à apercevoir Jupiter dans le ciel, où elle venait de se lever. J'entendis un hibou hululer. Un authentique hibou. *Elle-elle-eeeeeelllleee*, chantait-il.

Là où j'avais grandi, les hiboux ne figuraient que dans les livres d'images.

La porte s'ouvrit à côté de moi et Zara apparut. Je retins mon souffle pendant qu'elle fermait le bar. Dès l'instant où elle sortit la dernière clé de la serrure, je quittai la pénombre pour saisir son poignet.

Ses yeux sombres fusèrent vers les miens. Pourtant, elle ne dit pas un mot.

— Salut, dis-je d'une voix rauque. Tu n'avais pas grand-chose à me raconter ce soir.

— Comme toujours.

Sa réponse me fit rire, un son qui me parut retentissant dans le silence de la nuit.

— Bien vu, beauté.

Elle récupéra son poignet.

— Tu veux rester ici et bavarder maintenant ? C'est ton projet ?

Clairement pas. Je m'avançai dans son espace personnel et lui volai mon premier baiser de la soirée. C'était plus fort que moi. Ça m'avait rendu fou de la voir bouger pendant une heure. *Bon sang !* Chaque fois, je ressentais une secousse d'énergie quand nos bouches s'unissaient. La chaleur des étoiles et du soleil brûlait en moi chaque fois qu'elle était proche.

Zara poussa un soupir qui me parut désapprobateur, même si elle semblait fondre sous ma bouche. J'approfondis le baiser, obtenant un avant-goût rapide.

— Viens avec moi ce soir, dis-je en l'interrompant. Juste une fois.

En temps normal, nous montions chez elle.

Elle recula et leva ses yeux sombres vers les miens.

— Où ça ?

— Quelque part. Pas loin. Il ne me reste qu'une nuit pour contempler les étoiles. J'aimerais que tu viennes avec moi.

Zara réfléchit tandis que ses mains venaient se poser sur mes pectoraux. Elle craquait pour mon torse. Et j'étais assez intelligent pour ne jamais le souligner, parce que j'étais presque certain qu'elle ne me toucherait plus jamais de la même manière si elle savait que je l'avais remarqué.

Ma femme préférée était hérissée d'épines. Mais au fond, c'était aussi ce qui exacerbait notre complicité.

— On ne sort jamais, tous les deux, me rappela-t-elle.

— Seulement parce qu'il n'y a plus rien d'ouvert quand tu termines le travail. Mais les étoiles ne ferment pas, elles. Et j'ai envie de les contempler une dernière fois. Tu ne veux pas venir ?

Elle jeta un œil vers mon pick-up, sur le parking.

— Ça va à l'encontre des règles.

— Non, dis-je tout bas.

Zara adorait les règles. Rien que du sexe. Pas de nuits à deux. Chaque fois, elle me flanquait à la porte. Cela dit, on parlait un peu plus, maintenant. Son sens de l'humour insolent allait me manquer.

— Mais tu n'as pas peur de moi, si ? Si je savais que je te rends nerveuse, je ne ferais pas le con.

Elle arqua un sourcil.

— Peut-être que je n'ai pas peur de toi, mais que j'ai d'autres objections...

— Oh, dans ce cas, je peux continuer à jouer au con.

Elle partit d'un rire soudain. Le rire de Zara était aussi rare que parfait, un éclat de joie rauque qui s'estompa rapidement, éteint avant même d'avoir commencé.

— Très bien, dit-elle, le visage à nouveau grave. Allons voir les étoiles.

Elle me contourna pour se diriger vers mon pick-up avec son efficacité caractéristique.

Comme d'habitude, son esprit avait démarré au quart de tour et je pressai le pas pour la rattraper et la suivre.

Le sommet de la colline où j'avais choisi d'aller observer les étoiles était un peu plus loin que je le pensais. Mais Zara alluma la radio et baissa la vitre. Elle avait l'air satisfaite par cette promenade, à côté de moi, les yeux dans la nuit.

Je n'aurais pas su décrire ce que nous avions été l'un pour l'autre, cet été. Ce n'était pas une *relation*. Ni elle ni moi ne souhaitions cela. Zara dirait que c'était une série de coups d'un soir, mais ce n'était pas tout à fait ça non plus. Pouvait-on dire qu'on *sortait* ensemble ?

Pourtant, chaque fois que je venais la voir, Zara me faisait clairement comprendre que je ne pouvais pas compter sur elle. J'avais parfois l'impression qu'elle me faisait une faveur.

Ça aussi, ça me plaisait. Habituellement pour moi, le sexe était facile comme un claquement de doigts. Il y avait un certain type de femmes qui aimaient le hockey et adoraient les joueurs. Je n'avais jamais eu à ramer pour trouver mon plaisir.

Malgré toutes ces soirées que nous avions passées ensemble, Zara ne savait toujours pas que j'étais un sportif professionnel. Nous ne parlions jamais de nos vies, c'était une autre de ses règles. Je n'étais qu'un gars comme un autre dans son bar. J'aimais bien cet arrangement, parce qu'elle m'*appréciait* en tant qu'homme lambda. Je n'avais pas besoin d'être une star pour l'impressionner. Elle ne m'avait jamais demandé si je connaissais Tyler Seguin ou Henrik Lundquivst. Elle ne voulait pas entendre parler de mes exploits ni obtenir de maillots dédicacés.

Elle me voulait, moi, tout simplement.

Même s'il n'y avait pas de mot pour ça, ce que nous avions partagé était formidable. Tous les trois ou quatre soirs, j'allais seul au bar avant la fermeture et j'attendais qu'elle finisse. En général, elle m'ignorait royalement.

Je pensais recevoir un accueil plus chaleureux au fil du temps, mais madame m'avait précisé qu'avant le départ de tous les clients, on ne se connaissait pas. J'étais son vilain petit secret, apparemment.

Et j'adorais ça.

Même si je taquinais Zara au sujet de sa longue liste de règles, elles me convenaient très bien. Je ne me sentais pas obligé de faire comme si nous avions un avenir ensemble. Nos conversations n'étaient pas entravées par nos attentes. Nous étions libres de parler de nos films préférés – *Kill Bill* pour Zara, *The Blind Side* pour moi –, des différents restaurants du Vermont et de la meilleure crème glacée.

Nos soirées alternaient entre discussions anodines et sexe fougueux. Je n'avais jamais autant pris mon pied que là-haut, dans sa chambre. Autre première pour moi, c'était de mieux en mieux à mesure qu'on passait du temps ensemble. Ça aussi, c'était une révélation. Je croyais savoir tout ce qu'il fallait savoir pour plaire à une femme.

Eh bien, non.

Je ne m'attendais pas à trouver Zara plus intéressante chaque jour. C'était comme les séries éliminatoires : après sept matches, on en savait un peu plus au sujet de l'autre équipe. On se retrouvait avec une passion renforcée par la familiarité et, si j'ose dire, une sorte de respect que je n'avais jamais ressenti auparavant.

Qui l'aurait cru ? Cela dit, cette découverte ne me servirait sans doute plus jamais à rien. Notre rencontre aussi étrange que limitée dans le temps arrivait à une conclusion rapide.

Tout comme les séries éliminatoires.

Elle le savait, elle aussi. J'avais pris soin de lui dire exactement quand mon séjour arriverait à son terme, précisant que je ne reviendrais probablement jamais.

— Qu'est-ce qui te fait croire que tu me manqueras ? avait-elle demandé la semaine dernière.

Rien, en effet.

À présent, je m'engageais sur la route sinueuse qui conduisait au belvédère, au sommet de la colline. Quand je me garai tout en haut, notre voiture était la seule en vue.

— Viens, lui dis-je.

Elle descendit du pick-up et je pris la couette et la petite glacière que j'avais apportées.

— Tu peux prendre ça ? demandai-je en lui tendant la couette.

Je récupérai aussi mes jumelles.

— Eh bien, quels préparatifs ! Tu étais boy-scout dans une vie antérieure ?

— Non.

Elle n'insista pas. Pas ma Zara. D'autres femmes sauteraient sur l'occasion pour essayer d'en savoir plus sur mon passé. Elle s'avança dans le champ devant moi, choisit un endroit où étaler la couverture et la déplia sur l'herbe. Puis elle se mit à genoux avec son élégance habituelle et elle leva les yeux vers le ciel.

Je la rejoignis un instant plus tard.

— Voilà, c'était exactement ce que je voulais, murmurai-je.

Je me laissai tomber sur les fesses et je l'attirai plus près, afin qu'elle puisse poser sa tête contre mon torse et admirer la voûte céleste.

— Tu veux voir la demi-lune ?

— Avec joie.

Elle se blottit tout contre moi. Ses paroles avaient beau rester distantes, son langage corporel ne pouvait pas conserver le même degré de réserve.

Et j'adorais ça, comme jamais encore je n'avais aimé quelque chose. Pour moi, les câlins avaient toujours été synonymes de manque affectif. Mais Zara n'était pas du tout en manque. Son affection physique était un avantage inattendu, et elle ne me demandait rien d'autre que du plaisir. Le parfum de noix de coco de son shampoing me monta aussitôt aux narines. Bon Dieu, la noix de coco me filerait toujours la trique après ça.

Je levai les jumelles vers le ciel et ajustai leur netteté. Les cratères apparurent, notamment le long de la frontière entre ombre et lumière, là où la Terre plongeait la moitié de la Lune dans l'obscurité. Les détails ressortaient sur cette ligne franche. C'était à couper le souffle. Avant le mois dernier, je n'aurais jamais imaginé pouvoir les observer par moi-même.

— Tiens, regarde, dis-je en remettant les jumelles à Zara.

Elle retint sa respiration lorsqu'elle trouva la lune. Elle prenait tout son temps, sans dire un mot. Du pur Zara. Après un silence contemplatif, elle me les rendit.

Je posai les jumelles sur la couette, incapable de résister à l'envie de lui caresser les cheveux.

— Là, c'est Jupiter. La planète brillante.

— Ce n'est pas une étoile ?

— Non. Une planète. Si on avait un télescope, on pourrait voir certains de ses satellites.

Je passai ma main sous sa jupe et mes doigts effleurèrent la peau lisse de sa cuisse. Avec n'importe quelle autre copine, ce serait une avancée majeure. Un signal. L'indication d'une transition entre la conversation et le sexe. Mais je touchais simplement Zara parce que j'aimais la sentir sous mes doigts.

La notion d'intimité commençait à prendre un sens différent pour moi.

Zara porta à nouveau les jumelles à ses yeux et se concentra sur Jupiter. Comme je remuais trop, elle s'écarta et s'allongea sur le dos, prenant appui sur le sol pour stabiliser sa vue.

Je me hissai sur les coudes et embrassai délicatement son ventre, profitant que son t-shirt soit relevé. Je frottai son nombril avec mon nez, puis je me frayai un chemin de baisers vers le haut, en direction de ses seins.

Toujours concentrée sur Jupiter, Zara agita les hanches. C'était plus fort qu'elle. C'était clairement la femme la plus réactive que j'aie jamais baisée. Pour être honnête, j'avais l'impression d'être un dieu du sexe avec elle. Si ses mots étaient impassibles, son corps ne pouvait pas faire semblant. Quand elle oubliait de me repousser, elle devenait câline et affectueuse.

J'adorais ça. L'affection n'était pas dans mes habitudes. Qui aurait cru que c'était si bon de caresser quelqu'un en permanence ?

À présent, ma bouche progressait sur sa peau, écartant son haut au passage. Troublant son observation, je glissai les mains sous son corps pour dégrafer son soutien-gorge. Elle avait de petits seins parfaits et je me penchai pour en sucer la pointe. J'avais prouvé récemment qu'elle pouvait jouir uniquement par la stimulation de ses mamelons. Ou presque. J'adorais la sucer jusqu'à ce qu'elle me supplie. Ensuite, si je la pénétrais rapidement, elle jouissait immédiatement, palpitant autour de mon sexe avec un gémissement torride.

Il n'existait rien de plus excitant.

Pourtant ce soir, j'avais d'autres intentions. Sa jupe courte m'avait donné des idées et j'en salivais d'avance. Ma bouche descendit vers le bas de son ventre et je retroussai sa jupe. Je commençai à tracer des motifs sur ses cuisses avec mes lèvres, mes mollets nus étendus dans l'herbe fraîche, la brise du soir sur ma peau.

Ma langue suivit le bord de sa culotte tandis qu'un hibou hululait au loin.

— Viens ici, murmura-t-elle.

— Non. Je suis occupé.

Je tirai sur l'élastique, mais elle ne faisait rien pour m'aider à retirer sa culotte.

— Décolle les hanches, bébé.

— Tu veux faire ça ici ?

— Absolument. Il n'y a personne.

Et j'en avais très envie. Les battements de mon cœur s'accélérèrent lorsque je baissai à nouveau sa culotte. Au bout d'un instant, elle souleva les hanches et je la retirai. Avec un grognement d'envie, je lui écartai les jambes et repris mes baisers à la jonction de ses cuisses.

Je m'étais souvent envoyé en l'air au cours de ma vie, et dans toutes sortes d'endroits. Des hôtels partout dans le pays. Dans les toilettes d'un jet, une fois. (Clairement pas confortable, une expérience plutôt moyenne.) J'avais eu autant de partenaires et autant de variété qu'un homme puisse désirer.

Pourtant, je ne m'étais jamais senti aussi débauché qu'en soulevant la jupe de Zara sur une couverture, au sommet de cette colline, effleurant de mes lèvres la partie la plus douce de son anatomie. Elle grogna en pensant que je la taquinais. C'était le cas, en quelque sorte, mais la vérité, c'était que j'avais rarement fait de cunnis avant Zara.

Cet été, je m'étais rendu compte que j'avais bien moins d'expérience avec les femmes que je le pensais. Parce que c'était une *expérience* de faire frémir la même femme pour la dixième fois, en sachant exactement comment elle aimait qu'on la touche. C'était une expérience de connaître par cœur son sourire félin.

Et c'était une putain d'expérience d'être suffisamment proche d'une femme pour être impatient de glisser votre langue sur son clitoris pendant qu'elle enfonçait ses doigts dans votre cuir chevelu.

Le murmure de la brise accompagnait les gémissements de Zara. Elle protesta mollement. Comme elle était hyper-orgasmique, elle essayait souvent de retarder le plaisir.

— C'est mieux quand je peux attendre, avait-elle expliqué une fois, haletant sous mon corps.

Mais je n'étais pas d'humeur à attendre. Je plaquai ses hanches sur la couverture et enfouis ma langue en elle. Puis je pinçai son clitoris entre mes lèvres et le suçai doucement.

Le résultat fut un cri étouffé et ses hanches tressautèrent. Mon Dieu, c'était le son le plus érotique que j'aie jamais entendu et je faillis éjaculer dans mon short tandis qu'elle se liquéfiait sous ma langue.

Ce fut à ce moment-là que j'entendis la voiture.

Merde.

Je me redressai vivement en voyant des phares monter le long de la route, appartenant visiblement à une voiture de police.

Alors que Zara reprenait son souffle, avide d'oxygène, je remis sa jupe en place et la soulevai sur mes genoux. Son dos contre mon torse, je ramassais mes jumelles quand une portière claqua et que des bruits de pas se firent entendre sur le gravier.

— Bonsoir, lança le policier derrière nous.

— Bonsoir, répondis-je gaiement, levant mes jumelles en l'air. Il y a un problème ? On regarde juste les étoiles.

Je lui jetai un œil par-dessus mon épaule, tout comme Zara.

— Non, aucun problème, fit-il en souriant. Nouveau passe-temps, Zara ? Je ne savais pas que tu étais fan de...

Il fit une pause avant d'ajouter :

— D'astrologie.

Oh, mon pote. Sérieusement ?

— C'est ma grande passion, ça, l'*astronomie*, dit-elle en soupirant.

— Vraiment ? Bon, eh bien, passez une bonne soirée tous les deux.

Il ricana, puis il se tourna lentement et rebroussa chemin jusqu'à sa voiture. Un instant après, nous entendîmes le gravier crisser sous ses pneus alors qu'il s'éloignait en marche arrière.

J'embrassai Zara dans le cou, mais elle s'était crispée.

— Quelque chose ne va pas ?

— Rien de nouveau, répondit-elle doucement. Il était dans la classe de mon frère Alec, au lycée. Maintenant, il va avoir une anecdote amusante à raconter aux gars de la soirée poker cette semaine. Zara la dévergondée, toujours à Jasper Hill avec des mecs.

— Oh, qu'il aille se faire foutre, grommelai-je. Il se balade dans un uniforme en polyester et une voiture qui empeste le vomi de soûlard. Il n'a que des ragots, dans la vie. Toi, tu as la lune et la bière que je t'ai apportée.

Je désignai la glacière que nous n'avions pas touchée.

Ses doigts fins caressaient négligemment mon genou nu.

— C'est bon. C'est juste une petite ville. Rien ne change jamais. Ma réputation au lycée était bien méritée, de toute façon.

Je passai ma main sur ses cheveux noirs, qui brillaient au clair de lune. Zara ne m'avait presque jamais rien confié auparavant.

— Moi aussi, je couchais à droite à gauche au lycée, lui avouai-je. Ce n'est pas à ça que ça sert, le lycée ?

— Bien sûr, si tu es un garçon.

Elle remit sa tête sur mon épaule et me regarda.

— Les filles sont censées garder leurs cuisses fermées. Mais je ne l'ai pas fait. Mes frères allaient distribuer des coups de poing à tous ceux qu'ils surprenaient en train de parler de moi, mais on peut dire que je ne me suis pas rendu service.

— Tu sais quoi ? Tu devais terrifier ces garçons. Je parie que tu étais une vraie bombe au lycée. Ils devaient tous prier pour que tu leur accordes un regard et ça les dévastait quand tu les rejetais. Y compris Monsieur Matraque, là-bas, dis-je en montrant la route où le flic était venu et reparti.

— Je l'ai masturbé une fois, sous les gradins, pendant un match amical.

Elle m'avait livré cette confession en me regardant droit dans les yeux, me défiant de la juger.

Au lieu de ça, j'éclatai de rire. Puis je l'embrassai.

— Il en rêve encore, je parie.

Zara soupira.

— Ça ne te dérange pas si on s'en va maintenant ? Il est tard. Je devrais dormir un peu.

— Pas de problème, dis-je malgré ma déception.

7

____

ZARA

Je savais que je n'aurais pas dû me laisser décontenancer. L'arrivée de l'agent Brown – ou Butchie Brown comme on l'appelait – n'était ni grave ni surprenante.

Mais ça ne faisait que souligner mon plus gros problème. Dave partait, et moi, je n'allais nulle part. Demain, il retournerait dans son monde de riches – dont j'ignorais tout – et je serais toujours la mauvaise fille qui ne savait pas quoi faire de sa vie.

Voilà, ça recommençait, une fois de plus. J'avais eu la chance d'avoir un gars inaccessible. Il partait et il me manquerait terriblement. Ça me mettait tellement en rogne contre moi-même que j'étais incapable de profiter de ma dernière heure avec lui.

Je n'apprendrais donc jamais ?

N'y compte pas, comme l'aurait prédit ma vieille boule Magic 8.

Nous repartîmes en silence, ma mauvaise humeur presque palpable dans l'habitacle de son pick-up. Quand nous arrivâmes sur le parking, derrière le *Goat*, il coupa le moteur. On n'entendait plus que le coassement grave et solitaire d'une grenouille-taureau. Je souris malgré moi en me remémorant la stupeur de Dave quand je lui avais parlé du cri strident de la rainette.

Génial, maintenant les chants des grenouilles le soir en été me feraient immanquablement penser à lui pendant les prochaines années.

Il était temps de passer à autre chose.

Je posai la main sur la portière.

— C'était sympa. Bon, je sais que tu n'as pas vraiment, euh, obtenu ce que tu étais venu chercher, cette fois, mais je pense qu'il vaut mieux en rester là.

Il tendit la main par-dessus la boîte de vitesses et attrapa la mienne avant que je puisse m'échapper.

— Pas si vite, l'écorchée vive.

Son pouce me massa la paume. Depuis notre première nuit ensemble, il avait tendance à devenir plus sensuel que brutal.

Bien sûr, il était toujours ardent et autoritaire, dans le meilleur sens du terme. Mais il aimait s'attarder avec moi maintenant. J'aurais dû l'apprécier, pourtant je me sentais comme Dorothy dans *Le Magicien d'Oz*, enfermée avec le sablier géant à compter les minutes jusqu'à la fin inéluctable.

Je n'avais pas plus d'espoir.

— Je ne sais pas ce que tu veux que je te dise, avouai-je.

— Tu n'as rien à dire, répondit-il d'une voix rauque. Embrasse-moi pour me souhaiter une bonne nuit, c'est tout.

En sortant de la voiture, je pensais qu'il essaierait de m'amadouer pour que je l'invite à monter. Mais je n'avais qu'à moitié raison. Au lieu de parler, il posa les mains de chaque côté de la porte, puis se pencha pour m'embrasser à en perdre la raison. Bientôt, je gémissais dans sa bouche, sans le moindre contrôle sur moi-même. Il me prit les clés des mains et ouvrit la porte pour me suivre à l'étage, mes cheveux enroulés dans son poing parce qu'il savait que ça m'excitait.

Pendant une heure de délices, je ne cherchai même pas à faire semblant que je voulais qu'il s'en aille. Je donnai à son corps massif tout ce qu'il demandait : ma peau, ma bouche, chaque expression de mon plaisir.

Et même mon âme.

Enfin, nous nous laissâmes tomber sur le matelas, comblés. Il referma un bras autour de moi et me serra fermement. C'était agréable et je m'en voulais d'avoir envie de me pelotonner. Je laissai passer une minute, puis deux. J'étais épuisée par le stress de son départ imminent et j'avais besoin qu'il me laisse seule pour le digérer.

Mais je ne voulais pas me comporter comme une ordure. J'allais lui accorder cinq minutes, puis je l'embrasserais pour la dernière fois.

C'est ce qui serait arrivé, si contre toute attente je ne m'étais pas endormie.

Comme je n'avais pas l'habitude de partager mon lit, j'ouvris les yeux alors que mon réveil indiquait 3 h 07.

Merde.

J'avais une jambe sur celle de Dave et nous nous tenions la main dans notre sommeil. J'entendais sa respiration paisible de son côté du lit.

Fermant à nouveau les paupières, je le laissai là. Il fallait être une vraie garce pour jeter un homme endormi hors de son lit à trois heures du matin.

Pourtant, je lui avais mené la vie dure pendant tout l'été.

— Épineuse comme un porc-épic, m'avait-il dit une fois avec un grand sourire.

Il venait de voir son premier porc-épic ce jour-là.

— Dans un arbre ! avait-il ajouté. Je ne savais pas que vous grimpiez aux arbres.

Ce n'était pas une mauvaise comparaison. Comme un porc-épic, mes piques me servaient à me protéger.

— Tu me fais vraiment galérer, tu sais, m'avait-il dit plusieurs fois.

— Pas tes autres copines ? Elles devraient.

Il avait secoué la tête.

— Je n'ai pas de copines. Je ne suis pas fait pour les relations. Le temps que je passe avec toi, c'est ce qui s'en rapproche le plus.

— Parce qu'il y a une date d'expiration, avais-je souligné. Tu n'as pas à chercher d'échappatoire, parce que tu as déjà un pied dehors.

Il avait ricané.

— On fait dans la psychanalyse maintenant ? Dans ce cas, j'aimerais savoir pourquoi une fille de la campagne a peur des araignées.

— Juste une ! Je suis entrée la tête la première dans sa foutue *toile* !

— *Dave !* avait-il crié de façon moqueuse. *Elle est dans mes cheveux ?*

— Ah oui ? Je vais en mettre une dans ton lit et on verra si c'est drôle.

Il avait ri avant de m'embrasser.

Parfois, au cours de nos longues conversations, je me laissais aller à baisser ma garde. Je me surprenais souvent à lui sourire. C'était facile de se jeter tête baissée dans ses yeux verts et de rire à ses blagues.

— Un rire ! s'était-il extasié une fois. Alertez les médias. Zara a gloussé comme une écolière.

— Je ne glousse pas. Tu as rêvé, avais-je rétorqué, fidèle à mon caractère.

— Hmm, hmm, avait-il dit avant de me chatouiller.

Personne ne m'avait chatouillée depuis une décennie.

Voilà pourquoi je souriais dans le noir, à trois heures du matin, nostalgique d'une petite aventure d'été.

Quelle idiote.

J'eus du mal à me rendormir. Parce que j'avais fait exactement ce que je n'aurais pas dû faire, m'attacher à Dave, le beau rouquin de mon bar.

Malgré tout, j'avais dû somnoler, parce que la lumière filtrait à travers mes fenêtres quand je pris conscience que Dave m'embrassait dans le cou.

— C'est le matin, murmura-t-il. Je vais y aller maintenant.

Je gardai mes paupières bien fermées.

— Quel été ! murmura-t-il, déposant un baiser sous mon menton. Tu es de loin ma personne préférée dans le Vermont.

Un autre baiser.

Ce n'était pas facile de faire semblant de dormir. Je n'avais pas essayé depuis le lycée, quand je partageais une chambre avec mon frère jumeau pendant un certain temps.

Mais je persévérai, refusant de céder devant Dave. Je détestais les adieux.

— Bon, fit-il en riant tout bas. Si c'est comme ça… Au revoir, beauté.

Il posa ses lèvres sur ma nuque, m'embrassant avec douceur.

Et puis, enfin, il s'en alla.

J'attendis en tendant l'oreille. Ses pas étaient douloureusement lents alors qu'il descendait l'escalier. Mon cœur bondit dans ma gorge quand la porte s'ouvrit et se referma derrière lui. Le moteur de sa voiture au démarrage me donna le frisson.

Si je m'asseyais et ouvrais la fenêtre juste au-dessus de ma tête pour agiter la main, il me verrait et s'arrêterait. Mon Dieu, je voulais tellement qu'il s'arrête et qu'il m'embrasse une dernière fois.

Attends ! avais-je envie de crier. *Ne pars pas.*

Merde.

Le chagrin faisait battre mon cœur, mais je ne bougeai pas. Il ne resterait pas dans le Vermont, même si je m'humiliais. Il avait une vie ailleurs. Et il ne m'avait pas demandé mon numéro.

Je n'ai pas de copines, avait-il dit.

C'était exactement ce que Griff avait prétendu, lui aussi, juste avant de se mettre en couple avec Audrey.

La vérité, c'était que les hommes ne sortaient pas avec des filles comme moi. J'étais celle avec qui ils « passaient du temps », comme Dave l'avait dit hier soir. La barmaid sympa qui promettait un bon moment au lit, mais pas une fille pour la vie.

Mon cœur battait la chamade alors que le pick-up de Dave reculait lentement. J'entendis le bruit de ses roues qui tournaient dans la terre et le ronronnement du moteur lorsqu'il appuya sur la pédale d'accélération.

Soixante secondes plus tard, il s'était suffisamment éloigné pour que je ne l'entende plus du tout.

Je restai allongée là dans mon lit, pendant longtemps, les draps encore parfumés par son après-rasage. Peut-être qu'une autre fille aurait pleuré, mais ce n'était pas mon genre. La tristesse ne s'exprimait pas par mes yeux. Elle s'était installée dans mon cœur, à la place, comme un poids.

Une heure plus tard, je me levai péniblement en espérant me secouer de ma torpeur. La première chose que je vis, ce fut la montre étincelante de Dave sur la table de chevet, où il l'avait laissée par erreur. Je m'en approchai sur le lit et la regardai attentivement, écoutant le tic-tac.

Zut, alors. Je ne pouvais pas la garder. C'était un souvenir trop cher et je culpabiliserais. Voilà qui venait se rajouter à ma liste de choses à faire – retrouver Dave de Brooklyn et lui faire livrer sa montre.

Ce que je ne savais pas, en ce matin du mois d'août, c'était qu'il me serait impossible de le retrouver.

Je ne savais pas non plus que, six semaines après avoir commencé mes recherches, je me rendrais compte que Dave avait laissé dans le Vermont une chose bien plus précieuse qu'une montre de luxe.

Et qu'il ne reviendrait ni pour l'une ni pour l'autre.

PARTIE II

8

———

ZARA

Deux ans plus tard

— Je devrais vraiment rentrer à la maison, dis-je pour la troisième ou la quatrième fois.

Mais j'étais tellement bien ici, sous le porche des Shipley, dans un fauteuil à bascule, avec ma fille dans les bras. Le repas avait été copieux. Les Shipley organisaient souvent un dîner le jeudi dans leur ferme. En tant qu'associée commerciale d'Audrey et amie de la famille, j'avais une invitation permanente avec ma fille, Nicole. Nous rations rarement un dîner du jeudi.

Je devrais être à l'intérieur, à faire la vaisselle avec Zach et Lark. Pourtant, comme bien souvent, Nicole était un poids endormi sur mes genoux et le clan Shipley m'avait gracieusement dispensée de débarrassage.

C'était une belle nuit d'été du mois de juillet, et la douceur du temps me rendait mélancolique. J'avais toujours aimé les étés dans le Vermont, mais juillet était le mois où j'avais rencontré le père de Nicole. Même si deux ans s'étaient écoulés, j'avais l'impression que c'était hier.

Sur la balancelle, à côté de moi sous le porche, Audrey étirait ses bras au-dessus de sa tête.

— Cette deuxième part de tarte était peut-être une erreur.

— Tu ne te sens pas bien ? fit Griffin en tendant la main pour la poser sur son ventre, le frottant tout doucement.

— Si, ça va, dit-elle aussitôt. Mais j'ai mon dernier essayage demain. Si la couturière doit encore modifier la robe, je vais me faire gronder.

— En même temps, tu paies pour lui poser ce genre de problèmes, observai-je.

— Bien vu, répondit Griff.

J'enveloppai Audrey du regard. Elle avait laissé entendre qu'elle avait pris quelques kilos et je pensais savoir pourquoi. *On ne pourrait pas tous admettre que tu es enceinte, une bonne fois pour toutes ?* Bien sûr, je tenais ma langue, car j'étais bien placée pour savoir ce que ça faisait d'être bombardée de questions. Audrey me le dirait quand elle serait prête.

— Tu auras besoin de compagnie demain ? demandai-je à la place. Mais il faudra laisser Kieran seul au comptoir.

Le cousin de Griff était notre employé à temps partiel. C'était un travailleur acharné, mais pas très affable avec les clients.

— Ce n'est jamais une très bonne idée. À être au magasin, tu veux que je récupère ta robe ?

— Non. Je l'ai fait lundi. Elle est prête, suspendue dans le placard.

Audrey avait choisi des robes fourreaux simples pour ses demoiselles d'honneur, ce que j'appréciais. Le tissu était en coton avec un imprimé fleurs de pommier. Quand elle m'avait montré ces motifs pour la première fois, je lui avais dit que c'était la robe de demoiselle d'honneur la plus mignonne de tous les temps, et je le pensais.

Puis elle m'avait complètement déroutée en me proposant d'en être une.

J'avais accepté sans hésiter. Il s'était passé beaucoup de choses au cours de ces deux dernières années, depuis son arrivée en ville. Quand nous nous étions rencontrées pour la première fois, j'avais vraiment envie de détester Audrey. J'éprouvais alors une colère irrésolue envers Griffin, parce qu'il m'avait larguée. Ça faisait mal, et en réaction, j'avais adopté un comportement autodestructeur.

Mais plusieurs événements m'avaient fait changer d'attitude. D'abord, Audrey m'avait séduite par sa personnalité solaire et ses grandes idées. Nous étions maintenant associées, mais surtout amies.

Et puis, j'avais oublié Griffin en transférant mes obsessions sur quelqu'un de tout aussi indisponible, avec des résultats prévisibles. Cet homme était parti depuis longtemps. Mais désormais, sa fille de quinze mois illuminait ma vie.

Dans deux semaines, ce serait avec plaisir que je me tiendrais devant une allée de pommiers au verger Shipley, en tant que témoin du mariage de mon ancien plan cul et de ma meilleure amie. Nous habitions dans une petite ville. Certaines personnes dans l'assistance ne manqueraient pas de le rappeler. *Vous vous souvenez quand Griff se tapait Zara ? Avant que ce soit ce mystérieux inconnu qui se la tape ?*

Mais je garderais la tête haute. Ces deux dernières années m'avaient montré que la différence entre honneur et déshonneur allait bien au-delà de quelques lettres. C'était mon attitude qui comptait. Je n'autorisais personne à me rabaisser. J'avais fait la paix avec mon statut de mère célibataire, quoi que disent les gens dans mon dos.

Sur la pelouse devant nous, les plus jeunes frères et sœurs de Griffin, Dylan et Daphné, se lançaient un frisbee dans un match acharné. Le ciel commençait à s'assombrir. J'allais devoir coucher le bébé. J'étais restée assez longtemps.

— Je dois rentrer chez moi, répétai-je, avec plus de conviction cette fois. Tu as une question à me poser pour demain matin ?

— Hmm.

Audrey secoua sa chevelure dorée.

— On a encore des groseilles ?

— Encore un paquet. Je les ai séchées ce matin.

— Super. Scones à la groseille demain et muffins aux myrtilles.

— Ça m'a l'air bien. On se retrouve vers dix heures et demie ? Ensuite, tu pourras partir à la boutique de robes.

— Ça marche.

Audrey se tourna sur sa chaise pour nous regarder et son visage s'adoucit.

— Oh, elle dort comme un loir maintenant.

Même si je ne pouvais pas voir le visage de Nicole, je savais qu'elle dormait. Son petit corps inerte contre le mien, elle me faisait confiance pour la tenir pendant qu'elle se reposait.

— Bon, j'y vais.

Je fis glisser mes fesses en avant sur le fauteuil à bascule, espérant me lever sans la secouer.

— Tu veux que je la prenne ? demanda Griff en se levant de la balancelle pour s'approcher de nous.

— Tu peux essayer. Si elle se réveille et pleure, je ne t'en voudrai pas. Enfin, pas trop.

Il sourit. Puis il prit ma fille endormie dans ses grandes mains. Je me levai, m'attendant à ce qu'il me la rende. Mais au lieu de ça, il la plaqua contre son torse et descendit lentement les marches du porche, vers l'allée où ma voiture attendait.

— Oh, soupira Audrey, attendrie, en le regardant.

— Mignon, pas vrai ?

Il y eut un silence lourd de sens. Audrey avait cet éclat radieux propre aux femmes enceintes. J'espérais qu'elle ne garderait pas sa grossesse secrète trop longtemps. C'était tellement évident.

— Bonne nuit, ma chérie, lui dis-je.

— Bonne nuit !

Mais ses yeux étaient rivés sur son homme. Un jour, très bientôt, Griffin ferait un papa formidable. Je pouvais l'affirmer aujourd'hui sans me sentir jalouse d'Audrey. Quand je le regardais, je ne voyais plus un homme que j'avais désiré. Je voyais l'autre moitié d'Audrey.

Je m'empressai de rattraper Griffin et j'ouvris la portière de ma voiture, où le siège auto était prêt sur la banquette arrière. Détachant les sangles, je reculai.

— Voyons si tu arrives à l'asseoir.

En riant, Griffin se pencha et il fit de son mieux. Le duvet roux de la petite tête de Nicole tranchait vivement devant son t-shirt noir. L'éclat de ses cheveux, cuivrés comme une pièce d'un cent, était à la fois une bénédiction et une malédiction.

D'un côté, le fait qu'elle soit rousse coupait court aux rumeurs au village. Griffin ne pouvait pas être le père de mon enfant. Il suffisait de les regarder pour voir qu'ils ne partageaient pas les mêmes gènes. D'un autre côté, cette couleur de cheveux bien particulière me faisait penser à son père chaque fois que je voyais son adorable frimousse.

Chaque fois qu'un roux entrait dans le bar de mon frère, il était accueilli avec un regard mauvais.

Je n'avais pas été très franche avec les gens, y compris ma propre famille. Griffin et Audrey n'avaient jamais insisté pour me soutirer des détails sur les origines de Nicole, mais mes frères et mes oncles n'étaient pas aussi décontractés.

— Voilà, j'ai réussi, chuchota Griffin en écartant son corps imposant.

Affalée dans son siège auto, Nicole remua dans son sommeil. Elle laissa échapper un gémissement, mais ses yeux restèrent fermés.

— Pas mal, répondis-je à mi-voix. Mais le juge russe t'a retiré quelques points.

Griff leva les yeux au ciel, puis il me donna une brève accolade avant de me souhaiter une bonne nuit.

J'attachai Nicole dans la voiture, je montai au volant et je rentrai à la maison.

~

Quelques heures plus tard, j'étais encore éveillée. J'écoutais le murmure de la rivière par la fenêtre ouverte et les voix étouffées des clients du bar qui retournaient à leurs voitures.

Même si cela faisait plus d'un an que j'avais quitté mon travail de serveuse, mon corps refusait d'abandonner ses habitudes de noctambule. C'était peut-être parce que je vivais toujours au-dessus d'un bar – pas le *Mountain Goat*, mais un bar quand même.

Il ne restait que cinq heures avant que mon réveil sur pattes ne sonne le branle-bas de combat. Je devrais vraiment fermer mon ordinateur portable et m'endormir. Mais à plusieurs kilomètres d'ici, mon frère Benito était toujours debout, lui aussi. Le point vert à côté de son prénom sur ma messagerie était allumé.

J'aimais penser que c'était un truc de jumeaux. On était toujours réveillés quand l'autre avait besoin de parler à quelqu'un. À moins qu'on soit simplement insomniaques, tous les deux.

Quoi qu'il en soit, il avait les yeux ouverts, quelque part dans l'État de New York, où il travaillait sur une affaire avec d'autres agents fédéraux chargés de la lutte anti-drogue. Il m'avait annoncé qu'il rentrerait dans le Vermont dans quelques jours et j'avais hâte de le voir.

Zara : Salut. Encore debout ! Tout va bien ?

Benito : Ça va. J'ai plein de trucs à planifier avant de rentrer. Et toi ?

Zara : Impossible de dormir. Je fais une liste de tout ce qu'on doit faire, Audrey et moi, avant son mariage. Et j'ai pensé à toi aussi ! Je vais essayer de louer un appartement et de te laisser le tien.

Benito : Tu n'es pas obligée de faire ça ! Reste.

Mon frère insistait toujours pour que je reste chez lui. Mais il était grand temps que je finance ma propre vie. C'était compréhensible que j'occupe son appartement de célibataire, presque entièrement rénové, quand il ne pouvait pas y être lui-même. Maintenant qu'il revenait au village, j'avais besoin d'un nouveau projet.

Zara : Nicole a besoin d'un extérieur pour jouer. Ce sera mieux pour nous.

Benito : Et tu peux trouver un appartement avec un extérieur ?

Sur ce coup-là, il avait raison. Le seul endroit que je pouvais me permettre de louer était un appartement dans une vieille maison divisée en trois unités. La cour était dans un sale état.

Zara : J'espère.

Benito : Prends ton temps. Je ne sais pas encore si ça vaut le coup que je reprenne mon appart à mon retour. Ça risquerait d'être trop public pour moi, si je dois rester incognito.

Zara : Mais tu pourrais encore le rénover. Ça prendra des mois.

Il y eut une pause avant sa réponse. Puis il écrivit :

Benito : On s'en fiche, Z. Reste si tu veux. Cet appartement ne fait même pas partie du top 20 de ce qui me préoccupe en ce moment. En plus, j'aime autant me planquer au verger pendant un bout de temps.

Nos oncles habitaient dans la ferme familiale, ou ils cultivaient des poiriers et élevaient de la volaille. Il y avait un immense corps de ferme plein de coins et de recoins où nous avions vécu pendant un temps, quand j'étais à l'école primaire, avant que ma mère nous emmène dans une caravane trop petite, au fond des bois. Ben serait le bienvenu à la ferme. Comme nous tous.

Notre famille formait une sorte d'écho étrange dans le temps. Ma mère avait deux frères aînés. Et moi *quatre*, en comptant l'avance de dix-sept minutes que Benito avait sur moi.

Ma mère avait eu cinq enfants avec un homme qui n'en désirait pas vraiment. Il avait fini par s'en aller pour de bon quand j'étais en CE2. Aux dernières nouvelles, il travaillait en Colombie-Britannique sur un gisement de pétrole. Même ses cartes de Noël avaient cessé quand Benito et moi étions au lycée.

Et maintenant, j'avais donné naissance à un enfant dont le père était absent. Sauf que l'écho s'arrêterait là. Nicole n'aurait jamais quatre frères. Elle n'en aurait même pas du tout.

Benito : Tu sais, si tu veux vraiment un extérieur, il y a toujours de la place au verger pour toi.

Zara : Ferme-la.

Benito : :) Je savais que tu dirais ça. J'ai hâte de vous revoir, toi et Nic ! On ira au snack et on lui fera découvrir la glace double choco.

Zara : Du double choco pour une petite d'un an ? Mauvaise idée. Mais on peut toujours en manger pendant sa sieste. À plus dans l'bus !

Benito : À bientôt, dans l'métro.

Sur ce, son point vert disparut.

Dans mon petit appartement obscur, je fermai mon ordinateur. Rectificatif : dans l'appartement de Benito. Apparemment, notre famille avait un faible pour les appartements situés au-dessus des bars. Cet espace ne ressemblait en rien à ma petite piaule minable au-dessus du *Goat*. C'était plus chic, tout comme le bar en dessous.

Mon frère aîné, Alec, avait acheté aux enchères une propriété de deux hectares au bord de la rivière, avec plusieurs bâtisses datant d'avant-guerre. Mais Alec n'avait pas les fonds suffisants pour rénover tous les bâtiments à la fois. Benito avait donc investi dans une part, conservant cet appartement pour lui. Quand il aurait terminé la rénovation, ce serait un endroit fabuleux. C'était un moulin autrefois, avec de hauts plafonds, des murs en briques apparentes et de vieilles poutres épaisses en bois.

C'était super. Mais ce n'était pas chez moi.

En bas, il y avait le bar d'Alec, le *Gin Mill*. Et de l'autre côté du parking, le café que je gérais avec Audrey. Alec était également propriétaire de ce bâtiment.

Au moins, je payais un loyer pour le café. Dans l'appartement de Ben, en revanche, j'étais logée gratis.

Je pouvais rester assise toute la nuit à m'en inquiéter, et parfois, je le faisais. Mais ce soir, j'essaierais de dormir. Posant l'ordinateur sur la table basse, je traversai la pièce en silence et passai la tête dans la petite chambre où ma fille dormait dans son berceau. Elle était sur le ventre, ses jambes repliées, les fesses en l'air dans sa couche. Son doux visage était tourné de l'autre côté, mais je pouvais imaginer sa joue ronde contre le drap, les yeux fermés, comme si le sommeil exigeait une grande concentration.

Avant de tomber enceinte, la maternité ne figurait pas sur ma liste de projets. Je crois que je ne me voyais pas comme une femme très maternelle. Mais Nicole m'avait changée. Elle avait fait de moi un parent. Les gens disaient des choses complètement niaises sur leurs bébés : *Dès qu'on l'a placée dans mes bras, je me suis évanouie de bonheur ! Ma mission dans la vie est enfin accomplie !* Avant, ce genre de trucs me faisait lever les yeux au ciel. Et plutôt deux fois qu'une.

J'aimais farouchement ma fille et je ferais n'importe quoi pour elle. Le changement avait commencé en moi avant même de voir son visage. Quand j'avais senti son premier coup de pied, j'avais réalisé que tout serait différent de ce que j'avais prévu. Mes problèmes d'autrefois me paraissaient soudain minimes. Les vieilles jalousies et les petits affronts se ratatinaient et s'envolaient comme de la poussière.

Il y avait un enfant en moi, j'étais tout son univers. Nous allions former une équipe et je ne lui ferais jamais défaut. Jamais.

J'avais tenu cette promesse. Elle était en bonne santé, toujours choyée par des gens qui l'aimaient. J'avais abandonné mon travail de gérante du *Mountain Goat* pour le compte de Tonton Otto. J'avais ouvert le café avec Audrey afin d'avoir des horaires de travail plus raisonnables, qui ne me feraient pas rester debout jusqu'à trois heures du matin.

Un de ces jours, j'allais devoir apprendre à me coucher avant minuit comme une personne normale.

Je m'avançai sur la pointe des pieds pour remonter le drap d'été sur le petit dos de Nicole et je me forçai à m'éloigner du berceau pour sortir de la pièce. Mon amour pour elle me réchauffait le cœur lorsque je me mis au lit. Dans cinq heures environ, elle se retournerait dans son berceau et commencerait à babiller jusqu'à ce que je me réveille pour la soulever du matelas. Nous reviendrions tous les deux dans mon lit, où elle téterait pendant une demi-heure, sa petite main en étoile de mer explorant mon visage pendant que je somnolerais.

Nous formions un binôme, une super équipe. Je ferais n'importe quoi pour elle, même retourner dans la ferme de mes oncles. J'avais dit à Benito que je ne le ferais pas, mais ce n'était qu'une bravade. Si mon entreprise se cassait la figure ou si je ne trouvais pas le bon appartement, je ferais appel à l'unité familiale pour donner à ma petite fille tout ce dont elle avait besoin.

Mais nous avions le temps. Elle n'avait que quinze mois et pas besoin de beaucoup d'espace pour courir. Pas encore.

Ce ne serait pas facile de vivre avec Otto. C'était un homme difficile, enclin à donner son opinion à tout le monde, qu'on la sollicite ou non. Quand je gérais le *Mountain Goat*, ses conseils avaient le mérite d'être moins personnels. Il avait des opinions bien arrêtées sur l'organisation de la caisse et sur les marques d'alcool à entreposer. Seule maîtresse à bord pendant trois ans, j'en savais beaucoup plus que lui sur la gestion de cet établissement.

Maintenant, le dimanche, quand notre famille au sens large mangeait ensemble, j'avais souvent droit à ses réflexions sur l'habitude qu'avait Nicole de sucer son pouce ou sur ses horaires d'alimentation.

Très instructif de la part d'un homme sans enfant.

Je savais déjà que vivre sous son toit serait un procès quotidien, puisque chacun de ses conseils était empreint de jugement.

— Dommage qu'elle n'ait pas de papa, disait parfois Otto.

— Heureusement, elle a quatre oncles et deux grands-oncles, rétorquait ma mère, intervenant à ma place.

C'était l'un des avantages inattendus que m'avait apportés le statut de mère célibataire : ma relation avec ma propre mère s'était épanouie. Elle avait passé toute ma jeunesse à essayer de me rendre plus féminine. Nous nous étions disputées sur la longueur de mes jupes, l'heure de mon couvre-feu, mes cheveux et mon style de musique.

Mais tout cela avait cessé le jour où j'avais trouvé le culot de lui annoncer que j'étais enceinte. À ma grande surprise, elle n'avait pas versé une seule larme (à l'exception des larmes de joie) en apprenant ma « situation », comme l'appelait Otto. Au contraire, elle avait accueilli son premier petit-enfant avec un enthousiasme débordant, et rien d'autre.

J'avais été soufflée par sa réaction. Enfin, après un certain temps, j'avais compris pourquoi maman me soutenait constamment. Elle savait à quel point les opinions et les conseils des autres pouvaient être douloureux, parce qu'elle en avait subi, d'aussi loin que je m'en souvienne.

Je comprenais, maintenant.

Il passait rarement un déjeuner du dimanche avec ma famille sans que quelqu'un mentionne la teinte rousse inhabituelle des cheveux de Nicole.

— Son papa est un rouquin. C'est évident, avait dit Otto plus d'une fois, espérant que je raconterais l'histoire.

Mais la filiation de Nicole était privée. Un jour, quand elle serait assez grande pour entendre la vérité, je lui raconterais ma rencontre avec l'inconnu qui était devenu son papa, ainsi que mes recherches quand j'avais compris que j'étais enceinte. Je lui dirais que c'était un type bien, même s'il n'avait été que de passage dans ma vie. Personne ne méritait d'entendre cette histoire avant Nicole elle-même.

Et d'ici là, il y aurait peut-être un autre type bien dans ma vie. On pouvait toujours rêver.

— Tu mérites quelqu'un, me disait parfois Benito. Moi aussi, d'ailleurs.

— Ah oui ? Et ils sont où, alors, mon mec et ta femme ?

— Quelque part, insistait-il.

La plupart du temps, je ne le croyais pas vraiment. Ce n'était pas pratique de fréquenter quelqu'un avec un enfant en bas âge. Mais je ne me laissais pas décourager.

Quant à Benito, il avait été amoureux une fois. Et j'avais tout gâché. S'il avait raison, s'il y avait bien quelqu'un pour tout le monde, j'étais certaine qu'il le méritait plus que moi.

En attendant, Benito était mon seul confident. Il connaissait tous les détails du coup de cœur qui avait changé ma vie, car j'avais eu besoin de quelqu'un pour m'aider à rechercher Dave quand j'avais appris que j'étais enceinte. Puisque Ben travaillait dans les forces de l'ordre, c'était un bon choix pour ça.

Et puis, malgré tous ses défauts, mon secret était bien gardé avec lui. Mon jumeau était une tombe.

Alors que les minutes s'égrenaient jusqu'au matin, je m'autorisai à me remémorer le visage ciselé de Dave et la sensation de ses muscles tendus sous mes doigts.

Enfin, je m'endormis.

9

———

DAVE

— Mon Dieu, comme j'aime le Vermont !

Je m'extasiais au volant de ma voiture de location, sur les virages de cette route sinueuse, les vitres baissées. Du côté passager, j'aperçus une colline herbeuse où paissaient d'authentiques moutons.

— Regarde ! Tu vois ça ?

— Bla, bla, bla, répondit mon coéquipier, Léo Trevi, depuis le siège passager. Sérieusement, cet endroit sort tout droit d'un magazine de voyage. Qui a choisi cette destination, d'abord ?

— Cette fois, c'était moi. Mais il y a deux ans, on a loué un chalet ici pendant huit semaines. Je ne sais plus de qui venait l'idée. Bayer, peut-être ? Enfin, j'ai gardé la carte de l'agence de location pour pouvoir le retrouver.

Je ralentis en empruntant le dernier virage avant Marbury et déclenchai le clignotant. Un réflexe – il n'y avait aucune autre voiture en vue. Et les moutons se fichaient éperdument que je le leur signale.

La veille, j'étais revenu dans le Vermont pour la première fois en deux ans. J'avais craint que ce ne soit pas aussi beau que dans mes souvenirs. Je n'aurais pas dû m'inquiéter. Ce petit coin de Nouvelle-Angleterre à la beauté sauvage était toujours aussi magnifique.

Le Vermont n'avait pas changé. Contrairement à moi.

— J'avais vraiment besoin de ces vacances, avouai-je. L'année dernière, les gars m'ont convaincu d'aller jouer au golf en Caroline.

Alors, cette année, je me suis imposé et j'ai mis mes projets sur la table pour que Castro ne m'oblige pas à y retourner.

Mon nouvel équipier ricana.

— Pas fan de golf ?

— Non. Et toi ?

Je ne connaissais pas très bien Trevi. Il était dans l'équipe depuis moins de six mois. C'était un bon gars et je l'appréciais. Mais nous n'avions pas grand-chose en commun. C'était un étudiant de Long Island. Moi, j'étais un voyou des quartiers chauds de Détroit. En plus, j'avais sept ou huit ans de plus que lui.

— Je viens de Long Island. Là-bas, tout le monde joue au golf. C'était à prendre ou à laisser, et voilà où j'en suis.

— Je savais que je t'aimais bien.

— On va s'éclater. Tu as parlé de pêche à la mouche ?

— Oui, d'ailleurs je nous ai réservé un guide pour demain. Tu imagines O'Doul avec des cuissardes ? Un vrai spectacle, je te jure.

La jeune recrue éclata de rire.

— J'ai vu ces photos sur le téléphone de quelqu'un. Ça veut dire qu'on mange du poisson pour le dîner ?

— Tout dépend de ce que tu attraperas. Si ça ne mord pas, on ira au bar.

— Tiens, parle-moi de cette barmaid, proposa Léo. Cette femme. Z… Zoé, c'est ça ?

— Zara. Mais elle n'y travaille plus.

— Dommage.

Oui, bien dommage. Les gars n'arrêtaient pas de me taquiner pour toutes ces soirées où je disparaissais, cet été-là, m'éclipsant avec Zara. S'ils savaient que j'étais allé directement au *Mountain Goat* à sa recherche la veille au soir, ils se ficheraient de moi.

Mais Zara n'était pas au *Goat* la nuit dernière. Quand j'étais entré, j'avais découvert un jeune gars derrière le bar. Et quand j'avais demandé si elle vivait toujours à l'étage, il m'avait répondu que c'était chez lui désormais.

— Demandez à son oncle, le proprio, m'avait-il suggéré.

Tu parles d'une conversation gênante. *Il y a deux ans, votre nièce et moi, on se voyait pour s'envoyer en l'air. Je peux avoir son numéro ?*

Léo tritura la radio, car nous perdions le signal. C'était toujours le cas dans le Vermont, les montagnes bloquant les signaux radio. Le service de téléphonie cellulaire était inégal, lui aussi. C'était ce que j'adorais ici. Il fallait vraiment se déconnecter. Il n'y avait pas d'autre choix.

Cette année, j'avais imposé la destination du voyage d'équipe non officiel. Je serais le seul à rester ici du début à la fin. Un bon nombre de mes coéquipiers, y compris Léo, s'étaient mariés ces deux dernières années et ils avaient envie de partir de leur côté en vacances, avec leurs femmes et leurs familles. D'ailleurs, Léo rentrait tout juste de sa lune de miel.

Moi, je n'avais ni femme ni famille, et je n'en aurais jamais. Je m'étais donc proposé comme organisateur de ce séjour. J'avais loué le chalet à mon nom, et j'avais l'intention de faire de la randonnée et d'aller pêcher avec les coéquipiers qui viendraient passer quelques jours.

La veille, dans l'après-midi, j'avais ouvert le chalet moi-même. Ensuite, j'étais allé faire quelques courses puis prendre une bière au *Mountain Goat*. Ce matin, j'étais sorti de bonne heure pour une petite randonnée vers une cascade, où j'avais déjeuné au bord du torrent tumultueux. Ensuite, je m'étais rendu à Burlington, où j'avais rendez-vous avec un nouveau physiothérapeute qui travaillerait sur mon épaule durant l'été. C'était l'accord que j'avais conclu avec l'équipe, poursuivre ma thérapie.

Après quoi, j'étais allé chercher Léo au petit aéroport de Burlington. Deux autres de nos coéquipiers devaient arriver ensemble plus tard dans la soirée. L'expédition de pêche du lendemain était déjà organisée. Nous allions passer un bon moment.

— Tu connais ce coin ? C'est bien ? demanda soudain Léo alors que la route décrivait un virage et que la rivière Winooski nous apparaissait.

Je levai les yeux pour découvrir quelques boutiques en bord de route qui n'existaient pas deux ans plus tôt.

— Tiens, c'est nouveau.

Il y avait un grand bar appelé le *Gin Mill*. Et, tout aussi bon à savoir, le *Busy Bean*, un café.

— On peut s'arrêter ? demanda Léo. J'aurais bien besoin d'un petit remontant.

— Pourquoi pas ?

Je freinai en m'engageant sur le parking en gravier, puis je m'arrêtai entre le bar et le café et coupai le moteur. En sortant de la voiture, je lâchai un gémissement. Mes membres étaient trop raides, endoloris.

— Tout va bien, mon vieux ? lança Trevi, espiègle.

— Ça va, répondis-je aussitôt.

J'étais comme Léo avant, moi aussi, je ne connaissais pas les articulations douloureuses. Maintenant, à trente-deux ans, après deux décennies d'efforts sportifs monstrueux, mon corps ne se comportait pas toujours comme je le voulais. Je sortis mon téléphone et jetai un œil à l'état du réseau. Quatre barres – presque du jamais vu dans le Vermont.

— Vas-y, je dois appeler Bess.

— Embrasse-la pour moi, dit Léo en fermant sa portière.

— Ça marche.

Même si Léo était représenté par quelqu'un d'autre, tout le monde connaissait ma sœur cadette, Bess. En tant qu'agent, elle était aimée et redoutée par ses clients ainsi que par ses connaissances. Elle avait une forte personnalité. Et je devais absolument la rappeler.

Alors que Léo disparaissait, je saisis son nom sur mon téléphone et j'attendis la sonnerie. Bess m'avait laissé trois messages pendant ma randonnée. Je ne l'avais pas encore rappelée parce que je craignais les nouvelles qu'elle me donnerait et je ne voulais pas gâcher ma promenade.

Je sifflotai pour patienter, tout en me demandant qui elle allait interrompre en recevant mon appel. Je savais qu'elle laisserait tomber son interlocuteur du moment pour décrocher, pour deux raisons. A) J'étais l'un de ses plus gros clients. B) C'était ma petite sœur.

— Davey ! s'écria-t-elle. Comment ça se passe, les vacances ?

— Super. Tu devrais essayer, un de ces quatre.

— Quand ? Il y a toujours une saison sportive en cours, et un connard d'athlète qui s'efforce de rendre mon travail plus difficile.

— Qui est dans ton collimateur aujourd'hui ? demandai-je pour essayer de gagner du temps.

— Michaels. Cet abruti s'est fait arrêter pour conduite en état d'ivresse.

— Non ! m'exclamai-je.

Je ne m'intéressais pas à ses clients du monde du baseball, mais elle allait s'arracher les cheveux avec ce genre d'incident. Et en plein milieu de leur saison, en plus.

— Alors, voilà ma semaine. Mais avant de m'envoler pour Chicago et de lui botter le cul, j'ai quelques chiffres pour toi, frangin.

Gloups.

— Ils sont bons ?

J'avais au moins le cran d'admettre ma nervosité à la perspective du type de prolongation de contrat que la ligue allait me proposer. À trente-deux ans, je n'étais plus tout jeune. Et pendant l'après-saison, j'avais souffert d'une blessure qui m'avait privé de plusieurs matches cruciaux.

Mon équipe s'était hissée en finale de la Coupe Stanley, puis avait perdu lors du cinquième match. Pendant que je regardais depuis les gradins. La déception était énorme.

Avant ma blessure, mes statistiques étaient excellentes. Un peu moins, cependant, que la dernière fois que nous avions négocié. Et même si trente-deux ans, ce n'était pas vieux pour un joueur de hockey, je ne rajeunissais pas.

— Oui, les chiffres sont bons, déclara Bess. Mais tu vas devoir y réfléchir. Ils te proposent deux ans à dix millions. Ou trois ans à douze millions.

— Douze ? me récriai-je, offensé. Je vaudrai *soixante* pour cent de moins dans deux ans ?

— Le calcul est bon, frangin. Mais ce n'est *pas* ce que ça veut dire, précisa-t-elle. C'est leur travail de penser de manière stratégique, tu sais ? Hugh est un homme intelligent et il doit la jouer fine avec son plafond salarial. C'est pour ça qu'il a tout intérêt à te faire signer un contrat de deux ans. Parce que si tu acceptes les trois ans, il aura économisé de l'argent. Enfin, c'est ton choix, D. Je te demande d'y réfléchir.

— Tu crois qu'il n'y a pas moyen de le faire passer à trois ans pour quinze millions ?

Le silence soudain de ma sœur était éloquent. Sans compter que mon précédent contrat avait duré *quatre* ans. Dur de vieillir.

— Évidemment, j'ai insisté pour quinze millions, répondit-elle enfin. Mais c'est le mieux qu'ils te proposent.

Aïe. Quand ma sœur disait qu'elle avait « insisté » auprès du directeur général, cela signifiait presque qu'elle lui avait tordu le bras. Personne n'était plus dur en affaires que Bess.

— Tu n'as rien à décider aujourd'hui, fit-elle posément. Prends un peu de temps, réfléchis à tes objectifs. Et Davey... Tu sais qu'il ne faut pas le prendre personnellement, n'est-ce pas ? Le nouveau proprio fait tout ce qu'il peut pour rendre à nouveau la franchise rentable, et l'équipe a...

— Une tonne de talents hors de prix, conclus-je. J'ai compris.

C'était la vérité. Pendant de nombreuses années frustrantes, j'avais regretté que nous n'ayons pas plus de remplaçants dignes de ce nom. Maintenant, c'était enfin le cas et je ne devais pas pleurnicher si ma paye s'en ressentait.

Quel con, franchement ! Avec l'un ou l'autre de ces contrats, je gagnerais plus d'argent que la plupart des gens au cours de toute une vie.

— Tout va *très bien*, mon vieux. Tu es plutôt en bonne santé et tu entames ta onzième année de jeu dans les grandes ligues. Ton entraîneur t'apprécie ainsi que tes coéquipiers.

Plutôt en bonne santé. Ma récente blessure à l'épaule devait peser dans la décision de mon directeur général. Il craignait sans doute une rechute. Putain, je détestais les faiblesses.

— Tu as beaucoup de chance, Davey, déclara ma sœur.

— Je sais, dis-je en regardant la porte du café.

Je me demandais si Léo accepterait de partir. À présent, j'étais de mauvaise humeur et je n'avais aucune envie de dépenser quelques dollars de mon porte-monnaie bien garni pour une tasse de café et un cookie.

— Je vais y réfléchir, Bess.

— Ne broie pas du noir.

— Non, dis-je en riant. C'est promis.

— Tu es allé à ton rendez-vous chez le physiothérapeute aujourd'hui ?

— Évidemment, tu ne vas pas me harceler à ce sujet.

— Bon, fit-elle avec un claquement de langue. Va profiter de tes vacances.

— Tu pourrais nous rejoindre, tu sais, lui dis-je. Si tu arrives à te libérer un week-end, prends un vol de Détroit à Burlington. Il y en a un tous les jours. J'ai vérifié. Et nous avons de la place.

— Je le ferais si je pouvais. Mais il y a des incendies à éteindre et des accords à conclure.

L'été était sa saison la plus chargée, ce qui était en partie la raison pour laquelle on ne se voyait jamais, l'été étant ma seule période de congé.

— Porte-toi bien.

— Je t'aime aussi. À plus !

Clic.

J'imaginai ma sœur dans son bureau du Michigan, son casque audio sur les oreilles. Elle était sans doute déjà passée à un autre coup de téléphone. Toujours occupée, celle-là. Elle avait trois ans de moins que moi. Et même si la perspective de me retirer un jour du monde du hockey me donnait des sueurs froides, au moins je pourrais passer plus de temps avec l'unique membre de ma famille.

Léo sortit du café en grignotant un biscuit.

— Eh ! dit-il avec un sourire. Tu devrais en goûter un. Mais je ne partage pas.

— Je ne suis pas un bec sucré, tu sais.

— Tu dis ça, mais tu n'as pas goûté. C'est au raisin sec et à l'avoine.

Il but une gorgée au gobelet qu'il tenait dans son autre main.

— Et le café est un délice.

— Tu es prêt ? demandai-je, trop agacé par les nouvelles de Bess pour me soucier du café.

Léo s'arrêta à quelques mètres de la voiture.

— Tu ne vas vraiment pas y aller ?

Je secouai la tête et il fronça les sourcils.

— Je pense que tu devrais.

— Pourquoi ça ?

— Eh bien…

Il jeta un coup d'œil vers la porte avec un sourire mystérieux.

— Fais-moi confiance. Va à l'intérieur et achète-toi un café.

— Pourquoi ?

Léo haussa les épaules, m'adressant à nouveau ce sourire énigmatique.

— Prends-moi pour un fou si tu veux, mais vas-y. C'est un endroit vraiment super, en tout cas. Tu devrais voir ça.

Ça faisait beaucoup de pression de la part de mon nouvel équipier. J'étais de mauvais poil, mais intrigué. Sans que j'en prenne conscience, mes pieds se dirigeaient déjà vers la porte du *Busy Bean*.

Un carillon tinta à la porte lorsque j'entrai dans le bâtiment aux allures de chalet. Léo avait raison sur un point, ça valait le détour. Le café avait de grandes fenêtres en verre plombé à l'ancienne donnant sur la rivière, ainsi que des tables et des chaises dépareillées, de vraies antiquités, sur un plancher en bois de pin.

Le style était à la fois confortable et un peu loufoque. Les murs étaient chaleureux, couleur de brique, avec des poutres noires comme un tableau d'ardoise. Apparemment, on avait passé beaucoup de temps à les décorer avec des personnages de dessins animés qui buvaient du café et toutes sortes de citations. La première que je repérai disait : « Les enfants sans surveillance recevront un double expresso et un chiot tout fou en cadeau. »

Très drôle.

Le comptoir était en zinc, ce qui n'était pas sans rappeler les cafés branchés de Brooklyn. Et derrière les vitres du présentoir, on apercevait un assortiment de biscuits et de pâtisseries.

Mais dès que je levai les yeux de l'autre côté de la salle, j'en oubliai aussitôt la déco. Parce que Zara était là, derrière le comptoir. Au moment où je reconnus l'ondulation de ses cheveux sur sa nuque fine, mon corps s'embrasa d'une chaleur inattendue. Puis elle se retourna et je pus voir son visage.

Waouh. Elle était aussi belle que dans mes souvenirs. Non, plus encore. Le soleil de fin d'après-midi qui filtrait par les fenêtres rendait son expression plus douce que jamais. Son épaisse chevelure était attachée en queue de cheval et elle fredonnait tout en empilant des gobelets en papier à côté de la caisse. Elle avait l'air... plus en chair que la dernière fois que je l'avais vue. Le mot *épanouie* me vint à l'esprit.

— Zara, c'est toi ? bredouillai-je, trop surpris pour me la jouer cool.

Je me dirigeai vers le comptoir d'un pas raide et elle leva les yeux.

— Je suis de retour en ville et je t'ai cherchée au *Mountain Goat*.

Dès l'instant où j'ai mis les pieds dans le Vermont, aurais-je pu ajouter.

— Je ne savais pas que tu travaillais ici maintenant. On devrait échanger nos numéros.

Son visage était devenu livide. Elle écarquilla les yeux et ouvrit grand la bouche. Il était clair qu'elle me reconnaissait. Mais un long moment s'écoula avant qu'elle ne dise un mot. Quand elle prit enfin la parole, ce fut pour me poser une question inattendue :

— Est-ce que... est-ce que tu as une carte de visite ?

— Euh, oui.

Je fouillai dans mon portefeuille pour en chercher une. Je la lui remis par réflexe, tout en essayant de comprendre pourquoi elle me regardait comme si elle avait vu un fantôme. J'avais toujours les deux mêmes talents dans la vie : marquer des buts et interpréter les expressions des gens. Pourtant, ce que je voyais sur le visage de Zara n'avait aucun sens.

De la peur.

Je n'eus pas l'occasion de réfléchir, car elle emporta ma carte en se détournant. Elle s'éloigna rapidement et disparut derrière une porte latérale que je n'avais pas remarquée, qui se referma en claquant.

Pendant une seconde, je restai là comme un idiot, à me demander ce qui s'était passé. Et si elle allait revenir.

— Je peux vous aider ? fit alors une autre voix.

— Euh…

Il me fallut une seconde pour me tourner vers l'autre femme. C'était une jolie blonde souriante, qui ne pouvait s'empêcher de jeter des coups d'œil furtifs vers la porte où Zara venait de disparaître.

— Oui, certainement.

Je pris un instant pour revenir de ma stupeur.

— Je vais prendre un petit expresso.

Une minute plus tard, elle me remit une tasse de café. Son visage me disait vaguement quelque chose, j'étais certain de l'avoir déjà vue quelque part. Je lui tendis un billet de cinq dollars en lui disant de garder la monnaie. Puis je sortis par la porte d'entrée.

Léo était appuyé contre la voiture, sirotant son café.

— Déjà de retour ? Ce n'était pas elle ? J'ai entendu la blonde parler à la fille aux cheveux noirs et l'appeler Zara, alors je me suis dit que j'avais trouvé ta fameuse beauté.

Je soupesai la clé de la voiture dans ma paume, essayant toujours de comprendre l'interaction étrange qui venait de se dérouler.

— Si, c'était elle. Mais elle n'avait pas l'air très contente de me voir.

Léo prit un air dépité.

— Merde. Je suis désolé, vieux.

Moi aussi. Mais j'étais aussi très intrigué.

— Ça te dirait d'aller marcher un peu ?

— Pourquoi pas ?

Il fourra le reste de son biscuit dans sa bouche et me suivit alors que je me dirigeais vers la berge de la rivière, visible entre le bar et le café. Ces bâtiments faisaient manifestement partie d'un ancien moulin à eau. Ils étaient orientés vers la rivière en contrebas.

La rive était un terrain bien entretenu, l'herbe soigneusement tondue s'étirant jusqu'à l'eau, un peu plus loin. Il y avait des fleurs parsemées çà et là. Une fois que nous eûmes atteint le bord, nous nous tournâmes pour marcher le long de la berge.

Le torrent contournait de gros rochers qui dépassaient par endroits. Et au loin, un pêcheur en cuissardes jetait sa ligne dans les eaux peu profondes.

La rivière décrivait un coude sur la droite, nous offrant un nouveau paysage. Et là, à une cinquantaine de mètres, se trouvait la plus belle vue de tout le Vermont. Zara était assise seule sur un banc, le menton incliné vers le bas, les yeux rivés sur la carte de visite dans sa main.

— Elle est là, chuchota Léo.

— Oui. Elle m'a demandé ma carte, puis elle a déguerpi.

Il cessa aussitôt de marcher.

— C'est un peu bizarre.

— Sans blague.

Cela n'avait carrément aucun sens.

Il posa une main sur mon épaule.

— Je vais m'asseoir, me dit-il en désignant un rocher plat au bord de la rivière. Je vais passer un coup de fil à Georgia. Tu peux essayer de parler à Zara, peut-être ?

— Oui, c'est ce que je vais faire.

En temps normal, je ne poursuivais pas les femmes qui refusaient de me voir. Mais la façon dont elle étudiait ma carte, comme si les secrets de l'univers y étaient écrits, piquait ma curiosité au vif.

Je traversai la pelouse. Elle ne m'avait pas encore repéré. Délibérément, il n'y avait pas grand-chose sur cette carte que je lui avais donnée, juste une adresse e-mail professionnelle que ma sœur gérait en mon nom et un numéro de téléphone correspondant au bureau de Bess. Cette carte me permettait de me débarrasser des gens qui ne méritaient pas spécialement mon attention. J'aurais donné à Zara mon vrai numéro à ajouter à la carte, mais elle s'était enfuie avant que j'en aie l'occasion.

Je ralentis le pas en approchant. Elle semblait perdue dans ses pensées.

— Salut.

Elle sursauta et quand elle tourna dans ma direction son magnifique visage, ses yeux semblaient humides.

Je m'arrêtai à quelques mètres du banc pour ne pas l'envahir tant elle paraissait déjà secouée.

— Est-ce que ça va ?

Zara déglutit péniblement.

— Non. Pas vraiment.

Je savais qu'elle répondrait avec honnêteté à cette question.

— Je suis désolé de l'apprendre. Tu veux que je m'en aille ?

Elle secoua lentement la tête.

— J'aimerais que tu prennes une minute avec moi. Sauf si tu as rendez-vous quelque part.

— J'ai un peu de temps, dis-je lentement.

Elle prit une profonde inspiration, qui sortit dans un souffle frémissant.

— Ça ne prendra pas longtemps. Assieds-toi.

Je m'exécutai.

— Je ne m'attendais pas à te voir entrer dans mon café aujourd'hui. Ça m'a fait un choc.

Ses mains fines trituraient ma carte de visite et je fus brusquement ramené dans le temps, deux ans auparavant. Ces mêmes mains s'étaient aventurées sur mon corps, elles avaient caressé mon torse dans un geste réconfortant après que nous avions fait l'amour. Je n'avais jamais apprécié quelqu'un autant que cette femme. Ni avant, ni depuis.

Pourtant, en cet instant, quelque chose n'allait pas. Je pouvais le sentir.

— C'est ton café ? demandai-je en essayant de revenir au moment présent. Tu ne gères plus le *Goat* pour ton oncle ?

Elle leva rapidement les yeux.

— Bonne mémoire.

— Qui pourrait oublier ?

Je lui souris en espérant dissiper la tension qui la rongeait.

Mais en vain. Au contraire, son visage devint plus sérieux encore.

— Je ne gère plus le bar parce que je dois être à la maison le soir. Les horaires du café sont plus faciles à vivre.

— Tu m'étonnes.

Une légère brise monta de la rivière, chassant des mèches de cheveux sur son visage. J'avais envie de tendre la main et de les balayer. Mais quelque chose me retenait.

— Regarde, dit Zara en fouillant dans sa poche à la recherche de son téléphone. Il faut que je te dise quelque chose.

Je n'avais rien vu venir.

Elle tapota l'écran. Puis elle inspira comme pour se donner du courage et me regarda droit dans les yeux.

— Je te présente Nicole. Elle a quinze mois.

Même si mon cerveau ne faisait pas encore le calcul, je pris le téléphone. À l'écran apparaissait la photo d'un bébé avec une couverture à la main. Ses cheveux avaient la couleur cuivrée d'une pièce d'un cent.

Tout comme les miens, quand j'étais petit.

Ce fut à ce moment que je compris. Ma gorge se noua brusquement. Le monde cessa de tourner et j'entendis le rugissement de mon pouls à mes oreilles.

— Tu… bégayai-je. Tu ne peux pas dire…

Mon estomac dégringola. Je repoussai le téléphone vers Zara comme si je pouvais faire disparaître la vérité rien qu'en évitant cette photo.

— Je suis tellement… dit-elle, refrénant un sanglot. Tellement désolée. De te balancer ça…

Elle déglutit avec difficulté.

— Je pensais ne jamais te revoir. Je ne savais même pas qui tu étais.

— Mais ce n'est *pas* possible.

Mon esprit tournait à plein régime. Un enfant. Un *enfant* ? Ça ne pouvait pas arriver.

— On a utilisé des préservatifs.

Alors même que les mots quittaient ma bouche, je pris conscience de leur absurdité. Les préservatifs n'étaient pas toujours fiables.

L'expression de Zara s'assombrit.

— Oui, on en a utilisé. *Presque* tout le temps.

J'en avais la chair de poule.

— Bon, dis-je lentement, essayant toujours de me ressaisir.

Ça ne m'était encore jamais arrivé. Ni à qui que ce soit dans mon entourage. Un jour, l'un de mes coéquipiers avait cru se retrouver dans une situation similaire, mais ce n'était qu'une fausse alerte.

— Alors…

J'avalai ma salive tant bien que mal. *Réfléchis.* Que ferait Bess à ta place ?

— J'ai… euh, un avocat. Il doit s'y connaître en poursuites pour reconnaissance de paternité. Les tests ADN, tout ça. Je vais l'appeler.

Le simple fait de prononcer ces mots me faisait froid dans le dos. Je ne pouvais pas être le *père* de quelqu'un. Quelle idée folle.

À côté de moi, Zara émit un petit cri de surprise.

— Je n'ai pas besoin de ton avocat, bredouilla-t-elle. Je ne poursuis personne. Ce n'est pas pour ça que je te le dis.

— Pourquoi, alors ? demandai-je sans réfléchir.

Elle ouvrit grand les yeux.

— C'est ce qui me paraît *juste*. J'ai passé près de deux ans à subir les questions de ma famille. Je ne voulais pas leur dire qui était son père, car personne n'avait le droit de le savoir avant toi.

Elle se leva promptement.

— Ne me remercie pas.

J'étais toujours bouche bée quand elle se tourna pour s'enfuir, disparaissant entre les arbres.

10

———

ZARA

Je courus jusque chez moi comme si l'on avait allumé un feu sous mes fesses. Le mouvement m'aidait à dissiper ma tension et ma terreur. Allongeant ma foulée, je suivis la route jusqu'à rejoindre la propriété de mon frère. Courir aujourd'hui, c'était différent d'avant, avant que je devienne mère. D'abord, j'étais plus généreuse qu'autrefois. En approchant du *Gin Mill*, je croisai les bras sous ma poitrine pour l'empêcher de rebondir.

Il s'était passé tant de choses au cours des deux dernières années. Et maintenant, j'étais terrifiée qu'un autre changement tectonique soit en cours, un bouleversement que je n'avais pas vu venir.

Le souffle court, je me dirigeai vers le côté du *Gin Mill*, où se trouvait l'entrée privée. Après avoir franchi le seuil, je restai plantée là, au bas de l'escalier, à reprendre ma respiration. Ma mère était à l'étage avec Nicole et elles m'attendaient. Mais je ne pouvais pas monter et risquer de paniquer devant mon enfant. J'étais trop hébétée pour tout dire à ma mère.

Je m'assis sur la troisième marche et tentai de me calmer. Comme la carte de visite était toujours dans ma main, je l'examinai à nouveau.

David Beringer
Les Brooklyn Bruisers

Il y avait un dessin : un bâton de hockey et un palet. Avec un numéro de téléphone et une adresse e-mail. Après tous ses efforts pour m'aider à rechercher Dave, Benito serait fasciné d'apprendre comment mon amourette d'été épelait réellement son nom de famille.

C'était tellement surréaliste de tenir cette information dans ma main. Quand je m'étais réveillée ce matin, c'était avec la conviction que je ne reverrais plus jamais Dave. Au moment où il était entré dans le café, mon esprit était porté vers une dizaine d'autres choses.

La dernière personne que je m'attendais à voir aujourd'hui était cet homme dont les yeux verts étaient toujours capables de lire dans mon âme. Pendant une seconde, je n'en avais même pas cru mes propres yeux. *Deux ans.* Ça faisait si longtemps que je ne l'avais pas vu.

Le premier automne, alors que j'étais enceinte, je le cherchais constamment dans la foule. Chaque fois que la porte du *Mountain Goat* s'ouvrait pendant mon service, je ressentais un petit frisson d'impatience. Je balayais du regard les hommes qui entraient, à la recherche d'une tignasse flamboyante et d'un sourire charmeur.

Il n'était jamais venu. Et finalement, j'avais arrêté de chercher. Mon changement de boulot avait mis fin à cette habitude. J'avais fini par accepter qu'il ne reviendrait pas et j'avais fait la paix avec ça.

Mais pas ma famille. Ils avaient horreur que je garde les détails pour moi. Entre mes frères aînés et mes deux oncles italo-américains, tous voulaient savoir à qui casser la gueule. Tout le monde voulait s'en prendre au type qui m'avait « mise en cloque », comme disaient mes oncles.

Cette phrase me donnait envie de hurler.

Dave était parti, et même Benito, mon unique confident, n'avait pas pu le retrouver. Tout ce que nous avions, c'était un prénom, les bribes de son nom de famille d'après ma mémoire défaillante, et Brooklyn.

Il y avait deux millions et demi d'habitants à Brooklyn. Pas mal de Dave aussi.

Quoi qu'il en soit, c'était une idée ridicule de tomber enceinte d'un inconnu. Mais c'était *mon* idée ridicule. J'avais oublié Dave. Et même si je ne pouvais pas vraiment l'oublier, disons que j'avais cessé de m'attendre à ce qu'il réapparaisse. Avec le temps, j'avais fait la paix avec ça. Il ne connaîtrait jamais son enfant, et de toute façon, un enfant surprise ne serait pas le bienvenu.

Apparemment, j'avais raison sur ce point.

Je restai donc un moment dans la cage d'escalier, m'autorisant à perdre les pédales, tandis qu'à l'étage mon enfant attendait le retour du seul parent qui l'aimait.

Je me redressai, fourrant la carte de visite dans ma poche, et pris une autre inspiration. Puis je gravis les marches jusqu'au premier étage. J'ouvris la porte de l'appartement de mon frère presque entièrement rénové pour trouver ma mère, assise à ma table de cuisine avec Nicole sur la chaise haute. Il y avait des Cheerios et des grains de raisin soigneusement détachés de leur grappe sur le set en plastique devant le bébé.

— Maman est rentrée ! chantonna ma mère en me voyant. Dis *bonjour* à maman !

Ma petite fille ouvrit la bouche pour pousser un cri de joie.

— Ça fonctionne aussi, fit ma mère en riant.

Même si Nicole avait quinze mois, elle n'avait pas encore parlé. Honnêtement, je commençais à me faire du souci. Mais le pédiatre me recommandait d'attendre encore quelques mois avant de prendre des mesures.

En voyant le visage de ma fille, je me détendis. La crispation de mes épaules se dissipa alors que je traversais la pièce pour l'embrasser sur le sommet de la tête. Elle leva ses bras potelés vers moi et je regardai ma mère.

— Elle a assez mangé ?

— Comme toujours, répondit-elle gaiement.

Je passai les mains sous les bras de Nicole et la hissai contre moi pour un câlin. Comme c'était l'été, ses orteils nus se tortillèrent joyeusement contre ma taille.

— Salut, mademoiselle, chuchotai-je. Tu as fait une belle sieste pour mamie ?

— Comme ci comme ça, répondit ma mère. Quarante-cinq minutes.

— Eh bien.

Elle serait grincheuse plus tard, mais au moins, elle s'effondrerait à l'heure du coucher.

— Merci, dis-je à ma mère. Tu m'as sauvé la vie aujourd'hui.

— Journée stressante ?

— Oui.

Tu n'as pas idée. Mais maman faisait allusion à la coupure de courant au *Busy Bean* ce matin. Audrey et moi, nous avions passé la journée à nous inquiéter pour nos produits réfrigérés et à nous appuyer sur des amis pour obtenir de l'aide. Le problème n'était enfin réglé que depuis une heure.

Comme une idiote, j'avais pensé que la panne de courant serait l'événement le plus stressant de la journée. Et puis, Dave avait débarqué.

Je me sentais mal de ne pas raconter à ma mère le retour inattendu de Dave. La carte qu'il m'avait donnée me brûlait la poche. Mais je n'étais pas prête à en parler. Je venais de donner à cet homme le choc de sa vie, après qu'il m'eut donné le mien en franchissant sans prévenir la porte de mon café.

Nous avions bien le droit de prendre un moment de recul, tous les deux, non ?

Dave m'avait tout de suite refroidie en évoquant son avocat. J'avais eu envie de lui arracher la tête. Mais en état de choc, on ne dit pas toujours ce qu'il faudrait. J'allais continuer à m'en convaincre. *Pitié, ne sois pas un connard*, le suppliai-je par la pensée. *Et si c'est le cas, pourvu que ce ne soit pas héréditaire.*

Ma mère essuyait les miettes du dîner de Nicole sur la table.

— Je m'occupe du sol, dis-je aussitôt.

Après chacun des repas de Nicole, on aurait dit qu'une petite grenade alimentaire avait éclaté dans ma cuisine, sous sa chaise haute.

— C'est bon, je vais le faire, insista ma mère en se penchant pour passer une lingette sur le parquet.

Maman avait élevé cinq enfants, en tant que mère célibataire la plupart du temps. Et maintenant, elle consacrait plus de vingt heures par semaine à garder ma Nicole.

— Merci, dis-je avec un soupir.

J'attendais avec impatience le jour où ma famille n'aurait plus à faire autant de sacrifices pour moi. J'étais redevable à Benito de me laisser vivre chez lui, à Alec de me louer le *Busy Bean* pour une somme inférieure au marché, et à Alec et maman d'assurer des heures de babysitting gratuitement chaque semaine.

J'en avais assez de dépendre de ma famille. Cela dit, je préférais leur être redevable plutôt que de devoir me trouver un avocat et poursuivre Monsieur David Beringer (orthographié avec un « e », bon sang !) pour obtenir une pension alimentaire.

— Zara, dit ma mère d'une voix douce. Est-ce que tout va bien ?

Je fronçais les sourcils sans m'en rendre compte.

— Longue journée.

— Si tu as besoin de plus de temps, je pourrais…

— Non, je vais bien. Merci de ton aide.

Je fis rebondir Nicole sur ma hanche. Une de ses petites mains tâtait déjà mon sein gauche. Mon bébé voulait téter. Je la portai sur le canapé en forme de L de Benito et m'assis dans notre coin préféré.

— Bon, d'accord, dit maman en attrapant son sac à main sur le plan de travail. Alors, je vais passer au bureau de poste avant la fermeture.

— Au revoir, maman. Dis au revoir à mamie ! insistai-je, espérant que Nicole nous donne enfin un mot.

Au lieu de ça, elle agrippa mon haut, déterminée à trouver mon sein.

Ma mère sourit avant de s'en aller.

Je remontai mon haut et ouvris le bonnet de mon soutien-gorge d'al-laitement.

— Vas-y, championne.

Nicole attrapa mon sein à deux mains et serra, sa petite bouche immédiatement à l'œuvre. Ses yeux se fermèrent et elle appuya sa joue toute douce contre mon bras.

Le cœur empli d'émerveillement, je contemplai ma petite fille. Elle buvait du lait dans une timbale maintenant. L'allaitement n'était plus vraiment nécessaire. Mais je n'étais pas encore prête à y renoncer. Dans les premiers temps, quand j'étais sur les nerfs et fatiguée, persuadée que je serais nulle en tant que mère, l'allaitement ne manquait jamais de m'apaiser. Ma fille tirait de mon corps les nutriments dont elle avait besoin au quotidien. Et avec le lait que je lui donnais, elle avait beau-coup grandi. Quand elle s'agitait, je la portais contre ma poitrine et tout s'arrangeait.

C'était encore le cas aujourd'hui. *Rien n'a changé*, me rappelai-je. C'était toujours Nicole et moi contre le reste du monde (enfin, avec une demi-douzaine de proches aussi). Même si je ne devais jamais revoir Dave, tout allait bien.

11
———

DAVE

— Beri.

— Hmm ?

Je levai vivement les yeux pour constater que nous étions arrivés au chalet.

Le GPS du tableau de bord choisit ce moment pour annoncer : « Vous êtes arrivés à destination ! » d'une voix mécanique qui semblait presque accusatrice.

Léo avait coupé le moteur, mais il n'était pas encore sorti de la voiture. Il me regardait attentivement.

— Je peux faire quelque chose pour toi ? demanda-t-il gentiment.

— Non, rien, répondis-je d'une voix éraillée. J'ai juste besoin de…

La phrase mourut sur mes lèvres. J'avais juste besoin de quoi, exactement ? De rembobiner ma vie jusqu'au point où je n'avais pas encore foiré ?

— Il y a une heure, ma négociation de contrat était la chose la plus importante. Maintenant, j'ai un problème que l'argent ne peut pas résoudre.

— Non, en effet, dit Léo en s'adossant dans son siège, derrière le volant. Elle a réclamé de l'argent ?

Je secouai la tête.

— Mais je paierais s'il le fallait. Ce n'est vraiment pas le problème.

— C'est sûr.

Léo tendit la main par-dessus le levier de vitesses pour me serrer l'épaule.

— Rentrons. Tu pourras appeler ta sœur.

— Oh, putain. Je ne suis pas prêt.

Bess allait péter un câble. Et dire qu'en temps normal, j'étais un client sans problème.

Léo eut un petit rire.

— D'accord. Bon, tu m'as dit que tu étais allé faire les courses. Tu as de quoi faire des sandwiches ?

— Oui.

— Génial. Je vais t'en préparer un pendant que tu élaboreras une stratégie avant de parler à Bess. Elle était au courant pour Zara ?

Il ouvrit sa portière et sortit.

— Non, grommelai-je en détachant ma ceinture de sécurité.

Je quittai la voiture tout en prenant une grande inspiration, qui ne fit rien pour atténuer mon sentiment de panique.

— Il n'y avait rien à dire. On a couché ensemble pendant tout un été, puis on s'est séparés.

Ou du moins, c'était ce que je pensais. Mais Zara avait passé les deux dernières années avec mon…

L'épouvante me saisit à nouveau. Je n'avais *jamais* été aussi abattu. Pas même lorsque le médecin m'avait annoncé que je serais dispensé de la finale de la Coupe Stanley le mois précédent.

Nous entrâmes. Je m'efforçai d'inspirer du mieux possible, en mode yoga.

Comme il l'avait promis, Léo fit le tour de la cuisine en sifflotant et se mit à fouiller dans le réfrigérateur.

— Waouh, Beri… Tu n'as pas chômé au magasin. Je ne sais même pas quoi choisir. Dinde et gruyère, ça te va ?

— Oui.

— Mayo ? Tomate ?

— Merci, le nouveau, répondis-je dans un grognement.

Il étala les ingrédients et ustensiles sur le plan de travail et prit le temps de me dévisager.

— Je sais que tu flippes. Mais ça va aller. Si c'est vrai que tu as un enfant, tu trouveras une solution.

— Je ne peux pas être le père de quelqu'un.

Ce mot avait du mal à franchir mes lèvres. Je me laissai tomber sur un tabouret de bar.

— Pourquoi pas ? Je veux dire, personne ne te demande de l'épouser et de découper la dinde de Thanksgiving chaque année.

Cette image grotesque me dérida.

— Tu imagines ?

Léo se fit un devoir de passer en revue tout ce que j'avais acheté, puis rangé dans notre cuisine commune.

— Oui, figure-toi. Tu joues plutôt bien les loups solitaires, mais je n'y crois pas beaucoup.

Bon sang. Il essayait d'être sympa avec moi, mais je n'étais pas d'humeur pour ses théories. Ce n'était pas parce que j'avais fait les courses que j'étais prêt à fonder une famille.

— Cela dit, si Zara n'est pas faite pour toi, inutile de faire semblant. La gamine se fichera que vous soyez mariés, tant que tu viens la voir de temps en temps. Tu sais que tu ne peux pas l'abandonner maintenant.

Je gémis malgré moi, car c'était tout le problème. J'avais connu l'abandon. J'ignorais comment se comportait un père digne de ce nom, parce que je n'en avais jamais eu.

— Mon père était le pire salaud de la planète, Léo. Venir la voir de temps en temps ? Je ne sais même pas comment faire. Tu sais, j'aurais besoin d'un de ces manuels jaunes. *La Paternité pour les connards*, un truc de ce genre.

— Pour les nuls, tu veux dire ? Parce qu'à la limite, tu es plutôt comme ça. Un nul, mais pas un connard.

— Je suis trop flatté, dis-je en prenant ma plus belle voix de connard.

Mon coéquipier leva les yeux au ciel. Puis il poussa une assiette vers moi avec un beau sandwich.

— Tu as le droit de céder à la panique, Beri. Aujourd'hui, en tout cas. Mais demain, tu vas devoir enfiler tes protections et te retrousser les manches.

— J'aurai besoin de protections rien que pour affronter Bess.

Je mordis une bouchée de mon sandwich, essayant de prédire ce que ma sœur dirait. Elle serait furieuse de provoquer un scandale en pleine négociation de contrat. Bess disait toujours à ses athlètes : « S'il y a un moment pour se tenir à carreau, c'est celui-là. »

Merde. Elle allait me tailler un costard et je n'aurais pas fini d'en entendre parler.

— Quand arrivent les autres ? demanda Léo en ouvrant un sachet de chips.

— Euh…

Et dire que quelques heures plus tôt à peine, je me sentais en vacances.

— Dans la soirée, peut-être. Doulie et Castro arrivent ensemble.

— Mange ton sandwich. Et appelle ta sœur une fois que tu auras terminé. Pour en finir une bonne fois pour toutes.

Je lui répondis par un grognement, mais je savais qu'il avait raison. Je devais l'appeler, même si c'était pour me faire enguirlander.

~

— Répète ! souffla Bess.

Je déglutis avec peine.

— Un bébé, Bess. Tu m'as très bien entendu. Quinze mois.

— Quinze… mois.

Sa voix était trop calme, ça me fichait la trouille. J'aurais préféré qu'elle me gueule dessus.

— C'est ce qu'elle a dit.

Je me raclai la gorge.

— Et les dates coïncident.

— C'est cette barmaid ? Une brune aux cheveux longs ? Avec un drôle de nom ?

— Putain, Bess. Comment sais-tu tout ça ?

Il y avait des choses que l'on ne racontait pas à sa sœur.

— Tu parles d'elle chaque fois que tu es *bourré*, Dave ! vociféra-t-elle.

Enfin, les cris avaient commencé.

— Trois fois au moins ! Seulement, tu n'avais encore jamais parlé d'un *bébé* !

— Je ne savais pas.

Étrangement, maintenant qu'elle criait, je me sentais mieux. Parfois, la colère de Bess devait se consumer comme un feu de paille.

— Un jour, tu as dit que si tu devais te caser avec quelqu'un, ce serait avec une fille comme elle. Et qu'est-ce que je t'ai répondu ? Que *tu devrais peut-être l'appeler et prendre de ses nouvelles !*

J'écartai le téléphone de mon oreille pour éviter d'endommager définitivement mes tympans. De l'autre côté de la pièce, Léo me lança un regard compatissant puis se leva et sortit afin de me laisser un peu d'intimité.

— Je sais que j'ai merdé, Bess.

D'autant que je ne me rappelais pas lui avoir dit une chose pareille. J'eus la présence d'esprit de garder cette question pour moi.

— Tu ne lui as jamais donné ton *numéro* ? Mais quel genre de connard fait ça ?

— Elle ne *voulait* pas de mon numéro, dis-je en passant ma paume sur mon visage. Elle a été très claire sur le sujet. On pourrait passer les détails pour en venir à la partie où tu m'expliques quoi faire maintenant ?

— Je dois parler à ton avocat.

— D'accord.

Merci.

— Je m'occuperai de toi plus tard. Envoie-moi ton adresse de vacances. Fais-le tout de suite, par texto. L'avocat t'enverra des documents.

Clic.

Ma sœur venait de me raccrocher au nez.

Quel merdier ! Je coupai la communication et me levai. J'avais l'impression que les murs du chalet se refermaient sur moi. Je sortis d'un pas lourd. Léo était assis dans un hamac suspendu entre deux arbres, à siroter une bière, son téléphone à la main.

— Le réseau est vraiment pourri. J'arrive à peine à consulter mes e-mails.

— Bienvenue dans le Vermont. C'est pour ça que j'ai utilisé la ligne fixe.

Léo laissa tomber son téléphone sur l'herbe, sous le hamac.

— Qu'est-ce qu'elle a dit ?

— Elle a gueulé, c'est tout.

Je m'affalai sur l'herbe. Les cris, ce n'était rien en comparaison avec sa déception. J'avais horreur de décevoir Bess.

— Elle va appeler notre avocat et obtenir des conseils, je crois. Je ne sais pas. Je la rappellerai demain ou dans deux jours, quand elle se sera calmée.

— Elle va se calmer.

Léo leva la main pour regarder l'alliance à son doigt.

— Je ne m'habitue toujours pas à ça.

— Georgia flipperait si tu l'enlevais ?

— Non. Mais je n'en ai pas besoin, fit-il en jouant négligemment avec l'anneau. Je n'y suis pas encore habitué, mais ça ne me dérange pas du tout. Parfois, la lumière s'y reflète et ça me surprend. Mon premier réflexe, c'est de penser que ce n'est pas à moi.

— Ça doit faire bizarre de dire *ma femme*.

— Ça me plaît bien. Dire *ma copine*, ça faisait un peu comme si on avait seize ans, tu vois ?

— Oui.

En réalité, je ne voyais pas vraiment. Je n'avais jamais eu de *copine* à proprement parler. Pas même quand j'avais seize ans. Léo avait, quoi, vingt-quatre ans ? Il avait une alliance au doigt et il était heureux. Si Georgia tombait enceinte, il danserait de joie.

— Vous allez avoir des enfants ?

— Oh, oui. Dès que je pourrai convaincre Georgia.

— Elle n'en veut pas ?

— Si, carrément. Mais elle a l'impression que c'est encore trop tôt. Elle aimerait encore un an ou deux à son poste de co-responsable des relations publiques. Moi, ça me va. On a tout le temps du monde.

— C'est certain.

Mon coéquipier était extrêmement enthousiaste à la perspective de procréer. Cela dit, Léo avait une famille idéale. Ses parents venaient assister aux matches à domicile et je les voyais attendre dans le couloir devant les casiers, tout sourire, pour le saluer après chaque rencontre. La notion de famille avait plus de sens pour un gars comme Léo que pour moi.

— À quoi tu penses en ce moment ? demanda-t-il soudain.

— Je me dis que je m'étais promis de ne jamais être père. Et maintenant, voilà que je le suis devenu sans même le savoir.

— Tu sais que tu peux encore réussir à être un bon père, dit Léo avant de laisser passer un silence. Tu crois que tu as déjà tout gâché ?

— Comment voudrais-tu que je voie les choses autrement ?

J'avais toujours prévu de rester détaché avec les femmes. J'étais adepte des plans d'un soir, trop conscient que les histoires à long terme ne me conviendraient pas. Faire un enfant par accident, je n'aurais jamais cru que ça m'arriverait.

Apparemment, l'univers en avait décidé autrement.

— Ce bébé a un an, c'est ça ? reprit Léo. Elle ne sait pas encore *dire* papa, très certainement. Déclarer forfait maintenant, ce serait comme renoncer aux séries éliminatoires après quelques matches de pré-saison un peu difficiles.

Je ricanai.

— Sauf que je sais jouer au hockey, voilà la différence. Les Beringer ne font pas de bons parents.

C'était l'euphémisme du siècle. Ma mère était morte d'une surdose de cocaïne quand j'avais cinq ans. Ensuite, mon père m'avait frappé pendant encore neuf ans, jusqu'à ce que les gens commencent à s'en apercevoir. Il avait alors perdu la garde de Bess et moi. Nous étions partis vivre chez nos grands-parents indifférents, mais non violents, jusqu'à ce que Bess décroche le bac.

Elle s'était bien débrouillée, même si elle n'avait ni mari ni famille. Pour Bess, les seuls hommes valables étaient les joueurs des grandes ligues qui lui versaient quinze pour cent de leurs chèques de paie. Elle était mariée à son travail.

Quant à fonder une famille, comme moi, elle ne semblait pas y voir d'intérêt.

Un souvenir de Zara choisit ce moment pour me traverser l'esprit. C'était l'une des premières fois où nous étions ensemble. Ce soir-là, le taré du bar avait jeté un verre de bière sur Zara et j'avais bien failli lui coller une raclée. Mais elle avait géré l'incident. Ensuite, nous avions bu beaucoup de tequila tous les deux. Cette nuit-là, nous n'avions même pas pu rejoindre sa chambre. Je l'avais prise sur un tabouret de bar jusqu'à ce qu'elle hurle mon nom.

Bon Dieu, je m'en souvenais comme si c'était hier.

Après quoi, je l'avais enlacée, la serrant contre moi, là dans le bar, le souffle court. Elle avait brusquement demandé :

— Tu n'es pas marié, au moins ? Tu ne baises pas dans le dos de ta famille ?

J'avais répondu :

— Putain, non ! Et je ne le ferai jamais.

À présent, j'étais allongé dans l'herbe, les mains sur mon visage.

— J'étais un vrai connard, Léo, tellement prétentieux. Et je crois que ça n'a pas changé.

— Chaque chose en son temps, vieux, déclara-t-il en croisant les jambes dans le hamac. Aujourd'hui, ce n'est pas le jour pour prendre des décisions importantes. Accorde-toi un moment, d'accord ? Et laisse tes coéquipiers te bourrer la gueule, ce soir.

— Ça me va.

— On est là pour ça, répondit Léo, levant les yeux vers la cime des arbres.

— C'est vrai.

Mon équipe était ma seule famille. Quand l'un de nous avait des ennuis, les autres étaient là pour l'épauler. Apparemment, c'était mon tour d'être en difficulté.

— Je t'aime, vieux, fit Léo.

Il était comme ça, Léo, capable de dire ce genre de choses.

— Tu es un type bien, lui répondis-je.

Parce que les démonstrations d'affection, ce n'était pas mon genre. Ça n'avait jamais été le cas et ça ne le serait jamais.

Quelques heures plus tard, nous étions assis en rang d'oignons sur des tabourets, dans le nouveau bar, le *Gin Mill*. Léo, moi et les deux nouveaux venus : O'Doul, notre capitaine d'équipe, et Castro, un autre jeune gars d'humeur joyeuse.

— À Beri ! lança le capitaine en levant son verre. On est là pour toi, vieux.

— Merci, O'Doul. J'apprécie vraiment.

Mes coéquipiers avaient décrété qu'il fallait sortir pour arroser l'événement, aussi complexe soit-il. D'où la raison de notre présence au bar.

— Vous voulez tout mettre sur la même note ? demanda le barman en s'accoudant devant moi.

Sa tête me disait vaguement quelque chose, mais je ne pensais pas l'avoir déjà rencontré.

— Pourquoi pas ? répondit O'Doul en dégainant une carte de crédit de son portefeuille.

— Oh ! Le capitaine paie sa tournée. Quelqu'un a obtenu une belle prolongation de contrat, le taquina Castro.

Le barman prit la carte et s'arrêta pour préciser :

— C'est la soirée des Vermontais, mais vous devez présenter un permis de conduire pour bénéficier de la promo.

O'Doul secoua la tête.

— Nous ne sommes pas du coin. Ce sera le plein tarif pour nous.

Il s'éloigna et Castro poussa un soupir bienheureux.

— Tous les problèmes sont plus faciles à résoudre dans un bar, déclara-t-il.

— Je ne suis pas tout à fait d'accord, dis-je en buvant une gorgée de bière. Mais c'est sympa d'être ici avec vous, les gars.

Ni O'Doul ni Castro ne s'étaient moqués de moi en apprenant mon histoire incroyable, et c'était tout à leur honneur. Au contraire, ils m'avaient donné une accolade et gratifié d'une tape dans le dos en me demandant ce qu'ils pouvaient faire pour moi.

J'étais peut-être le pire connard du monde, mais j'avais des amis formidables.

— Tu as raison, dit Léo en effleurant les gouttes de condensation à l'extérieur de sa bouteille. Étant donné que tout a commencé dans un bar.

— La boucle est bouclée, lança O'Doul avec humour. À votre santé, les gars.

Castro, O'Doul et moi vidâmes nos shooters. Comme Léo s'était désigné chauffeur officiel, il resterait sobre ce soir.

L'alcool me brûla la gorge, mais c'était agréable. Ce n'était pas moi qui avais passé commande, pourtant aussitôt, la tequila me rappela Zara. Quel que soit le hasard poétique qui avait donné à O'Doul des envies de tequila ce soir, je ne m'interrogerais pas outre mesure. Cela dit, j'étais nostalgique de cette période insouciante. Quand Zara avait décidé que je serais une aventure sympa dans sa vie. Avant que je bouleverse le cours de son existence.

Du calme, m'intimai-je. Tout allait bien se passer pour elle. Je m'en assurerais. Tout de même, ce ne devait pas être facile d'être à la fois mère célibataire et propriétaire d'un café. Je me demandais comment elle avait réussi.

À vrai dire, je me posais un tas de questions.

— C'est sympa ici, fit Doulie en jetant un œil aux briques apparentes. Bonne ambiance. C'est plus agréable que ce petit bistrot où on allait, la dernière fois. Le *Mountain Boat*.

— Le *Mountain Goat*, rectifiai-je.

L'homme aux cheveux noirs derrière le bar sourit en faisant glisser une bouteille de bière devant Doulie.

— C'est vrai que je fais de la concurrence au *Goat*, dit-il.

Il posa une bière fraîche devant chacun de nous.

— Vous avez besoin d'autre chose, messieurs ?

— Non, merci.

— De toute façon, on ne peut plus retourner dans l'autre bar, ajouta O'Doul. Ce serait comme retourner sur les lieux du crime, pas vrai, Beri ?

Le capitaine rit à sa propre blague.

— Elle ne travaille plus là-bas, précisai-je pour mettre fin à cette discussion gênante.

Le barman nous jeta un coup d'œil en coin tout en essuyant le comptoir. Il pinça les lèvres d'un drôle d'air et me dévisagea avec une intensité qui ne me plaisait pas. Enfin, j'étais peut-être juste parano.

— Quelqu'un veut se faire un petit billard ? proposai-je en espérant changer de sujet.

— Les tables de billard sont occupées, constata Léo en sautant de son tabouret. Je vais faire la queue pour réserver une place.

— C'est une bonne recrue, ce jeune, commenta O'Doul en riant. Il se démarque du lot. Tu devrais ressembler un peu plus à Léo, dit-il à Castro sur le ton de l'humour.

— Oh, pitié, répondit Castro en levant les yeux au ciel.

C'était un gamin amusant. Un fêtard invétéré et plein d'esprit, que les femmes appréciaient.

— Personne ne lèche mieux les bottes que Léo. Ça ne servirait à rien d'essayer.

— Le truc, dis-je en prenant une gorgée de bière, c'est que Léo n'est pas un lèche-bottes. Il pense sincèrement tout ce qu'il dit. Il est fondamentalement gentil.

— Il a placé la barre trop haut, c'est mort, répondit Castro. Tu devrais peut-être essayer de montrer l'exemple.

— Je suis gentil, rétorquai-je. Si on veut. Disons que je suis au moins aussi gentil que Doulie.

— Mais moi, je gagne ma vie en frappant des gens, souligna O'Doul.

C'était l'homme fort de notre équipe, défenseur musclé, ainsi que le capitaine.

— Si j'étais trop gentil, je me ferais virer.

— Excuse, lança Castro en secouant la tête, feignant l'incrédulité. En plus, maintenant, tu t'es dégotté une copine. À côté de toi, on soutient mal la comparaison. Et Léo est marié à vingt-quatre ans. Ce qui fait que

Beringer et moi, on passe pour des sauvages. Il a déjà mis enceinte une fille du coin, difficile de faire mieux.

— Merde, Castro ! marmonnai-je.

Il essayait seulement d'être drôle, mais les joueurs de hockey pouvaient être assez lourds quand ils s'y mettaient.

— Putain, j'entends quoi, là ?

Le barman dardait sur nous un regard électrique. Plus précisément, c'était moi qu'il regardait. Les deux mains posées sur le bar, il se pencha comme s'il pouvait sauter par-dessus et me coller une droite.

Maintenant, je comprenais pourquoi il m'avait paru familier. Ce type était la version masculine plus âgée de Zara, les mêmes yeux sombres et la même fougue.

Les cheveux se dressèrent sur mon crâne et j'entendis le rire de Castro s'éteindre dans sa gorge.

— Oh, merde, chuchota mon coéquipier.

Il était peut-être balourd, mais il n'était pas stupide.

— Un problème ? fit prudemment O'Doul.

— J'aimerais savoir de qui vous osez vous moquer comme ça.

Le barman pointait du doigt le torse de Castro. Puis il leva le menton dans un geste de défi. À son tour, O'Doul redressa la tête.

— On taquinait juste mon coéquipier. Un peu d'humour de mauvais goût.

Personne mieux qu'O'Doul ne savait se préparer à la bagarre. Je me sentais de plus en plus méfiant.

— *Humour de mauvais goût*, s'exclama le barman. À propos d'une femme du coin ? C'est petit.

Personne n'avait dit un seul mot contre Zara. Mais ce gars n'était pas d'humeur à analyser la finesse de nos plaisanteries.

— Désolé, mon ami, dis-je lentement. Nous allons redescendre d'un cran.

— Tu es déjà venu ici ? fit l'homme, toujours furieux, en reportant son attention sur moi.

— Pas dans votre bar, non, répondit O'Doul à ma place.

Les yeux du barman ne quittaient pas les miens.

— Je parle au rouquin. Vous n'êtes pas du coin ?

Je secouai la tête.

— Vous venez souvent dans le Vermont ? Vous connaissez Zara Rossi ?

— Oh, putain, souffla Léo en nous rejoignant.

— *Oh, putain*, ça on peut le dire, répondit le barman. Vous avez un nom ? me demanda-t-il. Un numéro de téléphone, peut-être ?

— Bon, du calme, intervint O'Doul en mon nom. Vous avez envie d'entamer une petite correspondance avec mon coéquipier ou vous avez de vrais problèmes à régler ?

Je tendis la main pour la poser contre le torse bombé de notre capitaine.

— C'est bon, Doulie. Peut-être que notre nouvel ami peut nous expliquer qui il est par rapport à Zara, histoire qu'on ait une vraie conversation au lieu de chercher à savoir qui pisse le plus loin.

L'homme se renfrogna, puis il tourna la tête et lança un ordre à son collègue, de l'autre côté.

— Smithy ! Remplace-moi un moment.

Sur ce, il longea le bar avant de sauter par-dessus pour atterrir à côté de Léo. Il vint se camper devant moi, les bras croisés sur son torse volumineux.

— Vous et moi, nous devons avoir une petite discussion.

— On aurait peut-être dû aller ailleurs, marmonna Léo.

— Vous êtes son frère, dis-je, soulignant l'évidence. Elle en a quatre.

— Quatre ? se récria Castro. Tu es dans la merde, mon vieux.

— Venez avec moi, me dit alors le frère de Zara en se tournant vers la porte.

Doulie posa sa bière sur le bar et suivit le gars sans y être invité. Je n'avais pas besoin que mes amis me traînent dehors. En fait, j'aurais préféré qu'ils restent à l'écart. Mais il était inutile de protester, car après tout, c'était le rôle des coéquipiers, se serrer les coudes. O'Doul ne me laisserait pas encaisser un coup de poing seul, patins aux pieds ou non.

— Je ne peux pas terminer ma bière ? demanda Castro. Ce n'est pas juste.

Il essayait seulement de détendre l'atmosphère. Abandonnant à son tour sa bouteille, il se dirigea vers la sortie. Je dus presser le pas pour y arriver en premier et j'ouvris la porte sur la nuit étoilée du Vermont. Ça sentait tellement bon ici. Je ne m'y habituerais jamais.

— Quoi, vos amis vous suivent partout ? lança le frère de Zara quand O'Doul émergea derrière moi.

— Ça dépend. De toute façon, vous n'avez pas l'air de souhaiter qu'on reste plus longtemps dans votre bar.

— Vous ne partirez pas tant que vous ne m'aurez pas dit votre putain de nom.

— Vous en avez un, vous aussi ? Autant partager les infos.

J'avais dû paraître extrêmement sarcastique, parce que le gars se rua sur moi et empoigna ma chemise.

Une demi-seconde plus tard, O'Doul l'avait tiré en arrière dans une prise imparable.

— Du calme, d'accord ?

— Oh là ! fit un autre homme, sortant de l'ombre pour rejoindre notre petit groupe fébrile. Vous voulez bien le lâcher ? Je ne suis pas en service pour le moment, je n'ai pas vu mon frère depuis trois mois, et ça m'ennuierait de vous arrêter.

— Tout dépend de votre frère, s'il compte encore se jeter sur mon coéquipier, dit calmement Doulie.

— Alec, ne te jette pas sur lui, dit le nouveau venu, visiblement très las.

C'était un autre frère Rossi, son frère cadet. *Ben*. Son prénom me revint à l'esprit, parce que je l'avais déjà vu. Zara et lui s'étaient disputés sous mes yeux, un jour.

Décidément, ma vie était une catastrophe.

— Mais vous avez tous dix secondes pour me dire ce qui se passe, ajouta Ben.

O'Doul relâcha sa poigne et Alec se dégagea.

— Ils étaient au bar en train de parler d'une fille du coin qu'il aurait mise en cloque. Regarde-*le*, fit Alec en me montrant du doigt. Dis-moi que je ne suis pas fou.

L'homme écarquilla les yeux. Il me regarda plus attentivement, comme je venais de le faire une minute plus tôt en le reconnaissant.

— Comment vous appelez-vous ? me demanda-t-il enfin.

— David Beringer, répondis-je immédiatement, histoire d'énerver Alec.

— Épelez-moi ça.

— Beringer.

— Avec un « e » ?

Il leva la tête vers les étoiles.

— Merde. Un « e ». Pourquoi n'y ai-je pas pensé ?

— *Benito*, fit Alec. De quoi est-ce que tu parles ?

— On l'a cherché, expliqua-t-il. On a débusqué tout un tas de David de New York. Barrister. Barrier. Barer. Currier. Carrier. Impossible de trouver le bon nom.

— Mais Zara connaissait mon nom. J'ai placé ma pièce d'identité devant la caméra de sécurité…

La phrase s'éteignit sur mes lèvres alors que je cherchais un moyen de la terminer. *Avant qu'on baise pour la première fois.*

Benito me dévisagea.

— Il a fallu quelques mois à Zara pour réaliser qu'elle aurait besoin de savoir qui vous étiez. Cette vidéo avait été effacée depuis longtemps. On a aussi essayé les archives des agences de location de voitures et de chalets. Aucun nom ne correspondait au vôtre.

— C'est moi qui avais tout loué, grommela O'Doul. Son nom ne figurait nulle part.

— C'est ce qu'on a pensé, reprit Ben avec un soupir.

Mais son frère Alec avait toujours l'air d'une bombe sur le point d'exploser. Curieusement, il paraissait encore plus en colère contre son frère qu'il ne l'avait été contre moi.

— Tu l'as *cherché* ? Zara t'a dit son nom ?

Ben posa une main sur son épaule et le serra tout doucement.

— Oui. Elle ne voulait pas en parler, c'est tout.

— Sauf avec *toi.*

— Je suis dans les forces de l'ordre, expliqua Ben d'un ton posé. Tu te tournerais vers qui si tu avais besoin de retrouver quelqu'un ?

Alec ne desserrait pas les dents.

Ben, apparemment le membre le plus calme du clan Rossi, reporta son attention sur moi.

— Alors, maintenant, vous êtes de retour au Vermont ?

— Pour quelques semaines, oui.

— Et vous avez déjà… revu Zara ?

Je souris malgré ma tension.

— Cet après-midi. Je suis entré dans le café et elle était là.

Je me raclai la gorge avant de poursuivre.

— On a parlé pendant soixante secondes, pas plus. Je suis encore sous le choc.

— Tu m'étonnes.

Il croisa les bras, se balançant sur la plante des pieds

— Revenez prendre une bière à l'intérieur, c'est la maison qui offre. On discutera.

— Eh ! protesta Alec.

Son frère se tourna vers lui.

— Tu veux vraiment t'y mettre ? Je sais que tu es énervé pour ta petite sœur, mais elle ne voudrait pas que tu te comportes comme un enfoiré avec le père de son enfant.

Père. Ce mot me donnait le frisson.

— Est-ce qu'on sait vraiment ce que ressent Zara ? objecta Alec. Elle le déteste peut-être, après tout.

Benito leva les yeux au ciel.

— On a la preuve qu'à un moment donné, elle l'a plutôt bien apprécié.

Alec serra les poings en maugréant.

— Retourne avec tes clients, fit Benito en désignant la porte. Je vais m'installer en terrasse et poser quelques questions à Monsieur Beringer.

Sans ajouter un mot, Alec retourna à l'intérieur.

— Bon, dit Ben en tendant la main à O'Doul. Je m'appelle Benito Rossi. Et vous connaissez mon frère, Alec.

— Ce fut un plaisir, répondit sèchement mon ami.

Benito serra la main de tout le monde. Puis il nous fit signe de le suivre sur le côté du bâtiment en direction de la terrasse.

— Je reviens tout de suite, annonça-t-il avant de rejoindre son frère à l'intérieur du bar.

— Il est en train de charger son fusil et d'appeler le pasteur pour la cérémonie, plaisanta Trevi alors que nous nous installions en terrasse.

— Tu fais quelle taille de doigt, pour l'alliance ? ajouta Castro, goguenard.

O'Doul se contenta de rire.

— Et dire qu'on a failli rester à la maison ce soir.

Je ne répondis pas. Nous étions assis autour d'une table ronde avec une bougie dans un photophore. L'air était frais et un chœur de grenouilles chantait non loin de là. J'avais oublié les grenouilles.

— C'est sympa comme région quand les gens n'essaient pas de vous botter le cul, observa Trevi.

— Ce serait plus sympa si je n'avais pas dû abandonner ma bière, se plaignit Castro.

— Alors, va commander une tournée, lui suggéra O'Doul. C'est moi qui paie.

Mais avant que Castro ne puisse franchir les portes coulissantes menant à l'intérieur, Benito émergea avec un plateau, un pichet rempli et cinq verres. Il s'assit avec nous et commença à nous servir.

— Alors, qu'est-ce que tu fais dans la vie ?

— Du hockey, répondis-je.

Benito me tendit la première pinte, les sourcils froncés.

— Comment ça ?

— On joue au hockey, précisai-je. Dans les Brooklyn Bruisers. Je suis ailier gauche.

Benito jeta un regard circulaire autour de la table.

— Vous êtes tous joueurs de hockey professionnels ?

— Oui, répondit O'Doul.

Benito ricana en secouant la tête, puis il leva les yeux au ciel.

— Zara… Sérieusement ?

— Elle ne te l'a pas dit ? demandai-je avant de comprendre. Oh, elle ne savait pas.

Ben secoua lentement la tête.

— Elle ne *savait* pas ? s'exclama Castro. Tu lui as dit que tu faisais quoi, comme métier ?

— Je n'ai jamais rien dit.

— Mais pourquoi ?

Devant mon silence, Castro n'insista pas. Ils ne comprendraient pas que Zara et moi avions eu une aventure plutôt unique pendant un mois. Du sexe, des conversations, mais très peu de détails personnels.

Benito passa une main dans ses cheveux.

— Donc tu reviens au Vermont pour de nouvelles vacances. Et tu es tombé sur Zara ?

— C'est ça.

Je sortis une autre carte de visite de ma poche.

— Est-ce que quelqu'un a un stylo ?

Une fois que Castro m'en eut donné un, j'inscrivis mon numéro de téléphone sur la carte.

— Voilà, dis-je en la remettant à Benito. Je n'ai pas eu l'occasion de donner mon numéro à Zara aujourd'hui. La conversation que nous avons eue était… plutôt courte, disons.

Ben me dévisagea, le regard noir.

— Comment s'est terminée votre conversation ?

— Quel connard tu as été, cette fois ? renchérit Castro, plus éloquent.

Merci, mon pote.

— Je ne sais pas. Un connard moyen, je dirais.

Tout le monde éclata de rire, même Benito.

— J'étais surpris. Alors, je lui ai dit que j'appellerais mon avocat.

À ces mots, Benito tressaillit.

— C'est tout. Zara s'est enfuie ensuite. Je lui présenterai mes excuses quand elle sera prête à m'écouter. Tu peux lui donner le numéro sur la carte. L'autre renvoie directement à mon agent, alors j'ai ajouté le mien.

Il hocha la tête, glissant la carte dans sa poche arrière.

— D'accord. Je passe la voir tout à l'heure.

Il prit une longue gorgée de bière avant d'ajouter :

— Mais avant de partir, il y a quelque chose que tu dois savoir sur ma famille.

Sous la table, Castro me donna un petit coup de genou. Son expression voulait dire : *Et voilà !*

— Zara a quatre frères. Et deux oncles. Nous sommes terriblement surprotecteurs envers elle, même si Zara est la fille la plus coriace du monde, dit-il avec un sourire affectueux. Mais quand Zara est tombée enceinte, elle n'a dit à personne ce qui s'était passé. Alors, ça a conduit à beaucoup de spéculations. Certaines sont vraiment *graves*.

— Pourquoi ? demandai-je à voix haute. Pourquoi ne pas dire qu'elle et moi avons eu une aventure pendant un certain temps, mais que nous n'avons pas échangé grand-chose sur nos vies privées ?

Benito haussa les épaules.

— C'est une fille très secrète. Il faut l'être dans ma famille. C'est un mécanisme d'auto-défense. Et puis, elle était gênée, aussi. En tout cas, elle a insisté sur le fait qu'il n'y avait rien de sordide dans l'histoire. Qu'elle ne protégeait personne. Mais les hommes de ma famille ont plus de testostérone que certains, si bien que ça n'a pas aidé.

— D'accord...

— Je voulais juste que tu saches qu'il y a eu beaucoup de suppositions en tout genre.

— Il ne doit pas s'étonner quand le prochain frère viendra le frapper, c'est ça ? demanda O'Doul avec un scepticisme non dissimulé.

— Quelque chose comme ça, répondit Benito, retrouvant son sourire. Je n'ai pas vu ma sœur depuis longtemps, alors si vous voulez bien m'excuser, les gars.

Il vida sa bière et se leva.

— Bonsoir, lança Trevi avant qu'il ne s'éloigne. Ça aurait pu être pire, me dit-il une fois que nous fûmes à nouveau seuls.

— Ce gars nous a offert des bières, souligna Castro. Et je n'ai pas encore vu de fusil.

— La soirée ne fait que commencer, rétorqua O'Doul, déclenchant l'hilarité générale.

12

———

DAVE

Un bébé pleure. Elle pousse des hurlements. C'est assourdissant. Je ne peux pas la voir. Elle est dans une autre pièce. Malgré tout, j'entends ses pleurs angoissés ponctués de hoquets. C'est un son horrible. Une vraie souffrance.

Je dois arranger ça. Je ferais n'importe quoi pour faire cesser ce son.

Mais je ne peux pas. Je suis incapable de bouger. Chaque nouveau gémissement me fait l'effet d'un coup au cœur. J'ai mal à la tête et mon pouls est trop rapide. Pourtant, mes pieds demeurent ancrés au sol. Il y a quelque chose de terrifiant devant moi. Je ne peux pas lever les yeux de peur de revoir ça. Je ne peux pas regarder.

Encore. Les cris. Elle a besoin de moi.

La moquette est sale sous mes pieds. C'est une couleur gris terne, alors qu'elle était blanche autrefois. Et il y a une tache verte dégoûtante à côté de ma chaussure. C'est la couleur de…

Je me redressai rapidement, ma tête manquant de peu la lampe de lecture fixée au mur derrière moi. Un instant, mes yeux voletèrent alentour, découvrant les détails de ma chambre du chalet. Pendant ce temps, j'essayai de retrouver mon souffle, encore pantelant.

Rejetant les couvertures, je balançai mes jambes hors du lit et me levai précipitamment. Mon corps en nage avait besoin d'espace. Heureusement que j'avais laissé la fenêtre ouverte pendant la nuit. L'air doux du Vermont m'aidait à reprendre mon souffle.

Je fermai les yeux et inspirai jusqu'à mon diaphragme, comme notre professeur de yoga, la petite amie d'O'Doul, nous avait appris à le faire. Puis j'expirai longuement, rejetant les dernières bribes de panique.

Quel rêve débile. Des bébés en pleurs ? Mon subconscient avait l'art de me faire de mauvaises blagues.

Je levai les bras au-dessus de ma tête, puis me penchai lentement à la taille, laissant pendre ma tête, le dos étiré. Voilà. Ma panique retombait, me laissant plus serein, comme à mon habitude.

Un nouveau jour. Une nouvelle chance de bien faire. On ne devenait pas vétéran de la NHL sans être capable de se recentrer. Chaque joueur de hockey professionnel méritant son salaire savait tourner la page des mauvais jours pour recommencer à zéro.

Je me levai tout en pensant à la journée à venir. J'avais réservé du matériel et engagé un guide pour une expédition de pêche à la mouche dans la rivière qui passait devant le café et le bar de la famille de Zara. Cela dit, mes coéquipiers pouvaient partir sans moi. J'aurais besoin d'une journée pour appeler l'avocat et me renseigner sur mes obligations légales envers l'enfant.

Il fallait d'abord régler ses histoires de famille avant d'aller pêcher avec les copains.

Je sortis un short de ma valise et l'enfilai tout en écoutant les voix étouffées de mes coéquipiers dans la maison. J'avais choisi la suite principale, à l'étage, évidemment. Il fallait bien que l'organisateur ait quelques petits avantages. Les autres n'étaient pas mal lotis non plus. O'Doul avait un grand lit double avec sa propre salle de bain, et Trevi et Castro partageaient une chambre avec lits superposés.

— Oh, sérieux, s'était plaint Trevi la veille au soir. Je vois. Les nouveaux se coltinent le lit superposé.

— C'est ça de sortir tout juste de la fac, avait plaisanté O'Doul. Vous êtes habitués aux résidences universitaires, Castro et toi. Ça vous rappellera des souvenirs.

— Vous auriez dû donner une chambre individuelle aux célibataires, avait ronchonné Castro. Si je lève une fille, je mettrai un bandana sur la poignée, Trevi. On ne frappe pas si on entend le lit remuer, compris ?

Ce n'était que de l'esbroufe, cependant. Nous étions rentrés du bar tous ensemble, la veille.

Alors que je descendais l'escalier, j'entendis le rire de Castro. Puis j'eus la surprise de remarquer un rire féminin. Et pas n'importe quel rire féminin. Nom de…

Contournant l'angle du mur, au bas des marches, je débouchai dans le salon pour découvrir la personne à qui appartenait ce rire cristallin.

— Bess ? Qu'est-ce que tu fiches ici ?

Ma sœur se leva pour se tourner vers moi, perdant immédiatement son humour.

— Qu'est-ce que je *fiche* ici ? C'est la question la plus stupide que tu m'aies jamais posée de toute ta vie. C'est dire !

Bon.

D'accord.

Respire encore.

— Je sais que j'ai causé tout un mélodrame, dis-je d'un ton calme. Mais je vais tout gérer. Tu peux retourner à tes autres tragédies, l'attachée de presse. Ce n'est pas une arrestation pour conduite en état d'ivresse. Je n'ai rien fait de mal et ça ne finira pas dans le journal. Je suis un grand garçon, je sais comment arranger mes propres bêtises. Ça va, Bess. Je vais prendre la bonne décision. Toutes les bonnes décisions. Selon ce que l'avocat me dira.

Pour une raison quelconque, Bess avait l'air encore plus bouleversée à la fin de mon petit discours décousu. Castro détourna les yeux, comme s'il se préparait à l'impact. Je ne comprenais pas pourquoi. Enfin, Bess s'avança dans mon espace personnel, les yeux plissés, les joues rouges. Elle leva les mains pour m'agripper les épaules.

— Espèce de crétin ! Je suis venue pour *rencontrer ma nièce*. Le seul membre de notre famille, tu te rends compte ? L'*enfant* de mon frère…

Elle commença à me secouer. Je n'en revenais pas. Quand nous étions en colère l'un contre l'autre, on ne se touchait jamais. Je reculai, prenant ses mains dans les miennes.

— Bess…

— Quoi ? fit-elle dans un cri. C'est *énorme*, Davey. Je comprends que ce soit plus facile pour toi de passer en mode macho qui contrôle les dégâts, mais ta vie vient de changer, et c'est formidable. J'espère que tu n'es pas trop bête pour le comprendre.

Je restai sans voix tandis que mes coéquipiers regardaient leurs pieds, leurs mains, tout sauf moi.

— Alors, quel est ton plan ? demandai-je d'une voix rauque. Débarquer là-bas et exiger de voir la petite ? Et si nous n'étions pas les bienvenus ?

Bess redressa le menton.

— Tu as des droits. Tu peux intenter une action en justice pour avoir un droit de visite. Mais d'abord, nous allons demander gentiment.

— Euh… intervint O'Doul avec un petit rire. Je peux me permettre une suggestion ? On va d'abord prendre une grande inspiration et commencer par le petit déjeuner.

J'avais envie de le serrer dans mes bras pour le remercier d'avoir désamorcé la conversation la plus intense que j'aie jamais endurée avant ma première tasse de café.

— D'accord. Chaque chose en son temps, répondis-je. Pour le moment, c'est l'heure du bacon et des œufs.

Après avoir fait frire près d'un kilo de bacon, je battis les œufs pour une grosse frittata. Puis, laissant Bess griller des tartines pour tout le monde, je m'esquivai sous le porche pour appeler le café de Zara.

— Ici le *Busy Bean*, Audrey à l'appareil. Comment puis-je vous aider ?

— Bonjour, Audrey. Je m'appelle Dave Beringer. Je suis un ami de Zara. Est-ce qu'elle est disponible par hasard ?

Audrey était la collègue de Zara. D'après mes déductions, du moins.

— Non, me répondit-elle. Attendez une seconde.

Je l'entendis demander à un client s'il voulait de la cannelle ou du cacao sur son café au lait, puis elle revint en ligne.

— Désolée. À cette heure-ci, le matin, nous sommes en plein boum. Mais c'est le jour de congé de Zara. Vous devriez essayer son téléphone.

— Je… euh, je n'ai pas son numéro. Je suis arrivé hier. Vous vous souvenez peut-être de moi. J'ai salué Zara et elle a détalé comme si elle avait vu un fantôme.

— Hmm.

Il y eut un silence à l'autre bout, puis elle ajouta :

— Et maintenant, vous devez la joindre ?

— J'aimerais bien la voir ce matin. Vous pourriez lui envoyer mon numéro ? Elle comprendra.

— D'accord, répondit aussitôt Audrey. Attendez, je vais prendre un stylo.

13

ZARA

Lorsqu'on frappa à ma porte, mon cœur s'emballa sans raison valable. Quand j'ouvris, c'était Audrey, toute seule.

— Bonjour ! lança-t-elle joyeusement. Je t'apporte un sac de mini-muffins et un message.

— Des muffins ? marmonna mon frère jumeau, couché sur le canapé où il somnolait.

— Ce n'est pas pour toi, mon vieux Benny, déclara Audrey en me tendant le sac. C'est pour l'homme mystère qui va rendre visite à Zara.

Audrey plissa les yeux en regardant le papier dans sa main.

— Dave Beringer. Voilà son numéro.

Les battements de mon cœur redoublèrent.

— Qu'est-ce qu'il t'a dit ? fis-je d'une voix trop aiguë.

— Rien, ma chérie. Seulement qu'il voulait te voir, et que tu comprendrais.

Non, je ne comprenais pas. La veille au soir, il avait protesté contre l'idée même d'avoir un enfant. Et même si Benito avait réussi à avoir une conversation plus civilisée avec lui, la veille au soir, il semblait encore peu probable qu'il ait changé d'avis pour accepter sa fille avec plaisir aujourd'hui.

— Je vais l'appeler. Merci pour le message. Tu ferais mieux de redescendre.

Kieran Shipley devait être seul au comptoir, à rendre les clients nerveux avec son regard cinglant.

Mais Audrey ne bougeait toujours pas. Appuyée contre l'encadrement de la porte, elle me dévisageait attentivement.

— C'est qui, ce gars ? Je ne demanderais pas, en temps normal, mais là, tu paniques clairement. Pourquoi ?

J'hésitai, comme si Nicole pouvait m'entendre. Mais elle dormait dans son berceau, dans l'autre pièce.

— C'est lui, dis-je avec un soupir. Le donneur de sperme pour Nicole.

Les yeux d'Audrey s'illuminèrent.

— Je le *savais* ! Zara, cet homme est *canon*. Ces cheveux roux ? Tous ces muscles ?

Depuis le canapé, Ben ricana, mais Audrey n'en tint pas compte.

— Pfff, pas étonnant que tu n'aies pas pu lui résister.

— Ce n'est pas comme si j'avais essayé, de toute manière, soulignai-je.

— Comment a-t-il pris la nouvelle ?

Je secouai la tête, hésitante.

— Pas très bien. Mais Benny l'a rencontré hier soir au bar et il semblait se faire à l'idée.

— Tant mieux ! fit Audrey en tapant dans ses mains.

Moi, je n'en étais pas si sûre.

— Vraiment ? J'ai passé deux ans à me demander si je le reverrais un jour. Et maintenant, je me dis qu'il aurait peut-être mieux valu qu'il reste loin de nous. Un mauvais père, c'est pire que pas de père du tout.

— Je suis mal placée pour le savoir, répondit Audrey.

Aussitôt, je m'en voulus de ma liberté de ton. Son géniteur était un véritable donneur de sperme, pour le coup.

— Mais peut-être que tout se passera bien. Et pendant ce temps, tu pourras te rincer l'œil avec son joli minois.

À présent, c'était mon tour de ricaner. Dave n'était pas *joli*. C'était une beauté brute.

Audrey changea de ton, proche du murmure.

— Au lit, ça devait être incroyable.

— Comme si je m'en souvenais, lui dis-je, optant pour un mensonge.

Je posai une main sur son épaule et désignai les escaliers d'un mouvement de tête.

— Va sauver notre café de la mine revêche de Kieran. S'il y a du nouveau, je te le ferai savoir.

— Intérêt ! souffla-t-elle en retour.

Après avoir refermé derrière elle, je sortis mon téléphone pour l'appeler. Puis je me dirigeai vers la porte coulissante et l'ouvris, sortant sur le balcon encore inachevé de Benito. Je refermai la porte de sorte que Benny ne puisse pas laisser traîner ses oreilles.

Il n'y avait rien d'autre qu'une vieille chaise longue surdimensionnée et je m'y assis en essayant de gagner du temps. Je devais l'appeler, mais j'étais une dégonflée. Alors, je lui envoyai un texto à la place.

Zara : Tu me cherchais ? ZR

David : Salut ZR. Je peux t'appeler ?

Gloups.

Au lieu de répondre, je pris l'initiative de lui téléphoner. Il décrocha à la première sonnerie.

— C'est David, fit la voix basse à mon oreille.

Un frisson involontaire remonta le long de mon dos.

— Salut.

Nous n'avions jamais parlé au téléphone auparavant et j'étais soudain gênée.

— Je sais que je t'ai fait un sacré choc hier.

— Tu l'as dit. Je suis vraiment désolé si j'ai été brusque avec toi. Je n'avais encore jamais eu ce genre de conversation.

— Alors…

Je m'éclaircis la gorge avant de demander :

— Tu as d'autres enfants ?

— Seigneur, non !

Il ricana, manifestement mal à l'aise.

— Enfin bref, j'ai eu un peu de temps pour me remettre de mes émotions. Aujourd'hui, je comptais me renseigner sur plusieurs points, comme la pension alimentaire par exemple. Mais ma sœur m'a surpris en débarquant dans le Vermont pour quelques jours. Elle espérait vraiment qu'on pourrait rencontrer ta petite fille pendant qu'elle est ici.

Une centaine de papillons convergèrent dans mon estomac.

— Tu es sûr de vouloir le faire avant de confirmer la paternité ? Hier, tu avais l'air un peu hésitant.

— Zara, fit-il d'une voix basse et régulière. Est-ce mon enfant ?

— Oui, répondis-je dans un murmure.

— Alors, même si mon avocat insiste pour confirmer la paternité, je sais déjà ce que dira le test. Et ma sœur n'est ici que pour un jour ou deux, j'imagine.

— D'accord.

Je déglutis péniblement avant de lui expliquer, avec la furieuse impression que ma vie échappait à mon contrôle à une vitesse ahurissante :

— C'est ma matinée de repos. Nicole fait la sieste en ce moment, mais elle se réveillera vers onze heures, dans ces eaux-là.

— Alors, nous arriverons à onze heures si ça te convient.

— Très bien.

Pourtant, cette perspective m'angoissait. Je n'étais pas du tout certaine que ce soit une bonne idée de laisser David entrer dans nos vies.

— On habite dans un appartement au-dessus du *Gin Mill*. Il y a une entrée distincte sur le côté gauche. On se voit à onze heures.

— À plus tard.

Avec une main tremblante, je remis mon téléphone dans ma poche. Puis, je fis ce que ferait n'importe quelle personne dans ma position. Je retournai à l'intérieur et donnai un petit coup de pied dans la cuisse de mon frère jumeau assoupi.

— Aïe, dit-il en ouvrant ses yeux fatigués. Qu'est-ce qui se passe ?

— Dave Beringer, avec un « e », veut amener sa sœur rencontrer Nicole.

— Et tu as dit oui ?

— Oui. Alors, lève-toi. On a du pain sur la planche.

— C'est-à-dire ?

Il se redressa en bâillant. Nous étions restés éveillés jusque tard dans la nuit à discuter, puis il s'était couché sur son propre canapé jusqu'à ce que Nicole le réveille à six heures. Maintenant, ils faisaient une petite sieste, tous les deux.

— Ménage express.

— Oh non, grommela-t-il.

Mais il se levait déjà pour m'aider.

— Tu peux arranger cette pile de jouets, que ça fasse moins désordre ? demandai-je en désignant le coin du salon. Je m'occupe de la cuisine.

Il y avait les assiettes du petit déjeuner dans l'évier. Je les rinçai et passai l'éponge sur le plan de travail avant de regarder l'heure.

— Oh, là, je dois me changer, moi.

— Pourquoi ? demanda Ben en ouvrant le lave-vaisselle pour le charger. Tu n'as pas à te faire belle pour ce type.

Sérieusement ? Mon frère avait-il déjà *rencontré* une femme ? Je me demandais ce que Dave verrait en me regardant. D'abord, j'étais plus en chair qu'avant. L'allaitement me donnait toujours faim, si bien que je n'avais pas perdu tout le poids de ma grossesse. Et puis, je devais avoir l'air fatiguée, parce que j'étais toujours fatiguée.

Et que verrait sa sœur ? Je baissai les yeux pour m'inspecter rapidement.

— Je ne peux pas porter ce t-shirt pour rencontrer sa sœur.

Il y avait le dessin d'un érable avec un robinet dans le tronc pour en tirer la sève et les mots : *Qu'est-ce que je vous sers ?*

— C'est le t-shirt d'une fille qui couche à droite et à gauche.

— Non ! protesta Ben. C'est le t-shirt d'une fille qui vient du Vermont et qui aime bien les blagues potaches.

De toute façon, je ne voulais prendre aucun risque.

— J'ai besoin d'une douche rapide. Tu gardes un œil sur Nicole ?

— Tu crois que je la laisserais hurler dans son berceau ? Allez, vas-y.

J'étais à mi-chemin dans la pièce quand il m'arrêta avec une question.

— Eh, Z ? Tu veux que je reste pendant cette petite visite ?

— Tu pourrais ? suppliai-je aussitôt, même si ça me faisait passer pour une poule mouillée.

Il sourit.

— Tout ce que tu voudras. Pendant que tu es sous la douche, je vais me débrouiller pour que ma valise déborde un peu moins. Ça fait vagabond.

— Perso, ça ne me dérange pas, tu sais.

Il agita la main.

— Va faire ce que tu as à faire pour essayer d'impressionner monsieur papa.

— Oh, là, nouvelle règle. N'utilise plus jamais l'expression *monsieur papa.*

Benito éclata de rire pendant que je filais sous la douche.

❧

À onze heures, j'étais lavée et je portais mon nouveau haut, ainsi que du rouge à lèvres et un soupçon de mascara.

— Du maquillage ? fit Ben depuis le canapé. Dis donc, tu devais bien l'aimer, ce type.

— La ferme.

Je n'admettrais jamais qu'effectivement, j'avais eu un vrai coup de cœur pour Dave Beringer. Qui aurait cru que je me taperais un sportif professionnel ?

— J'essaie juste de ressembler un peu moins à une paumée de mobile-home, si tu vois ce que je veux dire.

— Zara, on a vécu quelques années dans un mobile-home. Maman y habite toujours. Il n'y a aucune honte à ça, rien de mal à ne pas avoir d'argent.

— Je sais, grommelai-je.

Mais qui ne voudrait pas se présenter sous son meilleur jour ?

— J'ai jeté un coup d'œil dans le sac qu'Audrey a apporté. Il y avait des cookies, me dit Benito en désignant le plan de travail. Avec de tout petits muffins jaunes. Ils sont délicieux.

— Comment tu le sais, si tu n'as fait que les regarder ?

— Oups, je les ai goûtés aussi.

— Hmm.

Je sortis une assiette du placard et j'ouvris le sac. Je disposais les viennoiseries après avoir démarré la cafetière quand la sonnette retentit.

Mon estomac fit un saut périlleux et mon cœur remonta dans ma gorge. Ça faisait *longtemps* que je n'avais pas été aussi terrifiée.

— Tu veux que j'aille ouvrir ? proposa Benito.

— Tu veux bien ? J'étais juste…

… en train de faire une crise de nerfs.

Mon frère ouvrit la porte de l'appartement et disparut dans la cage d'escalier. J'avais les paumes moites, mais il faut dire que je focalisais sur le négatif. Je ne devrais pas craindre que le retour de Dave abîme mon ego. Ce qui me terrorisait vraiment, c'était de laisser quelqu'un d'autre entrer dans la vie de mon enfant.

Si je me sentais souvent coupable d'avoir privé Nicole d'une famille à deux parents, c'était indéniablement plus facile d'être le seul responsable. Malgré ma famille autoritaire, les décisions parentales me revenaient toujours.

En principe, je savais que le père de Nicole avait le droit d'être impliqué dans la vie de son enfant. Pourtant, j'aurais du mal à ce qu'on me dise quoi faire, même avec de bonnes intentions.

Le fil de mes pensées inquiètes fut interrompu lorsque la porte s'ouvrit, laissant entrer Dave. Son mètre quatre-vingt-cinq environ et ses épaules larges donnaient l'impression que l'appartement de Benito était soudain plus petit.

Bon sang, il était tout aussi séduisant que dans mes souvenirs. Peut-être plus encore. Il avait les pommettes d'un mannequin et des lèvres pleines et rebondies. Son expression était plus sérieuse que jamais.

— Bonjour, beauté. Merci de nous avoir acceptés.

Beauté. Je n'aurais jamais cru l'entendre à nouveau m'appeler comme ça.

— Ça me fait plaisir, répondis-je aussitôt.

L'instant d'après, j'eus envie de me donner une gifle, mécontente de ma voix proche du chuchotement. Étais-je censée m'avancer et le prendre dans mes bras ? Lui serrer la main ? Quel était le protocole quand on accueillait le père de son bébé ?

— Je te présente mes excuses à l'avance pour ma sœur...

— Bouge tes fesses, Davey !

J'écarquillai les yeux lorsqu'une femme aux cheveux encore plus roux que ceux de Dave bouscula mon ancien compagnon d'un été pour passer. Dans ses bras, elle tenait une énorme peluche. Un chien. Aux poils roux, lui aussi.

— C'est un...

— Setter irlandais ! dit la sœur de Dave avec un sourire. C'était soit ça, soit le Grand Danois. Mais il était encore plus grand. Et je ne voulais pas que tu me détestes trop.

— Tu veux seulement qu'elle te déteste un peu, lui répondit sèchement Dave.

Sa sœur lui donna un coup de hanche.

— Présente-moi, grand frère.

— Je m'appelle Zara, dis-je à la hâte, me chargeant moi-même des présentations. Et tu viens de rencontrer mon frère Benito.

— Je m'appelle Bess.

Soudain, le gros chien se retrouva entre mes mains. Et elle avait enroulé ses bras autour de moi.

— C'est un honneur de te rencontrer.

Un honneur ? Une fois qu'elle m'eut relâchée, je posai l'animal en peluche sur le sol à côté du canapé, où il s'effondra dans une position paresseuse, son adorable menton sur ses pattes.

— Nicole va adorer ce chien, dis-je en déglutissant avec peine.

Qui pourrait résister à une peluche géante ?

— Je te remercie. C'est vraiment très gentil.

— Je ne fais que commencer, déclara Bess en se frottant les mains.

— Bess, l'avertit Dave d'un ton posé, avant de soupirer.

En fait, elle était un peu terrifiante, même si je savais que ce n'était que son enthousiasme. Je me dirigeai vers la cuisine.

— Vous aimeriez un petit café ? J'ai aussi des muffins et des cookies. D'ailleurs, prenez-en maintenant parce que je vais les faire disparaître quand Nicole se réveillera. Je n'aime pas la laisser manger du sucre.

Voilà que je jacassais comme une débile. *Génial.*

— J'adorerais une tasse de café, répondit Dave.

Il me fit un petit sourire, comme pour me laisser comprendre qu'il avait bien conscience que la situation était terriblement gênante.

Détalant à l'autre bout de la pièce, je remplis plusieurs tasses de café et attrapai l'assiette de pâtisseries.

En apportant sa tasse à Dave, je me rendis compte que je ne savais même pas comment il prenait son café.

— J'ai du lait et du sucre.

— Noir, ça me va, dit-il d'une voix douce. Tu veux qu'on revienne plus tard ? Si elle fait la sieste…

— Elle va bientôt se réveiller. Sa grande sieste, c'est plus tard dans la journée.

Bess refusa le café, alors je donnai la tasse à mon frère, qui observait tranquillement la scène. Elle choisit un petit muffin au citron et en prit une bouchée.

— Miam ! Ils viennent de ton café ?

— Oui. C'est la recette d'Audrey. Moi, je suis plutôt chocolat.

— Ce doit être difficile de gérer une entreprise tout en s'occupant d'un bébé, fit-elle en grignotant.

— Ça me plaît d'être ma propre patronne, m'empressai-je de répondre. Et ma famille a été vraiment formidable.

C'était épuisant d'être parent unique, bien sûr, mais je n'admettrais jamais cela devant Bess. *Tante* Bess, d'ailleurs.

C'était bizarre.

— C'est sympa ici, dit-elle en jetant un regard alentour avec un sourire.

— Oui, ce sera mieux quand ce sera fini.

J'avais horreur de l'aspect « travaux en cours » de l'appartement. Le parquet brillait déjà et les vieilles fenêtres au plomb avaient retrouvé leur gloire d'antan. La cuisine était encore en chantier, par contre. Les placards étaient neufs, mais le plan de travail n'était qu'un morceau de contre-plaqué.

— On est chez Benito ici. Comme vous le voyez, il manque encore la touche finale. Nicole et moi, on s'est installées ici parce qu'il s'est absenté plusieurs mois.

— Et tu peux rester aussi longtemps que tu en auras besoin, précisa mon frère.

— C'était super d'être près de mon café.

La tension était insoutenable et je n'arrêtais pas de parler pour meubler.

— Ma mère s'occupe de Nicole pendant que je travaille. Comme ça, je peux passer de temps en temps pendant ma journée de travail. Mais j'aimerais bien louer une des maisons en haut de la colline, au village. Nicole a besoin d'un jardin pour jouer quand elle grandira.

Ah, là, là. Je parvins tant bien que mal à fermer mon clapet. Mieux valait éviter d'attirer l'attention sur mes problèmes de logement.

— Davey, souffla Bess. S'il te plaît, donne à Zara le sac que tu as dans ta main.

Il baissa les yeux sur le sac en plastique, comme s'il le découvrait pour la première fois.

— Bien sûr.

Il s'avança et me tendit le sac, qui venait de chez BabyGap.

— Ma sœur tire d'abord et elle pose les questions ensuite. Mais elle t'a apporté quelques affaires pour te faire plaisir.

Le sac était plus lourd que je l'aurais cru. Elle avait dû dévaliser tout le magasin.

— Waouh, dis-je en m'asseyant sur le canapé.

Je l'ouvris et en sortis une combinaison de ski rose avec des oreilles d'ours sur la capuche. Taille deux ans.

— C'est adorable.

— La boutique de Détroit avait déjà sorti sa collection d'automne, expliqua Bess.

Elle sautillait presque à l'autre bout du canapé de Ben.

Je replongeai la main dans le sac pour découvrir trois tenues d'automne pour Nicole, toutes plus belles les unes que les autres. Ce serait la gamine la mieux habillée du Vermont.

— Merci beaucoup, dis-je pour la centième fois sans doute.

— Elle est surexcitée, expliqua Dave en sirotant son café.

— On n'a pas de famille, répondit Bess. À part nous deux. Alors, désolée. Tu en fais partie maintenant.

J'essayais encore de bien comprendre ce que je venais d'entendre quand de petits cris nous parvinrent, de l'autre côté de la porte. Je bondis aussitôt, dès les premiers pleurs de Nicole, comme si le fait de réagir au quart de tour faisait de moi un excellent parent.

— Excusez-moi une seconde, dis-je, reconnaissante d'échapper un instant à la tension palpable.

Une fois dans la chambre, je baissai les yeux sur le petit visage grincheux de Nicole. Elle était étendue sur le dos, ses jambes potelées appuyées contre les barreaux du berceau. Même si j'avais installé un ventilateur à basse vitesse, on aurait dit qu'elle avait chaud.

Enfin, avec une sieste à midi en plein mois de juillet, on pouvait difficilement s'attendre à autre chose.

— Viens ici, ma chérie, murmurai-je.

Elle leva les bras sans rouler sur le côté. Je me penchai pour la soulever du matelas.

— On a de la visite, lui annonçai-je à mi-voix, l'emmenant vers la table à langer.

Je la changeai, lui enfilai une couche propre et peignai avec mes doigts ses cheveux doux comme une plume. Leur teinte était cuivrée, plus brillante que les cheveux de son beau spécimen de père.

Le fait qu'il soit juste à côté, dans le salon, me noua l'estomac. J'étais en proie au doute.

Il a intérêt à t'aimer, ma grande, pensai-je, même si cela me terrifiait de la partager. *Parce que tu es la meilleure.* Mon bébé était encore engourdi après sa sieste, mais c'était toujours la plus belle que j'aie jamais vue, et sûrement la meilleure chose que j'aie faite de toute ma vie. Elle bâilla, dévoilant une rangée de minuscules dents parfaites, ses bras potelés s'étirant sur le matelas à langer.

Je la repris dans mes bras, la serrant contre ma poitrine. Là, je m'arrêtai un instant, dans l'intimité de la petite chambre, priant pour que nos vies ne deviennent pas trop compliquées.

14

DAVE

Je grignotais un mini muffin en attendant de voir ma fille pour la toute première fois.

Ce matin, alors que Bess se maquillait, j'avais cherché sur Google « enfant quinze mois », car je n'avais aucune idée de la taille. Les sites que j'avais trouvés m'avaient appris qu'à cet âge-là, c'étaient encore des bébés. Mais certains pouvaient marcher ou dire quelques mots.

S'il existait un homme plus désemparé que moi dans le monde, j'espérais ne jamais le rencontrer.

Je restais assis en silence, à écouter ma sœur parler avec Benito, m'efforçant de ne pas céder à la panique. Après quelques longues minutes, Zara émergea du petit couloir de l'appartement. Contre sa poitrine, elle tenait une petite créature aux bras replets. La joue du bébé reposait contre l'épaule de Zara, si bien que je ne pouvais pas voir son visage.

Mais ces *cheveux*. Soudain, j'avais à nouveau quatre ans. Je voyais ma mère marcher d'un pas lourd dans le trou à rats où nous vivions, avec Bess encore bébé qui gémissait dans ses bras.

Je réprimai un terrible frisson.

Personne ne sembla remarquer ma détresse. Ils n'avaient d'yeux que pour le bébé. Zara s'assit sur le canapé à côté de son frère, sa fille sur ses genoux. Bess étouffa un petit cri d'excitation.

— La voilà, dit Ben à voix basse. Salut, princesse.

Le bébé se tourna lentement vers la voix de son oncle et je vis son

123

visage pour la première fois. Elle avait des joues roses et des yeux ensommeillés.

Le silence retomba dans le salon tandis que Zara ajustait Nicole sur ses genoux.

— Voilà Bess, dit-elle en désignant ma sœur. Et Dave.

Je déglutis douloureusement, espérant que personne ne percevrait ma terreur. Mais le bébé ne me donna même pas un regard.

— Et bien sûr, Tonton Benito le rigolo.

— Nicole ! fit-il pour l'encourager. Dis-moi : Tonton Ben !

— Baba-ba ! réagit le bébé.

En entendant son adorable petite voix, j'en eus la chair de poule sur les bras.

— Presque ! s'extasia le frère de Zara en souriant. Tu pourrais te contenter de dire Ben, ça ira. Je ne suis pas pointilleux.

Il plaisantait, très à l'aise. Moi, en revanche, j'étais assis, immobile, aussi déphasé que si je vivais une expérience de décorporation. Après tout, quelle était la bonne réaction quand on rencontrait l'enfant que l'on ignorait avoir ? Je remarquai que ses épaules étaient à peu près aussi larges que ma paume et mes doigts. Et que ses coudes étaient ronds comme tous les bras de bébé.

Elle était franchement mignonne. Je n'étais pas sans cœur, seulement j'étais complètement sonné.

Benito tendit les bras vers sa nièce et la prit sur ses genoux. Elle s'adossa, employant le torse de son oncle en guise de coussin.

Zara sourit, enfin plus détendue. Comme si son frère avec son bébé dans les bras était le plus beau spectacle au monde. Peut-être était-ce le cas. Je n'avais pas l'intention de venir troubler la sérénité de sa vie, mais j'étais réconforté de savoir qu'elle avait sa famille autour d'elle.

— Ben a été absent pendant trois mois. Ça fait un cinquième de sa petite vie, expliquait Zara. J'avais peur que Nicole ne se souvienne pas de lui. Mais quand elle l'a vu ce matin, elle a accouru vers lui et l'a regardé comme si elle voulait dire : Bah alors, t'étais où ? On fait la fête ?

Benito posa une main dans le dos du bébé et le tapota délicatement, avec une aisance déconcertante.

— Oh, Zara, fit ma sœur, émue aux larmes. Elle est si belle.

Quant à moi, je ne disais toujours rien. Je n'avais pas retrouvé l'usage de ma voix. Je n'avais jamais douté que le bébé de Zara serait beau, mais ce n'était certainement pas grâce à moi.

Ma sœur se leva et alla chercher le chien en peluche sur le sol.

— Salut, Nicole, dit-elle en s'agenouillant sur le tapis à côté de la table basse. J'ai quelqu'un ici qui aimerait te rencontrer.

Nicole leva de l'épaule de Benito son visage encore embrumé de sommeil. En repérant le chien, elle commença à se tortiller pour descendre.

Ben la posa alors par terre et Nicole, debout, plaça une main potelée sur la table basse. Puis elle se mit à marcher, le bord de la table fermement agrippé dans sa main, se dandinant en direction de Bess et de l'énorme peluche.

— Regardez-la ! Elle marche comme une grande !

Les yeux de Bess étaient brillants.

Pour rejoindre ma sœur, le bébé devait passer devant moi. J'étais tellement englué dans ma propre tête, à essayer de tout absorber, que je ne m'étais pas rendu compte que mes genoux bloquaient son passage autour de la table basse. Elle s'arrêta, posa une petite main étonnamment chaude sur mon genou nu et se tourna pour me regarder.

Quand je vis son expression, un petit éclat de rire étranglé monta de ma gorge. Son visage était minuscule, mais il exprimait un sérieux absolu. *Écarte-toi, toi.* Ses yeux, d'un brun foncé, dégageaient une intensité qu'elle tenait de sa mère. Ils me semblaient si familiers que j'en avais le souffle coupé.

Je m'empressai de décaler mes genoux et elle passa en trottinant.

— Tu ne trouves pas que la ressemblance est incroyable ? demanda ma sœur.

— Oui, avec sa *mère*.

Je levai les yeux vers Zara, toujours assise sur le canapé.

— Elle vient juste de me regarder… à ta façon.

Zara écarquilla les yeux. Elle m'adressa un sourire un peu moins terrifié qu'auparavant et je sentis ma poitrine se remplir d'une émotion que j'étais incapable d'identifier.

Une fois auprès de Bess, Nicole se jeta sur le chien, qui devait faire au moins deux fois sa taille. Ma sœur s'esclaffa et je vis des larmes dans ses yeux. Elle posa une main hésitante sur les cheveux duveteux du bébé et lui parla d'une voix douce.

Je jure devant Dieu que je n'avais jamais vu ma sœur s'occuper d'un bébé auparavant. J'ignorais qu'elle aimait les tout-petits. Cela dit, je ne lui avais jamais vraiment posé la question.

Bon sang, les yeux me piquaient.

Je pris une profonde inspiration et j'expirai lentement. *Mon bébé.* Je soupesai les mots dans ma tête pour la première fois. Ces mots improbables.

Mais elle était là, sur le tapis, ses petits bras autour de la peluche.

Inspiration. Expiration.

Pendant que Bess était concentrée sur le bébé, je jetai un coup d'œil à Zara. Je n'imaginais pas ce qui se passait dans sa tête en ce moment. Souhaitait-elle seulement que je rencontre son enfant ? Elle nous accueillait sans doute pour nous faire plaisir, rien de plus. Elle ne voulait pas avoir affaire à moi en dehors de la chambre à coucher. La Zara que j'avais connue auparavant nous aurait déjà expulsés.

Mais je devais admettre que cette nouvelle Zara avait l'air différente. Elle était hésitante. Sur ses gardes. Ça m'ennuyait de me demander si c'était ma faute, si je l'avais déstabilisée en revenant ici.

Ses yeux rencontrèrent soudain les miens et je pris conscience qu'elle aussi me regardait à la dérobée. En même temps, nous détournâmes les yeux.

Pendant ce temps, Nicole était de plus en plus à l'aise avec ma sœur. Elle était plus animée. Bien campée sur ses petites jambes boudinées, elle serrait la taille molle du chien entre ses bras. Puis elle essaya de marcher avec lui.

Ce ne fut pas très efficace. Elle trébucha à deux reprises, et chaque fois, Bess la rattrapa. Ma sœur se pencha pour essayer de tenir la peluche afin que Nicole puisse raffermir sa prise. Je vis la petite fille lever les yeux vers elle, puis décider qu'elle ne voulait pas de l'aide d'une inconnue. Elle chercha sa mère du regard, le visage soudain grincheux.

— Ici, dit aussitôt Zara.

Le bébé reprit son dandinement, les fesses en arrière et les mains en l'air, en direction de sa mère. Quand elle arriva devant elle, Zara la hissa sur ses genoux. Puis Nicole saisit l'ourlet du t-shirt de Zara et commença à le tirer vers le haut.

— Hmm…

Zara gloussa, soudain mal à l'aise. Du coude, elle ramena son haut contre son corps pour décourager les tentatives du bébé.

— Benny ? Tu peux me donner ce plaid, derrière toi ?

Il lui tendit la couverture et elle la passa sur la tête de Nicole. Le bébé poussait de petits cris. Je ne comprenais toujours pas ce qui se passait. Zara passa la main sous la couverture et se tortilla, comme pour ajuster quelque chose.

— On allaite encore, dit-elle enfin, éclairant ma lanterne. Il faudrait penser au sevrage, mais je n'y arrive pas.

Elle me lança un petit coup d'œil nerveux, mais je n'avais clairement aucune opinion sur la question de l'allaitement. Et quand bien même, je ne l'aurais pas exprimée.

Bess entama une conversation anodine, interrogeant Benito sur le moulin tout en récupérant nos tasses à café pour les emporter dans la cuisine.

— Je m'en charge, dit Benito. Assieds-toi.

Il y eut un mouvement sous le plaid, qui fut soudain arraché par le petit bras. On ne pouvait pas reprocher à l'enfant d'écarter cette couverture de son visage par une journée à vingt-sept degrés. Mais les pommettes de Zara rougirent alors que son bébé se mettait plus à l'aise en dénudant sa poitrine. Elle avait posé sa petite paume sur l'arrondi de son sein.

Et… waouh. En matière de poitrine, Zara s'était épanouie. Elle était tout en formes maintenant.

La main du bébé quitta le sein de sa mère pour s'aventurer dans les cheveux de Zara, qu'elle enroula autour de ses petits doigts tout en tétant.

J'étais témoin d'une scène intime et touchante qui m'était totalement étrangère. J'en eus la chair de poule sur la nuque.

Je ne m'étais jamais senti aussi dépassé de toute ma vie.

15

———

ZARA

Je restai là, un sein à l'air, alors que Nicole produisait toutes sortes de bruits de succion comme un bébé affamé, que mon frère riait et que mon ancien amant détournait le regard.

Si j'avais appris quelque chose au cours des deux dernières années, c'était que l'humilité et la maternité allaient de pair.

— Personne n'a une bonne blague à raconter ? demandai-je dans le silence gênant.

Bess se tamponna les yeux.

— Tu es très fair-play, Zara. Merci de nous avoir permis de venir aujourd'hui.

— Ça me fait plaisir, répondis-je, même si c'était un mensonge.

Je n'avais jamais connu de moment plus stressant de toute ma vie, y compris la fois où j'avais fait un test de grossesse chez moi pour découvrir avec stupeur le signe plus.

Dave se pencha en avant et prit un autre mini muffin d'Audrey.

— Il est très beau, votre vieux moulin. Il date de quand ?

— Des années 1890, expliqua mon frère en se levant du canapé. De là, on peut voir le système hydraulique d'origine.

Dave suivit mon frère sur la terrasse et j'entendis la voix de Ben alors qu'il lui montrait la vieille roue en contrebas.

Nous restâmes seules, Bess et moi, et je m'autorisai à expirer.

— Tu dois paniquer, murmura-t-elle.

L'observation me prit au dépourvu et je partis d'un petit rire.

— C'est raté pour une carrière d'actrice, si je comprends bien.

Elle sourit.

— Ça a dû te faire un choc de tomber sur lui après tout ce temps.

— Je ne sais pas lequel des deux était le plus stupéfait, admis-je. Je l'ai beaucoup cherché, tu sais. Benito aussi.

— Dave me l'a dit.

Je haussai les épaules.

— Je n'ai jamais voulu lancer une bombe comme ça sur qui que ce soit. J'avais au moins autant peur que lui.

Bess soupira.

— Dave a dit qu'il avait été un peu brusque.

— Ça lui a fait un choc, dis-je avec un geste évasif.

— Bien sûr, mais…

Elle jeta un coup d'œil vers la terrasse avant de se tourner vers moi.

— Nous avons eu une enfance douloureuse. Il a une vision assez sombre de la vie de famille.

Génial. Je restai impassible, mais elle me vit sans doute tressaillir.

— Écoute, reprit-elle en se penchant en avant. C'est un gars bien. Il a juste besoin d'un peu de temps pour se faire à l'idée. Il m'a parlé de toi, tu sais.

— Vraiment ? dis-je, incapable de masquer ma surprise.

— Chaque fois qu'il était bourré et émotif. Il me disait : « J'ai rencontré une fille, dans le Vermont. Je t'ai déjà parlé de Zara ? »

Tous les cheveux se dressèrent sur ma tête. Je m'étais convaincue que Dave m'avait oubliée dès qu'il avait quitté l'État. En quelque sorte, il fallait que ce soit vrai pour m'éviter de penser à lui.

— On a passé de bons moments ensemble, dis-je lentement. Mais c'était il y a longtemps.

Les yeux verts de Bess semblaient songeurs.

— Je dis seulement que ça a compté pour lui. Il est dans tous ses états en ce moment, mais ça lui passera. Il prend soin des siens.

— De qui ? chuchotai-je.

— *Moi.* Il m'a sauvée, répondit-elle, les yeux luisants. À quatorze ans, il s'est frappé au visage avec une clé à molette. À quatre reprises.

— Mon Dieu, mais *pourquoi* ? dis-je dans un souffle.

— Pour que quelqu'un le *remarque*, répondit-elle avec empressement. Notre père ne nous frappait que là où ça ne se voyait pas. C'était encore pire pour moi, parce que je résistais plus que Dave. C'était terrible. Il voulait faire quelque chose, et c'est pour ça qu'il s'est amoché. Dans la semaine, l'école est intervenue. Nos grands-parents ont dû nous accueillir chez eux. Il s'était fendu la pommette. Mais au moins, notre père ne m'a plus jamais frappée.

— Merde, Bess ! s'exclama Dave en entrant dans la pièce. Personne ne veut entendre parler de ça.

Bess rougit, mais elle darda les yeux sur lui. Son frère soutint son regard sans sourciller, comme s'il la menaçait des feux de l'enfer si elle continuait à parler de leur enfance.

Ils ne disaient rien, mais j'entendais presque leur dispute dans l'air. Parce que j'avais connu ces confrontations entre frères et sœurs, moi aussi. Benito et moi, nous nous étions disputés ainsi, sans un mot, plus souvent que je ne pourrais m'en souvenir.

Mon frère interrompit leur échange silencieux en changeant de sujet.

— Bess, tu étais déjà venue dans le Vermont ?

— Non, pas vraiment.

— Quand Nicky aura terminé, on pourrait tous aller se promener quelques minutes. Je vous montrerai les rives de la Winooski. Ou alors, on pourrait y descendre maintenant, tous les deux.

— Excellente idée, dit-elle, saisissant la balle au bond.

Elle se leva du canapé sans même un regard à Dave.

À l'évidence, ils essayaient de me laisser un moment seule avec lui, même si je n'étais pas certaine que nous soyons prêts pour ça, ni lui ni moi.

— On vous rejoint dans une minute, dis-je. Nicole aime le grand air.

— On se voit là-bas, répondit mon frère en se dirigeant vers la porte.

Le silence retomba dans la pièce dès le départ de Benito et Bess. J'évitai Dave, baissant les yeux vers Nicole qui tétait encore paresseusement dans mes bras. L'une de ses mains potelées avait trouvé une mèche de mes cheveux qu'elle entortillait. Quand elle était toute petite et tétait en permanence, je devais attacher mes cheveux sinon elle me les emmêlait.

Une ombre s'avança sur nous, puis le canapé s'enfonça sous le poids de Dave alors qu'il s'asseyait à côté de moi. Je retins mon souffle.

— Elle est belle, Zara.

Sa voix était si basse que j'aurais pu la manquer si tous mes sens n'avaient pas été tendus à l'extrême.

— Tout comme toi.

— Merci, dis-je avec raideur.

Nicole choisit ce moment pour lâcher mon mamelon et se redresser tant bien que mal. Je m'empressai de cacher ma poitrine et lissai l'avant de mon t-shirt. Le bébé passa un moment à dévisager Dave. Mon pouls cognait dans mes oreilles et j'attendis de voir si elle grimperait sur ses genoux. Nicole *adorait* les hommes, même si elle n'avait pas de papa. Elle était attirée par leurs voix graves et elle ne semblait jamais avoir peur. La digne fille de sa mère.

Je me demandais ce qu'il ferait si elle s'approchait de lui. La prendrait-il dans ses bras en souriant ? Ou garderait-il la même hésitation sur le visage ?

Et d'abord, de quoi avais-je envie, au juste ? Je n'étais même pas au clair avec moi-même.

Mais Nicole resta à l'écart. Il ne faisait rien de spécialement amusant, alors ma fille décida de descendre en se trémoussant. Je la déposai au sol sous le regard attentif de Dave.

— Au fait, je voulais encore te présenter mes excuses pour avoir été impoli hier, dit-il à mi-voix alors que Nicole retournait vers la gigantesque peluche que Bess avait apportée. J'étais secoué.

— J'imagine.

— Je parie que tu es un peu secouée, toi aussi.

— Oui, dis-je rapidement, rencontrant ses yeux verts.

Waouh, je n'aurais jamais cru me laisser une fois de plus prendre au piège de ce regard émeraude.

— Hier, j'ai eu l'impression de voir un fantôme.

Il sourit soudain et je sentis une douce familiarité m'envahir. Puis son sourire s'estompa.

— Excuse-moi si je me suis comporté comme un connard.

— Ce n'est rien. J'ai compris.

Je me raclai la gorge. Comme la tension entre nous était oppressante, je changeai de sujet.

— Ta sœur est géniale.

— À petites doses, précisa-t-il, me faisant pouffer. Tes frères veillent vraiment sur toi, dis donc.

— Ce serait mieux à petites doses aussi, concédai-je. Ils m'aiment, mais putain… pardon, *purée* ! rectifiai-je aussitôt. Ma famille est vraiment trop autoritaire.

Il sourit. Puis il fit quelque chose d'encore plus inattendu. Il tendit la main et m'attira dans ses bras pour une brève étreinte.

— Je suis content de te revoir, me chuchota-t-il à l'oreille. Je n'imagine pas ce que tu as dû endurer.

L'instant d'après, il me libéra, mais il fallut quelques secondes à mon cerveau pour rattraper son retard. Je bloquais toujours sur la sensation de son torse ferme contre mon corps et le parfum si familier de son après-rasage.

— Je… balbutiai-je, le cerveau embrumé. Ça a été…

Concentre-toi, Zara.

— Je vais bien. Tu n'as pas à te sentir coupable.

— Mais si, répondit-il d'un ton bourru.

— Non, insistai-je en secouant la tête. Non. Beaucoup de choses ont changé pour moi ces deux dernières années, mais pas en mal.

Ce n'était pas facile à expliquer.

— Devenir mère, ce n'était pas quelque chose que j'avais envisagé… pas tout de suite, en tout cas. J'ai eu une adolescence débridée. Je te l'ai peut-être déjà dit.

Il afficha un grand sourire qui rendit son visage infiniment plus chaleureux. C'était si facile de lui sourire en retour.

— Bref, je ne me voyais pas comme une personne très maternelle. Alors, au début, j'étais terrifiée. Mais j'ai vite compris que j'étais sa seule *personne.*

Je guettai sa réaction. Il écoutait attentivement.

— C'est une curieuse façon de le dire. En fait, c'était moi ou personne d'autre, et c'était très stimulant…

Nicole passa devant moi pour retourner vers le chien en peluche.

Je me rendis compte que je divaguais un peu.

— Je ne m'exprime pas très bien. Mon frère Damien dit qu'il a dû attendre de devenir soldat pour apprendre à se connaître. En ce qui me concerne, prendre soin de mon nouveau-né a été comme mon propre camp de formation militaire. Je me suis donnée à fond et j'ai appris comment tout fonctionnait. En fin de compte, j'ai fait un boulot aussi bon que n'importe qui d'autre.

— Je n'en doute pas.

— Le truc, c'est que j'ai adoré. Elle m'a apaisée. Je passais mon temps à m'inquiéter de l'absence de direction dans ma vie et de toutes mes erreurs. Mais plus maintenant. Aujourd'hui, je suis copropriétaire d'une entreprise en pleine croissance. Va comprendre.

Je pris une longue inspiration. Je parlais de moi depuis trop longtemps maintenant. Alors, je quittai le canapé.

— On va se promener ? C'est une belle journée.

Nicole leva les yeux lorsque j'évoquai la promenade. Elle se redressa et se dirigea vers la porte. Je la suivis, glissant des chaussures à mes pieds au passage. Puis je pris un moment pour me demander si je devais essayer de chausser Nicole. Elle préférait rester pieds nus et j'aimais mieux éviter les prises de catch. Mais je ne voulais pas passer pour une femme qui n'habillait pas son enfant convenablement.

Quand mon bébé poussa un cri impatient, je la soulevai dans mes bras, décrétant qu'elle n'avait pas besoin de chaussures.

— D'accord, ma chérie, dis-je en ouvrant la porte.

Dave me suivit en bas, puis à l'extérieur où nous repérâmes Benito au loin, qui montrait à Bess la pierre angulaire du moulin, posée en 1804.

— C'est beau ici, commenta Dave pour briser le silence.

— C'est à mon frère, Alec. Il a d'abord ouvert le bar, puis Audrey et moi le café.

— Audrey, c'est la blonde ?

— C'est ça. Mon associée.

— Elle sort toujours avec ton ex ?

Je le regardai avec surprise.

— Ils se marient dans deux semaines. Comment tu le savais ?

— Je me souviens de l'avoir vue au bar, c'est tout, dit-il en fronçant les sourcils. Alors, tu gères une entreprise avec la fiancée de ton ex ?

— Oui, c'est ma meilleure amie maintenant. Ce n'est pas bizarre.

Du regard, je le mettais au défi de ne pas être d'accord. Le sien semblait vouloir dire : *bon, si tu le dis.*

Il reprit la parole, changeant de sujet :

— Je vais verser une pension alimentaire dès que mon avocat m'expliquera comment tout cela fonctionne.

— Dave, dis-je par réflexe. Je ne t'ai pas demandé d'argent.

— Je n'ai jamais dit que tu l'avais demandé. Mais je peux me le permettre et il n'y a aucune raison pour que tu t'y opposes.

Nous nous arrêtâmes sur la pelouse, les yeux dans les yeux. La dynamique d'attirance et de répulsion de notre été passé ensemble imprégnait l'atmosphère entre nous. Je retrouvais la même étincelle autoritaire dans son regard, si familière que j'étais presque hypnotisée. La saillie masculine de sa pommette. Sa bouche déterminée. Il n'avait pas changé.

Et c'était douloureux.

— Qu'est-ce que tu veux de moi ? demandai-je enfin.

Il sourit.

— Je suis presque sûr que c'est ma réplique, ça. Les conseils des avocats, c'est limité. J'ai besoin de savoir ce que tu attends de moi. En quoi je peux t'aider. J'ai quelques idées, mais il vaut mieux que tu me le fasses savoir.

Je me détournai pour rejoindre mon frère et Bess à pas lents. Nicole était déjà arrivée près de Benito, sa petite main sur son genou.

Qu'est-ce que j'attendais de la part de Dave ? *Rien*, voilà la première réponse qui me venait à l'esprit. J'étais déjà redevable envers trop de personnes. Mais mon cœur était un sale traître. Si j'ouvrais la bouche, je risquais bien de lui répondre : *tout*.

Or ce n'était pas ce qu'il me proposait, ni maintenant ni jamais.

— J'y penserai, dis-je d'un ton raide. Combien de temps restes-tu au village, au fait ?

Ce que je voulais savoir, c'était à quelle fréquence j'allais le voir et devoir essayer de ne pas me remémorer tous les bons moments passés ensemble.

— Jusqu'à la deuxième semaine d'août. Ensuite, je vais au camp d'entraînement avec mon équipe.

— Oh. D'accord.

Six semaines entières. Sa proposition de pension alimentaire était à considérer. L'argent, ça ne se refusait pas. Même moi, je n'étais pas assez têtue pour priver Nicole d'études à l'université, par exemple.

Pourtant, je me demandais pourquoi il souhaitait tant payer, sans même que je le lui demande. C'était peut-être sa façon d'apaiser sa conscience. S'il nous envoyait un chèque tous les mois, il pourrait se persuader qu'il était un bon père. Il pourrait mettre de la distance entre nous et garder la tête haute.

Si telle était son intention, j'allais devoir m'en satisfaire.

16
———

DAVE

Je ne voulais pas me lancer dans une grande discussion avec Zara à propos de l'argent. Mais je ne savais pas comment aborder le sujet autrement. Elle m'avait repoussé, comme par instinct. Et quand j'avais vu son regard enflammé, j'avais été instantanément projeté deux étés en arrière.

Si nous avions déjà formé un couple, un vrai, nous aurions certainement été du genre à nous disputer comme des chiffonniers. Si nous avions tenté une relation, ça n'aurait pas tenu et explosé au bout de quelques mois. C'était peut-être un trait de la famille Beringer. Tout ce dont je me souvenais du couple de mes parents, c'étaient les cris et les pleurs de ma mère.

Zara se tut alors que nous nous approchions de son frère et de ma sœur. Le bébé s'éloigna d'eux de quelques mètres. Pieds nus, elle crapahutait dans l'herbe, revenait vers nous, trébuchait par moments. Ses quelques chutes ne semblaient pas la déranger. Elle posait ses mains par terre, se redressait et continuait son chemin.

Nicole s'arrêta à mes pieds et tendit la main, se retenant à mon genou nu. Je me raclai la gorge.

— Salut, toi.

Mais elle ne leva pas les yeux. Je n'étais qu'un support bien pratique pour garder l'équilibre. Elle regardait au loin.

Un instant plus tard, je compris pourquoi. Un gros chien volumineux reniflait l'herbe, à quelques mètres de là. Nicole gémit, intéressée, et le chien leva les yeux. Aussitôt, il la repéra.

La scène sembla se dérouler au ralenti. Le chien se raidit. Puis il s'élança à une vitesse fulgurante, en droite ligne vers le bébé.

Je réagis sans même réfléchir. Comme en plein match, une décision instinctive. Je me penchai et la décollai du sol. Un instant plus tard, je tenais maladroitement la fillette par les aisselles tandis que le chien tout fou se dressait sur ses pattes arrière devant moi pour essayer de l'atteindre.

Nicole poussa un petit cri. Elle était plus lourde que je l'aurais cru. Je la baissai un peu tout en la serrant, ses jambes repliées contre ma poitrine pour éviter qu'elles se balancent dans le vide, mon bras la protégeant du foutu chien.

À quelques centimètres des miens, ses yeux bruns me fixaient avec étonnement. Mon cœur s'emballa alors que je soutenais le regard confiant de mon bébé.

Elle laissa échapper un autre couinement. Surpris, je souris.

— Rexie, au pied ! ordonna Zara. Dave, ça va. Il ne lui fera pas de mal.

— Sérieusement ?

Je regardai la bête à mes pieds, de la bave aux babines. Tour à tour, elle s'asseyait et se levait d'un bond pour aboyer.

— C'est le chien de mon ami Kieran. Il n'a que l'allure d'une grosse bête.

J'hésitais encore.

— Il n'est pas très bien dressé.

Bon sang, mais pourquoi les gens avaient-ils tous des chiens ?

Bess éclata de rire et Zara tendit les mains vers sa fille, récupérant le bébé dans mes bras pour la remettre sur l'herbe. Le chien cessa immédiatement d'aboyer. Il fit tomber Nicole pour lui lécher le visage et le bébé riposta en saisissant ses oreilles souples à deux mains, riant aux éclats.

Quant à moi, j'étais toujours sur le qui-vive, hésitant entre le combat ou la fuite. Les chiens me fichaient une trouille bleue.

Ma sœur fit claquer sa langue.

— Oh, Davey. Tu n'as toujours pas surmonté ta peur des chiens ?

— Je n'en fais pas des cauchemars, Bess, grommelai-je. Seulement, je ne leur fais pas confiance.

Elle soupira, tapotant l'endroit entre ma clavicule et mon épaule.

— Un chien l'a mordu quand il était en sixième. Il a une cicatrice.

Zara me regarda et nos yeux se croisèrent. Pendant une seconde ou deux, nous échangeâmes un regard amusé, car nous avions sans aucun doute la même pensée, à savoir qu'elle connaissait cette cicatrice. Je me rappelais distinctement qu'elle l'avait embrassée, sur mon épaule, à plusieurs reprises.

— Oh, bon sang, souffla Benito. Le… euh, le chien n'est pas vraiment le problème, là maintenant. Regarde, Z.

Zara se tourna pour regarder et elle poussa un gémissement exaspéré.

— Tu veux que je l'occupe ?

Sans attendre de réponse, Benito s'élança vers le parking où une voiture venait de se garer.

— Trop tard, fit Zara en soupirant.

Une femme en robe d'été plutôt guindée sortait de sa voiture. Elle vit Benito, puis Zara, et agita la main avant de se diriger vers notre groupe.

Benito alla à sa rencontre et la serra dans ses bras, la détournant vers le parking.

— Que se passe-t-il ? demanda Bess.

— C'est, euh… ma mère, expliqua Zara. En général, elle ne vient pas le samedi. Mais Benito est arrivé hier soir et il ne lui a pas encore rendu visite.

— Et tu ne lui as pas dit que j'étais là, devinai-je.

L'air coupable, Zara secoua la tête.

— Je n'ai pas réussi. Je me suis dit que j'allais d'abord la faire boire.

Aussitôt, elle porta une main à sa tête.

— Oublie que j'ai dit ça. Je suis juste un peu stressée en ce moment. Alec a dû me balancer.

— Et si on te laissait, Dave et moi ? suggéra ma sœur. Tu nous as déjà accordé beaucoup de temps.

— C'est gentil de votre part, mais apparemment, elle vient de maîtriser le policier de la famille… répondit Zara avec un soupir.

— *Maman*, s'exclamait Benito. Laisse une heure à Zara pour…

Mais maman Rossi n'écoutait pas. Elle fondait déjà sur nous, le menton dressé dans cette attitude typique des membres de la famille, d'après ce que j'en avais vu. J'étais dans sa ligne de mire.

— Oh, mon Dieu, chuchota ma sœur.

Zara blêmit. La seule personne qui semblait parfaitement à l'aise, c'était le bébé, qui caressait à présent les oreilles soyeuses du chien tandis que la bête s'étirait mollement sur le dos en haletant.

— Zara, dit Madame Rossi, un peu essoufflée. Il semblerait que les présentations soient de rigueur.

Son regard vif effleura à peine ma sœur pour se braquer directement sur votre humble serviteur, qu'elle toisa de la tête aux pieds, les yeux plissés.

— Maman, fit Zara à voix basse. J'aurais dû t'appeler, mais ça a été une matinée très chargée. On pourrait éviter d'en discuter maintenant ? ajouta-t-elle en regardant Nicole.

Madame Rossi se pencha pour soulever la fillette. Elle lissa les cheveux sur sa petite tête en soupirant.

— Ne laisse pas le chien te lécher, ma chérie. Beurk !

Calant le bébé sur sa hanche, elle tendit une main vers moi.

— Maria Rossi. Je suis la mère de Zara. Et vous êtes… ?

Je lui serrai la main.

— David Beringer, madame. C'est un plaisir de vous rencontrer.

En réalité, ce n'était pas vraiment le cas. J'imaginais facilement ce que cette femme pensait de moi. D'ailleurs, j'étais presque certain qu'elle pouvait résumer ma vie en un coup d'œil. Élevé à la dure. Solitaire. Pas du genre à se marier.

Aucune fibre *paternelle*.

Maria Rossi me lâcha la main et fit volte-face pour interroger sa fille.

— Alors, c'est vrai ?

— Maman, fit Zara sur le ton de l'avertissement.

Elles avaient des lasers dans les yeux, comme si trente ans de conflits remontaient à la surface. Zara avait une famille explosive. Cela m'aurait amusé si je n'étais pas aussi tendu.

— Bon, fit la mère de Zara avec une détermination soudaine. Il viendra déjeuner dimanche prochain. Ce sera une belle occasion de faire connaissance.

Zara recula.

— On ne sait pas si David est libre dimanche prochain.

— Oh, bien sûr que si ! intervint ma sœur.

Évidemment, il fallait que Bess mette son grain de sel.

— Il peut tout à fait se libérer.

Les yeux de Zara lançaient des éclairs. Je me demandais si nous allions assister à un crêpage de chignons en bonne et due forme. Je n'avais jamais vu de regard aussi meurtrier, pas même chez O'Doul lors des séries éliminatoires.

— Alors, c'est réglé, décréta Madame Rossi. Dimanche prochain, à une heure. Après l'église.

Elle embrassa Nicole sur la tête, puis elle poussa le bébé dans les bras de Zara, tourna les talons et commença à s'éloigner.

— Benito ! lança-t-elle. Viens avec moi.

Son fils hésita un instant.

— J'aurai essayé, dit-il à sa sœur.

— Je sais, marmonna Zara. Allez, vas-y.

Après son départ, nous restâmes tous les trois dans le pré. Non, tous les quatre. Le bébé se tortillait dans les bras de Zara pour qu'on le remette par terre même si le chien était parti.

— Je n'aurais pas dû intervenir, dit ma sœur à Zara. Je suis désolée.

La bouche de Zara se détendit un peu. Elle adressa un sourire ironique à Bess, puis leva les yeux vers moi.

— Tu n'es clairement pas obligé de venir au déjeuner du dimanche. Ce sera un interrogatoire en règle.

— Je n'ai pas peur de ta famille, lui dis-je. Si ça peut te faciliter la vie, j'irai. Mais si tu préfères que je reste à l'écart, aucun souci.

— Hmm. C'est un choix difficile.

Elle déposa le bébé agité et Nicole partit aussitôt en trottinant sur l'herbe. Zara se tourna pour la surveiller, mais Bess suivit le bébé en s'exclamant :

— Je m'en charge.

Une fois de plus, Zara était devant moi.

— Si tu viens, ils vont t'interroger. Et si tu ne viens pas, c'est moi qu'ils vont cuisiner. Cela dit, j'ai l'habitude.

— Il vaut peut-être mieux qu'ils me bombardent de questions une bonne fois pour toutes. Ça me va, tu sais.

— Ce seront tes funérailles, dit-elle.

Bess gloussa par-dessus son épaule.

C'était bizarre d'être là, au soleil, en compagnie de ma sœur, tout en discutant avec Zara. *Deux mondes qui entraient en collision.*

— D'accord. Je te retrouve où, dimanche prochain à une heure ?

— À la ferme Rossi, sur la route 17. Je vais t'envoyer une photo de la maison, d'accord ? Le GPS t'enverrait chez le voisin.

— D'accord.

— Tu peux toujours changer d'avis.

Ses yeux se posèrent sur Nicole et Bess, qui admiraient des pétunias.

— Bon, je dois lui donner son repas maintenant.

— Eh, dis-je en posant une main sur son épaule.

Elle me regarda furtivement, visiblement étonnée. Sa peau était chaude et ferme sous ma paume et je lui serrai légèrement l'épaule.

— Tiens bon. Je suis désolé d'avoir provoqué tout ce mélodrame.

Elle passa la langue sur ses lèvres.

— J'ai causé des mélodrames toute ma vie. Ma mère n'a pas tort sur ce point. Je suis sûre que ce n'est pas ta faute.

— Et moi, je dirais que nous sommes tous les deux fautifs, soulignai-je.

Elle sourit et je sentis d'autres étincelles jaillir entre nous, rappels de notre alchimie tenace. C'était incessant. L'envie de l'embrasser avant de partir était forte, elle aussi, mais Bess me regardait et je ne voulais pas lui donner d'autres sujets de discussion.

— À plus tard, lançai-je en l'étreignant à la place.

C'était tellement agréable que la séparation me fit l'effet d'une torture.

— Je vais t'envoyer l'adresse exacte par texto, dit-elle en se détournant pour récupérer sa fille des mains de Bess.

— Ça marche.

Nous n'étions pas assis dans la voiture depuis vingt secondes que Bess se tourna vers moi avec un immense sourire.

— Elle te convient parfaitement.

— Qu'est-ce que tu racontes ? Les bébés ne me conviennent pas. C'est n'importe quoi.

— Je ne parlais pas du bébé. Pour ça, tu as encore besoin de travail, c'est sûr. Je parlais de Zara. C'est évident que vous allez bien ensemble, tous les deux.

Je ricanai malgré moi.

— On va bien ensemble pour quoi faire ? Se compliquer la vie ? Il y a deux ans, on s'est éclatés au lit tous les deux. Tu vas un peu loin avec tes interprétations.

— Combien de fois as-tu pensé à elle depuis ?

Oh, merde. Cette question était un piège. Parce que la réponse était : plusieurs fois. Enfin, ce n'était pas parce que le mois que j'avais passé avec Zara avait été l'un des plus érotiques de ma vie que nous étions deux âmes sœurs.

— Ton silence en dit long, grand frère.

— Amuse-toi à tirer toutes les conclusions que tu veux. Tu sais que je vais l'aider, mais je ne comprends pas pourquoi tu supposes tout de suite que ça va changer quelque chose pour moi. Il y a une semaine, tu m'as fait la morale en me demandant de faire profil bas et de me concentrer sur mon sport. Je suis doué pour ça. La famille, ce n'est pas mon rayon. Pourquoi voudrais-tu essayer de réécrire le script comme si j'étais Monsieur Parfait ?

— Tout le monde peut avoir une famille, David. Tu crois vraiment que ce n'est pas possible pour toi ? Tu te prends pour un mutant incapable de former la moitié d'un couple ?

— Est-ce que tu as *raté* ce moment dans nos vies où notre famille était un spectacle pitoyable ?

Ma voix était plus aiguë que d'habitude, hantée de souvenirs. Ma sœur manquait de jugeote, sur ce coup.

— On n'a *pas* survécu à cette enfance en idéalisant la vie de famille. Je ne te vois pas en couple. Tu ne sors même pas avec des gars, Bess. Parce qu'on sait aussi bien l'un que l'autre que ça ne sert à rien d'essayer.

— Je sors rarement parce que je suis trop occupée à bâtir mon empire pour chercher l'homme idéal, figure-toi ! se récria ma sœur. Pas parce que je suis irrémédiablement foutue ! Tu crois vraiment que je ne peux pas attirer un gars bien sous tous rapports ? Merci pour ta confiance.

— Ce n'est pas *toi*. Ce n'est pas ce que je voulais dire.

— Alors, qu'est-ce que tu voulais dire ?

— Le schéma général. L'histoire. Quand on était gosses, on croyait que toutes les mères faisaient des passes pour se payer leur prochaine dose. Et que tous les pères frappaient leurs enfants.

Bess garda le silence pendant une minute.

— J'ai aussi grandi en me disant que les frères, c'était génial, dit-elle enfin, et qu'au moins quelqu'un me soutiendrait toujours. Je ne vois pas pourquoi on n'aurait pas droit au bonheur, tous les deux, Davey. On le mérite autant que tout le monde.

Voilà qui me clouait le bec, parce qu'*évidemment*, Bess méritait la lune et les étoiles. Mais à la lumière de notre passé, je me demandais si une famille heureuse, ça pouvait exister. Et si ce n'était pas ridicule de se bercer d'illusions.

J'avais horreur du ridicule.

— Tu vas rencontrer sa famille ? demanda Bess. Je pense que c'est important de te montrer. En ce moment, Zara gère absolument tout et ta fille n'est qu'un bébé…

Ta fille. J'avais toujours l'impression que c'était une langue étrangère.

— Mais une rencontre avec la famille, ça crée un précédent important. Ça prouve que tu n'esquiveras pas ta responsabilité envers ton enfant. Qui sait ce qui pourrait se passer en cours de route ? Si Zara rencontre un problème, ils pourraient avoir besoin de savoir qui tu es.

— J'irai, dis-je à mi-voix. Je n'esquive rien du tout.

Elle tendit la main et me tapota le bras.

— Je sais. De toute façon, je ne le permettrais pas.

17

ZARA

Le lendemain, je n'envoyai pas à Dave les informations sur le dîner du dimanche. Ni le jour d'après.

D'abord, je ne l'imaginais pas du tout assis à la table familiale autour du jambon et des pâtes, soumis à la question par mes frères et mes oncles réunis.

Même si Dave était prêt à résister à ce genre d'épreuve, je n'étais pas sûre d'en avoir envie. Je me sentirais trop exposée, assise là à côté de lui pendant que ma famille le passait sur le grill. Parce qu'à la vérité, j'avais souvent rêvé d'avoir un homme dans ma vie, qui viendrait déjeuner le dimanche, boire de la bière avec mes frères et porter le bébé.

Si Dave était à mes côtés, à jouer ce rôle pendant une journée seulement, je craignais que tout le monde voie clair dans mon jeu. Mes anciennes aspirations émaneraient de moi comme une brume.

Mon personnage de dure à cuire prendrait un sacré coup dans l'aile. Ce n'était pas ce que je voulais. Alors, j'essayais de gagner du temps.

Mercredi matin, c'était mon tour d'ouvrir la boulangerie. J'assurais trois matinées par semaine et Audrey trois autres. Quant au lundi, on alternait pour avoir le même nombre d'heures chacune.

À cinq heures du matin, comme d'habitude, je frappai à la porte de mon frère Alec, dont l'appartement se situait juste au-dessus du mien. Encore à moitié endormi, Alec descendit l'escalier en caleçon. Sans un mot, il entra dans mon appartement (celui de Benito, en réalité) et s'allongea sur le canapé pour poursuivre sa nuit.

Je le laissai là, tandis que Nicole dormait encore dans son berceau, et je sortis à nouveau sur la pointe des pieds. Une fois dehors, je traversai le parking en direction de la boulangerie.

Dans une heure, Nicole se réveillerait et babillerait jusqu'à ce que son oncle se traîne dans sa chambre pour aller la chercher. Ils passeraient une heure ensemble, puis ma mère viendrait prendre la relève auprès de ma fille.

C'était un système de garde sous forme de patchwork, mais c'était ce qui me permettait de gérer mon entreprise. Les autres jours, quand j'allais travailler à dix heures ou à midi, je déposais Nicole au village, à la garderie.

Ce n'était pas idéal de commencer le travail à cinq heures du matin, mais j'appréciais la solitude plus que je ne l'aurais cru. Avant toute chose, je préchauffais le four et je mélangeais la pâte à muffins. J'aimais évoluer dans le silence du matin et vaquer aux préparatifs, allumer les lampes, démarrer la machine à expresso.

Il y avait une grande satisfaction à posséder un commerce. Chaque mois, Audrey et moi en apprenions un peu plus sur ce qui fonctionnait et ce qui ne fonctionnait pas. À présent, nous arrivions à prédire quels jours seraient chargés et quels jours seraient calmes, à évaluer nos produits et inciter les clients à goûter aux nouveautés.

J'espérais qu'un jour, ma fille irait à l'université, qu'elle pourrait choisir sa propre carrière. En attendant, j'allais lui apprendre l'art de la débrouille. En l'occurrence, quatre douzaines de plateaux à muffins prêts à passer au four avant six heures du matin.

Au mois de juillet, on était en pleine saison des baies et des fruits rouges. J'intégrai des myrtilles de la région aux premières fournées de muffins. Audrey m'avait appris les rudiments de la cuisson, mais j'avais beaucoup progressé toute seule. À l'automne, j'avais hâte d'essayer de nouvelles recettes avec les poires des arbres fruitiers de ma famille.

Alors que le ciel s'éclairait de l'autre côté de la fenêtre, je laissai refroidir les muffins dans la cuisine et je réceptionnai les bagels que nous livrait une boulangerie de Montpelier. Je mesurai ensuite les ingrédients secs qu'Audrey utiliserait à son arrivée pour la préparation des biscuits.

Dans la salle, j'inspectai la propreté des tables et des chaises, puis je réapprovisionnai le moulin à café et vérifiai notre stock de lait, sucre et autres compléments. Je préparai le café, dont l'arôme riche et savoureux m'était devenu aussi familier que la respiration. À la craie, j'inscrivis sur nos tableaux les muffins aux myrtilles comme pâtisserie saisonnière du jour.

J'essuyai avec un chiffon l'une des poutres sur lesquelles j'avais écrit de brèves citations, puis je notai une nouvelle phrase à la place. *Si je me tais, de deux choses l'une : je suis fâchée ou détendue. À toi de deviner.*

J'adorais improviser comme ça, mettre ma propre personnalité sur les murs. C'était certes difficile de gérer une entreprise, mais aussi amusant, avec un vrai sentiment de liberté. Tout comme la vie de mère célibataire.

Les premiers clients, ainsi que Kieran, mon barista à temps partiel, arrivèrent dès que j'eus retourné l'écriteau « ouvert » à sept heures précises. Ce fut tout de suite très animé. Pour les clients pressés qui se rendaient au travail, je préparai des *lattes* et du café. Je coupai les bagels pour les tartiner de fromage fouetté tout en discutant de la météo et du dernier match des Red Sox.

Kieran était une présence silencieuse à côté de moi. Il travaillait bien, rapide pour remplir les plateaux de viennoiseries, dans la cuisine, servir le café et prévenir les besoins de nos clients. Son seul point faible, c'étaient les politesses d'usage. Chaque jour, des femmes essayaient d'attirer son attention ou d'engager la conversation.

Bonne chance, ma vieille, pensais-je. Ça ne fonctionnait jamais, évidemment.

Cinq heures passèrent ainsi dans un tourbillon d'activité. J'enlevais mon tablier au moment où Audrey franchissait la porte.

— Salut, ma chérie ! lança-t-elle d'une voix chantante. Comment ça se passe ?

— Pas mal. Tu veux que je reste un peu plus longtemps pendant que tu prépares les biscottis ?

Elle jeta un œil vers les quelques clients dans la salle.

— Non. Ça ne me prendra que quelques minutes. Vas-y. C'est la journée yoga, non ?

— C'est ça. Bon, merci.

Audrey me fit signe de partir, la mine indifférente. Elle passa un bras autour de Kieran pour le saluer. Après lui avoir répondu par un rapide baiser sur la tempe, il détala dans l'arrière-boutique pour aller chercher d'autres bagels.

Je les laissai tous les deux. Mes deux séances de yoga hebdomadaires me faisaient toujours culpabiliser. C'était du temps volé. J'envoyai un texto à ma mère depuis le parking. *J'hésite à aller au yoga.*

Tu devrais, répondit-elle immédiatement. *La princesse fait la sieste. Je bouquine le dernier Jill Shalvis. Vas-y.*

Super. Merci beaucoup ! répondis-je. Le mot « merci » était le plus courant dans mon vocabulaire en ce moment. Je remerciais ma maman, Alec, Benito, mes oncles, Audrey… La liste était infinie. J'étais redevable à tout le monde, tout le temps. Et si je me permettais cette heure de yoga, c'était grâce à leur soutien.

Comme je portais ma brassière de yoga et mon legging sous mes vêtements au travail ce matin, je n'eus pas à remonter chez moi. Je sautai dans ma voiture et parcourus la quinzaine de kilomètres qui me séparaient de Green Rocks, un centre de villégiature. C'était un groupe de propriétés locatives dans les bois, avec un pavillon pour les activités communautaires. Je n'y allais que pour le yoga, mais ma mère jouait parfois au bingo là-bas.

Elle adorait le bingo, comme une vraie femme au foyer des années cinquante dans un corps du nouveau millénaire.

La journée était chaude, mais pas désagréable. Je fis tout le trajet avec les vitres ouvertes. Je garai ma petite voiture sur le gravier devant le bâtiment en rondins de bois et je sortis mon tapis de yoga du coffre. Ma bouteille d'eau n'était qu'à moitié pleine, mais ça devrait suffire.

— Commençons par la posture de l'enfant, disait déjà Rayanne, notre prof, quand je me faufilai dans la salle par la porte de derrière. À moins qu'une autre posture vous attire tout particulièrement aujourd'hui.

Les autres étaient déjà agenouillés sur leurs tatamis, les bras tendus vers l'avant de la pièce, le front au sol. Pour ne pas déranger mes camarades qui commençaient déjà à se détendre, je déroulai hâtivement mon tapis en fond de salle, puis je retirai mon haut et le jetai contre le mur du fond.

— Bienvenue, Zara, chuchota la prof.

Je lui souris. Au même moment, un autre yogi tourna la tête pour me regarder. Je restai pétrifiée en découvrant nul autre que Dave Beringer, ses yeux verts intrigués dardés sur moi.

Un instant plus tard, il me sourit. Je sentis mon ventre devenir brûlant et soudain tout ramolli, me surprenant à sourire en retour. Avec un clin d'œil, il se retourna vers l'avant de la salle.

Le charme était rompu. J'enlevai ma jupe et m'installai sur le tapis en me demandant ce qu'il faisait ici.

— Commençons par nous concentrer sur notre respiration, proposa la prof. Ancrez votre présence sur le tapis. Inspirez profondément par le nez. Ouvrez la bouche et expirez.

L'ensemble des participants inspira et expira. Mais l'un de ces souffles lui appartenait, et maintenant, je tendais l'oreille.

Génial.

J'essayai de me centrer sur ma respiration tandis que mon cerveau s'accoutumait à l'idée que Dave était là, sur un tapis de yoga, à deux mètres de moi. Du yoga ? Vraiment ? Je savais qu'il était sportif professionnel, mais je l'imaginais plutôt en train de soulever des poids dans une salle de sport qu'en train de se détendre dans la posture de l'enfant.

Peut-être était-il blessé, privilégiant les étirements aux efforts ? À moins qu'il n'ait jamais assisté à un cours de yoga de sa vie et qu'il s'y mette seulement aujourd'hui ?

N'y pense même pas, Zara, me sermonnai-je.

C'est ça, comme si je pouvais regarder ailleurs. Son corps était exposé, dans toute la gloire de sa musculature, avec un short en lycra noir. C'était une tenue ni trop fine ni trop courte, mais sur un corps comme le sien, le tissu n'avait aucune chance.

Sérieusement, ses fesses à elles seules étaient une œuvre d'art. Et il m'en offrait une vue imprenable.

Quand la prof nous demanda de nous lever pour la posture de la montagne, je découvris le message de son t-shirt : « Chien tête en bas, je maîtrise ». Quand on nous demanda de nous baisser vers l'avant, le corps plié au niveau de la taille, il pencha son corps alléchant avec une telle grâce et une telle fluidité que je réprimai un halètement.

À partir de ce moment-là, je perdis définitivement ma capacité de concentration.

Manifestement, cet homme n'en était pas à son premier cours de yoga. Son corps en mouvement me déconcentrait terriblement. Heureusement que Rayanne nous faisait toujours pratiquer les mêmes postures pendant la première moitié du cours, parce que mon attention était focalisée sur lui. Fascinée, je vis Dave enchaîner les séquences de la salutation au soleil comme s'il l'avait fait toute sa vie. Chaque fois qu'il s'aplatissait sur le ventre, je m'imaginais sous son corps…

Et moi qui croyais que cette séance me détendrait.

Heureusement, il ne pouvait pas me voir loucher comme une perverse sur son corps de dieu grec. Je ne serais pas étonnée qu'il puisse sentir mon regard brûlant sur son fessier viril et compact. Mon regard et celui de toutes les autres. Ce n'était pas tous les jours qu'un inconnu sexy débarquait au cours de yoga de fin de matinée. À cette heure-là, il y avait surtout des mamans qui essayaient de s'échapper un peu de la maison.

— Prenez la première posture du guerrier. Expirez, les mains au centre, devant le cœur. On inspire, on expire, et on tourne sur la droite.

Étant donné que j'avais une fraction de seconde de retard sur l'asana, Dave se retourna avant moi, ses bras puissants en position de prière, son torse volumineux pivotant sur une taille étonnamment fine…

Il me surprit en train de le reluquer. Ses yeux verts plongèrent dans les miens. Et il passa la langue sur ses lèvres, comme si un souvenir sensuel lui revenait.

Oh, merde !

Je finis par me retourner. Mon corps était un brasier alors que je m'efforçais de pratiquer le *vinyasa yoga* en présence du père de mon bébé. Étant donné que les postures pivotantes n'étaient pas mon fort, je titubai comme une débutante en ski sur une piste verte.

Pitié, achevez-moi.

Après ce désastre, j'essayai de me ressaisir. Rayanne nous fit basculer en demi-lune et je concentrai tous mes efforts sur ma posture, la jambe vers le ciel et les doigts au sol.

— Ressentez l'extension dans les quatre directions, nous dit-elle.

Je la sentais bien et je savais que je la ressentirais encore demain. J'avais voulu faire la maline et je le paierais plus tard avec des courbatures douloureuses.

Pendant toute l'heure, Dave eut du mal avec une seule posture, le split debout. Encore heureux. S'il avait réussi à faire le grand écart à la verticale, la tête en bas, toutes les femmes de la salle se seraient pâmées en le voyant.

Quand nous terminâmes par la posture du bateau, assis sur nos tapis, tous mes muscles tremblaient. Pourtant, sans trop savoir comment, j'avais survécu à l'heure. Nous nous allongeâmes pour le Savasana afin de nous reposer. Je haletais comme si j'avais couru un sprint et ma brassière de sport était imbibée de sueur.

Le pire, c'était que j'étais plus excitée que je ne l'avais été en deux ans. Sur le dos, les chevilles légèrement écartées… Seigneur, chaque fois que j'avais pris cette position en présence de Dave, c'était pour embraser les draps.

Et ça faisait si longtemps que personne ne m'avait touchée !

Quand Rayanne nous demanda enfin de nous asseoir et de la rejoindre dans un Om commun, je fermai les yeux et je l'écoutai. Elle était distincte, sa voix plus grave que les autres d'une octave, vibrant à travers mon cœur.

— Merci de vous être joints à moi pour cette session aujourd'hui, conclut la prof d'une voix douce. Si vous avez commencé le cours en vous fixant un objectif précis, essayez de le poursuivre tout au long de la journée.

Mon objectif pour la journée était à la fois simple et terriblement difficile : ne pas penser à ce fichu David Beringer.

La séance était terminée. Je tamponnai ma serviette sur mon visage dans une vaine tentative d'éponger ma transpiration. Adolescente, je me mettais toujours en colère contre ma mère quand elle insistait sur le comportement « féminin » que je devais adopter. J'avais horreur de ce mot et tout ce qu'il représentait. Mais à présent, je le touchais du doigt. Parfois, quand on est dévoilé au grand jour par les circonstances et que tout le village voit clair dans votre jeu, il ne reste que cette fameuse dignité féminine dans laquelle se draper.

Ramassant ma dignité en même temps que mon corps courbaturé, j'enroulai mon tapis de yoga et tentai de ralentir ma respiration.

— Salut, beauté, lança Dave en s'avançant au-dessus de moi.

Joue-la cool, Zara. Je me levai, histoire de le regarder dans les yeux plutôt qu'à l'entrejambe.

— Salut. Je ne m'attendais pas à te voir ici.

J'espérais qu'il me croyait.

— On loue un chalet sur le domaine.

— Oh, dis-je lentement.

C'était parfaitement logique. Évidemment qu'il louait sur le domaine le plus cher de tout le comté.

Ensemble, nous nous dirigeâmes vers la porte. Je ne manquai pas les regards admiratifs que les femmes lui lançaient en passant devant nous en direction de leurs voitures.

— Alors comme ça, tu fais du yoga ? demandai-je comme une idiote.

— C'est obligatoire pour l'équipe. Certains détestent ça, mais moi, ça me va.

Ça te va même très bien.

— Je t'offre un café ? proposa-t-il en désignant les chalets disposés en cercle à la lisière de la forêt.

Ce n'étaient pas vraiment des chalets. Plutôt des maisons de luxe à étage.

— On n'est pas loin.

— Tu sais que je gère un café, soulignai-je. D'ailleurs, je devrais sans doute y retourner.

Merde, ce n'était pas très sympa, dit comme ça.

— Honnêtement, je ne voudrais pas croiser tes coéquipiers alors que j'empeste la transpiration.

Et le désir, aussi.

Il m'adressa un sourire de nature à faire fondre ma petite culotte.

— C'est drôle, parce que moi, ils me voient tout le temps quand je transpire.

— Bref…

Je m'éclaircis la gorge en essayant de trouver un endroit où poser les yeux. Dave aussi était en nage et ses yeux brillaient. C'était exactement l'image que je gardais de lui pendant le sexe.

— Si ça ne te dérange pas, je préfère rencontrer des inconnus quand j'ai pris une douche.

Et Dieu sait que j'en avais bien besoin. Une douche froide, probablement.

Je portai ma bouteille d'eau à mes lèvres, mais rien n'en sortit. Encore un joli coup de ma part. J'avais vidé la bouteille dans les vingt premières minutes du cours, essayant de suivre Monsieur Sportif Professionnel.

Dave esquissa un sourire narquois. Puis il m'offrit sa propre bouteille, visiblement intacte.

— Merci.

Je la pris avec reconnaissance et j'avalai une gorgée, en espérant étouffer le feu qui faisait rage en moi. On peut toujours rêver.

— Ce n'est rien, yogi.

Il me regarda boire à nouveau et je sentis son regard comme une caresse chaude.

Comme si je n'étais pas déjà assez gênée, une goutte de sueur choisit ce moment pour se détacher de la racine de mes cheveux et couler le long de mon visage. Étant donné que je tenais mes affaires dans une main et la bouteille d'eau de Dave dans l'autre, je tentai un geste maladroit pour l'essuyer avec mon épaule, en vain.

Le rire grave de Dave se répercuta dans ma poitrine. L'instant d'après, il s'avança dans mon espace personnel. Son corps musclé se pencha près du mien. Il récupéra sa bouteille d'eau, et contre toute attente, il déposa un *baiser* sur la goutte de sueur, sur ma joue. Mon sang se figea dans mes veines lorsque ses lèvres goûtèrent ma peau, m'attisant avec une douceur infinie. C'était un véritable tourment pour le coin sensible de ma bouche et chaque terminaison nerveuse de mon corps s'éveilla.

Si je tournais la tête d'un degré, cette bouche magnifiquement dessinée atterrirait sur la mienne en une fraction de seconde. Il lui suffirait d'incliner mon menton, comme ça, et...

— Temps mort, dis-je dans un souffle, en reculant d'un bond.

Dave clignait des paupières, les yeux voilés par le désir.

Il était si sexy, et il semblait prêt à recommencer toutes ces choses incroyables que nous avions faites tous les deux. Mais enfin, c'était impossible !

Au lieu de ça, j'optai pour la colère. Parce que c'était toujours efficace.

— C'était quoi, ça ? Je suis...

— En sueur, conclut-il. Je sais, tu l'as déjà dit. Mais pour info, ça ne m'a jamais dérangé que tu sois toute transpirante.

— Dave ! m'exclamai-je sur le ton de l'avertissement.

Ma fréquence cardiaque avait doublé.

— Ce n'est pas le problème. Tu ne peux *pas* m'embrasser.

J'étais furieuse contre nous deux. Contre lui de se présenter ici et de me rappeler à quel point je le désirais. Et contre moi-même d'être aussi prévisible.

— Je ne peux pas ? fit-il, les bras croisés, en me fixant du regard. Parce que je jurerais que tu as passé l'heure à me reluquer, la langue pendante, entre deux efforts. Alors, ne m'en veux pas, mais ça m'a rappelé combien c'est agréable de te faire cet effet, de te mettre dans tous tes états.

— Arrête, soufflai-je.

Je me demandais s'il y avait encore quelqu'un dans le bâtiment, derrière nous, si l'on pouvait nous entendre par les fenêtres ouvertes.

— Tu es peut-être encore capable de penser avec ta queue, mais les choses ont changé pour moi. Tu n'as pas idée de ce que c'est !

— Ah vraiment ? rétorqua-t-il, le visage rouge. À qui la faute ? Tu n'as jamais répondu à une seule question que je t'ai posée. « Au fait, tu as grandi dans le coin, Zara ? » « Tais-toi et déshabille-toi, Dave. »

Sa critique avait le dard de la vérité. Et Dieu sait que ça piquait. Il ravivait ma peur et ma frustration refoulées. Ce fut à ce moment que je perdis toute bienveillance. Ma main s'envola sans crier gare et entra en collision avec son visage. J'entendis une claque retentissante.

Je venais de le gifler.

Dave recula, comme si la stupeur l'avait frappé encore plus fort que ma main.

Atterrée par ma propre réaction, je restai interdite, la bouche ouverte, le cœur battant sous les effets toxiques de la rage, de la peur et du regret. Sa joue rougissait à vue d'œil et je m'attendais à ce qu'il y pose rapidement la main. Mais il n'en fit rien. Au lieu de ça, l'intensité de son expression… décrut. Comme si ses lumières s'éteignaient de l'intérieur. Enfin, il s'éloigna lentement. On aurait dit que j'étais un animal sauvage qu'il fallait surveiller.

D'ailleurs, c'était exactement ce que je ressentais.

Il se retourna et partit précipitamment, disparaissant un moment plus tard derrière la rangée de pins broussailleux bordant le jardin de son chalet.

18

DAVE

Je remarquai à peine Castro dans le hamac en entrant dans la maison.

— Le cours s'est bien passé ? lança-t-il. Ça vaut le déplacement ?

Il ne reçut aucune réponse.

D'un pas vif, je gravis l'escalier jusqu'à ma suite, où je jetai mes vêtements dans un coin avant de filer sous la douche. Je restai là un moment, laissant l'eau ruisseler sur mon corps en me demandant ce qui venait de se passer.

Je n'aurais jamais dû embrasser Zara. Manifestement, c'était une idée absurde. Mon cerveau reptilien m'avait pris de vitesse.

Mais… *Bon Dieu !* L'attirance était mutuelle. Je n'étais pas cinglé. Et honnêtement, je ne comprenais pas pourquoi elle s'était sentie si offensée.

Ah oui, parce que c'était moi qui en avais fait tout un foin. Je lui avais renvoyé son attirance en pleine figure, comme si nos aventures sexuelles étaient quelque chose de honteux.

Ça ne l'était pas. Ou du moins, ça ne *devrait* pas l'être.

Bon sang, je n'avais jamais été aussi perturbée.

Quand l'eau devint froide, je me séchai et m'habillai. Notre échange tournait en boucle dans ma tête. L'impulsion de l'embrasser avait été si forte. Et ensuite, elle s'était fâchée avant même que je prenne la parole. Pourtant, ça ne m'avait pas dérangé le moins du monde de sentir brûler à nouveau cette ancienne attirance mutuelle. Honnêtement, ça m'aidait à me rappeler pourquoi nous avions fait ce qu'il fallait pour avoir un bébé, la dernière fois.

Voulait-elle vraiment faire comme si nous étions deux inconnus qui n'avaient jamais rien ressenti l'un pour l'autre ? Je ne pensais pas être suffisamment bon acteur.

Je ne comprenais pas Zara. Pas du tout. Cela dit, je ne l'avais peut-être jamais comprise. Il manquait un gène aux Beringer pour comprendre comment fonctionnaient les relations.

J'espérais ne pas avoir transmis cette caractéristique à mon enfant, au même titre que mes cheveux roux.

Quand je redescendis, Castro était assis devant le plan de travail de la cuisine. Il grignotait du raisin tout en parcourant ses messages sur son téléphone.

— Ah, Beri. Ta sœur a appelé.

Merde.

— Elle a dit ce qu'elle voulait ?

— Négatif, fit Castro en levant les yeux. Quelque chose ne va pas ?

— À part absolument tout, tu veux dire ?

Je lui piquai un grain de raisin pour le lancer dans ma bouche.

Il fronça les sourcils.

— Ce cours de yoga devait être nul, parce que c'est plutôt censé rendre zen, ces trucs-là, non ?

— Zara était là.

J'ouvris le réfrigérateur et examinai son contenu. Léo était rentré chez lui à Brooklyn. Castro et moi allions rester seuls pendant quelques jours. Nous étions presque à court de provisions. Il était temps d'aller faire des courses.

— Ah. Ça explique le côté ours mal léché.

— Je l'ai embrassée.

— Pendant le yoga ?

— Non, grommelai-je. Après.

— Hmm. Ça ne s'est pas bien passé ?

— On s'est un peu accrochés. J'ai peut-être fait le con.

— Encore ?

— Oui, dis-je en prenant un pot de yaourt.

— Et tu es toujours invité à déjeuner dimanche ?

— Bonne question. Elle ne m'a toujours pas envoyé l'adresse exacte, alors peut-être que je n'ai jamais vraiment été invité, en réalité.

C'était un indice que j'aurais dû prendre en compte.

— Je dois te faire boire pour oublier ou on peut encore aller faire cette randonnée jusqu'à la cascade ?

— Bien sûr, grommelai-je.

— Appelle Bess et on partira.

Évidemment.

J'attendis que Castro entre dans sa chambre, où il avait récupéré le lit queen qu'O'Doul venait de laisser, avant d'appeler Bess depuis la ligne fixe. Ma sœur aussi avait quitté le Vermont pour aller rendre visite à des clients quelque part sur la côte ouest, et c'était tout aussi bien. Elle m'étranglerait si elle savait que j'avais causé un mélodrame avec Zara.

— Davey, fit-elle en guise de salutation.

— Bessie.

— Ça va ?

— Bien.

— Alors, pourquoi tu as l'air agacé ?

— Tu arrives à le déduire avec une monosyllabe ? répliquai-je sèchement, confirmant ses soupçons.

— Il s'est passé quelque chose ?

— Non, mentis-je. Des nouvelles de mon contrat ?

Elle garda le silence pendant une seconde.

— Non, mon grand. J'appelais juste pour savoir comment tu tenais le coup.

Génial. J'avais sauté dans le piège pour rien.

— Je ne pouvais pas avoir de nouvelles, de toute façon, reprit-elle. Tu étais censé réfléchir pour savoir si tu voulais accepter les deux ou les trois ans.

— Je sais. Mais je me suis dit que tu avais peut-être une idée pour moi. Je pensais à la clause de non-échange, qu'on pourrait laisser tomber pour la troisième année. Ils me paieraient peut-être plus s'ils pouvaient m'échanger.

— Elle soupira.

— Davey, nous avons déjà abandonné cette clause pour la troisième année. C'est d'ailleurs pour ça qu'ils te proposent une troisième année. Tu n'as pas lu le mémo de l'accord que j'ai envoyé ?

Silence gêné.

— Pas assez attentivement, il faut croire.

Je n'avais rien foutu depuis que j'étais arrivé au Vermont, à part imploser.

— Bref.

— Écoute, ajouta ma sœur d'une voix douce. On n'aura peut-être pas besoin de renégocier ton contrat plus tôt. Il se passe beaucoup de choses dans ta vie en ce moment. On pourrait expliquer à la direction que tu traverses un drame familial inattendu cet été et qu'on n'est pas vraiment prêts à négocier.

— Mais ils ne m'aimeront pas mieux cet hiver, bougonnai-je. Je devrais signer avant qu'on aille raconter mon mélodrame au service des relations publiques.

— Ça ne leur fera pas un choc, répondit immédiatement ma sœur. Tu as un enfant, et alors ? Comme tout le monde.

— Ne me raconte pas des craques, Bess. Tu m'as dit toi-même qu'il fallait avertir le service des relations publiques.

Si un site torchon sur Internet décidait de faire de Zara et de Nicole son prochain scoop, il ne fallait pas que les managers de l'équipe soient pris au dépourvu.

— On va leur parler de Nicole, mais ça ne leur fera ni chaud ni froid. Tu veux que je reporte les pourparlers à propos du contrat ?

— Attends avant de leur parler. Je réfléchis encore.

— D'accord, dit-elle tout bas. Courage !

— Merci, grognai-je.

Enfin, je raccrochai.

Puis je sifflai pour prévenir Castro et nous partîmes marcher. J'espérais vraiment que le monde ne tarderait pas à retrouver un sens. En attendant, j'avais une randonnée à faire et je devais prévoir un autre rendez-vous chez le kiné à Burlington.

19

———

ZARA

— Pourquoi tu fais la tête ? me demanda Audrey le lendemain, alors que nous déjeunions ensemble derrière le comptoir du *Busy Bean*.

Le repas était constitué d'une salade de poulet avec des raisins secs et du bleu, aussi fabuleuse que tout ce qu'Audrey préparait.

— Ce n'est pas à cause du repas, dis-je en prenant une autre bouchée.

Avec la salade au poulet d'Audrey, je pouvais manger l'équivalent de mon poids.

— Alors, qu'est-ce que c'est ? Des histoires de mec ?

— En quelque sorte. J'ai paniqué devant Dave hier.

C'était un terrible euphémisme. J'étais trop gênée pour dire à Audrey que je l'avais giflé.

— Pourquoi ?

— Il m'a embrassée.

Ses sourcils disparurent sous sa frange.

— Waouh. Bien joué, Dave.

— On ne peut *pas*, Audrey. C'est fini, les parties de jambes en l'air débridées.

Elle me regarda en clignant des paupières, puis elle pinça son col entre deux doigts et s'éventa la poitrine.

— Débridées, vraiment ? Tu veux dire… sans aucune retenue ? Vas-y, donne-moi des détails.

157

— Hors de question.

Cela dit, depuis qu'il était de retour en ville, mon esprit lubrique en regorgeait.

— Il ne recommencera jamais, de toute façon. Je peux te le garantir.

Elle fit une grimace attristée.

— C'est l'heure des excuses ?

— Je crois bien. Mais j'ai reçu un texto et j'ai peur de regarder. J'ai trop peur qu'il me dise : « J'ai décidé de retourner à Brooklyn. C'était un plaisir de te revoir. »

— Laisse-moi voir.

Elle tendit la main pour s'emparer de mon téléphone.

Je pris une autre bouchée de salade au poulet. Pour me donner du courage. Puis je déverrouillai mon téléphone et le lui remis.

Audrey effleura plusieurs fois l'écran.

— Oooh ! fit-elle en souriant.

— Quoi ?

Elle tourna le téléphone pour me le montrer. C'était une photo de Dave au sommet d'une colline, quelque part. Je me laissai temporairement distraire par la vue des cuisses musclées qui dépassaient de son short. Puis je constatai qu'il tenait une pancarte en papier, écrite à la main, au marqueur : « Ceci est un grossier personnage », et entre parenthèses : « mais il est désolé ».

— Oh, non, bafouillai-je. Il s'est excusé en premier, merde.

— C'est vraiment *adorable*, dit Audrey. Viens, on va te trouver une réponse tout aussi mignonne.

— Comment ?

Je n'étais pas sûre de mériter d'être mignonne. J'avais vraiment mal réagi tout à l'heure et il me semblait difficile de me racheter.

Audrey s'empara d'un bon de commande vierge sur la pile et l'abattit sur le comptoir. Puis elle sortit un marqueur de notre tiroir fourre-tout et me le tendit.

Que dire à cet homme qui me faisait si peur ? Je n'avais jamais donné à personne un tel pouvoir sur mes émotions auparavant. Je ne le voulais pas. Mais son apparition, sa disparition et sa réapparition avaient fait des ravages dans ma tête.

Autant lui présenter de touchantes excuses, parce que je ne comptais pas lui dire ce que je ressentais réellement.

Le stylo était lourd dans ma main. Enfin, je retirai le capuchon et j'écrivis :

« Ceci est une reine du mélodrame (et elle est encore *plus* désolée). »

— Ça va le faire, déclara Audrey. Tiens-le.

Quand je tendis le papier devant moi, elle me fit signe de changer de place.

— Mets-toi là, devant la poutre en bois. C'est joli. Maintenant, décroise les bras et sois sexy.

— Je ne sais pas faire ça. Allez, prends cette fichue photo.

— Souris, bon sang.

J'essayai.

Enfin, Audrey prit la photo.

— J'appuie sur *envoi*, comme ça tu ne pourras pas te dégonfler.

— D'accord.

Je ne l'aurais pas fait, de toute manière.

— Tu devrais rentrer à la maison, me dit-elle en me rendant le téléphone. C'est à moi de fermer aujourd'hui.

C'était son jour, en effet.

— Bon, à demain.

— Attends, fit-elle pour m'arrêter. Je peux passer dimanche pour déposer les petits cadeaux pour les invités du mariage ?

— Bien sûr. À plus tard !

Audrey agita joyeusement la main et je rentrai chez moi pour retrouver Benito sur le canapé. Nicole gloussait, assise contre son torse.

— Non, vraiment, disait-il à ma petite fille. Quand vas-tu parler ? Rien qu'un mot. Ben. Bbb-ben !

Elle se mit à brailler.

— Tu trouves ça drôle ? C'est une question sérieuse. Tiens, ta maman est rentrée.

Nicole poussa un petit cri avant de glisser aux pieds de mon frère jumeau.

— Tu as renvoyé maman à la maison ? demandai-je en la soulevant dans mes bras.

— Elle est allée chez le coiffeur.

— Merci d'avoir pris la relève.

— Si je veux devenir son oncle préféré, je dois lui consacrer un max de temps.

Il se redressa.

— Au fait, Audrey m'a invité à son mariage.

— Ah oui ? C'est gentil de sa part.

Je n'allais pas lui dire qu'Audrey gardait des faire-part supplémentaires dans son sac à main, parce qu'on vivait dans une petite ville et qu'elle avait invité à peu près tout le monde. Au début, le mariage devait se résumer à une cérémonie modeste au verger Shipley, puis le projet s'était vite transformé en une énorme fiesta à la ferme. Plusieurs tentes, un barbecue avec traiteur, deux groupes différents pour la musique d'ambiance. La mère d'Audrey avait de l'argent, et c'était elle qui payait la facture.

— Elle m'a dit que tu irais seule, ajouta-t-il.

— Ça t'étonne ?

Nicole commença à tirer sur mon t-shirt et je m'assis à côté de mon frère, soulevant légèrement mon haut.

— Je peux y aller à ton bras, si tu veux. Mais j'avais proposé à Smitty de tenir le bar à sa place pour lui permettre d'assister à la cérémonie.

— Je n'ai pas besoin d'être accompagnée au mariage d'Audrey, dis-je en installant confortablement mon bébé sur mes cuisses, poussant un soupir lorsqu'elle commença à téter. Maman assure le baby-sitting, alors de toute façon, je ne resterai pas toute la nuit.

— D'accord, fit lentement mon frère. Enfin, quand même... eh bien...

— Tu trouves ça bizarre que j'assiste au mariage de Griff ?

Il sourit.

— Pas bizarre. Mais un peu gênant.

Je secouai la tête.

— Non, voyons. C'était il y a très longtemps. Ça n'a rien de gênant. Enfin, pas trop.

— Merci quand même, mais il vaut mieux que tu restes au bar.

— D'accord, répondit-il en se levant. Tu crois que je peux faire tournoyer les bouteilles comme Tom Cruise dans *Cocktail* ?

— Si ça t'amuse, fais-toi plaisir.

Il s'en alla. Peu de temps après que la porte se fut refermée, mon téléphone vibra dans ma poche de derrière. Je le récupérai avec soin pour ne pas troubler le repas de ma princesse. Elle prenait tout son temps, cette paresseuse.

C'était un nouveau texto.

David : Ne t'excuse pas. Je n'aurais pas dû me faire des idées.

*Zara : Ce n'était pas si dingue. D'un point de vue historique. Et j'aurais pu me retirer sans violence ! Sérieusement, ce n'était pas sympa et je suis désolée. Si je te voyais frapper quelqu'un, ça ne me plairait pas *du tout* !*

David : Pas fan de hockey, alors ?

Zara : C'est différent. J'imagine. Pas vrai ?

David : Je ne suis pas le genre de joueur qui se bat en général. Mais je faisais juste une blague, Z. Oublie, d'accord ? Et excuse-moi de m'être emballé.

Zara : Et toi, excuse-moi de t'avoir frappé.

David : Question sérieuse. Je dois venir dimanche ou pas ? C'est à toi de décider, mais comme dimanche, c'est dans 48 h, j'ai besoin de savoir.

Que faire ? Je redoutais l'explosion de testostérone qui risquait de se produire dimanche – avec la finesse légendaire de mes oncles et mes frères. D'un autre côté, si Dave décidait de jouer un rôle dans la vie de sa fille, cette réunion gênante devrait avoir lieu tôt ou tard. Pour son entrée au CP, peut-être. Ou à Noël ?

L'idée de voir Dave deux ou trois fois par an à l'occasion de ses visites à Nicole emplissait mon cœur à la fois d'excitation et d'effroi. Au fil des ans, je ne cesserais de regarder son beau visage en me disant : si seulement.

David : Il te faut si longtemps pour réfléchir ?

Oui, figure-toi.

Zara : Tu devrais venir. Je t'envoie les indications par texto aujourd'hui. Promis.

Dave : D'accord, super. Bon, j'y vais. J'ai les deux pieds dans une rivière en ce moment, à essayer d'attraper du poisson.

Zara : Ça mord ?

Une minute plus tard, il m'envoya un selfie et j'éclatai de rire. Le short et les cuissardes lui donnaient un drôle de look. Mais, bon sang, Dave était encore plus torride qu'un après-midi du mois de juillet.

Et cette douleur dans mon cœur ? Elle ne disparaîtrait jamais.

Zara : C'est drôle, je fais exactement la même chose en ce moment.

Dave : Sérieux ?

Zara : Pas du tout. Mais apparemment, je peux te faire gober n'importe quoi.

Levant mon téléphone, je pris une photo de Nicole et moi sur le canapé. Elle avait les paupières baissées, sa petite bouche scotchée à mon sein. C'était la réalité sans fard, et cela n'avait absolument rien de sexy.

Après lui avoir envoyé la photo, je lui donnai l'adresse de la ferme familiale et les instructions pour s'y rendre.

20

———

DAVE

Je rêve de Zara. Grand soleil. Draps blancs. Lumière tamisée sur sa peau douce et nue.

Nous sommes emmêlés ensemble dans son lit, son corps sous le mien. Je suis enfoui dans ses courbes, tellement ancré en elle que mes coups de reins sont brefs et imprécis. Éperdue, elle halète. Nous n'arrêterons jamais. Le manque ne sera jamais comblé. Je la serre plus fort et lâche un gémissement. Nos bouches sont unies par un baiser langoureux.

Soudain, je l'entends, le bébé qui pleure. Elle chouine et ça dure depuis longtemps. Seulement, je ne l'avais pas remarqué jusqu'à présent.

Je recule, mais Zara me serre encore plus fort.

Le bébé laisse échapper un cri déchirant et…

Je m'éveillai en nage, le souffle court. J'étais dur comme la pierre.

Je grommelai plus que je ne gémis, cette fois, rejetant les draps pour avoir un peu d'air.

Tu es sérieux, là, le cerveau ? Un mix entre rêve érotique et pleurs de bébé ? C'était presque comique.

Presque.

C'était dimanche matin. Je restai un peu allongé, à attendre que mon corps et mon esprit tordu se détendent. Quand je pris mon téléphone, je constatai qu'il était dix heures. J'avais encore tout le temps de prendre une douche et de me préparer pour le déjeuner familial, à la ferme des oncles de Zara.

L'écran de mon téléphone affichait cette photo qu'elle m'avait envoyée. Je ne savais pas combien de temps je l'avais contemplée, la veille au soir, mais plus longtemps que je ne voulais l'admettre, à l'évidence. Je me sentais attiré sans trop savoir pourquoi. Cela n'avait rien de sexuel. Hors de question que je me rince l'œil avec une mère en train d'allaiter.

Bon, d'accord, peut-être un peu. Elle était voluptueuse sur la photo, même si elle ne semblait pas s'en rendre compte. Et ce sourire effronté…

Mais il y avait plus que ça. Il y avait la tête de mon bébé endormi sur la photo, son visage serein, sa petite main fermée mollement sur le t-shirt de Zara. Les deux avaient l'air si bien, confortablement installées et comblées, faites l'une pour l'autre.

Le sourire de Zara était sage, aussi. Comme si elle connaissait des secrets que je n'avais jamais appris. Quelqu'un avait beaucoup grandi au cours des deux dernières années, et ce n'était pas moi.

Je posai le téléphone et retournai au lit. Mais mon corps intransigeant imaginait Zara contre moi – la Zara d'avant, deux ans plus tôt, qui n'attendait de moi que du plaisir. Ma verge se raidit davantage, comme chaque fois que je me remémorais ces nuits-là. Ma paume entre le matelas et mon sexe, je contractai les hanches. Son corps m'avait déjà accueilli. Je l'avais prise avec passion, et…

Je serrai le poing, imaginant que je renversais Zara, que je me déversais en elle alors que nous nous embrassions avec langueur, redescendant des sommets où nous nous étions propulsés.

Je retirai ma main en me demandant à quoi je pensais. Nous avions fait un bébé ensemble. Je ne devrais rien trouver de sexy là-dedans. C'était une réaction irresponsable. À l'opposé de ce que je cherchais.

Mais qu'est-ce qui clochait chez moi ?

— Tu ne portes que ça ? me demanda Castro quand je descendis deux heures plus tard, lavé et rasé de frais.

Je baissai les yeux sur mon pantalon et ma chemise souple.

— Qu'est-ce qui ne va pas avec ça ?

Je me trouvais plutôt bien.

— Où est ton armure ? demanda-t-il avant de pouffer à sa propre blague.

— Tu es hilarant.

Je pris une banane sur le plan de travail de la cuisine et la pelai.

— Besoin d'un petit encouragement de dernière minute ? Je pourrais t'apprendre à changer une couche.

— Pourquoi ? Je n'y vais pas pour faire du baby-sitting. Toute sa famille sera là.

— Ce n'est pas du baby-sitting si c'est ton propre enfant, souligna Castro. Et puis, je croyais que tu voulais prouver que tu étais capable d'affronter tout ce qu'on te jetterait à la figure. Même si c'est une couche pleine de caca.

Ma réticence à être père n'avait *rien* à voir avec les couches et tout à voir avec mon pessimisme.

— La seule chose que je veux faire comprendre à sa famille, c'est que je n'ai pas peur de me présenter et de les regarder dans les yeux. Mais je ne suis pas le gendre idéal. Je ne compte pas faire semblant.

— Le fait est que tu *es* père de famille, maintenant. Que tu joues ce rôle en envoyant des chèques par la poste au lieu d'être présent tous les dimanches, ça ne change rien. C'est ce que tu es pour toujours. Comme je suis l'oncle de mes neveux, que je sois bon ou mauvais.

Je fronçai les sourcils, car c'était exactement ce qui me faisait paniquer. Il venait d'énoncer le problème dans toute sa splendeur.

— Où veux-tu en venir ? Je ne pense pas que m'apprendre à mettre une couche fera de moi un bon père.

— Il faut bien commencer quelque part. Moi, j'ai appris et je n'ai pas d'enfant.

Je mangeai la banane, de plus en plus ronchon.

— C'est tellement génial, les bébés, dit-il sans se rendre compte que j'étais mal à l'aise. Ils rient pour tout et n'importe quoi. Va savoir pourquoi, le cadet de ma sœur trouve mon crâne hilarant. Il me suffit de me pencher devant lui pour qu'il agrippe mes cheveux en se bidonnant.

C'est normal, ça ? Enfin, ce ne serait pas gentil de ma part si je le demandais à haute voix.

— Et il est capable de dormir n'importe où. Même assis, un jouet à la main.

— Hmm, dis-je en feignant l'intérêt.

— La première fois que je l'ai vu, c'était l'amour fou, reprit Castro.

En voyant mon visage, il concéda :

— Je comprends qu'il y a une grande différence. Si ma sœur avait besoin de moi, je serais là, mais bien sûr, ce n'est pas mon bébé. Je peux le rendre à sa mère s'il pleure. Il me suffit d'être le tonton amusant. Enfin, il est très facile à aimer.

Mon coéquipier rejoignit le plan de travail et me serra l'épaule.

— Accorde-toi un peu de temps, D. Tu dois arrêter de faire cette tête, on dirait un cerf dans les phares d'un camion.

Facile à dire.

— Bon, enchaîna Castro en tapant dans ses mains. Parlons des couches, maintenant. Je vais te montrer quelques trucs à savoir. D'abord, tu retires l'ancienne. Il y a des bandes adhésives qui retiennent la couche.

— Des bandes ?

Des bribes de souvenir me revinrent à l'esprit et j'ajoutai :

— Je croyais qu'il y avait des épingles à nourrice.

— Des épingles ? Certainement pas. C'est trop dangereux. On est au XXIe siècle. Les bandes sont à usage multiple, alors une fois que tu auras roulé la couche humide, tu peux la refermer. S'il y a du caca, nettoie-le avec des lingettes pour bébé dans tous les replis.

— Dis donc, c'est… charmant.

Il sourit.

— Les lingettes pour bébé, c'est super. Une fois, quand Mario a eu un accident de couche, j'en ai utilisé la moitié d'une boîte. Avec ces merveilles, on pourrait manger par terre.

— Bon à savoir.

Mais il n'avait pas encore terminé son tutoriel.

— Les lingettes sales vont à l'intérieur de la couche à jeter. Ensuite, tu replies le tout pour former une sorte de grenade à caca. La plupart des mamans ont une poubelle à couches pour jeter tout ça. Tu vois ces poubelles pour produits dangereux chez le médecin ? Dans ce genre-là.

— D'accord.

Je jetai à l'horloge un regard appuyé.

— Bon, et tu dois toujours mettre quelque chose sous le bébé avant de le changer. Un petit garçon peut te pisser dans les yeux pendant que tu le changes, alors tu dois faire vite. Mais avec une fille, ce serait juste une flaque d'eau, j'imagine.

Il imagine. Décidément, il n'y en avait pas un pour rattraper l'autre.

— Ensuite, tu prends la couche propre…

Castro attrapa une serviette en papier et la déplia sur le plan de travail. Il prit la peau de banane dans ma main et la posa sur la serviette.

— Il suffit de placer la partie avant entre les jambes du bébé et la tirer vers le haut…

Sous mes yeux, il rapprocha les coins avant et arrière de la serviette entre les moitiés de peau de banane.

— Waouh ! fit soudain une voix derrière nous. Qu'est-ce que vous foutez, tous les deux ?

Tout juste sorti du lit, Silas, le gardien de but remplaçant, était entré dans la cuisine et il regardait la couche que Castro avait improvisée sur la banane.

— Il ne vaut mieux pas que tu saches, lui dis-je. Reste dans ton innocence bienheureuse.

— Eh bien, mon innocence bienheureuse a besoin de café.

— Tu attaches les languettes et voilà ! poursuivit Castro comme si je l'écoutais toujours. Un enfant tout neuf. Rien de plus facile.

Je ne voyais pas ce qu'il y avait de facile là-dedans.

— Sers-moi aussi une tasse, Silas. Ça risque d'être une journée difficile.

Je n'étais pas assez bête pour débarquer les mains vides à la ferme des Rossi avant mon interrogatoire en règle.

Avec l'aide de Silas – qui avait succédé à Léo et O'Doul, rentrés à New York –, j'avais trouvé un bouquet de fleurs pour la maman de Zara.

Et plus tôt dans la semaine, Castro et moi avions fait la queue pendant deux heures devant une coopérative alimentaire de Montpelier afin de nous approvisionner en bière, la plus savoureuse et originale jamais créée. Ce qui me permettait d'apporter aux oncles de Zara une caisse de Heady Topper, la bière tant convoitée.

Avec mes pots-de-vin sur la banquette arrière, vitres baissées, je suivis les instructions envoyées par Zara, sur plusieurs chemins de terre sinueux. Je sus que j'étais au bon endroit quand des rangées de poiriers m'apparurent. Les fruits étaient verts, pas plus gros que mon pouce. Mais il y en avait des centaines sur chaque arbre.

Je trouvai le panneau indiquant la ferme Rossi et je m'engageai dans une allée de gravier. La voiture de location continua à bringuebaler jusqu'à la grande bâtisse qui se profilait au loin. La façade était en bois blanc, avec un porche légèrement affaissé et une balançoire.

Dès que je garai la voiture, Zara sortit. Je m'arrêtai quelques instants pour la saluer. Elle portait une robe d'été orange et blanc qui lui donnait une allure… plus *douce*, c'était le premier mot qui me venait à l'esprit. Elle me semblait plus accessible que la barmaid que j'avais rencontrée deux ans auparavant.

— Salut, dit-elle timidement.

Puis elle me sourit comme si j'avais fait quelque chose de drôle.

— Salut, répétai-je en me dirigeant vers elle.

J'ouvris les bras avant d'hésiter.

Après notre moment gênant, plus tôt dans la semaine, je devais faire attention à ne pas dépasser les limites. Mais ce fut elle qui s'approcha, se laissant envelopper dans l'étreinte la plus maladroite du monde, en mode « nous ne sommes que des amis ».

Je posai un baiser furtif sur sa joue. Elle sentait le soleil et le parfum, et ma libido se réveilla.

Ce n'est pas le moment, me rappelai-je en reculant.

— Tes frères ont déjà chargé le fusil de chasse ?

— Oh, répondit-elle, agitant la main dans un geste évasif. Il n'y a pas qu'un seul fusil. Mais le déjeuner est presque prêt et ils sont plus intéressés par la cuisine de ma mère que par les armes à feu. Après le repas, par contre, on ne sait jamais.

— C'est noté.

Je rejoignis la banquette arrière de ma voiture de location et ouvris la portière.

— C'est pour ta mère, dis-je en sortant le bouquet généreux agencé dans un panier.

— Tiens, on fait du lèche-bottes.

Son visage s'illumina avec humour et je me surpris à lui sourire.

— Peux-tu vraiment me le reprocher ? Et il y en a pour tout le monde, dis-je en soulevant la caisse de bières.

— Bien joué, champion. Tu garderas peut-être la vie sauve jusqu'au dessert.

Elle se retourna, emportant les fleurs vers la maison, et je la suivis en essayant de ne pas remarquer ses longues jambes mises en valeur par sa robe.

Peut-être que tout cela serait plus facile si je n'étais pas attiré par Zara. Mais c'était perdu d'avance. Elle me faisait irrémédiablement de l'effet. Je n'aurais même pas su dire pourquoi. C'était une combinaison grisante entre sa beauté et son attitude de dure à cuire.

Elle me faisait penser aux super-héroïnes des bandes dessinées que je lisais quand j'étais petit. Il ne lui manquait qu'un body avec un arc et des flèches dans les mains, ses cheveux noirs et ses yeux perçants soulignés à l'encre.

Prenez garde, les garçons.

Une demi-heure plus tard, mon souci n'était plus de garder la vie sauve jusqu'au dessert. Au contraire, c'était moi qui craignais de tuer quelqu'un. Parce que l'oncle de Zara, Otto, était un vrai con.

Nous étions assis autour de la table pour l'apéritif et il avait déjà fait des remarques désobligeantes sur le café de Zara, le bar d'Alec et le menu choisi par leur mère.

— Qui assaisonne les brocolis avec de l'huile de sésame ? grommela-t-il. Quoi, on est chinois maintenant ?

— J'adore l'huile de sésame, rétorquai-je aussitôt. J'en mets avec tout. Même les œufs.

Otto grommela. Puis il marmonna quelque chose à propos des « gens de la ville arrogants ».

Peu importe.

En une dizaine de secondes, la mère de Zara venait de déposer autant de plats sur la longue table, dont deux énormes plats de lasagnes.

— Éteins la télé, Benito ! cria-t-elle. Et apporte un tire-bouchon à la table !

— Je peux vous aider ? lui avais-je demandé un instant plus tôt en la regardant expédier la touche finale au repas qu'elle avait concocté.

Maintenant, je savais d'où Zara tenait son efficacité redoutable.

Madame Rossi m'avait jeté un coup d'œil en coin.

— Tu cuisines vraiment ?

— Rien que des plats de célibataire. Des œufs. Des hamburgers. Du poulet. Mais j'apprends vite.

Elle avait secoué la tête.

— Tout est sous contrôle. Mais c'est bon de savoir que tu n'es pas complètement incapable, comme certains hommes de cette famille.

Puis elle s'était tournée vers une porte ouverte pour crier :

— *À table ! Venez tous !*

Zara avait posé les fleurs que j'avais apportées au centre de la table. Maintenant, elle était assise à côté de moi. Son frère Alec était déjà installé et me regardait froidement. Un autre frère, Damien, m'avait serré la main dans un geste meurtrier – exactement comme je l'aurais fait si un gars avait mis enceinte ma propre sœur. À présent, il m'ignorait, assis à côté d'Otto.

Benito fut le dernier à s'asseoir. Je remarquai que le quatrième frère de Zara avait disparu, mais je me gardai bien de demander pourquoi.

Et puis, il y avait les oncles. Otto avait un vrai jumeau, Art. Cela dit, ils étaient assez faciles à distinguer. Otto était le plus sévère des deux et ses cheveux étaient plus gris. Art était moins bavard. Il sourit quand sa sœur posa un plat de lasagnes devant lui. Apparemment, il ne semblait pas vouloir me faire la peau.

— Alors, dis-je en me raclant la gorge. Il y a beaucoup de jumeaux dans votre famille ?

Comme Zara et Benito. Je serrai le coude de Zara.

— Un seul bébé à la fois pour toi ? Fainéante.

— Mon Dieu, ne parle pas de malheur ! s'esclaffa-t-elle.

Mais j'entendis Alec marmonner dans sa barbe :

— Peut-être que tu n'as pas su assurer comme il faut.

Je n'aurais pas relevé ce commentaire pour tout l'or du monde.

— Merci, au fait, déclara soudain Art en ouvrant une caisse de Heady Topper. Tu en prends une ?

— Avec plaisir.

Ou dix.

— Tu en veux ? proposai-je à Zara.

Elle secoua la tête.

— Je goûterai la tienne. Quand on allaite, c'est sobriété imposée.

Otto ronchonna :

— Te gêne pas, propose à une mère qui allaite une bière d'un demi-litre à midi.

— C'est vrai. Désolé.

Je sentis mon cou virer au rouge.

Zara me lança un regard empreint de compassion et je lui fis un clin d'œil. Otto était un con, et ses frères semblaient prêts à me sauter dessus. Mais honnêtement, je me fichais de ce qu'ils pensaient de moi. J'étais ici pour Zara et le bébé. C'étaient les seuls qui comptaient.

Heureusement, la mère de Zara finit par s'asseoir.

— J'aimerais dire les grâces, annonça-t-elle.

Je baissai docilement la tête.

J'avais toujours l'impression d'être un imposteur dans ces moments-là. Personne ne disait les grâces chez moi quand j'étais petit. Bon sang, je ne me souvenais même pas d'avoir mangé un seul repas cuisiné à la maison. Même quand je vivais chez mes grands-parents, le repas se matérialisait sur le plan de travail. Dans le pire des cas, je réchauffais des conserves pour Bess et pour moi.

— Merci, Seigneur, de nous avoir bénis avec ce repas, et puissions-nous connaître votre grâce éternelle...

Un cri de bébé se fit entendre dans l'autre pièce et elle tressaillit.

— Désolée, fit Zara en repoussant sa chaise pour se lever. Je savais qu'elle ne voudrait pas faire la sieste.

— Amen ! déclara Otto en saisissant la spatule de l'un des plats de lasagnes tandis que ses neveux prenaient une bière.

Madame Rossi leva les yeux au plafond.

— Excusez-moi, Seigneur. J'ai essayé. Merci pour ces bénédictions. Amen.

Les plats circulèrent et j'attendis que Zara réapparaisse. Elle revint avec Nicole dans les bras juste au moment où Benito m'offrait une part de lasagnes. Je pris l'assiette de Zara et la tendis vers son frère, qui la remplit.

— Non, mange, me dit Zara lorsque je lui rendis son assiette. Je vais d'abord couper quelques trucs pour le bébé.

D'autres plats passèrent devant moi et bientôt, mon assiette fut remplie de deux salades différentes, d'une tranche de jambon et de pommes de terre au fromage. Il y avait des olives dans un plat en verre, ainsi que des haricots verts aux amandes.

— Vous avez dû passer la semaine à cuisiner, dis-je à la mère de Zara. C'est délicieux.

— Je te remercie.

Elle me sourit de l'autre côté de la table, mais son regard me semblait toujours aussi froid.

— J'aime mettre les petits plats dans les grands pour la famille, le dimanche. Ensuite, je sors et je laisse Otto et Art s'occuper du nettoyage.

— Ça vaut vraiment le coup, déclara Art en prenant du jambon.

Zara découpa un morceau de viande en petits morceaux et plusieurs haricots verts en deux.

— Tiens, dit-elle en rapprochant l'assiette du bord de la table, où Nicole était assise sur ses genoux.

Mais le bébé tendit le doigt vers les pommes de terre en criant.

— Hmm, grommela Zara. Si tu en manges, tu vas me mettre du fromage sur la robe.

Malgré tout, elle s'empara de la louche.

— Bah, tu n'aurais pas dû te faire belle pour essayer d'impressionner ton homme, rétorqua Otto.

Zara le foudroya du regard et je développai une véritable fascination pour mes lasagnes, faisant mine de ne pas avoir entendu ce commentaire.

— Alors, qu'est-ce que tu fais dans la vie ? me demanda Art.

Que l'interrogatoire commence. J'étais étonné que ça n'ait pas débuté plus tôt.

— Du hockey.

— Ce n'est pas un travail, grogna-t-il.

— Il n'y a pas de bureau, si c'est ce que vous voulez dire, répondis-je sans m'en formaliser. Mais ça paie bien et ça me prend du temps. Je joue quatre-vingt-cinq matches en saison classique, et parfois nous faisons les séries éliminatoires. Disons que ça paie les factures.

— Tu es allé à la fac ? demanda Otto.

Et toi ? avais-je envie de répliquer. Bien sûr, je maîtrisai ma grande gueule. Si j'étais venu ici, c'était justement pour me faire cuisiner, pas pour passer un bon moment.

— Je n'ai pas fini la fac. La NHL m'a proposé un contrat après ma deuxième année. Comme ça ne se refuse pas, j'ai vite décidé de quitter l'Université du Michigan.

J'avais des notes plutôt correctes avant de décrocher, mais il m'était impossible de résister à la paye offerte par la NHL. Cela me permettait de payer les frais de scolarité de Bess et de me nourrir. Qui n'aurait pas fait le même choix ?

— Tu as toujours tes dents ? demanda Benito abruptement.

— La plupart. Mais mes frais de dentiste sont plutôt salés.

Comme tout le monde dans le hockey, j'avais la bouche pleine de couronnes. Ce n'était pas franchement mon sujet préféré.

— Je mâche soigneusement, maintenant. Ça pourrait être pire.

— Combien d'années penses-tu qu'il te reste ?

Il me regardait toujours d'un air calculateur.

— À vivre ? Un bon paquet d'années, j'espère. Dans le hockey, peut-être cinq.

À tout casser.

— Peut-être moins, précisai-je. Mais je n'aime pas y penser.

La mère de Zara enchaîna.

— Quel est ton plan B ?

Les questions continuaient de fuser. Et j'avais horreur de celle-ci en particulier.

— Je ne sais pas encore, avouai-je. Certains deviennent entraîneurs, d'autres travaillent dans les médias.

Je détestais la télévision sportive, alors ce n'était pas vraiment un bon choix pour moi. Mais la famille Rossi n'était pas obligée de connaître tous mes secrets. Je coupai un autre morceau de lasagnes avec ma fourchette.

— C'est un vrai délice.

Je le pensais.

— En temps normal, j'évite les glucides entre deux saisons, mais je vais quand même terminer mon assiette.

— Tu bois de la bière, fit remarquer Zara.

— Oui. C'est pour ça que j'évite les glucides.

Je portai la fourchette à ma bouche.

— Pendant la saison, je peux manger et boire presque n'importe quoi, et je continue de perdre du poids. En été, je dois être un peu plus prudent. Le restaurant chinois de mon quartier me connaît comme le cinglé qui ne veut pas de riz avec sa commande à emporter.

— C'est bizarre, dit-elle, offrant à Nicole une petite bouchée de pommes de terre dans une cuillère.

Je jetai un coup d'œil à son assiette, qui ne contenait que des morceaux découpés pour le bébé.

— Tu ne manges pas ?

— Dans une minute.

Eh bien. Il était temps de faire valoir l'argument pour lequel j'étais venu ici, à savoir que je serais aux côtés de Zara et de son bébé si elle en avait besoin. Écartant mon assiette, je tendis les mains pour lui prendre le bébé.

— On échange ?

Zara esquissa un sourire amusé et j'attendis de voir ce qu'elle allait dire. Tout le monde nous regardait aussi attentivement que si nous étions le dernier épisode de *Game of Thrones*.

Mais la mère de Zara quitta aussitôt sa chaise pour venir prendre Nicole elle-même.

— Termine ces lasagnes, m'ordonna-t-elle. Je n'en fais que quelques fois par an. Je vais m'occuper du bébé.

Elle m'avait viré avant même que je commence mon travail.

La langue d'Alec se délia au fur et à mesure que le repas avançait, détournant heureusement une partie de l'attention. Je n'étais plus l'unique point de mire.

— Tous ces e-mails que j'ai écrits aux blogueurs spécialisés dans les voyages commencent à payer. Les touristes de l'été ont trouvé le *Gin Mill*.

— Ou alors, c'est parce que tu couches avec cette femme, chez les fournisseurs, le taquina Benito. Tu arrives à avoir même les bières les plus introuvables.

Alec sourit et Madame Rossi leur lança un regard sévère.

— Sérieusement. Les affaires sont bonnes. Si mon flux de trésorerie continue comme ça, je pourrai rénover la cuisine du moulin et envisager de proposer des menus.

— Ne t'emballe pas, grommela Otto. La basse saison va te faire un choc. Gérer un bar, c'est difficile.

— Ah oui ? m'entendis-je demander. Vous dirigez un bar ?

— Le *Mountain Goat* à Tuxbury, répondit-il. Ça fait déjà quinze ans.

— Oh, dis-je avant de boire une gorgée de mon excellente bière. Il y a deux ans, j'y allais tout le temps. Mais je ne vous ai jamais rencontré. On aurait dit que Zara était la seule à bord. Elle assurait au bar, elle gérait le personnel et elle gardait tout en ordre. Elle jetait même les ivrognes dehors. Vous avez raison, ça fait beaucoup de travail.

Otto mâcha lentement sans me quitter des yeux. Peut-être essayait-il de savoir si je le critiquais de ne pas passer assez de temps au *Mountain*

Goat. Sous la table, Zara me décocha un coup de genou. Mais j'étais à peu près sûre qu'il s'agissait plus d'un signe de solidarité que d'un appel au calme.

Pendant ce temps, Benito dissimulait son sourire derrière sa canette de bière. Au moins, quelqu'un me trouvait drôle.

— C'est un excellent repas, maman, déclara Zara en changeant de sujet. Le bébé mange encore ?

— Oui, apparemment c'est un membre du club des assiettes propres. Elle tient de son papa, peut-être ?

Papa. Je ne m'y faisais toujours pas.

Après le déjeuner, j'essayai d'emporter les assiettes à la cuisine avec Benito et Alec, mais Otto fronça les sourcils.

— Les invités n'aident pas, déclara Madame Rossi avec détermination. Tu veux un verre de vin ?

— Oh, viens dehors avec moi pour voir le verger, suggéra Zara. Nicole a besoin de gambader un peu et de se fatiguer.

— Avec plaisir, dis-je, reconnaissant d'échapper ainsi à l'atmosphère étouffante de la maison Rossi.

La vieille porte-moustiquaire grinça (comme toutes les portes-moustiquaires) alors que Zara emmenait Nicole à l'extérieur. Je la suivis, essayant de ne pas admirer ses cuisses bronzées tandis qu'elle mettait le bébé sur l'herbe.

— Montre à Dave tous les poiriers, dit-elle en désignant la première rangée du verger.

Je constatai que Zara n'utilisait pas le mot « papa ».

Nicole s'éloigna d'une démarche vacillante, ses petits pieds potelés nus dans l'herbe.

— Le Vermont est un endroit terriblement agréable pour être un bébé, commentai-je. Personne ne peut courir librement comme ça, là où j'ai grandi, à Détroit.

Nous suivîmes Nicole entre les rangées de poiriers bien alignés. J'avais l'impression de pénétrer sous un tunnel vert.

— Détroit, c'est ça ? Tu ne m'as jamais dit où tu as grandi.

— Tu ne me laisses jamais rien te dire.

— C'est vrai.

Elle se mordit la lèvre, toute penaude.

On aurait dit que je l'accusais et je m'en voulus aussitôt.

— Le fait est que je n'aurais probablement pas partagé grand-chose de toute façon. Ce n'est pas mon sujet préféré. En fait, je supporte à peine plus que toi de déballer ma vie privée.

— Très bien, dit-elle avec un sourire ironique. Alors, demande-moi n'importe quoi et je répondrai. Vas-y.

Je réfléchis pendant une minute tandis que nous suivions le bébé derrière une autre rangée de poiriers. Elle marchait plutôt vite pour des jambes aussi courtes.

— Est-ce que tu as grandi dans cette ferme ?

— Pas exactement, fit Zara en secouant la tête. On a passé beaucoup de temps ici. Je voulais y vivre, d'ailleurs, et j'y ai un peu vécu, deux fois, moins d'un an. Chaque fois, c'était après que mon père nous avait quittés. Ça lui arrivait souvent. Un jour, il était à la maison et ma mère s'occupait de lui à table. Le lendemain, il avait disparu. Sans laisser d'adresse. Mes oncles ont toujours proposé de partager la maison, mais ma mère voulait son indépendance. Elle nous a trimballés dans des logements de plus en plus petits. Je ne peux même pas dire des maisons, parce que le dernier était une caravane. Elle préférait ça que d'emménager avec ses frères. J'étais tellement en colère. J'ai dû partager une chambre avec Benito quand j'avais seize ans et ça m'a rendue folle. Au lycée, je me suis même installée chez mon amie Jill pendant un petit moment, histoire de quitter cette caravane.

— Jill du *Mountain Goat* ? Celle qui a surpris son mari avec la nounou ?

Zara me dévisagea.

— Tu as une mémoire redoutable. Vraiment.

— Je te l'ai dit, beauté. Je me souviens de tout, quand il s'agit de toi. C'était le soir où on a bu de la tequila avant de monter. Ne me dis pas que tu as oublié la tequila.

Deux taches roses vinrent colorer ses pommettes.

— Je m'en souviens. Seulement, je suis étonnée que tu aies retenu le prénom de Jill après cette folle nuit.

Je haussai les épaules.

— J'ai adoré le *Mountain Goat*, écouter tous les potins des habitants. Mais je n'ai jamais vu le visage de ton oncle, pas une fois. J'espère que ça ne te dérange pas que je l'aie mentionné.

Elle sourit.

— C'était le meilleur moment du repas.

— Pas étonnant que ta maman ne veuille pas vivre avec lui.

— Exactement, acquiesça Zara. Otto ne s'est jamais privé pour donner son avis sur les choix de vie de ma mère, comme il le fait avec moi. Ma mère ne pouvait pas le supporter. En vivant avec lui, nous aurions eu plus d'espace, mais elle n'aurait pas eu la paix. Je comprends maintenant. Mes frères sont super. Ils sont tellement plus gentils qu'Otto. Et pourtant, ils ne peuvent pas s'empêcher d'intervenir dans ma vie.

— Je me demande comment tu as fait pour ne pas craquer.

— Ça a été deux années difficiles, répondit-elle en riant. Mais je dois te dire quelque chose.

— Ah oui ?

— Il y a deux ans, je traversais une mauvaise passe. Je n'étais pas très contente de moi et personne ne trouvait grâce à mes yeux. Je n'ai pas toujours été très gentille avec toi.

J'éclatai de rire. Honnêtement, ce n'était pas comme ça que je m'en souvenais.

— Tu avais l'air plutôt sympa.

Les yeux de Zara étincelèrent.

— Il y avait des hauts et des bas. Mais j'étais en colère contre tout le monde cet été-là. Contrairement à ce que tu pourrais croire, je suis beaucoup plus heureuse maintenant. J'ai une nouvelle entreprise et un enfant en bonne santé. Je me sens plutôt optimiste. Tu n'as pas à t'inquiéter pour moi.

— C'est génial. Je…

Tout bien réfléchi, je ne pouvais pas en dire autant.

— Tu as trouvé l'optimisme, alors que moi, je suis une loque.

— Vraiment ? Pourquoi ça ?

— Eh bien…

Il s'avère que je ne suis pas invincible, et surtout plus stupide que je le pensais. Je n'avais pas l'habitude de partager mes états d'âme avec qui que ce soit. Encore moins avec Zara. Et d'abord, par où commencer ? Ma carrière semblait avoir amorcé une période difficile. L'avenir me faisait peur et tout le monde m'avait ménagé durant toute la saison.

— J'ai subi une blessure pendant les séries éliminatoires et elle me gêne toujours. C'est déprimant.

Elle lâcha un petit gémissement compatissant.

— Il y a deux ans, j'avais l'impression de tenir l'univers par les couilles. Maintenant, j'ai l'impression d'être un vieillard dans la peau d'un jeune homme.

— Tu me sembles plutôt bien, fit Zara.

Quand je rencontrai son regard, les taches roses étaient revenues sur ses pommettes et elle détourna les yeux.

— Toujours à Brooklyn ?

— Oui. J'ai un appartement à seulement deux pâtés de maisons de notre centre de formation. D'autres gars habitent dans le même immeuble. C'est sympa.

— J'ai vécu à Brooklyn, une fois.

— Vraiment ? Quand ?

— Pendant deux ans, juste après le lycée. C'est là que j'ai appris à tenir un bar, dans une boîte de nuit à Manhattan. J'avais l'habitude de prendre le train F à Red Hook à quatre heures du matin et de lutter contre le sommeil pour que personne ne puisse me voler mon sac.

— Je vois.

— Ce n'était pas une belle vie. Quand je suis rentrée dans le Vermont, je me suis sentie tellement mieux. Otto m'a confié le service au bar, et en moins d'un an, je gérais tout comme une pro.

Devant nous, Nicole trébucha dans l'herbe. Elle bascula en avant et mon cœur eut un raté lorsque son petit corps dégringola à terre. Ce n'était pas une chute très grave, mais son cri fut presque instantané.

— Oh, bébé.

Zara accourut pour la prendre dans ses bras.

— Tout va bien, lui dit-elle calmement. Ce n'était qu'une petite chute.

Le bébé s'égosillait. Son petit visage vira au rouge et elle sanglota sur l'épaule de Zara.

— Tu viens ici un instant ?

Elle ne pouvait pas me faire signe, parce qu'elle portait le bébé dans ses bras, mais je la suivis vers une grange au bout de la rangée d'arbres.

Des ballots de foin carrés étaient alignés contre le mur extérieur et Zara s'y assit comme s'il s'agissait d'un banc. Je pris place à côté d'elle tandis que le bébé pleurait toujours.

— Elle est fatiguée, c'est tout, expliqua-t-elle. Mes frères adorent me l'énerver avant de me la rendre.

Elle tritura la bretelle de sa robe, la faisant glisser sur son épaule. Dans une manœuvre experte, elle libéra son sein et le bébé s'y accrocha directement, ses sanglots étouffés. Puis le petit corps se détendit complètement dans les bras de sa mère.

— C'est puissant, ce que tu as là.

— Quand ça marche, oui, c'est très efficace.

Elle appuya sa tête contre le bois de la grange.

— J'ai ta montre, au fait.

Je ne savais pas de quoi elle parlait.

— Quoi ?

— Ta montre. Tu l'avais oubliée. Je l'ai mise dans un tiroir. Je pensais que je ne te retrouverais jamais, et qu'un jour, je finirais par la donner à Nicole, quand je serais prête à lui expliquer la véritable histoire. Mais maintenant, je préfère te la rendre.

Par réflexe, je regardai mon poignet, où je portais une Timex avec bracelet en toile.

— Je me demandais où elle était passée. Je croyais l'avoir oubliée au chalet. Et quand j'ai appelé l'agence de location, ils m'ont dit que personne ne l'avait déposée.

— Je te la donnerai la prochaine fois, au yoga.

— Oh, tu sais, elle ne m'a jamais vraiment manqué. Ça ne me ressemblait pas, de toute manière. C'est seulement quelque chose que j'ai acheté avec mon premier vrai salaire. Ça me paraissait cohérent, sur le moment. Mais tu devrais la garder.

Zara ne dit rien et je me rendis compte que je venais de valider son plan initial : utiliser un morceau de métal luxueux pour expliquer à Nicole l'absence de son père quand elle serait adolescente. Ça ne se passerait pas comme ça, maintenant. Je n'allais plus rompre les liens avec elle.

Pourtant, quand j'essayais de regarder l'avenir, dans une décennie, pas plus, je ne voyais absolument rien. Tout était dans le brouillard : ma carrière, ma relation avec Zara et son enfant. Qu'est-ce que je ferais dans dix ans ?

La question m'épouvantait.

— J'ai reçu les papiers de ton avocat vendredi, me dit soudain Zara.

— Vraiment ? C'était rapide. Qu'est-ce qu'ils disent ?

— Le test de paternité classique. Je dois frotter un coton-tige dans la bouche de Nicole et le renvoyer par la poste à un laboratoire. Si je refuse de me soumettre au test, tu peux me traduire en justice.

— C'est du jargon d'avocat. Tu sais que je ne ferais pas une chose pareille.

— Je sais.

Elle s'éclaircit la gorge.

— Je crois que j'ai reçu le même test par FedEx. Je ne l'ai pas encore ouvert. Je le ferai demain. Et si tu n'aimes pas le ton de l'avocat, je peux lui demander de calmer le jeu.

— Non, ça va. De toute façon, je ne pense pas que tu me feras la surprise de réclamer la garde exclusive.

Nous savions tous les deux que cela n'arriverait jamais, mais je n'étais pas un goujat. Au lieu de lui répondre, je pris sa main et la serrai rapidement.

Sa main se referma dans la mienne et je crois bien qu'elle fut aussi étonnée que moi lorsqu'elle entrelaça nos doigts spontanément.

Nous restâmes assis en silence pendant une minute. J'admirais ce coin paisible de mon État préféré.

— Alors, c'est pour quand, la récolte des poires ? Il y en a tellement.

J'en comptais des centaines sur chaque arbre, encore toutes petites.

— Elles doivent encore grossir, non ?

— Oui. Et l'arbre perdra des fruits avec le temps. La récolte a lieu en août, mais le fruit est toujours dur et vert quand il se détache. Les poires sont délicates. Ce n'est pas comme les pommes, on n'attend pas qu'elles mûrissent pour les cueillir.

— Vraiment ? Pourquoi ?

— Si on laisse une poire mûrir sur l'arbre, la texture devient farineuse à l'intérieur. C'est un fruit qui mûrit de l'intérieur vers l'extérieur. Alors on les choisit encore fermes, on les refroidit à moins un degré pendant une journée, puis on les expédie.

— Mais comment savez-vous quand les cueillir exactement ?

— Il faut deviner, admit-elle. Certaines variétés sont prêtes quand la tige se détache facilement de la branche. D'autres ne se décrochent jamais facilement et il faut faire preuve d'instinct.

— On en apprend tous les jours.

Elle me tenait toujours la main et ça me plaisait beaucoup.

— Au fait, Dave ?

— Hmm ?

— Je suis vraiment désolée de t'avoir giflé.

— Je croyais qu'on avait tourné la page.

— La dernière personne que j'ai giflée, c'était Benito. Quand on avait dix-sept ans.

— Il l'avait sans doute mérité, dis-je d'un ton léger. Je suis sûr que je me suis bagarré avec Bess, moi aussi.

Je me rappelais très bien l'avoir enfermée dans sa chambre quand nous étions adolescents, parce qu'elle avait fouillé dans mes affaires.

— En tout cas, dit-elle en se raclant la gorge. Je ne frapperais jamais mon enfant. Voilà, je tenais à te le dire.

Attends, quoi ?

Je me tournai vers elle pour croiser son regard penaud.

— Sans blague, Z. Ce n'est pas du tout ton genre.

Son visage s'adoucit et elle parut soudain plus vulnérable que jamais. Ses yeux d'un brun clair étaient rivés sur moi, depuis son beau visage aux pommettes rebelles. Elle était jolie d'une manière tellement naturelle. Elle ne devait même pas se douter de l'effet qu'elle me faisait.

— Je voulais juste que tu le saches, murmura-t-elle. Ta sœur m'a dit que ton père vous frappait, tous les deux...

— C'est différent, dis-je aussitôt.

Hors de question d'aborder ce sujet.

— De toute façon, ma mère avait la gifle facile. Mais elle n'aurait jamais...

Merde. Aucun de mes parents n'était fiable. C'était exactement pour ça que je n'étais pas un père de famille. Mon arbre généalogique était un véritable champ de mines.

— Jamais quoi ?

— Laisse tomber. J'allais dire une bêtise.

— Pourquoi ? Et d'abord, où est ta mère ?

Pfff.

— Elle est morte quand j'étais petit. Tu sais, je me souviens à peine d'elle.

— Mais tu te rappelles quand même qu'elle te giflait.

Un point pour Zara.

— Ce n'était pas si grave.

Non, ça ne faisait même pas partie du top dix des choses qui avaient le plus mal tourné pendant mon enfance.

— Comment est-elle morte ?

— Zara, dis-je sur le ton de l'avertissement.

Miséricorde ! Elle ne voulait pas entendre parler de cette merde. Elle croyait le vouloir, voilà tout.

— Comment ? insista-t-elle, confirmant ma pensée. Je croyais qu'on pouvait se poser des questions, tous les deux.

Je soupirai.

— Une overdose. J'avais cinq ans, Bess avait un an et demi. C'est moi qui l'ai trouvée.

— Waouh, fit-elle en écarquillant les yeux. Je suis désolée.

— C'était il y a longtemps.

— Mais tu t'en souviens encore ? insista-t-elle.

Ma tête contre le mur de la grange derrière moi, je fermai les yeux.

— Oui, je me souviens que personne n'était venu me chercher à l'école, ce jour-là. Ce n'était pas vraiment une surprise, alors je suis rentré seul à pied. Je ne me doutais de rien, même quand j'ai frappé à notre porte d'entrée et qu'elle ne l'a pas ouverte…

Je revécus ce moment, à l'âge de cinq ans, où j'étais resté planté là. Puis les poils se dressèrent sur mes bras quand un autre souvenir me revint, le gémissement de Bess à l'intérieur de la maison. Exactement comme dans les rêves qui me hantaient en ce moment.

Merde.

Ensuite, je fus incapable d'empêcher le souvenir de se dérouler. J'étais allé à côté et j'avais récupéré la clé de rechange de Madame Parker, la bibliothécaire scolaire à la retraite, toujours assise sur son porche à regarder les enfants rentrer de l'école.

Quand j'étais enfin entré dans la maison, je l'avais vue. Ma mère. Étendue sur le sol, un sac de poudre près de ses doigts crispés. Elle était extrêmement silencieuse, inerte.

Je l'avais compris. Je le savais sans le savoir. Ma mère s'était déjà évanouie en ma présence auparavant.

Pourtant cette fois, elle me faisait peur. J'avais peur de la toucher.

Je m'étais agenouillé sur le tapis pendant que ma sœur criait encore plus fort. Elle avait sans doute entendu la porte s'ouvrir et elle manifestait sa présence. Je savais que je devais y retourner et montrer mon visage pour qu'elle se taise. Mais j'étais incapable de détourner les yeux du cadavre de ma mère. Ses paupières étaient bleuâtres, ses lèvres cendrées. Sa main reposait sur le tapis d'une manière ordinaire, mais bien trop immobile.

Lentement, je tendis ma propre main, effleurant son pouce avant de toucher ses doigts.

Ils étaient froids. Et moi aussi. J'avais froid et j'avais peur. Bess pleurait toujours.

Je me levai enfin du tapis. Le cœur battant, je passai par-dessus les jambes tendues de ma mère pour entrer dans la chambre que je partageais avec Bess. Ma sœur était debout dans son berceau, ses petites mains potelées serrées autour des barreaux de bois, son visage écarlate strié de larmes. Sa voix était rauque à force d'avoir crié. Elle ne s'arrêta même pas en me voyant.

Ce ne serait pas facile de la sortir du berceau. J'étais trop petit. Alors, j'étais monté à l'intérieur pour la prendre dans mes bras jusqu'à ce qu'elle se calme. Elle empestait l'urine…

Oh, là !

Étouffant un cri, je lâchai la main de Zara et me levai d'un bond.

— Que se passe-t-il ? demanda-t-elle d'une voix lointaine.

Nicole se détacha du mamelon de sa mère et me regarda en plissant les yeux.

— Rien, dis-je dans un souffle.

Je m'étais mis à faire les cent pas devant elle. Parce que je venais de me rappeler que Bess portait des couches en tissu. Je m'en souvenais maintenant. Elles étaient maintenues par des épingles à nourrice, et elle portait une sorte de housse en plastique par-dessus. Je me rappelais avoir pris son petit pied boudiné pour le faire passer dans le trou de la jambe…

J'avais changé des couches autrefois. Beaucoup, même. Je l'avais changée pour la première fois ce jour-là, dans son berceau mouillé, alors que le cadavre de ma mère gisait sur le sol du salon.

— Dave.

La voix de Zara était basse et régulière à travers le brouillard de ma panique.

— Oui ?

Je m'efforçai de m'arrêter une seconde.

De prendre une profonde inspiration de yoga…

— Est-ce que ça va ?

— Oui, bien sûr, murmurai-je.

C'était peut-être même la vérité.

— Tu aimes le poiré ?

Inspiration, expiration.

— Le quoi ?

Zara m'adressa ce genre de sourire de pure indulgence que l'on réserve à ceux qui nous paraissent un peu bizarres.

— Le poiré. C'est du cidre de poire.

— Tu sais en faire ?

J'essayais de me calmer, concentré sur son joli visage.

— Bien sûr, je vais te montrer.

Zara avait déjà remonté la bretelle de sa robe. À présent, elle hissait une Nicole assoupie sur son épaule et se levait. Le bébé passa un bras potelé autour de son cou et enfouit son visage contre la joue de Zara.

— On va faire le grand tour pour lui laisser le temps de s'endormir.

Elle désigna une rangée d'arbres et je la suivis.

Mon rythme cardiaque retrouva peu à peu son calme tandis que nous nous promenions tranquillement dans le verger. Nicole dormait comme un loir sur l'épaule de sa mère. Son petit corps me semblait encombrant et je pris soudain conscience de mon impolitesse. Après tout, je laissais une femme porter un poids plutôt lourd pendant que je marchais à côté d'elle sans lui proposer de l'aider.

— Attends, tu veux que je la prenne ?

Elle s'arrêta et se tourna vers moi avec un air amusé.

— Pourquoi pas ?

— À moins qu'elle se réveille pendant l'échange.

— Impossible. Quand elle vient de sombrer, c'est là que le sommeil est le plus profond.

Bon, d'accord. Je tendis les mains et Zara me donna sa fille. Les genoux pliés, je m'empressai de la ramener contre moi, plaçant sa tête contre mon épaule.

Enfin, je tenais ma petite fille endormie pour la première fois.

— Voilà, dit Zara, un peu trop narquoise à mon goût.

Bientôt, nous arrivâmes dans un enclos où des poulets picoraient dans l'herbe. Certains étaient rouges et d'autres avaient des plumes blondes. Un coq s'approcha de nous sur ses ergots griffus. La tête penchée, il clignait frénétiquement ses yeux de reptile. Il ouvrit le bec, laissant échapper un cocorico d'avertissement.

Le bébé sur mon épaule ne remua même pas.

— Je pense qu'il nous demande de reculer, dis-je lorsque le coq chanta de nouveau.

— Mais non, s'esclaffa Zara en agitant mollement la main. Il fait le fanfaron, c'est tout. « Ce sont toutes mes femmes. N'est-ce pas qu'elles sont jolies ? » Tu vois, exactement comme un homme.

Le nœud qui m'oppressait se détendit un peu et je ris au moment même où les poules se mettaient à caqueter. Décidément, j'avais l'impression d'évoluer dans un livre d'images.

21

ZARA

Pendant le retour à la ferme, je ne cessais de regarder Dave avec Nicole dans ses bras. Toutes les mamans d'enfants en bas âge ont tellement l'habitude de transbahuter leurs bébés qu'elles les portent presque comme des foulards. Mais Dave utilisait ses deux bras, la petite tête dans une main et l'autre sous ses fesses. Il la tenait attentivement, comme si elle risquait de se casser.

Il était si adorable dans sa maladresse que je ne pouvais m'empêcher de les contempler.

Alors que nous arrivions au niveau du porche, le pick-up de Griffin Shipley apparut dans l'allée et se gara à côté de la voiture de location de Dave.

— Vous attendez encore du monde ? me demanda-t-il d'un ton feutré, prenant soin de ne pas déranger Nicole.

— Euh… Audrey passe me donner un petit projet sur lequel je l'aide.

Mais elle n'était pas censée arriver aussi tôt dans l'après-midi. Je lui avais dit seize heures et il ne devait pas être plus de quinze heures. Elle devait avoir une bonne raison pour changer de plan.

En effet, Audrey bondit du siège passager d'un air joyeux. Elle aperçut Dave, le bébé endormi sur son épaule, et aussitôt elle arbora cette expression transie qu'elle prenait chaque fois qu'elle regardait des vidéos de chiots sur YouTube.

— Salut, dit-elle avec un immense sourire. Tu dois être Dave.

— Et tu es Audrey, non ? Je te serrerais bien la main, mais…

Il tenait toujours Nicole comme si c'était un vase Ming.

Les yeux d'Audrey pétillaient.

— Désolée, nous sommes en avance, mais Griff a déjà terminé ses commissions.

Impossible. Cette petite garce était venue exprès.

— Des commissions le dimanche, vraiment ? dis-je pour lui montrer que je n'étais pas dupe.

Les seuls commerces ouverts dans le Vermont le dimanche étaient les restaurants et les hôtels.

— On est débordés ! répondit-elle sans se laisser décontenancer. Jolie robe, dis donc. Bon, où est-ce qu'on décharge tout ça ?

Elle tendit le pouce vers l'arrière du pick-up, où les bouteilles de cidre devaient être empilées.

Griff sortit du camion en glissant les clés dans sa poche. Il me fit signe, mais ses yeux étaient braqués sur Dave. Il avait la mine des mauvais jours. Si je ne me trompais pas, il semblait encore plus ronchon que d'habitude.

Charmant. Exactement ce dont j'avais besoin dans ma vie, un homme surprotecteur de plus.

Sans un mot, Griff commença à décharger les caisses en bois de l'arrière de son pick-up. Il porta les deux premières sous le porche. Les mains libres, il vint enfin à ma rencontre.

— Salut, Zara ! fit-il en m'embrassant sur la joue. Merci de t'occuper de ça.

— Tout le plaisir est pour moi.

Je leur avais proposé de me confier les petits cadeaux qu'ils comptaient offrir à leurs invités, parce qu'Audrey semblait un peu tendue. Le mariage arrivait à grands pas. Plus que six jours.

Mais d'abord, je devais voler au secours de Dave.

— Et si je la couchais maintenant ? Je vais l'emmener à l'intérieur et la mettre dans le Pack-n-Play.

— Le quoi ? fit-il avec un regard interrogateur.

— C'est un lit portatif. Donne-la-moi.

Je tendis les bras vers Nicole pour récupérer le petit corps tout chaud.

— Je reviens dans une seconde.

Je m'absentai pendant une minute, mais apparemment, cela suffit à

Audrey pour faire des bêtises. Quand je revins sous le porche, Dave tenait un faire-part de mariage à la main.

— Il y aura du barbecue et du swing ! babillait-elle. Tu devrais absolument venir.

— Ça a l'air incroyable, répondit-il.

Après tout, que peut-on dire à une mariée qui vous invite à son mariage ? Il glissa l'invitation dans sa poche.

Pendant ce temps, Griff était adossé contre le pick-up, les bras croisés. On aurait dit qu'il essayait de tuer Dave par télépathie en mode Jedi.

— Allez, on a du cidre à charger, lançai-je en chassant Audrey des marches.

Plus vite je pourrais me débarrasser de ces deux-là, mieux ce serait.

— Je vais vous aider, proposa gentiment Dave.

Nous retirâmes toutes les caisses du pick-up et une fois qu'elles furent empilées sous le porche de mes oncles, Audrey me remit un dossier rempli d'étiquettes ainsi que plusieurs bobines de ruban.

— Alors, en gros, tu dois…

— Coller les étiquettes et attacher un nœud sur le goulot de la bouteille, dis-je aussitôt. J'ai pigé.

Elle plissa les yeux.

— Est-ce que tu essaies de te débarrasser de nous ?

— Jamais !

C'était un mensonge et elle le savait. Elle me sourit.

— Tant mieux, parce que je pensais qu'on pourrait commencer ce petit projet tout de suite.

— Là maintenant ?

— Excellente idée, déclara Griff en refermant la benne de son pick-up. Je suis prêt à coller quelques étiquettes. En avant.

Il gravit les marches et tendit la main à Dave, dans un geste à peu près aussi amical que s'il brandissait un couteau.

— Je m'appelle Griffin Shipley. Ravi de te rencontrer.

Dave lui serra la main, visiblement amusé.

— Mais oui, je me souviens de toi.

— Ah bon ? Où ça ?

— Au *Mountain Goat*, répondit Dave avec un grand sourire.

À ces mots, Griff se renfrogna encore plus. Il ne s'y attendait pas. Et il ne semblait pas du tout apprécier.

Impressionnant. Rien de mieux qu'un dimanche d'été pour voir ses deux ex se défier du regard. *Mais enfin, à quoi ça rime ?* Je croyais que les hommes réservaient ces conneries macho pour les femmes qui les intéressaient réellement.

— Les gars, intervins-je. Qui veut un verre de poiré ? J'allais justement servir à Dave son tout premier.

— Tiens, on est vierge dans le poiré ? s'exclama Griff.

Même Audrey leva les yeux au ciel.

— Assis, ordonnai-je en fourrant le dossier rempli d'étiquettes contre la poitrine de Griff. Rends-toi utile.

Cinq minutes plus tard, quatre pseudo-adultes étaient assis sous le porche, à siroter les verres de poiré de Tonton Otto.

— C'est vraiment délicieux, déclara Dave. Ça ressemble au cidre de pomme.

— Ça n'a pas le goût des pommes, se récria Griff en feignant d'être outré. Pas du tout ! Le poiré a une sensation en bouche beaucoup plus légère et sa robe est complètement différente.

Dave cligna des yeux.

— Évidemment. Comment ai-je pu être aussi aveugle ?

Audrey sourit et Griff fronça les sourcils.

Pauvre Dave. La vérité, c'était que le cidre de poire avait un goût quasiment identique à son homologue aux pommes. Mais un puriste comme Griffin pouvait tenir une semaine rien qu'à parler des variations subtiles de tanins et d'acidité.

Audrey croisa mon regard. À l'évidence, elle se retenait de rire.

— Les poires ont des tanins distincts et une teneur en sucre plus élevée que les pommes, poursuivit Griff. Le processus de fermentation obéit à un rythme radicalement différent.

— D'accord, reprit Dave. Ce n'est qu'une supposition, mais serais-tu spécialisé dans la production de cidre, à tout hasard ?

Cette fois, j'étais incapable de me retenir plus longtemps et Audrey se joignit à mon rire.

— Oui. Comment as-tu deviné ? grommela Griff.

22

———

DAVE

Tout en sirotant du poiré avec le fermier barbu, j'aidai Zara et Audrey à coller des étiquettes sur deux cents bouteilles de vin miniatures.

— Qu'est-ce qu'il y a là-dedans, au fait ? demandai-je en lissant une autre étiquette.

Il n'y avait écrit que « Audrey » avec le millésime de l'année précédente.

— Le meilleur cidre brut que Griff ait jamais fabriqué, déclara Zara. Il a remporté un grand prix. L'équivalent de la Coupe Stanley pour les dégustations de cidre.

Je lui donnai un petit coup de genou.

— Tiens, tiens, on utilise le vocabulaire du hockey ?

— Quand on tient un bar, on apprend toujours une chose ou deux. En fin de coupe, les affaires tournaient toujours au ralenti.

— Ah.

J'essayai de visualiser le *Goat*. Ce n'était pas difficile, étant donné que j'avais adoré les lieux.

— Il n'y avait pas de télévision dans ton bar. C'est bien le dernier bar au monde sans télé.

— Je sais. Ça me plaisait comme ça. J'ai horreur que tout le monde soit collé à un écran.

— Je peux comprendre, dis-je en passant à l'étiquette suivante. Mais je dois filer maintenant. Sérieusement, il faut que je coure pour éliminer cette grosse part de lasagnes que j'ai mangée.

190

— Et la tarte, ajouta Zara.

— Oui, aussi.

— Je te donnerais bien une bouteille d'Audrey, lança la future mariée. Mais tu dois assister à mon mariage si tu en veux une. Samedi. Dix-sept heures.

— Ça marche, dis-je en riant. Ravi de t'avoir revue, Audrey.

Zara me raccompagna à l'intérieur, où je remerciai sa mère pour le déjeuner. Maman Rossi s'était un peu adoucie envers moi, me semblait-il. Parce qu'elle me dit :

— Au revoir, mon grand. Reviens quand tu veux.

À moins qu'elle ait simplement hâte de me cuisiner un peu plus.

L'oncle le plus grincheux de Zara était en grande conversation avec Griffin Shipley, ce qui m'évita d'avoir à lui parler. Apparemment, Griffin voulait qu'Otto lui vende une partie de sa récolte de poires.

— Je ne peux pas acheter de poires à cidre autre part, expliquait-il. Et elles ne vous rapportent rien du tout.

Mais Otto ne semblait pas enthousiaste à l'idée de céder une partie de sa récolte. Au fond, ça me faisait plaisir de voir l'ex de Zara en situation d'échec.

Mais je n'aurais pas dû m'en soucier. Cela n'avait aucun rapport avec moi.

Sous le porche, je serrai Zara dans mes bras et l'embrassai sur le front.

— Merci pour le déjeuner, beauté. Envoie-moi un message si tu veux qu'on se voie.

— Je n'y manquerai pas. Mais ça va être une semaine chargée.

— C'est ma faute ! lança gaiement Audrey. Les préparatifs de mariage de dernière minute, c'est du costaud.

— Je te verrai peut-être au yoga, alors ?

— Peut-être, répondit Zara en me faisant un signe de la main tandis que je descendais du porche.

Le regard de son amie Audrey me suivit lorsque je montai en voiture. Dès l'instant où je m'éloignerais, je savais qu'ils parleraient de moi. J'aurais aimé être une petite souris pour les entendre. Zara était difficile à comprendre. Je ne devrais pas m'inquiéter de ce qu'elle ressentait, mais c'était plus fort que moi.

Pendant que le moteur chauffait, je découvris quatre appels en absence, tous de Bess. Lorsque le téléphone sonna à nouveau via le

Bluetooth de la voiture, alors que je descendais de la colline, je décrochai.

— Comment ça s'est passé ? demanda-t-elle aussitôt.

— *Juste une égratignure*, répondis-je en citant les Monty Python, avec mon meilleur accent britannique.

— Non, sérieusement.

— Bien. Tout s'est bien passé. J'ai eu droit aux questions classiques. L'oncle de Zara est un vrai con. Mais ça ne me dérange pas d'être interrogé au sujet de ma carrière. Après le déjeuner, j'ai passé du temps avec Zara. C'était bien.

— Et le bébé ? Tu as joué avec elle ?

— Attends, j'étais censé faire ça ?

J'avais répondu sur le ton de la blague, mais les jeux de bébés ne faisaient pas vraiment partie de mon répertoire.

— Dave !

— Je rigole. On est allés se promener et quand elle s'est endormie sur Zara, je l'ai portée pour rentrer.

— C'est vrai ?

L'optimisme dans la voix de ma sœur était flagrant.

— J'aurais aimé voir ça. Quelqu'un a pris une photo ?

— Non.

Ça ne m'était pas venu à l'esprit. Je n'avais pas porté Nicole pour une séance photo. Je l'avais fait pour Zara, qui l'avait « portée » dans tous les sens du terme pendant deux ans. Cela dit, la sensation de son poids chaud sur mon épaule blessée ne m'avait pas gêné le moins du monde. J'avais découvert que les bébés sentaient la fraise.

Bess poussa un profond soupir mélancolique, que je trouvai un brin alarmant. La crise soudaine de ma sœur me faisait un peu peur. Je préférai changer de sujet.

— La maman de Zara a préparé un festin. Je vais devoir courir cinq kilomètres de plus pour tout brûler.

— Ses oncles ont été durs avec toi ?

— Non. Ils tenaient seulement à me faire savoir qu'ils m'avaient à l'œil.

Bien sûr, je ne serais jamais le gars qu'ils voulaient pour Zara. Ni moi ni personne, peut-être. Aucun homme ne serait assez bien pour mettre *ma* sœur enceinte, alors je ne m'attendais pas non plus à ce que la famille de Zara m'apprécie.

Mais je voulais la mettre plus à l'aise, surtout après notre petit accrochage. Et j'avais réussi. Elle m'avait tenu la main avec un sourire complice.

Ça me suffisait.

— Je peux revenir la semaine prochaine ? demanda brusquement ma sœur.

— Dans le Vermont ?

Sa demande me prenait au dépourvu.

— Bien sûr, dans le Vermont. J'essaie de me libérer quelques jours pour pouvoir revenir. Tu m'as invitée, tu te souviens ?

— Tu es toujours la bienvenue, dis-je aussitôt. Quand tu connaîtras tes horaires de vol, envoie-moi un message.

J'aimais ma sœur, mais j'apprécierais d'être prévenu quelques heures à l'avance.

— Au fait, Bess ? Un souvenir étrange m'est revenu aujourd'hui. Tu portais une couche en tissu avec des épingles à nourrice de chaque côté. Et ce truc en plastique par-dessus.

Elle resta tellement silencieuse pendant une seconde que je crus que l'appel avait été interrompu.

— Je ne peux pas m'en souvenir, Davey.

— Non, évidemment.

Et je ne le souhaitais pas. La mort de notre mère avait été atroce. Mais ce n'était pas le pire que nous avions subi dans notre enfance. Les coups de poing de notre père veuf étaient plus durs encore. Ça, je savais avec certitude que Bess s'en souvenait.

— C'est quoi la prochaine étape avec l'avocat ? demanda-t-elle.

— Euh…

J'essayai de revenir à l'instant présent.

— Je vais faire mon test de paternité et le renvoyer. Il rédigera un accord de pension alimentaire, puis j'aurai une conversation délicate avec Zara pour savoir comment elle veut être payée. Elle recevra tout de suite un premier versement. Pour le retard accumulé. Mais je pourrais lui avancer plus d'argent si elle veut emménager dans une maison avec jardin.

— Ou, reprit ma sœur, tu peux acheter toi-même une maison. Ça ne doit pas coûter cher dans ce village.

J'y réfléchis une seconde.

— Tu as raison. Elle n'aurait pas à dépenser la pension dans un loyer.

— Et pour toi, c'est toujours un investissement.

— Tu es plutôt futée pour une fille.

— Davey ! s'exclama-t-elle, outrée, tandis que je riais aux éclats.

Ça faisait partie des choses que je disais uniquement pour asticoter ma sœur. Il était douloureusement évident que toutes les femmes de ma vie étaient plus intelligentes que les hommes.

Il suffisait de passer cinq minutes dans nos vestiaires pour en être convaincu.

— Je dois y aller, lui dis-je. Le réseau est trop mauvais près du chalet.

— À plus tard, crétin.

— À plus.

23

ZARA

Quand j'avais annoncé à Dave que j'allais avoir une semaine chargée, ce n'était pas une exagération.

Il y avait les préparatifs de dernière minute pour le mariage d'Audrey. Et je devais réserver la garderie pour la semaine suivante. Griff et Audrey partaient en lune de miel à San Francisco, ce qui signifiait que j'allais devoir travailler douze heures par jour.

Cette semaine déjà, Audrey était moins présente au travail. Elle se concentrait sur les détails du mariage et l'accueil de ses proches qui arrivaient en ville.

Elle vomissait aussi. La pauvre Audrey avait passé une partie de ses heures au café à se réfugier dans nos toilettes in extremis. On ne parlait toujours pas de sa grossesse. Elle ne m'avait rien annoncé. Mais quand elle ne vomissait pas, elle se bourrait de pain. Oh, et elle avait renoncé à la caféine. Soit l'Apocalypse était imminente, soit mon amie était en cloque.

J'étais excitée pour elle. Mais il allait sans dire que cette semaine, j'assumais le gros du travail.

Ce n'était pas vraiment le bon moment pour recevoir un appel de Dave, me demandant de le rejoindre quelque part au village.

— Je peux t'emprunter une demi-heure de ton temps ? demanda-t-il. J'ai besoin de ton avis sur quelque chose.

— Aujourd'hui ?

Je grinçai des dents en percevant mon intonation, plus sèche que je l'aurais voulu.

— Eh bien… je peux te proposer une heure différente. Mais ce serait vraiment mieux aujourd'hui.

— Qu'est-ce que c'est, exactement ?

Je ne voyais pas en quoi Dave pouvait avoir besoin de mon avis, d'autant plus sur un sujet important.

— Je préfère te le montrer plutôt que te le dire.

Bon, d'accord.

Soupir.

Même si je n'avais pas été aussi occupée, cette réponse trop vague m'aurait tapé sur les nerfs. Mais Dave était ma Kryptonite.

— D'accord, cédai-je. Je te retrouve à onze heures. Avant le déjeuner, c'est ça ?

— Merci, génial.

Il me répéta l'adresse et nous raccrochâmes. Une heure plus tard, je gravissais la colline en direction du village. Si je n'avais pas été pressée, cela aurait fait une belle promenade de dix minutes.

L'adresse qu'il m'avait envoyée était celle d'une maison sur les hauteurs, entre la rivière et le minuscule centre-ville. C'était à moins de deux kilomètres de mon café. Lorsque je garai ma vieille voiture dans l'allée, Dave était déjà là. Il discutait avec deux personnes : Madame Godfrey, une amie de ma mère, agent immobilier, et un homme avec des outils à la ceinture. Une camionnette était garée au bord du trottoir. *Karl Construction*, pouvait-on lire sur la carrosserie.

C'était bizarre.

— Salut, dis-je prudemment en sortant. Qu'est-ce qu'on fait ici ?

Dave me fit signe d'approcher.

— J'aimerais que tu jettes un coup d'œil à l'intérieur.

Il désignait la maison blanche, avec un long porche sur le devant.

— Et celle-là aussi.

C'était la maison voisine, de style Tudor en briques avec un toit en pointe.

— Pourquoi, exactement ? demandai-je à voix haute.

Madame Godfrey était radieuse, mais le maître d'œuvre avait l'air de s'ennuyer ferme.

— Tu dois en choisir une pour que je prévienne l'entrepreneur, me dit Dave. Les deux maisons ont besoin de travaux.

— La demeure de style colonial a besoin d'une nouvelle cuisine, précisa Madame Godfrey, comme si son opinion pouvait m'être utile, là maintenant. De nouveaux plans de travail et des appareils électroménagers, au moins.

— Et je n'aime pas l'électricité là-dedans, fit l'entrepreneur en tendant le pouce vers la maison blanche. Il va falloir la mettre aux normes si vous voulez une cuisinière à gaz.

Il me regardait comme si je savais de quoi il parlait.

J'avais horreur de me sentir bête, si bien que ma réaction naturelle fut plutôt sèche.

— David, lançai-je. Viens ici une seconde.

Je m'éloignai hors de portée de voix de ses nouveaux amis et me dirigeai vers un joli buisson de lilas devant la maison Tudor.

Il me suivit. Quand je m'arrêtai, il posa ses mains sur mes épaules.

— Désolé, Z. Je ne savais pas que tout le monde se pointerait en même temps. Mais j'aimerais que tu jettes un œil à ces deux maisons et que tu en choisisses une.

— Pourquoi ?

Mon pouls s'emballait. Il semblerait que Dave ait l'intention d'acheter une maison dans le Vermont. Enfin, ça ne pouvait pas être vrai. Il était payé une fortune pour jouer au hockey à Brooklyn. Malgré tout, mon cœur insensé s'autorisait à y croire.

Pour ne rien arranger, il se rapprocha de moi et me serra les épaules. Je me concentrai sur ses yeux verts perçants en retenant mon souffle.

— Pour toi, dit-il à voix basse. Et Nicole. Tu as dit que tu cherchais une maison sur le chemin du village. Avec un jardin. Il n'y a que deux maisons à vendre qui correspondent à cette description. Ces deux-là.

Un instant.

— Pour moi ? fis-je d'une voix grinçante. Je ne peux pas me permettre d'acheter une maison en ce moment.

Dans cinq ans, à la rigueur, je pourrais peut-être commencer à y songer. Pas maintenant.

Dave recula et ses larges paumes quittèrent mes épaules.

— Tu sais que je dois retourner à New York dans quelques semaines. On doit le faire le plus tôt possible.

— Quoi donc ?

Je commençais à perdre patience.

— Je ne peux pas acheter une maison aujourd'hui parce que tu t'intéresses subitement à mes problèmes immobiliers.

— C'est moi qui achète la maison.

— Pourquoi ? Pour qui ?

— Pour toi et Nicole !

Il me regarda en plissant les yeux comme si j'avais perdu des neurones en cours de route.

Ce n'était pas le cas, mais ça risquait bien de m'arriver s'il ne me donnait pas plus d'explications. Acheter une maison à quelqu'un, ça ne se faisait pas.

— Quand tu m'as demandé ce dont j'avais besoin, je ne me rappelle pas t'avoir demandé ça.

— Si, tu en as parlé. Tu as dit que tu cherchais une nouvelle maison, exactement comme celles-ci. C'est une décision simple, en plus. Parce qu'il n'y en a que deux. Personnellement, je préfère le jardin du numéro 12. Mais si tu as un faible pour les cheminées, le numéro 14 en a trois. Tu devras te décider au cours de la semaine prochaine pour que l'entrepreneur puisse préparer les lieux. Il a eu une annulation et il est disponible en ce moment.

— Il a eu une annulation, répétai-je d'une voix atone.

— C'est ça.

Il croisa ses bras musclés et me regarda.

— Tu veux bien visiter les maisons ? Je suis bête, je pensais que ça te plairait.

J'avais envie de lui lancer une réponse bien cinglante. Parce que j'aurais adoré visiter des maisons, bien sûr, si cela n'impliquait pas que je lui sois *redevable*. Mon cœur battait follement dans ma poitrine et je fis un gros effort pour refréner mon agacement. Ce ne fut pas évident, mais je fis de mon mieux.

— Très bien, dis-je sèchement. Tu peux toujours me montrer.

— L'ancien propriétaire a ouvert la cuisine sur la salle à manger, ce qui donne un beau rez-de-chaussée familial, dit Madame Godfrey en se promenant dans le vaste espace.

Les deux maisons avaient trois chambres et deux salles de bain. Beaucoup d'espace pour une femme irritable et son tout-petit. Nous avions d'abord visité la maison blanche à l'architecture coloniale. En effet, la cuisine était vieillotte, datant d'une trentaine d'années. Mais la maison Tudor était charmante à l'intérieur, avec des espaces familiaux confortables et un grand cerisier avec une balançoire dans le jardin de derrière. Comme dans un livre d'images.

C'était un coup de cœur.

Bien sûr, je ne le disais pas. Parce que j'essayais toujours de comprendre comment il me serait possible d'emménager dans une maison achetée par Dave. Je n'avais jamais été du genre à découper des photos de la maison de mes rêves dans les magazines, pourtant je me trouvais en plein dedans. Mon genre, c'était plutôt de découper les photos de l'homme de mes rêves.

Il était là, lui aussi. Enfin, pas vraiment. C'était mon compte bancaire qu'il me proposait de dorloter, pas mon cœur.

— Qu'est-ce que tu en penses ? me demanda Dave quand Madame Godfrey cessa enfin de parler. Ce n'est pas grave si tu ne peux pas te décider aujourd'hui. Je peux donner à l'entrepreneur une caution et le renvoyer chez lui. Prends quelques jours pour y réfléchir.

Madame Godfrey me regardait fixement, attendant une réponse. Mais je n'aimais pas que l'on me mette la pression. Alors, je la regardai à mon tour jusqu'à ce qu'elle reçoive le message et s'éclipse en nous disant :

— Je vous laisse discuter ensemble.

— Tu n'as pas à faire ça, dis-je une fois qu'elle se fut éloignée. Je me débrouille bien toute seule.

Ce n'était pas tout à fait vrai, mais il eut la décence de ne pas le souligner. La hanche contre l'encadrement de la porte de la salle à manger, il soupira.

— Je n'ai jamais dit que tu ne te débrouillais pas bien. Mais c'est facile pour moi de t'aider. Je me sentirais mieux en sachant que tu as un plan pour l'année à venir. Et puis, tes frères estiment que c'est une bonne idée d'investir dans ce village. Ils l'ont dit à plusieurs reprises dimanche.

Je clignai des paupières. Un *investissement*. Ça semblait si clinique. Cela dit, ça ne devrait pas me déranger.

Pourtant, c'était tout le problème. Ça me dérangeait. Il était là, à quelques mètres de moi. Je pouvais sentir son parfum boisé et voir les taches de rousseur discrètes à la racine de ses cheveux.

Il était *juste là*. Et c'était de la torture.

Dès l'instant où il était revenu, j'avais essayé de comprendre ce que l'avenir nous réservait. Repartirait-il, le premier août, pour ne plus revenir avant quelques années ? C'était tout à fait possible. Il voulait nous installer dans cette maison comme un capitaine au long cours avant de s'en aller vers sa prochaine aventure. Il pourrait partir sans plus se soucier de nous. Bon sang, si seulement la maison avait un toit-terrasse au-dessus du grenier, je pourrais l'attendre en scrutant l'horizon comme une femme de marin.

Je ne voulais pas finir comme ma mère. Elle avait passé mon enfance à guetter les signes, comme d'autres guettent la météo. Si mon père lui apportait des fleurs, il avait peut-être prévu de rester.

Dave voulait m'acheter une maison. Était-ce *plus* encourageant que des fleurs, ou moins ?

Merde.

— Je veux payer un loyer, dis-je en déglutissant péniblement.

Il n'avait pas pensé à tout. Et si dans un an, je rencontrais quelqu'un qui veuille vraiment être avec moi ? Ce n'était pas complètement impossible, du moins j'aimais le penser. Vivre gratuitement dans la maison de Dave me rendrait redevable envers lui. J'avais besoin de limites franches et distinctes.

Bien sûr, j'aurais dû y penser avant de me déshabiller et de coucher avec lui – avec protection la plupart du temps, mais pas toujours.

— On peut s'arranger.

Malgré moi, je trouvai sa réponse condescendante.

— Tu as une préférence ?

— Les prix sont les mêmes ? demandai-je.

Il haussa les épaules.

— À peu près. L'une est moins chère, mais a besoin de plus de travaux. Ça doit revenir au même. Tu veux visiter l'autre encore une fois ? Je pourrais éloigner Madame Bavarde un moment.

Le surnom me fit sourire.

— Je n'ai pas le temps, mais ce n'est pas grave. Les deux maisons sont bien, c'est sûr. Mais ces cheminées en briques me font de l'œil.

— Elles sont jolies, hein ?

Le sourire qu'il m'adressa se diffusa dans tous mes membres.

— Je vais parler à l'entrepreneur avant qu'il s'en aille. On se retrouve dehors, d'accord ?

— D'accord.

Ses pas résonnèrent dans la maison vide. Après son départ, je fis un autre tour du salon, à pas lents, sur le parquet marqueté. Je passai devant la cheminée qui me donnait envie de me blottir avec un bon livre. Puis je montai l'escalier. C'était un peu étroit et raide. J'aurais besoin d'une barrière pour bébé pendant un temps, avant que Nicole soit assez grande pour affronter les marches.

Il y avait une grande chambre ensoleillée que je donnerais à ma petite fille. Elle aurait un bel endroit pour jouer. Et la chambre de derrière donnait sur un chêne majestueux, dans un jardin entouré d'une clôture et de haies de lilas.

J'avais très envie de vivre ici. Mais pas grâce à la pitié de Dave. Je voulais acheter une maison avec un homme qui aurait envie de me faire l'amour devant cette cheminée pendant que le bébé dormirait à l'étage. Un homme qui se prélasserait dans la cuisine avec moi, le dimanche matin, à boire du café et à faire des crêpes.

Je pourrais aussi bien souhaiter un poney et des places au premier rang pour le concert de Pearl Jam.

De toute façon, je devais absolument retourner au travail. Mon frère Damien avait peut-être déjà épouvanté tous mes clients. Lorsque je descendis les marches, j'étais prête à annoncer à Dave que j'aimerais vivre dans la maison de style Tudor s'il me laissait contribuer aux coûts de manière significative.

Sauf que…

Quand je ressortis, Madame Godfrey ajoutait une étiquette « Sous compromis » à l'enseigne de l'agence immobilière, dans le jardin devant l'*autre* maison. En un claquement de doigts, je retrouvai ma posture défensive. Dave n'avait même pas attendu de connaître ma décision ? Se croyait-il vraiment tout permis ?

— Quoi ? demanda-t-il en se retournant pour me regarder traverser le jardin.

J'avais dû fulminer à haute voix.

Je me dirigeai vers lui. Pas de gifle, cette fois.

— Tu plaisantes, j'espère ? dis-je en grinçant des dents. Tu m'as conseillé de prendre mon temps. Et cinq minutes plus tard, tu choisis quand même ? Mais qu'est-ce qui te prend ?

Tout le monde me regardait. J'avais bien conscience que je criais. Mais sérieusement ! Cet homme et son ego démesuré !

— Regarde, beauté.

En même temps, il prit mon menton dans sa grande paume et pivota ma tête de quelques degrés. Cela ne fit que décupler ma colère, parce qu'il employait ces mêmes initiatives et ces gestes autoritaires au lit, autrefois. Il prenait le dessus sur moi et s'enfonçait lentement jusqu'à ce que…

Grrr !

Maintenant, j'avais envie de lui donner des coups de pied dans les tibias, *puis de le déshabiller avec les dents.* Il m'énervait ! Enfin, progressivement, mes yeux se focalisèrent sur l'autre panneau, devant la maison de style Tudor.

Il y avait aussi un autocollant « Sous compromis ».

— Attends, dis-je bêtement. *Les deux ?* Pourquoi ?

Je repoussai sa main en la frappant au passage, tandis qu'il ricanait comme s'il pouvait entendre mes pensées salaces.

— Oui, j'achète les deux maisons. Tes frères pensent que ce village est un bon investissement, pas vrai ? Je me lance avant que ça prenne de la valeur. On louera celle que tu ne choisiras pas. Et si tu tiens vraiment à faire une contribution, tu peux prendre en charge la location et assurer le suivi. Comme ça, je n'aurai pas à engager d'agent immobilier. Et tu pourras également sélectionner tes voisins.

Je levai les yeux vers la maison Tudor, imaginant Nicole en train de regarder par la fenêtre de devant, un jour d'automne, alors que les feuilles se pareraient de rouge et de jaune. Puis je tournai la tête dans l'autre sens, vers la demeure blanche de style colonial, qui pourrait être rénovée et louée.

Foutu Dave Beringer. Il fallait toujours qu'il commande. Et nous n'étions même pas nus.

Il leva une dernière fois la main et inclina doucement mon menton vers le haut, refermant ma bouche encore grande ouverte.

— Tu risques de gober des mouches, beauté. Au fait, tu n'as pas dit que tu devais retourner travailler ?

24

———

DAVE

— Quand je t'ai dit d'acheter une maison pour Zara, tu devais d'abord le lui demander.

Ma sœur me dispensait ses conseils alors que nous étions assis sous le porche du chalet, à déguster des cornets de glace après un déjeuner tardif.

— L'agent immobilier m'a mis la pression. « Il faut se dépêcher, elles ne seront peut-être plus sur le marché demain. »

Bess écarquilla les yeux.

— Ce n'est pas pour rien que je négocie à ta place, en temps normal.

— Tu n'étais pas là, dis-je pour ma défense. Et les maisons ici ne sont vraiment pas chères. Je pourrais en acheter huit ou dix pour le prix de mon appartement à deux chambres de Brooklyn.

— En attendant, bougonna ma sœur, puisque tu es allé jouer les Tarzan avec Zara, elle ne répond plus à tes appels. Ce qui veut dire que je ne vais pas pouvoir voir ma nièce !

— Il ne me semble pas que Tarzan ait investi dans l'immobilier.

Bess gloussa malgré elle.

— Quand même. Tu aurais pu lui suggérer l'idée avec subtilité. Tout le monde n'achète pas comme toi. Combien d'appartements as-tu visités à Brooklyn avant de choisir le tien ?

— Un seul.

— Un autre ?

— Non. Juste celui-là.

Ma sœur pouffa.

— Tu ne pourrais pas être aussi décisif sur ta prolongation de contrat ?

— Et toi, tu ne pourrais pas m'obtenir une meilleure prolongation de contrat ? rétorquai-je.

— Personne d'autre ne t'aurait obtenu mieux que ça.

Ma sœur n'avait jamais manqué de confiance en elle.

— Envoie-lui un autre texto. Je veux prendre ce bébé dans mes bras.

— Elle est peut-être occupée, lui fis-je remarquer. Son amie se marie aujourd'hui. Enfin, je crois que c'est aujourd'hui.

Je n'allais pas harceler Zara juste parce que Bess trépignait d'impatience. Dernièrement, chaque fois qu'elle prononçait le nom de Nicole, elle avait l'air comme possédée.

— S'il te plaît ?

Je sortis mon téléphone et saisis un message. *Salut, Z. Bess espère toujours voir Nicole avant demain soir. Mais si tu es occupée avec le mariage, on comprend très bien.*

— Non, je ne comprends *pas,* insista-t-elle.

— Bess…

Mon téléphone sonna dans ma main. Le numéro de Zara.

— Regarde, miss relou, dis-je à ma sœur. C'est peut-être ton jour de chance.

Puis je répondis.

— Salut, beauté.

— Salut, fit Zara, à bout de souffle. Excuse-moi de ne pas t'avoir répondu ni à Bess, mais je passe une de ces journées !

— Aucun problème.

Je m'efforçais de paraître aussi détendu que possible. Parce que je m'étais peut-être vraiment comporté comme un bulldozer avec l'histoire de la maison.

— Tu n'es pas de mariage aujourd'hui ?

— Si. D'ailleurs, j'ai un petit souci. Ça ne fait rien si vous êtes tous les deux occupés, mais j'aurais une faveur à vous demander.

— Vas-y. On est assis sur le porche à se rouler les pouces.

— Bon, est-ce que je pourrais déposer Nicole chez toi pendant environ une heure et demie ?

— Bien sûr.

Bess serait tellement excitée qu'elle allait se pisser dessus.

— Problème de garde ?

— Une amie de ma mère s'est évanouie au salon de coiffure ce matin et maman l'a emmenée aux urgences. Ils ont déjà annoncé que ce n'était pas grave, mais elles ont attendu longtemps pour voir un médecin et elles ne sont pas encore rentrées de Burlington…

— Tu peux passer, lui dis-je. C'est bon. On va la surveiller.

À côté de moi, Bess poussa un petit cri de joie. Après tout, si je pouvais faire sourire ma sœur et rendre service à Zara en même temps, ça faisait au moins deux heureuses. C'était toujours deux de plus que d'habitude, alors en soi, c'était une petite victoire.

Vingt minutes plus tard, la vieille guimbarde de Zara s'arrêta à côté de la mienne. Dès qu'elle apparut, elle se répandit en excuses. Mais je ratai ses premiers mots, trop fasciné par cette apparition en robe fleurie sans manches. Non seulement elle révélait une peau que je mourais d'envie d'embrasser, mais ses cheveux étaient lâchés en vagues souples sur ses épaules et elle était un peu plus maquillée que d'habitude, si bien que ses yeux bruns paraissaient énormes.

J'eus la même réaction qu'à chaque fois en sa présence, un désir pur et brûlant.

— Pas besoin de réchauffer le lait. Il fait assez chaud. Elle peut manger des biscuits, aussi. De toute façon, tous mes plans sont réduits à néant aujourd'hui, alors je veux juste qu'elle soit contente, si possible.

Elle fit une grimace.

— Quand elle se réveillera et qu'elle comprendra que je ne suis pas là, elle risque de pleurer. Je suis désolée.

— Ça va aller, intervint Bess, guillerette. On peut y arriver. J'ai apporté des jouets.

Évidemment.

— Bon, reprit Zara en expirant vivement. Je dois retourner aux préparatifs de la cérémonie avant qu'Audrey ne nous fasse une crise cardiaque. Ça aurait été plus facile si Nicole ne s'était pas endormie dans la voiture, mais…

Elle ouvrit la portière de la banquette arrière. Le bébé était là, attaché sur son siège auto dans une robe à carreaux, ses membres potelés dans toutes les directions et les yeux fermés.

— Je la prends, proposai-je, mais Bess fut plus rapide.

Elle détacha soigneusement les sangles et passa les mains sous l'enfant endormi. Soutenant sa tête, elle l'extirpa de la voiture.

— Attends, dis-je à Zara lorsqu'une idée me vint. Si tu veux que je te l'amène à la ferme des Shipley plus tard, je vais avoir besoin du siège auto.

— Oh, mon Dieu ! fit Zara en passant une main sur son front. Tu as raison. Ça va me faire perdre encore dix minutes. Je dois te montrer comment le sécuriser…

Je sortis les clés de ma voiture de location et les lui tendis.

— Dans ce cas, on n'a qu'à échanger.

Elle hésita moins d'une demi-seconde.

— Je t'en dois une, le patineur.

— Le patineur ?

Elle haussa les épaules en me remettant ses propres clés.

— Je t'enverrai l'adresse dès que la cérémonie sera terminée. Merci, tu me sauves !

Elle contourna la voiture au pas de course, rejoignant précipitamment la mienne.

— Respire, bébé. Tout va bien.

Ce fut à ce moment que Nicole poussa un gémissement.

— Oh, oh, fit Zara, hésitante, sa main sur la portière.

File, articula Bess sans un son, caressant doucement le dos du bébé.

Zara se mordit la lèvre. Puis elle sauta dans ma voiture et s'en alla.

Malheureusement, Nicole semblait bien décidée à ne pas faire partie des femmes que j'aurais rendues heureuses aujourd'hui.

Réveillée de sa sieste pour découvrir uniquement des visages inconnus, elle refusait de se calmer. Au contraire, ses cris étaient de plus en plus retentissants.

Bess essaya à peu près tout. Elle offrit à l'enfant une bouteille de lait et une poignée de biscuits salés. Puis elle alla chercher un jouet qu'elle avait acheté dans un magasin spécialisé du Michigan.

Non, non et non. Rien n'y faisait. Le visage de Nicole avait viré au rouge pivoine. Je me demandais comment une si petite personne pouvait produire autant de larmes.

Une chose était certaine, les poumons de mon enfant étaient en parfait état.

La pauvre Bess arpentait la maison avec le bébé dans ses bras.

— Là, là, ma chérie, chantonnait-elle.

Elle essaya de fredonner quelques couplets de *Ah, vous dirai-je maman*. Sans succès.

Je ne me hasardai pas à intervenir avant de voir ma sœur au bord des larmes.

— Je sais que je ne devrais pas être offensée, déclara-t-elle. Elle ne veut que sa mère, c'est tout.

Oh, oh. Ma sœur avait l'air toute triste. Il était temps de prendre la relève.

— À mon tour de me faire hurler dessus, lui dis-je en récupérant Nicole dans ses bras. Détends-toi pendant une minute.

Et trouve-toi peut-être des bouchons d'oreille.

Nicole s'égosilla de plus belle lorsque je la soulevai. Elle ouvrit la bouche en grand, à tel point que je voyais ses amygdales vibrer. Comme le bébé dans *Les Simpsons*, mais en plus mignon.

— Je sais, ma petite, dis-je au cas où elle m'écouterait. Tu veux ta maman. On va la voir dans un moment. C'est vrai qu'elle est formidable. Je comprends ce que tu ressens.

Les pleurs semblaient vraiment rebondir entre les murs du chalet. Je poussai la porte-moustiquaire et je sortis au grand air. La brise s'était levée, faisant frémir les feuilles sur les branches. Les pleurs du bébé devinrent plus espacés, moins virulents, alors qu'elle suivait le mouvement avec ses grands yeux bruns.

— Tu aimes les hamacs ? demandai-je.

On pouvait bavarder comme ça avec les bébés ? Peut-être. En tout cas, ce serait impoli de ne pas lui demander son avis.

— Ce hamac, c'est ce que je préfère dans le chalet, lui dis-je en m'asseyant au milieu avec précaution.

Je me balançai pendant un instant. Comme les sanglots ne repartaient pas à la hausse, je pivotai pour m'allonger dans le hamac, un pied toujours au sol pour plus de stabilité.

Nicole se retourna, s'agitant un peu jusqu'à se retrouver bien blottie au creux de mon bras. Ce mouvement lui demanda un certain effort et elle dut cesser de pleurer pour y parvenir. Elle commença à émettre de petits reniflements, son dos se soulevant à chacune de ses inspirations. Puis elle laissa échapper un long soupir résigné.

— Désolé que tu sois coincée avec moi, murmurai-je.

Elle m'écoutait attentivement. Je donnai une petite impulsion sur le sol avec mon pied et nous nous balançâmes doucement.

Sa petite main me saisit le pouce, mais elle ne se plaignit pas.

— On est bien ici, soulignai-je. Il ne fait ni trop chaud, ni trop froid. Si tu veux terminer la sieste que tu as commencée, c'est peut-être le bon moment. Je dis ça comme ça.

Ses petits doigts passèrent dans les poils de mon poignet et je repris notre rythme chaloupé. Nous avions une vue imprenable sur la cime des arbres, où la brise chuchotait. Du coin de l'œil, je vis le visage de Bess apparaître derrière la fenêtre du chalet. Elle se demandait sans doute ce que j'avais fait pour calmer le bébé. Bien sûr, elle eut la présence d'esprit de ne pas sortir pour me poser la question.

Le poids du petit corps était chaud contre ma cage thoracique, la brise légère sur mon visage. On aurait dit que le mois de juillet retenait son souffle pour moi, et le bébé ne pleurait plus.

J'avais dû m'assoupir, parce que l'instant d'après, j'entendis le faux déclic d'un téléphone en train de prendre des photos. J'ouvris les yeux pour voir Castro, debout au-dessus de moi, un petit sourire aux lèvres, qui effleurait son écran à plusieurs reprises. Je lui lançai un regard noir. *Ne réveille pas ce bébé ou je te tuerai.* Nicole dormait comme un loir, son petit visage contre mon torse, les yeux fermés.

Tout sourire, Castro recula, puis il tendit le téléphone à Bess non loin de là. Ils détalèrent quand je les fusillai à nouveau du regard.

Je restai allongé un peu plus longtemps. Certaines parties de mon corps étaient engourdies et mon épaule blessée encore raide. Mais même une prime de vingt millions de dollars n'aurait pas suffi à me faire bouger.

Qui me reconnaîtrait en cet instant ? Deux semaines plus tôt, j'étais venu au Vermont avec des idées très différentes sur la façon dont mes vacances – et ma vie – allaient se dérouler. Je ne m'attendais pas à figurer sur une photo comme celle que Castro venait de prendre. C'était de la folie. J'en étais bien conscient.

Mais curieusement, à présent, ça ne me dérangeait plus vraiment.

Enfin, Nicole se réveilla de sa sieste, de meilleure humeur cette fois.

Bess étendit une couverture sur la pelouse et le bébé daigna s'asseoir sur ses genoux, grignotant des fraises pendant que je faisais quelques étirements sur l'herbe, tourné vers ma sœur. Elle avait offert à Nicole un petit bus scolaire en bois avec de minuscules bâtons représentant les passagers à l'intérieur. Le bus roulait sur ses belles roues en bois, mais le bébé semblait préférer sortir les personnages par le toit et les remettre dedans, un par un.

Le jouet était artisanal, fabriqué à la main. Je me demandais où Bess l'avait acheté et ce qu'elle avait vu en le regardant. Nous n'avions jamais eu de jouets aussi beaux, elle et moi. J'adorais le programme éducatif Head Start où ma mère me laissait quand j'avais quatre ans, parce qu'ils avaient des jouets là-bas et que je pouvais les toucher à ma guise.

Seigneur.

Le pire, au cours des deux dernières semaines, n'avait pas été le stress de découvrir que j'avais un enfant. Pas plus que de me faire crier dessus par le bébé ou par ma sœur. Non, le pire, c'étaient les vieux souvenirs indésirables qui revenaient à ma mémoire. Sans mentir, la moindre conversation tendue avec Zara était plus facile à endurer que cinq minutes seul dans ma propre tête.

Je sortis mon téléphone pour me distraire. J'avais reçu des textos de Zara, avec une adresse pour la ferme. Sa mère assisterait à la cérémonie de mariage et Zara m'enverrait un texto quand ce serait fini, vers dix-huit heures certainement.

C'était presque l'heure, déjà.

Je m'agenouillai à côté de Bess, assise avec Nicole.

— Je vais me changer. Je ne veux pas débarquer au mariage avec ces fringues-là, dis-je en désignant mon short de sport et mon t-shirt.

— Bonne idée, répondit-elle sans lever les yeux.

Quand je me redressai pour partir, Nicole pleurnicha. Puis elle tendit ses petits bras vers moi.

— Waouh, Davey.

Bess posa une main sur son cœur et sourit.

— Mademoiselle réclame ton attention.

— Je monte juste à l'étage, dis-je à Nicole. Je reviens tout de suite.

Apparemment, ça ne lui suffisait pas. Elle posa ses petites mains sur le sol et se mit debout. Puis elle crapahuta jusqu'à moi.

— Très bien, dis-je en cédant devant ses efforts.

Je ne voulais surtout pas qu'elle pleure.

— Allons me trouver une chemise plus jolie.

Je la soulevai dans mes bras et la portai à l'intérieur.

En haut, mon lit n'était pas fait. Je tirai maladroitement sur la couette tout en tenant Nicole sur un bras.

— Bon, petite demoiselle, dis-je en la déposant dessus. Voyons ce que nous avons.

J'ouvris le placard pour chercher l'unique chemise que j'avais apportée dans le Vermont. Je retirai mon t-shirt et le lançai sur Nicole. Il atterrit sur sa tête.

Elle gloussa en dessous.

Je m'empressai de boutonner la chemise propre avant de sortir d'un tiroir mon plus beau pantalon cargo. Puis j'hésitai un instant. Nicole avait écarté le t-shirt et me regardait. Pudiquement, je me détournai et me changeai face au placard. Si elle avait une opinion sur la couleur de mon boxer, elle ne l'exprima pas.

Lorsque je me retournai, elle avait rampé jusqu'au bord du lit et se penchait, la tête la première. À tel point que…

Je me précipitai, la rattrapant par la taille in extremis, juste avant qu'elle ne s'écrase face contre terre sur le parquet.

Elle poussa un petit cri alors que je la replaçais sur le lit.

— Tout va bien, là-haut ? lança ma sœur.

Elle attendait sans doute au bas des marches, prête à bondir au premier faux-pas de ma part.

— Oui ! Impeccable !

Excepté le fait que j'avais fait confiance au bébé pour ne pas se jeter dans le vide. Mon cœur battait la chamade. Je m'imaginais remettre Nicole à Zara avec une énorme ecchymose sur le visage et une probable commotion cérébrale.

Note à moi-même : ne pas quitter l'enfant des yeux.

Rentrant ma chemise dans mon pantalon en un temps record, je récupérai Nicole sur le lit.

— Essaie de ne plus me faire peur comme ça, murmurai-je. En tout cas, pas avant que je me sois habitué à la situation.

— Ba, ba, pa, pa, dit-elle alors que je la portais dans la salle de bain pour me brosser les dents à une main, une expérience plutôt ratée.

Comment Zara avait réussi à vivre comme ça, c'était un mystère à mes yeux. Les mères célibataires devaient développer de vrais talents de ninja rien que pour survivre à une journée.

Quand je redescendis, Zara m'avait envoyé un texto pour dire que la cérémonie était terminée et que je pouvais emmener le bébé à la ferme Shipley.

— Elle dit que sa mère sera là sous peu, ajouta Bess.

Puis elle leva les yeux de mon téléphone et son visage s'illumina.

— Oh, bon sang ! Vous êtes tellement drôles.

— Quoi ?

Je me regardai en me demandant ce que j'avais fait.

— On dirait des jumeaux ! Il me faut une photo. Mets-toi sous le porche, dit-elle en claquant des doigts.

En regardant Nicole, je compris ce qu'elle voulait dire. Le motif de sa robe à carreaux bleue ressemblait terriblement à celui de ma chemise bleue et verte.

— Adorable, dit ma sœur en braquant son téléphone sur nous, alors que j'essayais de ne pas lever les yeux au ciel.

Après la photo, Bess récupéra Nicole dans mes bras pour un dernier câlin.

— Tu es mon bébé préféré, lui dit-elle. S'il te plaît, ne grandis pas trop avant que je trouve un moyen de te revoir.

Je n'avais encore jamais vu ce regard chez Bess. C'était du désir pur. Elle porta le bébé sur son siège auto, l'attacha et posa le petit bus en bois sur la banquette à côté d'elle.

— Tu pourrais venir là-bas avec nous, proposai-je.

Bess secoua la tête.

— Non, vas-y. Passe un peu de temps avec Zara. Je vais préparer le dîner avec Castro. Je lui ai dit que j'essaierais une recette de tarte aux pêches.

Hmm. Ma sœur n'était pas un cordon bleu. Il fallait faire preuve de diplomatie pour manger une tarte de sa fabrication.

— D'accord. À bientôt.

La voiture de Zara était une épave, remarquai-je en m'éloignant. Elle avait plus de deux cent cinquante mille kilomètres au compteur. Un élément au moins n'était pas désagréable : elle avait un rétroviseur supplémentaire ajouté au premier, et quand je le regardais, je pouvais voir le visage de Nicole à l'arrière.

Encore une innovation monoparentale.

C'était facile de trouver la ferme Shipley. Une centaine de voitures bordaient le chemin de terre, mais tout était calme. Je garai la voiture de Zara en bout de file et je sortis.

— Allez, ma grande, dis-je à Nicole. On va chercher ta maman.

Le sourire de Nicole était si éclatant que je me surpris à sourire avec elle. Je nous inspectai rapidement. Ma braguette était bien fermée et ma chemise rentrée.

— Tu as l'air d'une grande fille dans cette robe, dis-je à Nicole en la lissant. C'est parfait pour un mariage.

Je la portai sur quatre cents mètres environ dans l'allée, devant des rangées de pommiers semblables aux poiriers de la ferme familiale de Zara, si ce n'est que ce verger avait l'air plus grand.

C'était donc la fameuse ferme Shipley. Un beau domaine, je devais bien l'admettre. Je me demandais ce que Zara pensait de ce mariage. Si elle avait réalisé son souhait initial, cela aurait pu être le sien, après tout. Si Griff n'avait pas mis fin à leur relation, elle et moi n'aurions jamais eu notre aventure, et Nicole ne serait pas calée sur ma hanche droite alors que j'approchais de la vaste pelouse ovale où les invités formaient de petits groupes.

Si c'était Zara qui prenait aujourd'hui le nom de Shipley, serait-ce mieux pour tout le monde ?

Dix jours plus tôt, j'aurais répondu oui. Mais maintenant, Nicole avait un poids très réel sur mon bras. Bess était follement amoureuse du bébé et je devais admettre que Zara semblait heureuse – sinon avec moi, du moins avec la vie en général.

De toute façon, personne ne m'avait demandé mon avis. Je commençais à me rendre compte qu'en prenant de l'âge, on ne manquait pas d'exemples prouvant que l'on n'était pas responsable de son propre destin.

Le bébé se tortilla dans mes bras alors que nous approchions des invités. Elle avait envie de descendre et de courir dans l'herbe verte. Mais je ne pouvais pas céder. Le cocktail était en cours. Les traiteurs circulaient avec des plateaux chargés de boissons. Je balayai la foule du regard à la recherche de Zara, mais d'autres femmes portaient des robes similaires et je m'emmêlai les pinceaux.

Quelqu'un me montra du doigt, un inconnu qui chuchota à l'oreille de sa compagne. Je sentais les regards sur moi, mais je m'en fichais éperdument.

Il n'y avait qu'une seule personne ici que je devais trouver.

25

——

ZARA

Mon Dieu, comme les mariages étaient stressants. Je commençais à me réjouir de ne jamais y être confrontée.

— Je peux t'apporter quelque chose ? demandai-je à Audrey pour la énième fois de la soirée. Peut-être quelque chose de simple, pour que tu ne restes pas l'estomac vide ?

— Pourquoi pas ? murmura-t-elle.

Nous nous tenions derrière la tente des traiteurs, où Audrey venait de vomir dans une corbeille à papier. J'avais une pile de serviettes et je lui en tendais une à la fois.

— Ça va mieux, maintenant, dit-elle avec un sourire larmoyant. Enfin, je crois.

Elle prit le verre d'eau dans ma main, se rinça la bouche et cracha.

— Mets du gloss, dis-je en ouvrant mon sac à main.

Elle secoua la tête.

— Le parfum de cerise artificiel ne m'aidera pas.

— Oh, chérie. Je suis vraiment désolée.

— Mais non, voyons.

Elle prit une profonde inspiration et souffla.

— Je savais que c'était un risque.

— Tu es une guerrière. Et je suis sûre que Griff sera aux petits soins avec toi pendant votre lune de miel.

— Il est fou de joie que je sois enceinte.

— Oh, je n'en doute pas.

213

Évidemment. Avant aujourd'hui, Griff et sa mère étaient officiellement les deux seules personnes à connaître la grossesse d'Audrey. Ils avaient essayé d'atteindre le cap des douze semaines avant de l'annoncer. Mais ses nausées matinales étaient agressives, et ce matin, j'avais arrêté de faire semblant de ne pas savoir. Je lui avais tenu ses cheveux et sa robe chaque fois qu'elle se penchait pour vomir.

— Tu es mon héroïne, m'avait dit Audrey en pleurnichant plus d'une fois.

Elle avait gardé sa contenance pendant toute la cérémonie et les félicitations des invités, mais quand je l'avais vue quitter précipitamment le grand-père Shipley pour courir derrière la tente, je l'avais suivie avec l'eau et des serviettes.

— Ça va passer, non ? demanda-t-elle en tamponnant ses yeux humides.

— Absolument.

En réalité, je feignais de le savoir, mais je n'avais jamais vomi une seule fois pendant toute ma grossesse alors qu'Audrey en était à sa quatrième fois de la journée. J'ignorais quand elle commencerait à se sentir mieux.

— Si ça peut te consoler, tu es radieuse en ce moment. Je te déteste un peu, parce que tu es capable de vomir tout en restant magnifique.

— J'ai été très disciplinée dans mes vomissements aujourd'hui. Il devrait y avoir une médaille.

— Qu'est-ce que tu préfères, un peu de pain ou de l'eau pétillante ?

— De l'eau pétillante. Ce sera parfait.

— Ça marche.

Audrey afficha un sourire et s'en retourna auprès de ses invités. Je lui apportai un verre, puis je me servis un soda. La journée avait déjà été longue et j'avais hâte de goûter au barbecue, puis de rentrer sans attendre la fin de la soirée.

À l'extérieur de la tente, je croisai May Shipley, la sœur de Griff, ainsi que mes amis Lark et Zachariah. Tous les trois se tenaient ensemble au soleil, picorant une grappe de raisin que May tenait dans une assiette.

— Où est Nicole aujourd'hui ? me demanda Zach après les salutations.

— Elle est…

Je n'avais encore jamais prononcé ces mots.

— … avec son père pendant quelques heures. Ma mère était censée être ma baby-sitter, mais elle a été coincée aux urgences avec une de ses amies. En fait…

Je sortis mon téléphone et cherchai le dernier texto de ma mère. Il n'y en avait pas de nouveau, ce qui signifiait qu'elle était toujours en chemin.

— Waouh, fit Lark. Ça ne te fait pas bizarre de les voir ensemble ?

— Tu n'as pas idée, dis-je en prenant une gorgée de soda. Je n'y suis pas encore habituée.

Et je ne le serai sans doute jamais. Il était grand temps de changer de sujet.

— Le mariage ne te donne pas des idées ? dis-je à Zach sur le ton de la plaisanterie en le prenant par le bras.

Il rit et regarda sa petite amie.

— On en est à combien ?

— Huit, répondit Lark. Huit personnes en vingt minutes.

— Comme si le sujet ne m'était jamais venu à l'esprit, dit-il en passant un bras autour des épaules de Lark.

— Je suis désolée !

Moi et ma grande gueule.

— Je suis mal placée pour te taquiner au sujet de la grande question. Décidément, les conventions sociales et moi, ça fait deux.

Lark me sourit depuis les bras de Zach.

— Et pourtant, ce n'est pas toi qui as passé quelques mois à l'hôpital psychiatrique. Tu peux au moins t'en vanter.

Elle leva sa bière pour trinquer avec moi.

— À ta santé !

Je les aimais beaucoup, tous les deux. Ils me donnaient de l'espoir, car ils avaient traversé des difficultés, et maintenant ils étaient follement heureux ensemble. Balayant du regard le reste de la foule, j'aperçus beaucoup de visages souriants. Je devais éviter de respirer à pleins poumons, parce que cette fête de mariage dégageait des vapeurs d'optimisme en même temps que le fumet de la viande sur le grill.

J'étais heureuse, en dépit des circonstances inhabituelles. Je venais d'assister au mariage de Griff et d'Audrey sans me départir de mon masque bienveillant. Cela ne m'avait même pas demandé d'efforts, parce que je ressentais vraiment de la joie pour eux. La façon dont Griff regardait Audrey en récitant ses vœux – chaque promesse renforcée par l'expression d'amour dans ses grands yeux bruns – me donnait de l'espoir pour l'avenir de la race humaine.

C'était une belle journée. J'allais continuer à m'en convaincre.

— Oh, là, dit soudain Lark. Est-ce que c'est ton… ? *Mamma mia.* Moi non plus, je ne le chasserais pas de mon lit.

Au même moment, mes yeux se posèrent sur l'homme qui avait causé cette remarque. La foule s'était fendue en deux comme la mer Rouge pour Dave Beringer, qui s'approchait de moi avec ma fille dans les bras. Leurs deux têtes cuivrées étaient à quelques centimètres l'une de l'autre et je fus frappée de voir combien elles semblaient assorties.

Sérieusement, j'en oubliai de respirer un instant. Ma réaction fut vive, mon ventre se noua et mon pouls s'emballa.

Qui aurait cru que les voir ensemble serait dix fois plus difficile qu'assister au mariage de Griff ? Mon regard se posa sur le bras dodu de Nicole, appuyé nonchalamment contre le torse de Dave, et son visage serein. Comme n'importe quelle petite fille portée par son papa.

La gorge nouée, je redressai le dos et m'apprêtai à le saluer. C'était encore plus dur que le mariage, parce que mon envie subite pour l'image qui s'offrait à moi était violente.

— Ça alors, murmura May. C'est un rêve, ce mec.

En effet. *Un rêve*, c'était le mot, car les rêves n'étaient pas réels. Il me sourit, provoquant une autre montée d'hormones dans tout mon corps.

— Salut, dis-je alors que May et Lark s'écartaient, lui laissant la place de s'avancer. Vous êtes mignons, tous les deux ensemble. Ta réputation de costaud va en prendre un coup.

Le bébé fit un mouvement vers moi, mais nous étions prêts. Avec un petit rire, il transféra son poids sur mes bras.

— Je crois que tu lui as manqué. Mais je te promets qu'elle n'a pas pleuré *tout* le temps.

— J'aurais dû t'apporter des bouchons d'oreille. Est-ce que tu connais May, Lark et Zach ?

Je fis les présentations. Quand Dave se pencha en avant pour serrer la main de Zach, May me regarda en faisant mine de s'éventer.

Il est tellement canon, articula-t-elle en silence.

Merci, ça ne m'avait pas échappé.

Lorsqu'il recula, il posa une main polie sur mon épaule dans un geste cordial.

— Comment ça va ?

— Super ! dis-je un peu trop vivement, consciente de tous les regards sur nous.

Le retour de Dave avait été largement discuté, mais peu l'avaient vu. En ce moment même, plusieurs dizaines de personnes se rattrapaient.

Naturellement, Nicole choisit ce moment pour mettre sa main entre mes seins, sur ma robe.

— Aba ! babilla-t-elle, ce qui signifiait sûrement : *aboule le lait, maman*.

— Euh… dis-je en gloussant nerveusement. Puisque ta grand-mère est en pleine discussion avec le père Peters, on peut s'éclipser pendant quelques minutes, ma grande. Je vais devoir la nourrir, sinon elle sera de mauvais poil avec ma mère.

— Je viens avec toi, déclara Dave.

— Tu n'es pas obligé.

Je m'attendais à ce qu'il déguerpisse sans demander son reste.

— Non, ça va, dit-il en désignant la tente du traiteur. Là-dedans, peut-être ? Il y a des chaises.

Je ne voulais pas allaiter alors que le personnel s'affairait autour de moi pour dresser les tables.

— Non, par ici.

Je le conduisis sur le côté de la cidrerie. Par une journée de travail habituelle, on croisait souvent Zach et Griff dans le coin, en train de laver ou de remplir les fûts de cidre. Mais aujourd'hui, la dalle de béton était déserte et je m'assis sur le banc contre le mur.

Immédiatement, Nicole tira sur ma robe.

— Vas-y, championne, dis-je en essayant de me dégager un bras.

Mais mes efforts restèrent vains.

— Tu veux que je la tienne une seconde ? proposa Dave.

Je le regardai avec étonnement. Nous avions parcouru un long chemin en deux semaines. Et chaque fois qu'il faisait quelque chose de paternel, mon ventre se liquéfiait.

Danger !

— Eh bien… Tu pourrais baisser ma fermeture ?

Je me retournai maladroitement pour lui présenter le dos de ma robe.

— Avec plaisir, dit-il dans un rire grave.

Puis sa paume chaude atterrit sur mon épaule tandis que l'autre faisait glisser ma fermeture éclair vers le bas.

Je me mordis la lèvre, le corps saisi de frissons. Le simple frôlement de ses doigts contre ma peau suffisait à me rappeler combien j'avais aimé être déshabillée par cet homme.

Arrête tout de suite, Zara ! Ne t'aventure pas par-là.

Dégageant un bras de ma robe et de ma bretelle de soutien-gorge, j'installai le bébé du côté droit pour qu'il tète. Fatiguée, et certainement ronchonne d'avoir eu affaire à des inconnus, elle essaya tout naturellement d'agripper mon autre sein.

— Non, désolée. Tu vas devoir te contenter du droit aujourd'hui.

J'essayais de conserver un semblant de dignité en m'exposant uniquement du côté opposé à la fête.

— Elle a une préférence ?

Le banc grinça lorsque Dave s'assit à côté de moi. Il inclina son corps imposant dans l'autre sens, me dissimulant aux regards indiscrets.

— Oui. Elle préfère le côté gauche. Je crois qu'elle va être gauchère.

— Je suis gaucher, dit-il soudain. C'est génétique ?

— Aucune idée. Même si Alec a plaisanté une fois en disant que son fusil était chargé, prêt à tirer sur tous les roux gauchers qui se pointeraient.

Dave ricana.

— Ce n'est pas étonnant. Ton frère me déteste.

— C'est *l'idée* de ton existence qu'il déteste, rectifiai-je.

— Peu importe. Je peux le comprendre.

Nous retombâmes dans un silence agréable tandis que le bébé tétait et que le soleil se couchait derrière la colline, au loin. Dave regardait les gens, et moi, je regardais ma fille.

— Comment ça s'est passé avec elle ? demandai-je.

Elle avait l'air aussi paisible que d'habitude.

J'avais eu un mal fou à la laisser tout à l'heure, à la leur confier, même si j'avais l'intime conviction que Bess était une baby-sitter passionnée. Et je connaissais suffisamment Dave pour savoir que c'était un type bien qui se souciait des gens.

C'était encore un peu dur. Pour le bien de Nicole, je voulais que Dave reste dans nos vies. Mais la partager serait peut-être la chose la plus difficile qu'il me serait donné de faire.

— Ça s'est bien passé. Elle a paniqué quand tu es partie, mais ensuite elle s'est rendormie et elle s'est réveillée de meilleure humeur.

— J'aurais dû t'apporter le berceau portatif.

Je me sentais coupable. *Tenez, surveillez mon bébé en pleurs sans rien pour vous aider.*

— Ce n'était pas gênant. On a fait une petite sieste tous les deux ensemble dans le hamac.

— Vraiment ?

— Bien sûr. Je suis un grand amateur de siestes.

L'image mentale qu'il générait m'était presque insupportable. Nicole, pelotonnée dans un hamac avec Dave ? Était-ce grave que je sois un peu jalouse des deux ?

Un tintement se fit entendre et je regardai par-dessus l'épaule de Dave pour voir Dylan Shipley, le frère cadet de Griff, traverser la foule en frappant une cloche avec une fourchette pour annoncer le dîner.

— Je peux t'offrir une assiette de viande grillée pour tes efforts d'aujourd'hui ? demandai-je en rangeant mon sein dans mon soutien-gorge.

Nicole se balançait sur mes genoux, un peu somnolente. Elle avait ce regard béat qu'elle affichait toujours après la tétée.

— Pourquoi pas ? dit-il. Je n'avais pas prévu de rester, mais je suis toujours content de passer du temps avec toi.

— En plus, Audrey t'a invité, lui rappelai-je sans relever son compliment.

Comme si ça ne m'embrasait pas de l'intérieur.

— Laisse-moi remonter ta fermeture, dit-il.

Le visage en feu, je me tournai pour lui donner accès à mon dos. Il devait avoir aidé plusieurs centaines de femmes à se déshabiller et à s'habiller au cours de sa vie, parce qu'il savait tenir les deux côtés du tissu ensemble afin de laisser glisser la fermeture tout en douceur.

Je me levai du banc.

— Tout est bien en place ? demandai-je en me regardant du mieux possible, malgré l'enfant en bas âge que je tenais dans mes bras.

Les yeux de Dave irradiaient.

— Tout est exactement à sa place.

Mon pouls s'emballa.

— Viens, allons chercher ma mère, puis de quoi manger.

Nous confiâmes le bébé endormi à sa grand-mère, qui remercia poliment Dave avant de rentrer à la maison.

Sous la tente du traiteur, Dave et moi remplîmes nos assiettes et allâmes nous asseoir à table en compagnie de visages familiers. Ce n'était pas le genre de mariage avec des places attribuées. Audrey tenait à ce que l'ambiance reste décontractée.

Nous étions assis avec Zachariah, Lark, May Shipley et sa petite amie Daniella. C'était une bande sympa. Mes amis seraient tous gentils avec Dave. On se serait cru à une soirée typique chez les Shipley, tout compte fait, entre bonne chère et taquineries. Nous nous moquions de Zach, qui conservait des notes dans sa poche.

— Mais je ne fais jamais de discours ! protesta-t-il. C'est mon tout premier !

Je n'en doutais pas.

La seule maladresse du dîner vint de Daniella. Elle était déjà pompette et supportait assez mal l'alcool. Elle prenait la parole en permanence, avec une opinion tranchée sur tout. Dans l'ensemble, elle se couvrait de ridicule.

— Le hockey professionnel est un sport brutal, dit-elle. Ça doit contribuer à la violence conjugale. La société vénère trop l'image du guerrier viril. Vive le patriarcat.

— Pas tout à fait, intervint Dave gaiement. Tu sais qu'il existe maintenant une ligue de hockey professionnel féminine ? Ce sont des guerrières, elles aussi.

Mais Daniella continuait de pérorer.

La pauvre May m'adressa un sourire las, au moment où l'orchestre commençait à s'accorder.

— Mon frère vient d'ouvrir un tonneau pour porter un toast, dit-elle en désignant une table où Griffin distribuait des verres à la ronde. Dave a déjà goûté à son cidre ?

— Je ne pense pas, dis-je en posant une main sur son bras. Tu dois absolument essayer, puisque tu as aidé à coller des étiquettes sur plusieurs centaines de bouteilles l'autre jour.

Il repoussa son assiette vide et se leva.

— Ça marche. Je rapporte six verres ?

— Rien pour moi, dit May en se levant à son tour. Mais je vais t'aider et prendre un Canada Dry.

— May ne boit pas, expliqua Daniella en ricanant. On n'était pas encore ensemble à l'époque où elle était vraiment *fun*.

Il y eut un long silence gênant. Tout le monde se sentait mal pour la pauvre May. Sa famille attendait patiemment la fin de sa relation avec Daniella, mais cela durait depuis sept ou huit mois, maintenant.

— Bon, je crois que c'est l'heure ! déclara Zach en se levant pour sortir ses notes de sa poche.

Après que Dave et May eurent rapporté les boissons, Zachariah prononça un discours bref, mais émaillé d'humour, sur la vie de célibataire endurci qu'avait menée Griffin. Il y avait plusieurs références à *Star Wars*, aussi drôles que geeks. Enfin, tout le monde sous la tente leva son verre pour Griffin et Audrey.

— Ce soir, profitez de la musique et du cidre, lança Zach. Voici le seul couple que je connaisse qui ait préparé lui-même l'alcool du mariage !

Il y eut des acclamations et des sifflets quand Audrey et Griffin s'embrassèrent. Mais mes yeux étaient rivés sur Dave, qui prenait sa première gorgée de cidre.

— Putain, souffla-t-il immédiatement.

Puis il but à nouveau et je vis sa gorge tressauter lorsqu'il déglutit. Et dire que j'avais passé ma langue dans ce cou…

Je m'éclaircis la voix et détournai le regard.

— N'est-ce pas ? Ce cidre a gagné un prix. Il s'appelle *Audrey*.

— Il est fabuleux.

Il approcha à nouveau son nez du verre et inspira.

— J'ai peut-être sous-estimé ton fermier préféré.

— Ne le lui dis pas, fit May. L'ego de mon frère est déjà ingérable.

— Ça ne fera qu'empirer, renchérit Daniella. Il a mis sa femme enceinte. Il ne lui en faudrait pas plus pour bomber le torse.

— Chut ! souffla May.

— Waouh, déjà ? dit Dave avec humour, faisant mine de consulter sa montre. Ce type n'a pas chômé.

Je lui décochai un coup de pied amusé sous la table et il me sourit par-dessus le bord de son verre. Décidément, ce sourire était puissant.

— Tu sais, le taquinai-je, ce cidre a la réputation d'avoir des pouvoirs spéciaux.

— Ah oui ?

— Comment décrirais-tu son goût ?

Il ferma les yeux.

— Je ne sais pas trop, dit-il. Il est musqué et sombre.

— C'est le seeeexe, s'écria Daniella. Le cidre de Griff a le même goût qu'une longue nuit d'amour bestial.

Dave ne répondit pas, mais il me fit un sourire qui voulait dire : *Pas étonnant que j'aime autant.*

À mon tour, je vidai mon verre, savourant son arôme capiteux. Je n'allais plus allaiter ce soir, alors j'étais libre de boire un peu. Comme toujours, c'était délicieux. Mais je ne pouvais pas garantir ses pouvoirs aphrodisiaques parce que j'avais eu terriblement envie de sauter sur Dave dès l'instant où il était apparu.

À l'extérieur, une piste de danse avait été installée sur la pelouse. Le groupe entonna un swing. Les invités commencèrent à applaudir lorsque Griffin et Audrey ouvrirent le bal. Pas de valse langoureuse un peu niaise pour eux. Griffin fit tournoyer Audrey, et je me demandai comment faisait son estomac pour tenir le choc.

— Eh bien, observa Daniella. Je n'aurais jamais deviné que Griff savait danser.

— Il est très fun, lui aussi, ajouta May un peu sèchement.

Surtout, il jouait au football américain avant de devenir agriculteur. Alors, cet homme savait bouger. Je le savais, parce que j'avais passé tout le lycée à le reluquer à chaque fête. La foule applaudit lorsqu'il fit passer la jeune mariée sous ses jambes. Quel spectacle !

Après leurs deux minutes de gloire en solo, la musique ralentit un peu et d'autres couples prirent la relève.

— Viens ! proposa May à sa petite amie. J'adore le swing.

Daniella fronça le nez.

— Vas-y, toi. Moi, je ne le sens pas.

May parut toute triste et je dus me mordre la langue pour me retenir de demander à haute voix qui était la plus *fun* des deux. Je dirais bien à Daniella ses quatre vérités, mais je ne voulais pas embarrasser mon amie.

— Moi, je vais danser avec toi, proposa Dave en se levant, offrant sa main à May.

— Vraiment ? répondit-elle en souriant.

— J'adore le swing. Viens.

Elle lui prit la main avant de me lancer un regard contrit.

— Ça ne te dérange pas si je t'emprunte ton homme pendant quelques minutes ?

— Non, pas du tout. Amusez-vous bien.

L'occasion de regarder Dave danser le swing ? Je serais prête à payer pour voir ça n'importe quand.

Et je ne fus pas déçue. Ça alors ! Dès l'instant où Dave mit le pied sur la piste de danse improvisée, je ne parvins plus à détacher mes yeux de lui. Sa position se détendit alors qu'il tenait la main de May et ses hanches commencèrent à bouger avec le tempo. Il adressa un signe de tête et un sourire à mon amie, puis la guida dans un petit pas de swing basique.

Peut-être que tous les sportifs étaient doués pour la danse ?

Mais non, ce n'était pas ça. Dave était *spectaculaire*. Ses pieds virevoltaient en cadence, ses pas étaient légers. Tout en m'épatant avec ses prouesses, il discutait avec May. À son signe de tête, il la fit pivoter et accéléra le rythme, décrivant des cercles autour des autres danseurs sur la piste.

Ils faisaient un peu le show. Mais qui pouvait leur en vouloir ? May exécutait moins de mouvements que Dave, mais elle assurait, elle aussi, suivant le rythme sans le moindre faux pas.

Je n'étais pas la seule à tourner la tête pour les regarder. Si bien que tout le monde put voir mon frère Alex les interrompre, un moment plus tard. Le visage fermé, il tapota Dave sur l'épaule alors qu'il tourbillonnait. Puis il lui parla sèchement. Dave écarquilla les yeux, mais il recula néanmoins. La chanson changea juste au moment où Alec prenait la main de May.

Je vis mon frère commencer à danser et je ne pus m'empêcher de grincer des dents. Il n'était pas terrible, mais ce n'était pas donné à tout le monde de succéder à Dave.

Un instant plus tard, il se laissa tomber sur le siège à côté de moi avec un sourire.

— C'était amusant à regarder, avouai-je.

— À ton tour ?

— Je suis désolée, mais le swing ne fait pas partie de mon répertoire. Je trébucherais en permanence.

— J'en doute, répondit-il gentiment. Dis-moi, j'imagine que ton frère en pince pour May ?

— Non, répondis-je en riant. Pour être honnête, ils ne sont pas vraiment amis. Alec possède un bar et May est une ancienne alcoolique. Le terrain d'entente est limité.

Dave ricana.

— Alors, ton frère me déteste au point d'avoir envie d'interrompre mon swing avec une de ses connaissances ?

— Il faut croire. Mais ne le prends pas personnellement. Il a eu deux ans pour te haïr et seulement quelques semaines pour envisager de surmonter ça.

Dave croisa les bras.

— Je pense que tu devrais danser avec moi. Dis-toi que c'est une thérapie pour ton frère.

— Je te l'ai dit, je ne maîtrise pas le swing.

Dave tapa du pied en silence pendant une autre minute, regardant les danseurs évoluer. Quand la chanson changea, il se leva et me tendit la main.

— C'est un slow ! En piste, beauté !

— Espèce d'arrogant.

Il sourit, la paume tendue.

Je me levai lentement, regrettant déjà cette très mauvaise idée. Alors que ma main se repliait dans la sienne, plus grande, j'étais convaincue de commettre une erreur.

— Allez, tout le monde sait danser le slow, dit-il, se méprenant sur la raison de mon hésitation. Imagine simplement que c'est un bal du lycée et qu'ils passent *Stairway to Heaven*.

Je le suivis sur la piste, où je posai ma main sur son épaule. Nous étions trop proches maintenant. Avec sa main à ma taille et le parfum de son après-rasage qui flottait autour de moi, la mélancolie m'inspira une réponse atrocement vulgaire.

— Si c'était le bal du lycée, on ne danserait pas. Je serais certaine-ment en train de te sucer sous les gradins.

Il rejeta la tête en arrière et éclata de rire.

— Je savais que je t'aimais bien, toi.

Il m'attira un peu plus à lui. J'aimais la sensation de sa main dans mon dos, plus que je ne voulais l'admettre. En même temps, je sentais tous les regards sur nous.

— Les gens vont jaser, dis-je en me redressant légèrement afin que notre danse paraisse un peu plus respectable.

— Et alors ?

Il effleura mon lobe d'oreille sous ses lèvres. Je sentis la chair de poule se propager dans mon dos.

— Je ne saurais pas dire si ma réputation s'est redorée ou ternie depuis ton arrivée en ville. Je dois encore vivre ici après ton retour à Brooklyn, tu sais.

— Excuse-moi.

Il resta silencieux pendant une seconde, me guidant dans un cercle fluide.

— La respectabilité, ça n'a jamais été mon fort. Mais je ne veux pas ternir la tienne.

— Elle est déjà dans un sale état, crois-moi.

— Alors, on fait la paire, tous les deux.

Dave pressa ses lèvres sur mes sourcils, puis il recula légèrement et m'adressa un sourire éclatant.

Mes défenses étaient trop affaiblies. Au lieu de détourner le regard, je laissai ses yeux brûlants m'envelopper.

Ce n'était qu'un coup de folie par un soir d'été. Un slow pour accompagner une chanson d'amour sous le ciel du Vermont qui se parait de pourpre. Difficile de nier que j'en avais envie – de la danse ainsi que de ce sourire redoutable. C'était ce que je voulais. Avant qu'il arrive, ce mois-ci, je m'étais persuadée que je ne le reverrais plus jamais. Pourtant maintenant, il était là.

Et je *souffrais*.

Le volume de la musique augmenta et ses yeux se fermèrent. Il m'embrassa le front si tendrement que j'avais envie de mourir. Parce que des moments comme ça ne duraient pas. Le mélange de musique et de cidre aux arômes de sexe qui avait réduit à néant ma capacité de réflexion semblait également affecter la sienne. J'oubliai les regards sur nous. Posant ma tête sur son épaule, je me laissai attirer, l'espace d'une petite minute. Peut-être deux.

Il tourna le menton et posa un baiser au coin de ma bouche.

Ce fut à ce moment que la réalité me revint.

— Tu ne peux pas m'embrasser ici, dis-je dans un souffle.

— Alors, où est-ce que je pourrais t'embrasser ?

Sa voix n'était que fumée pure et mon ventre se contracta instinctivement.

Heureusement, la chanson se termina à ce moment-là. Je reculai et levai mon menton, le regardant droit dans les yeux.

— Je ferais mieux de rentrer chez moi. Ma mère a eu une longue journée.

En réalité, ce n'était qu'une excuse. Ma petite fille devait déjà dormir dans son berceau. J'imaginais ma mère, assise sur le canapé de Benito en train de lire un de ses romans d'amour, les pieds sur la table basse.

Il haussa ses sourcils aussi noirs que du poivre de Cayenne.

— Tu abandonnes le mariage d'Audrey avant même le gâteau ?

— Tout juste, dis-je avec plus de joie que je n'en ressentais à l'intérieur. J'ai fait mon devoir, et maintenant, je vais jouer la carte de la jeune maman pour rentrer de bonne heure.

— Alors, je te raccompagne jusqu'à ta voiture, puisque je sais où elle est garée.

Dave me prit le coude et me guida hors de la piste de danse.

— Mais tu vas devoir m'aider à trouver la mienne.

— Bien sûr.

Je laissai Dave m'entraîner à l'écart des festivités. Je pouvais sentir les yeux d'Alec percer un trou dans mon dos après que nous fûmes passés devant lui. Il discutait avec May, une bière à la main.

Je ne prêtai pas attention à lui.

Lorsque j'allai trouver Audrey et Griff pour leur présenter tous mes vœux, il faisait complètement noir.

— Tu es garé là-bas, dis-je à Dave. Je vais te montrer.

— Oh, oh, fit-il alors en désignant sa voiture de location à côté de la ferme. On dirait que ce Rav4 m'empêche de sortir. Tu ne saurais pas à qui il appartient ?

— Non, zut.

Je n'en avais aucune idée.

— Dans le Vermont, tout le monde conduit un Rav4. Je suis navrée.

Je m'arrêtai pour me tourner vers la fête qui battait son plein. La seule façon de régler le problème, ce serait de relever la plaque d'immatriculation et de demander à l'orchestre de faire une annonce. Mais je ne voulais pas interrompre les festivités pour claironner mon départ.

— Et si je te déposais chez toi ? proposai-je à la place. Demain matin, je pourrais demander à mon frère de passer chercher ta voiture.

Pendant que je gérerai le café toute seule. Les dix prochains jours s'annonçaient sportifs.

— Pourquoi pas ? fit Dave. Bess a une voiture de location. Elle peut simplement me reconduire demain.

— Tu as déjà fait tellement de choses.

Je soupirai. Aujourd'hui, j'avais ajouté Dave et Bess à la longue liste de personnes à qui j'étais redevable. En même temps, je n'étais pas à deux personnes près.

Comme Dave était arrivé après la cérémonie, ma voiture était la dernière d'une longue file sur la route de gravier. Il déverrouilla les portières à distance avant de s'arrêter, sa main dans mon dos.

— Magnifique. Tu as vu ça ? fit-il d'une voix émerveillée.

Il avait levé le menton vers le ciel et contemplait les étoiles.

De tous les détails que j'avais retenus à propos de Dave, j'avais oublié celui-ci, son amour pour la voûte étoilée. Au lieu de suivre son regard, j'avais les yeux rivés sur lui. La fascination adoucissait ses traits. C'était difficile de conserver ma vision cynique des hommes en général et de Dave en particulier devant son regard admiratif tourné vers le ciel d'été.

Enfin, il me surprit en train de le regarder.

— Quoi ? chuchota-t-il avec un sourire en coin.

— Rien, tu es seulement…

Je m'arrêtai, incapable de terminer cette phrase sans révéler l'emprise qu'il exerçait toujours sur moi.

— Je suis quoi ?

Bien campé devant moi, il prit mon visage entre ses mains.

On dit que les mariages donnent des idées aux gens. Sans doute, parce que c'est la seule explication valable à ce que je fis ensuite. Je me penchai en avant pour déposer un baiser au coin de sa bouche. Ce n'était qu'un frôlement de mes lèvres sur les siennes.

Surpris, il émit un grognement primitif et m'attira vers son corps. Lorsque nos poitrines entrèrent en collision, il inclina la tête et m'embrassa pour de bon. Sa bouche était douce et salée, et son baiser si tendre que mon cœur gonfla dans ma poitrine.

Ses grandes mains s'étalèrent dans mon dos, dans une emprise possessive. Il prit les rênes du baiser, sa langue autoritaire jouant avec la mienne.

Oh, bon sang. Pourquoi fallait-il que ça me plaise autant ? Pourquoi ?

Avec un gémissement, je l'interrompis. Mais au lieu de reculer, je posai ma joue sur son épaule et poussai un profond soupir. Cet enfoiré *m'enlaça*.

Naturellement, ça me plaisait beaucoup trop.

— Les mariages, ça rend fou, marmonnai-je contre son col.

Je croyais qu'il allait rire, mais il se contenta de passer une main tendre dans mes cheveux. Il sentait incroyablement bon. Les aiguilles de pin et la lessive.

— Il est temps de rentrer à la maison, dis-je avec détermination.

Une sorte d'instinct de conservation prit le dessus, car je m'écartai enfin de lui et entrai maladroitement dans ma voiture.

Malheureusement, je n'avais pas assuré, parce qu'il fallut attendre que nous soyons déjà sur la route pour que je me rende compte qu'il avait pris le volant. Les baisers de Dave étaient sans conteste plus hallucinogènes que l'alcool fort.

Apparemment, mon hébétude provisoire n'était pas passée inaperçue, parce qu'il me conduisait vers le *Gin Mill* plutôt qu'à son chalet. Quand il se gara sur une place de parking devant le bar et coupa le moteur, je n'eus pas d'autre choix que de le regarder dans les yeux.

— Beauté, dit-il de cette voix rauque aux évocations de fumée. Si on montait pour s'envoyer en l'air ?

Pardon ?

Je le fixai en clignant des paupières pendant un long moment.

— Qu'est-ce qui te fait dire ça ? Ce n'était qu'un baiser, parvins-je enfin à répondre.

— Non.

Il secouait résolument la tête.

— Entre toi et moi, ce n'est jamais *qu'un* baiser.

— Tu sous-entends quoi, au juste ? demandai-je dans le plus grand calme.

Il soupira avant de détourner le regard vers la vitre.

— Je sais que tout te paraît compliqué. Mais quand tu me regardes avec ces grands yeux avides, figure-toi que c'est assez simple, en réalité.

Bon sang, je ne voulais pas avoir de grands yeux avides.

— On ne peut pas. Et le baiser était une erreur.

— C'est toi qui l'as initié.

Il se tourna à nouveau vers moi en souriant.

Pfff. C'était sans doute à cause de ce sourire que j'étais devenue mère. Le sex-appeal de cet homme était forcément à l'étude dans un laboratoire quelque part. Sinon, il fallait absolument y remédier.

— Remballe ton sourire carnassier, lui dis-je en tendant la main vers la poignée de ma portière. Ma mère est en haut, de toute façon. Tu ne peux pas monter avec moi et lancer : « Salut, mamie ! Ne vous en faites pas, on vient juste s'envoyer en l'air une fois de plus ! »

Il partit d'un grand éclat de rire.

— Rentre chez toi, Dave.

Sur ce, je m'empressai d'ouvrir la portière de ma voiture pour m'échapper au-dehors.

26

———

DAVE

Je la regardais avec mon plus beau sourire. J'avais des arguments à lui opposer.

Mais je perdis le fil de mes pensées lorsque Zara s'avança dans la lumière. Sa robe claire était illuminée par-derrière et ses cheveux étincelaient. *Quelle beauté*, me dis-je, émerveillé, juste avant que mes synapses se réveillent pour m'indiquer ce qui se passait.

C'étaient des phares. Et ils se déplaçaient rapidement.

Je me précipitai avant même d'entendre le crissement des pneus, projetant mon corps sur le côté. Le levier de vitesses s'enfonça dans ma cage thoracique alors que j'attrapais Zara à bras-le-corps, tirant sur ses hanches dans un geste vigoureux avec toute la force que je pouvais mobiliser.

Perdant l'équilibre, elle tituba en arrière sur le siège. Sa tête et son cou heurtèrent le toit de la voiture, et pendant une fraction de seconde sinistre, j'ignorai si j'avais réussi.

Mais le corps de Zara atterrit enfin dans mes bras. Elle poussa un cri assourdissant alors qu'un pick-up passait en trombe à côté de la voiture, fracassant la portière ouverte du côté passager où se tenait Zara un instant plus tôt.

J'entendis le bruit des pneus qui dérapaient alors que le conducteur tentait en vain de s'arrêter, puis un craquement à glacer le sang lorsque la benne du pick-up alla heurter de plein fouet un poteau téléphonique.

230

Le véhicule s'arrêta enfin. Un instant plus tard, il redémarrait et accélérait dans une gerbe de gravier.

— Il... fit Zara.

Une autre seconde passa. Elle se dégagea de mes bras, la bouche ouverte, une main sur le menton. Une grande marque rouge se formait déjà, là où elle avait frappé le cadre de la portière quand je l'avais tirée dans l'habitacle.

— Je...

Une fois de plus, elle essaya de s'exprimer. Puis elle se tourna vers l'extérieur, essayant de comprendre le trou béant où sa portière avait disparu.

Tout ce que je voyais maintenant, c'était la trace violente sur sa mâchoire. Et je me rendis compte que je serrais toujours sa main dans une poigne de fer. Je me détendis un peu et, lentement, pris sa tête entre mes mains.

— Tu es... ?

— Oui, ce n'est que...

— Est-ce que ton...

Je passai un pouce sur sa mâchoire, le plus délicatement possible.

— Tu... tu as vraiment...

— Chut, dis-je en l'attirant à nouveau dans mes bras, même si le levier de vitesses gênait la manœuvre.

Elle s'était mise à trembler. Moi aussi, peut-être. Je pouvais sentir son cœur battre contre le mien, comme celui d'un petit oiseau.

Un long moment s'écoula. Je m'efforçais de ne pas penser au halo des phares sur les cheveux de Zara alors que le pick-up fonçait sur elle.

Soudain, je pris conscience que des voix fébriles se rapprochaient.

— Qu'est-ce qui s'est passé ?

— Oh, Seigneur.

— Zara ? Putain de merde.

Elle s'écarta de moi pour regarder son frère Benito.

— Ça va, je vais bien.

— La portière de ta voiture a *disparu*. Elle est à cinquante mètres d'ici.

Je fus saisi de nausées en imaginant Zara, debout contre cette portière, quelques secondes avant que le véhicule ne l'arrache de la carrosserie.

— Appelez la police, dis-je d'une voix pâteuse.

— Ils sont en route, répondit Benito.

Au cours des minutes qui suivirent, je compris que Benito était de corvée au bar ce soir. Quelqu'un avait été témoin de l'excès de vitesse et était allé le chercher.

Mon cerveau était dans le flou. Le contre-coup du choc, sans doute. Je sortis de la voiture et restai planté là, main dans la main avec Zara, appuyé contre la tôle cabossée, à attendre l'arrivée de la police en essayant de contrôler mes pensées en ébullition.

Enfin, les policiers furent sur les lieux. Ils interrogèrent Zara en premier.

— Je n'ai pas vu le chauffeur. J'ai à peine aperçu le véhicule. Dave m'a brusquement tirée en arrière dans la voiture et j'ai compris pourquoi seulement quand j'ai entendu l'accident du pick-up.

Ils envisagèrent d'appeler une ambulance, mais Zara refusa d'un geste.

— Je préfère monter.

Ils finirent par la laisser rentrer chez elle.

En voyant Zara s'éloigner, je sentis quelque chose se briser en moi. Il y avait un bébé à l'étage, dans son berceau, qui avait failli perdre sa mère ce soir. Je me sentais mal chaque fois que j'imaginais ces quelques secondes fatidiques. C'était un miracle qu'elle n'ait pas été touchée. Bon sang, si elle avait laissé dépasser ne serait-ce qu'une jambe…

Un nouveau frisson me parcourut.

— Désolé, quelle était votre question ? demandai-je à l'agent qui essayait de me parler.

— De quelle couleur était le pick-up ?

— Euh. Il était foncé. Noir, ou gris foncé.

— Quel modèle ? Une idée ?

— Eh bien…

Je n'avais pas bien regardé.

— Un pick-up vraiment ordinaire. Peut-être un F-150. Rien de très luxueux.

— On a des caméras de surveillance sur ce parking, Johnny, proposa alors Benito. Je les ai installées moi-même.

— Ah oui ? C'était ma prochaine question. On pourrait aller y jeter un coup d'œil ? demanda-t-il.

— Suis-moi, répondit Benito.

27

———

ZARA

— Qu'est-ce qui s'est passé ? demanda ma mère dès l'instant où j'entrai dans l'appartement.

— Tout va bien, dis-je d'une voix chevrotante. C'était un pick-up. Sans doute un chauffard ivre. Il n'a renversé personne.

Uniquement parce que Dave m'a écartée de sa trajectoire. Je n'entrai pas dans les détails pour éviter de lui faire peur.

— Pourquoi les flics sont ici ?

— Ils n'ont pas beaucoup de crimes à se mettre sous la dent au Vermont.

J'avais le sens de la répartie tellement chevillé au corps que je restais vive, même en état de choc. Et Dieu sait que j'étais en état de choc. Mes mains étaient froides et mes genoux flageolants. Cette fois, ça n'avait rien de positif.

— Tu peux rentrer chez toi, maman. Merci de l'avoir mise au lit.

— On a lu quatre histoires, dit-elle avec un sourire. Elle ne voulait pas dormir. Elle a fait une longue sieste cet après-midi ?

— Oui, grommelai-je.

Dave me l'avait dit. Mais j'aurais pu jurer que cette conversation avait eu lieu une semaine auparavant et non quelques heures plus tôt à peine.

— Va te coucher, dit-elle en me tapotant la joue. Tu vas avoir besoin de repos pour affronter les dix prochains jours.

233

— Je sais. Merci encore, répondis-je avec lassitude. On se voit demain matin.

Elle s'en alla, pourtant je n'allai pas au lit. Je passai un moment à la fenêtre, à regarder la police discuter avec Dave puis avec mon frère Benito. Ensuite, les hommes disparurent de mon champ de vision, à l'intérieur du bar peut-être. Je restai là pendant une minute de plus en attendant qu'ils ressortent.

Mais ils n'étaient plus là.

J'étais encore secouée. Je retirai mes chaussures et entrai sur la pointe des pieds dans la chambre de Nicole pour jeter un œil sur elle. Elle avait repoussé sa couverture en coton et je la ramenai sous son menton. Elle l'enlèverait sans doute dès que je partirais. Après tout, on était en plein été. J'étais la seule à être glacée jusqu'aux os.

Je m'attardai un moment, regardant sa poitrine se soulever et s'abaisser au rythme régulier de sa respiration. À quoi ressemblerait la vie de Nicole si j'étais renversée par un pick-up ?

Cette seule pensée suffit à me donner une autre vague de frissons.

Tout en la regardant dormir, j'essayai d'oublier le fracas sinistre de la portière qui se déchirait, juste après que les bras de Dave m'eurent violemment happée à l'intérieur. Ma mâchoire me faisait mal, à la base de mon crâne, là où je m'étais heurtée au cadre de la portière. Je savais que mon cou serait raide demain matin.

Peu importe. J'étais toujours là. C'était tout ce qui comptait.

Alors, pourquoi tremblais-je encore de tous mes membres ?

Le tintement de la sonnette me fit sursauter.

Comme je ne voulais pas que le bébé se réveille, je me précipitai hors de sa chambre, refermai la porte et m'empressai d'aller ouvrir. J'entendis des pas précipités dans la cage d'escalier. Lorsque j'ouvris la porte en grand, Dave était devant moi, la mine grave.

— Est-ce que ça va ? me demanda-t-il.

Sans attendre de réponse, il me poussa à l'intérieur de l'appartement et m'attira contre son torse.

Ses bras puissants s'enroulèrent autour de moi et la porte se referma.

Mon nez vint se nicher contre le triangle de peau dénudé par le bouton supérieur de sa chemise. J'inspirai à pleins poumons. Il était chaud et ferme, et j'expirai avec une gratitude éperdue. Pourtant, mes tremblements ne cessaient toujours pas. Au contraire, ils empiraient à la seconde, comme si mon subconscient se lâchait complètement dans la sécurité de ses bras.

Un grognement de détresse monta du fond de sa gorge et il me serra encore plus fort, déposant un baiser sur ma tête. Puis il recommença. Ses grandes mains me frictionnèrent les bras, procurant à mes membres engourdis une chaleur bienvenue.

— Est-ce que ça va ? chuchota-t-il.

Ses mains me balayèrent le dos, une paume terminant sa course sur ma nuque.

— Tu es blessée quelque part ?

Je secouai la tête, mais ses doigts effleurèrent mon cou meurtri et je tressaillis.

Dave inclina la tête pour m'inspecter. Ce n'était sans doute qu'une ecchymose. Il lâcha un sifflement, examinant ma peau avec des doigts infiniment doux.

— Tu es sûre qu'on ne devrait pas t'emmener chez le médecin ?

— Pas besoin, dis-je d'une voix étranglée.

Je n'étais pas vraiment blessée. Seulement terrifiée.

Son pouce caressa ma peau abîmée. Puis il se pencha et posa sa bouche pile à l'endroit douloureux. Un gémissement m'échappa lorsque ses lèvres douces s'employèrent à me réconforter. Sans surprise, mes mains se crispèrent sur sa chemise. Je tournai légèrement la tête pour lui donner un meilleur accès.

Il poussa un gémissement, proche du râle, que je ressentis jusque dans mes membres. Je tournai à nouveau mon visage, et cette fois, nos bouches se rencontrèrent. C'était inévitable. Nous nous retrouvâmes, nos lèvres scellées dès la première tentative.

— Oh, soufflai-je, entrouvrant ma bouche contre la sienne.

L'instant d'après, nos langues se caressaient. Il avait un goût d'homme et de chaleur, tout ce dont j'avais toujours eu besoin.

Oui. Enfin, ça.

Je me hissai sur la pointe des pieds pour refermer mes bras autour de lui, me laissant aller contre la masse inébranlable de son corps. Mon pauvre cœur terrifié avait de bonnes raisons de galoper, à présent. Je ne pouvais pas craindre pour ma vie quand j'embrassais l'homme le plus enivrant à y être jamais entré.

Sans attendre un instant de plus, il me pressa contre son corps et ses mains fortes descendirent sur mes fesses pour mieux m'attirer. Son baiser était fougueux, éperdu. Quelques secondes plus tard, il nous faisait pivoter, plaquant mon dos contre la porte. La main sur mon menton, il m'embrassa avec une attention minutieuse et une fougue manifeste, tandis que son autre main s'aventurait le long de mes courbes, effleurant ma poitrine, puis ma hanche.

Toute la retenue dont j'avais fait preuve ces dernières semaines s'envola par la fenêtre. Disparue. Je défis le premier bouton de sa chemise avant d'abandonner ce travail fastidieux pour passer les mains sur ses abdominaux. Il soupira, je gémis, et tout se fondit dans un flou chauffé à blanc.

Il retroussa ma robe.

Je tirai sur sa ceinture.

Sa bouche trouva ma gorge.

Mes doigts tâtonnèrent pour baisser sa braguette. Enfin, son sexe se retrouva dans ma main, dur et lourd.

— Putain, souffla-t-il.

J'entendis un déchirement – des coutures qui cédaient. Une seconde plus tard, ma culotte tomba au sol et ses doigts épais s'enfoncèrent entre mes jambes, me trouvant déjà moite. *Oh, oui.* Je poursuivis cette douce friction en gémissant, tandis que mon corps s'embrasait de toute part.

Il reprit possession de ma bouche dans un baiser implacable.

Spontanément, je passai une jambe autour de sa taille. Il tira sur ma robe, la soulevant davantage. Enfin, il me décolla du sol, les mains sur mes hanches.

Oh, oui, s'il te plaît.

Mes jambes se refermèrent autour de lui alors que mon dos se plaquait à nouveau contre la porte. Je haletais dans sa bouche. Nous nous efforcions de nous rejoindre pour laisser libre cours à notre envie commune. Mais ce n'était pas facile. L'énergie du désespoir et la coordination n'allaient pas toujours de pair.

Sauf tout à l'heure, cependant, quand Dave m'avait ramenée de justesse dans la voiture, avant que le pick-up ne...

Je frissonnai dans ses bras.

— Eh, je suis là, fit-il dans un murmure.

C'était vrai. Au même moment, son gland épais me rencontra et il me pénétra d'un mouvement aussi fluide que brutal.

— Ah ! m'écriai-je alors qu'il me remplissait tout entière.

J'étais empalée sur lui, coincée contre la porte, le cœur battant.

Nous étions face à face. Le monde s'arrêta un instant, à l'exception de mon pouls frénétique et de nos souffles mêlés.

Ses yeux clairs fixaient les miens.

— Zara, souffla-t-il. Ma chérie.

Je fermai les yeux et me laissai aller au baiser. Mes omoplates contre la porte, je donnai un coup de hanches. *Vas-y*, mon corps semblait dire au sien. *Baise-moi.*

Avec un gémissement, il s'exécuta. Son corps contre le mien, il adopta un rythme effréné, avide. Je m'enroulai autour de lui pour le recevoir du mieux possible. Nous n'avions aucune marge de manœuvre, mais je m'en fichais. Je me contentai de m'agripper, me laissant empaler. C'était sauvage, à la fois beau et sale, exactement ce dont j'avais besoin.

Nous nous *consumions* mutuellement et j'en oubliai d'avoir peur.

C'était rapide et fougueux. À ses gémissements, je compris que ça ne durerait pas très longtemps. Chaque coup de reins était plus fébrile que le précédent, et son envie éperdue contagieuse. Sentant son plaisir monter, j'ouvris les yeux pour ne rien rater. Sa mâchoire rugueuse se contracta et son regard transperça mon âme. Ses doigts s'enfoncèrent dans la chair de mes fesses et il grogna à nouveau.

Cette fois, mon corps lui répondit. La première contraction de mon orgasme m'arracha un cri étranglé. Écrasant sa bouche sur la mienne, il se planta profondément entre mes cuisses dans un dernier frisson.

Je sentis son sexe palpiter à l'intérieur de moi et mes membres se liquéfièrent, incapables de réagir.

Dave poussa un grognement de plaisir intense, puis j'enfouis mon visage dans son cou et j'éclatai en sanglots.

~

Dave

Zara pleurait et tremblait. À l'évidence, nous avions perdu la tête.

Je la reposai sur ses pieds et nous nous détachâmes lentement.

— Eh, là, chuchotai-je. Tout va bien.

Mais j'ignorais qui de nous deux j'essayais de convaincre.

Après avoir refermé à la hâte mon pantalon ouvert, je pris Zara dans mes bras. Puis je l'emmenai dans une autre pièce de l'appartement à la recherche de sa chambre, où je l'étendis sur son lit, dans le noir.

Le visage dans ses mains, elle essaya de sangloter sans bruit. Sa robe pendait sur son épaule et j'achevai de la déshabiller, la libérant de son corsage. Puis je tirai sur la couette et l'invitai à se mettre au lit.

— Je suis… bon, d'accord, fit-elle dans un souffle.

— Je sais, répondis-je avec douceur.

J'étais certain à quatre-vingt-dix-neuf pour cent qu'elle n'était pas fâchée contre moi, mais encore sous le choc de la peur qu'elle avait eue. Ce dernier pour cent de doute s'envola lorsque je retirai mon pantalon et mes chaussures pour m'allonger à côté d'elle. Elle me prit dans ses bras, son visage contre le col de ma chemise.

À court de mots, je restai comme ça et la laissai pleurer tout son saoul. Enfin, elle commença à se calmer.

— Je suis… désolée, dit-elle dans un hoquet.

— Il ne faut pas.

— Je fais vraiment la *fille* ce soir.

— Ça tombe bien, j'aime les filles.

Quand je l'embrassai, elle avait un goût de larmes. Alors, j'essuyai ses joues avec mes pouces avant de recommencer.

Elle prit une profonde inspiration, puis elle expira très lentement.

— Ça n'a vraiment aucun sens de paniquer pour quelque chose qui ne s'est même pas produit.

— Je ne suis pas sûr que la peur ait un sens, répondis-je. Je vais voir ces phares pendant longtemps chaque fois que je fermerai les yeux.

Son regard baigné de larmes rencontra le mien.

— Merci de m'avoir écartée du chemin.

— C'était naturel, dis-je avant de lui offrir un sourire.

Elle me le rendit, mais le sien avait l'air un peu embarrassé.

— Merci pour cette baise de réconfort contre ma porte.

— C'était naturel, répétai-je.

L'instant d'après, je roulai sur son corps.

— Si tu pleures toujours, c'est peut-être que je n'ai pas fait du si bon boulot. Je dois être rouillé…

— Certainement pas, murmura-t-elle avant d'attirer mon visage vers le sien pour un baiser.

Je perdis la notion du temps à partir de là, m'oubliant dans ses baisers, me perdant sous la douceur de sa langue. Le temps s'écoula à son propre rythme, pendant que des mains habiles déboutonnaient ma chemise et me la retiraient. Je quittai mon boxer et me glissai sous la couette avec elle.

Ce fut ainsi que je me retrouvai allongé nu sur Zara pour la première fois en deux ans, à lui faire l'amour tendrement. Mon corps vibrait de nouveau avec envie, même si je venais à peine de jouir comme une fontaine dans le salon. Quand je commençais avec Zara, je n'avais aucun bouton d'arrêt.

Elle gémit dans ma bouche, et une fois de plus, le monde devint torride et merveilleux. Elle replia les genoux, prenant mes hanches au piège de ses jambes, et je gémis, incapable de résister à l'envie d'orienter son visage vers moi pour retrouver sa bouche chaude.

— Hmm, fis-je, ma langue contre la sienne.

Un ricanement m'échappa.

— Qu'y a-t-il de drôle ?

— J'ai l'impression d'être un ado. Tu m'embrasses et je suis déjà à deux doigts de jouir.

— Alors, fais-le, murmura-t-elle, capturant à nouveau mes lèvres dans un autre baiser.

Je la plaquai de tout mon poids sur le matelas, mon sexe en érection contre son ventre.

— J'ai tellement envie de toi. Mais je n'ai pas de préservatif.

Je n'en avais pas non plus, tout à l'heure, dans le salon. Je devais m'en aller maintenant sous peine de recommencer.

Mais elle me prit le coude pour me retenir.

— C'est bon. J'ai un stérilet maintenant.

— Ah oui ?

Elle me sourit, passant son pouce sur ma lèvre. J'en eus la chair de poule dans le dos. Toujours sous mon corps, elle écarta les jambes dans une invitation qui se passait de mots.

— Putain, chuchotai-je d'une voix rauque. Tu m'as manqué, bébé.

Je relevai l'un de ses genoux et m'enfonçai en elle.

— Tellement manqué, ajoutai-je, trop étourdi pour taire mon désir.

Nous nous adonnâmes à un autre baiser. Lorsque je me mis à onduler lentement, ce fut une explosion sensorielle. Son corps souple sous le mien, ma langue affamée dans sa bouche. J'essayai de ralentir, de me détendre, mais mon corps en voulait toujours plus. Mes hanches allaient et venaient, ses longues jambes bien serrées autour de moi. Encore.

Pour la deuxième fois ce soir, c'était une folie pure – tout en muscles et en mouvements, ses yeux bruns rivés aux miens. Puis ses soupirs de plaisir devinrent plus expressifs, comme s'ils étaient trop intenses pour rester à l'intérieur. J'en rêvais depuis deux ans, mais la réalité était encore plus puissante que dans mes souvenirs.

Mes mains déterminées retenaient ses hanches sur le matelas. À présent, elle pantelait, la tête rejetée en arrière, les abdominaux contractés.

— Vas-y, donne-moi tout, la suppliai-je en la prenant sans retenue.

Je devenais peut-être trop sentimental, quelqu'un que je reconnaissais à peine. Mais en la retrouvant ainsi dans son lit, j'avais l'impression de revenir à la maison.

Après quoi, nous restâmes étendus là, éreintés. Nous étions hors d'haleine, tous les deux. On aurait dit que mon cœur essayait de transpercer ma poitrine. Elle ferma les yeux et détourna le visage, comme si c'était trop pour elle. Comme toujours, sa première impulsion était de mettre une certaine distance entre nous.

— Non, bébé.

C'était hors de question. Je tendis le bras pour la retourner à nouveau, à moitié sur mon corps.

— Tu ne vas pas me repousser aussi facilement. Ce soir, tu ne me mettras pas à la porte. Je reste.

— C'était une mauvaise idée.

Elle pressa sa joue contre mon épaule et soupira.

— On aurait dû prendre un thé et rester habillés.

— Boire du thé au lieu de faire coup double ? m'esclaffai-je. Certainement pas.

Elle m'embrassa sur le torse.

— J'ai au moins le droit d'aller faire un saut aux toilettes ?

— Seulement si tu reviens tout de suite.

Elle se glissa hors du lit et j'admirai ses fesses nues alors qu'elle quittait la chambre obscure. Elle passa quelques minutes hors de vue. J'entendis la chasse d'eau, puis le bruit de ses pas alors qu'elle faisait le tour de l'appartement, éteignant la dernière lampe.

Quand elle revint dans le lit, elle me dit :

— Bess ne va pas se demander ce qui t'est arrivé ce soir ?

Je reniflai en l'attirant vers moi.

— Bien essayé. Bess peut se servir de son imagination. De toute façon, tu n'as pas vraiment envie que je parte.

— Qu'est-ce qui te fait dire ça ?

— Les marques partout dans mon dos. Il y a quelques minutes, tu te raccrochais à moi comme cette fille sur le Titanic.

— Tu as regardé *Titanic* ? fit-elle en me donnant une bourrade dans les côtes. Un gros dur comme toi ?

— Bess m'a forcé, mentis-je.

Zara gloussa. Comme j'adorais ce son…

28

DAVE

Je m'éveillai avec un baiser de Zara sur la joue.

— Je dois aller faire cuire des scones, me dit-elle.

— D'accord, marmonnai-je en fermant les paupières, essayant de rester endormi.

— Nicole va se réveiller dans une heure environ. Voici le moniteur.

J'ouvris un œil pour voir qu'elle avait placé un appareil en plastique sur son oreiller abandonné.

— Quand tu l'entendras pleurer, tu veux bien la sortir du berceau ?

— Évidemment, dis-je d'un ton bourru.

Croyait-elle vraiment que je pouvais laisser pleurer le bébé ?

— Une fois qu'elle sera levée, tu peux monter l'escalier et frapper chez Alec, il s'occupera d'elle. C'est son heure, en général. Ou si tu préfères le faire toi-même, je t'ai laissé un mot sur le plan de travail de la cuisine.

— Je vais m'en occuper.

Même dans mon brouillard ensommeillé, je savais que je n'irais jamais solliciter l'aide d'Alec. Assez d'interférences.

— Bon, dit-elle avant de m'embrasser une dernière fois. Je vais laisser mon téléphone allumé. Envoie-moi un message si tu as un souci.

— Ça marche.

Elle se leva pour partir, mais je lui attrapai le poignet.

— Tu vas bien ?

— Oui, répondit Zara avec un demi-sourire. Ça va. Mais je dois y aller.

— D'accord, beauté.

Je roulai sur le dos et m'étirai.

— Moi, je vais rester nu dans ton lit pendant un moment, en regrettant que tu ne sois pas là.

Cela me valut un sourire sincère. Puis elle disparut avec un petit geste de la main. J'entendis la porte se refermer un instant plus tard.

N'importe quel autre jour, je me serais rendormi aussi sec. Mais soudain, j'étais le seul adulte responsable des lieux. Je me contentai donc de somnoler légèrement pendant encore une heure.

Quand les braillements se firent enfin entendre, ils étaient si retentissants que je n'avais même pas besoin du moniteur. J'entendis Nicole en stéréo et je m'assis pour chercher mon boxer.

— Ca, pa, di… gazouilla-t-elle alors que je m'habillais à la hâte avant de me ruer dans sa chambre.

En arrivant, je la découvris debout sur le matelas de son lit de bébé, ses mains autour des barreaux comme un criminel emprisonné. Quand elle me repéra dans l'embrasure de la porte, elle plissa les yeux. À l'évidence, elle ne s'attendait pas à me voir.

— Salut, dis-je d'une voix encore enrouée. Comment ça va, aujourd'hui ?

Elle balbutia une réponse que j'aurais aisément pu traduire par : *Ça irait beaucoup mieux si tu me sortais de cette cage, crétin.*

Quand je m'approchai du berceau, elle leva vers moi ses bras potelés. Je mentirais en disant que cela ne m'affectait pas, cette simple marque de confiance.

— Bon, dis-je en la soulevant contre ma poitrine. Voyons cette histoire de couches.

Ce n'était vraiment pas compliqué. Je retirai son pyjama de bébé, puis sa couche lourde et humide, que je jetai à la poubelle. Zara conservait les couches propres dans une pile à côté de la table à langer, si bien que dix secondes et quelques languettes adhésives plus tard, nous avions terminé, prêts à démarrer la journée.

Mais j'avais un petit problème. Je n'étais pas passé aux toilettes moi-même, et maintenant, je dansais la gigue. Je la portai avec moi dans la salle de bain.

— Détourne les yeux, dis-je dans le vide, pissant à une main avant de tirer la chasse.

Puis je me lavai au lavabo.

Zara doit tout faire à une seule main. La pauvre.

Dans la cuisine, comme promis, il y avait un message.

1. Donne-lui la bouteille du frigo. Quinze secondes au micro-ondes, puis remue pour répartir la chaleur. Ensuite, passe la tétine sous l'eau chaude pendant quelques secondes pour qu'elle ne soit pas glacée.

2. Tu peux mettre Sesame Street et t'asseoir sur le canapé pendant qu'elle boit. Canal 49.

3. Quand elle aura fini le lait, elle peut avoir un petit bol de Cheerios.

Il y avait une flèche sur la page, pointant vers un récipient en plastique que j'étais censé utiliser pour les céréales, également sur le plan de travail.

Zara s'était assurée que je ne fasse aucune idiotie pendant mon heure seul avec Nicole.

Le bébé était tout excité. Elle exprimait son impatience alors que je chauffais son biberon et la portais sur le canapé. J'avais oublié de prendre la télécommande pour *Sesame Street*, mais elle ne semblait pas s'en soucier. Elle se mit à l'aise sur mes genoux et appuya sa tête sur l'accoudoir. Je voulus lui donner le biberon, mais elle l'attrapa à deux mains pour le guider vers sa bouche. *Donne-moi ça, le nouveau. Je vais prendre la relève.*

C'était tout. Pour l'instant, il n'y avait rien de plus à faire. Je restai là, à tenir le biberon, jouant le rôle de chaise longue pendant une dizaine de minutes, pendant qu'elle suçait paresseusement sa tétine. Ses yeux se voilèrent et l'une de ses mains dériva vers mon poignet, où ses petits doigts passèrent distraitement dans mes poils.

Mon téléphone se trouvait sur la table basse, là où je l'avais abandonné la veille. Quand Nicole lâcha le biberon, y laissant un fond de lait, je l'échangeai contre mon téléphone. Il y avait des textos de Bess. *Où es-tu ?* Et un autre, une heure plus tard. *Laisse tomber, je retire la question.*

Il y avait aussi un texto de mon avocat, reçu en début de soirée. *Je viens de recevoir les résultats des tests ADN. Comme vous le supposiez, vous êtes le père.*

Laissant tomber le téléphone sur le canapé, je soulevai lentement une Nicole surprise dans les airs avant de la poser sur mes genoux. Comme elle me souriait, je recommençai.

— On dirait bien que tu es coincée avec moi, lui dis-je. Je ne sais pas si je dois te féliciter ou te demander pardon.

Sa réaction fut de désigner l'écran de télévision noir et de ronchonner en balbutiant.

Je trouvai la télécommande et allumai la télévision sur sa chaîne préférée. Puis, alors qu'elle regardait l'écran, j'allai dans la cuisine et versai un bol de Cheerios aux proportions de bébé à partir de la boîte à côté du message. J'ajoutai un peu de lait du réfrigérateur. Étant donné la minutie de Zara, c'était assez surprenant qu'elle ne m'ait pas laissé de cuillère, mais j'en trouvai une en plastique rose dans le tiroir.

Ensuite, j'apportai le tout sur la table basse, avec une serviette en papier en cas d'accident.

Nicole glissa du canapé, les pieds en avant, et jeta un coup d'œil dubitatif à son bol de céréales. Puis elle tourna vers moi ses yeux si semblables à ceux de Zara.

— Quoi ? Tu es censée aimer ça.

J'approchai de sa bouche une cuillérée de Cheerios.

Le regard du bébé était accusateur. En réaction, elle plongea sa petite main dans le bol et apporta une poignée de céréales dégoulinantes jusqu'à sa bouche.

— J'aime mieux ma façon, dis-je en attrapant la serviette en papier pour rattraper le lait qui coulait le long de son bras. Mais fais ce qu'il te plaît.

Heureusement que c'était un petit bol, parce que Nicole en mettait partout. Et elle mangeait lentement. Elle était distraite par Elmo à la télévision, ce qui me laissait le temps de la nettoyer entre chaque poignée.

Elle avait presque terminé quand la porte de l'appartement s'ouvrit à la volée, nous surprenant tous les deux. Alec, le frère de Zara, était là, en short – à peine plus habillé que le boxer que je portais –, tout ensommeillé et franchement énervé.

— Qu'est-ce que tu fous ici, pu… purée ?

Crois-moi, l'ami, tu ne veux vraiment pas que je te réponde.

Sans un mot, j'essuyai une autre goutte de lait sur la main de Nicole.

Le visage d'Alec rougit lorsqu'il sembla comprendre. Quand il ouvrit la bouche, je m'apprêtai à entendre que je n'étais pas assez bien pour sa sœur et patati et patata. Mais au lieu de ça, il me dit :

— Zara lui donne des Cheerios sans lait.

— Oh, dis-je lentement.

Elle parlait d'un « petit bol de Cheerios » sur le message. À bien y penser, il n'était pas question de lait.

— C'est logique.

Alec se contenta de lâcher un grognement, puis il s'approcha du canapé d'un pas vacillant et s'y laissa tomber en disant :

— C'est mon heure, c'est bon. Tu peux partir maintenant.

— Non, dis-je. Ça va. Tu peux retourner te coucher.

Alec me regarda sans bouger. De mon côté, je ne bougeais pas plus.

Nicole renonça à ses céréales et je la soulevai sur un bras, prenant le bol poisseux dans mon autre main. Je l'emportai jusqu'à l'évier de la cuisine, où je fis couler de l'eau.

— Et si on te lavait les mains ? proposai-je.

Par miracle, elle avança ses deux mains sous le robinet.

— C'est bien.

Ces encouragements sonnaient bizarrement, même à mes propres oreilles.

En fait, tout était bizarre dans ce moment. Alec m'avait donné l'occasion d'abandonner Nicole sur ses genoux et d'en finir pour la journée. Mais je n'avais pas accepté. Bien sûr, ce n'était qu'une affaire d'obstination de ma part. Et alors ? Je pouvais surveiller le bébé pendant quelques heures aussi bien qu'Alec. Et Zara me l'avait confié, après tout. Je n'allais pas la laisser tomber.

À vrai dire, par moments, je sentais encore dans mes tripes que je n'étais pas fait pour être père. Mais je commençais à me rendre compte que l'on n'était pas père par nature, mais qu'on le devenait. On gardait le bout de chou et on découvrait comment il aimait ses céréales du matin. On apprenait à lui éviter de tomber du lit la tête la première. On *faisait avec* ce qui se présentait et on avançait ainsi.

Autrefois, je m'étais convaincu que ma propre enfance malheureuse m'empêcherait de le comprendre un jour. Mais les fantômes de mes parents ne planaient pas aujourd'hui. Il n'y avait que moi, et cette petite fille qui avait besoin que je lui sèche les mains sur le torchon à vaisselle.

Ensuite, j'emmenai Nicole dans la chambre de Zara et je retrouvai mes vêtements. Nous nous assîmes sur le lit pendant que j'enfilais le pantalon cargo que je portais lors du mariage, puis la chemise.

Cette fois, je ne laissai pas Nicole au bord du lit. Je restai près d'elle et elle grimpa sur mes genoux, ses petites mains sur mon torse. Quand je la soulevai d'un coup, elle poussa un petit cri de joie.

Mon téléphone annonça un nouveau message sur la table basse du salon. J'allai le chercher, m'asseyant à nouveau avec le bébé dans les bras. C'était un autre texto de mon avocat. *Ce test de paternité signifie que le juge vous accordera des visites si vous souhaitez le demander. Vous êtes le père à 99,999+ pour cent de certitude.*

Ce n'était pas surprenant le moins du monde, mais c'était quand même étrange de lire ces mots, noir sur blanc.

— Tu vois ? Coincée avec moi, murmurai-je à Nicole.

Elle plissa les yeux comme pour m'évaluer attentivement.

— Tu peux dire *papa* ?

Je n'aurais jamais cru prononcer cette phrase un jour.

— Pa, pa.

J'éclatai si brusquement de rire que ses yeux s'arrondirent.

— Tu viens vraiment de le dire ?

— Pa, ba, babilla-t-elle.

— Mouais, on y reviendra plus tard.

Toujours assis de l'autre côté du canapé, Alec ne me quittait pas des yeux. Je ne savais pas pourquoi il n'était pas déjà remonté chez lui. Étais-je vraiment censé faire une telle bourde qu'il aurait besoin de sauver la situation ? Ou pire, avait-il l'intention de me mettre mal à l'aise au point de me faire déguerpir ?

Je m'adossai dans le canapé en lui faisant clairement comprendre que je me sentais très bien.

Nicole s'ennuyait un peu avec moi, alors elle quitta mes genoux pour ramper vers Alec. Il la prit, l'air suffisant.

— Écoute, me dit-il. Je pense que tu devrais rester loin de ma sœur et de Nicole.

Ah, on y vient.

— Ce n'est pas à toi de décider, observai-je. Et tu ne me connais pas. Je ne sais pas pourquoi tu dis une chose pareille.

— Ce n'est pas d'un homme comme toi qu'elle a besoin.

— Vraiment ? Et de quoi a-t-elle besoin, alors ?

— D'un gars qui habite dans la même région, déjà.

Je ne savais même pas quoi répondre. Heureusement, cela n'avait pas d'importance, car la porte s'ouvrit et Zara arriva, une tasse de café à la main. Elle nous aperçut tous les deux, chacun assis à une extrémité du canapé, et elle adopta un air méfiant.

— Je pensais que tu pourrais faire la grasse matinée aujourd'hui, dit-elle à Alec.

— Je me suis réveillé à six heures, en panique parce que je ne t'avais pas entendue frapper à la porte, grommela-t-il. C'est pour moi, ce café ?

— Non.

Elle traversa la pièce et me le tendit.

— Je te remercie. Bien vu.

Alec leva les yeux au ciel.

— Tu peux retourner te coucher, frangin. Surtout si tu es là pour me juger.

— Il est là pour *me* juger, précisai-je. J'en suis pratiquement certain.

Alec se leva, le bébé dans les bras. Il lui donna un baiser sur la joue, puis il le remit à Zara et s'en alla sans un mot.

Elle frémit lorsqu'il claqua la porte derrière lui.

— Désolée. Il s'est comporté comme un con ?

— Oh, j'ai connu pire.

Son sourire apparut pour la première fois depuis son arrivée.

— De tous mes frères, c'est le pire niveau conn… bêtises machistes. Ça s'est bien passé, tous les deux ? demanda-t-elle, désignant tour à tour Nicole et moi.

— Ça va. Tu avais laissé toutes les instructions.

Passons simplement sous silence la mésaventure des céréales.

Nicole commença à se trémousser dans les bras de Zara, alors elle la posa au sol. Le bébé se dandina jusqu'à ses jouets dans un coin de la pièce.

— Tu ferais mieux d'y aller, fit Zara en éteignant le téléviseur.

— Ah, voilà la Zara dont je me souviens, dis-je en plaisantant.

Elle me lança un regard tout penaud.

— Ma mère est en route, en fait. À moins que tu veuilles expliquer ta présence, prends la voiture garée dehors et file. Je demanderai à quelqu'un de m'aider à aller récupérer la tienne plus tard.

— Je m'en charge. Si tu me donnes les clés de ma voiture de location, Castro m'aidera.

— Les clés sont dedans. Tu es sûr que ça ira ?

— Mais oui.

Je traversai le salon, ne m'arrêtant qu'en face d'elle. Déjà, je sentais une certaine distance entre nous. Comme si elle voulait se débarrasser de moi, et pas uniquement parce que sa mère était en chemin.

Typique de ma petite femme.

— Bon, j'y vais, dis-je pour la rassurer. Un bisou d'abord.

Elle se redressa de toute sa hauteur, mais se mordit la lèvre.

— Écoute, Dave…

— Quoi, tu vas vraiment me faire un discours, du genre hier soir c'était juste une fois et on ne doit plus jamais recommencer ?

— Eh bien…

Elle se racla la gorge.

— Chérie, ne laisse pas ta bouche écrire un chèque que ton corps ne peut pas encaisser.

Je m'avançai et posai la main sur sa nuque, passant le pouce sur le muscle à la base de son crâne. Elle ferma les yeux, comme je m'y attendais.

— Tu as traversé beaucoup d'épreuves et tu as besoin que je m'en aille maintenant. Je vais partir. Mais ce n'est pas fini. Je suis toujours attiré par toi, Zara. Je ne vois pas pourquoi ce serait une mauvaise chose, en réalité. Je t'aime bien, tu sais. Depuis le début.

— Moi aussi, je t'aime bien, imbécile. Mais j'ai des responsabilités.

Je levai les mains en signe de capitulation.

— Tu m'en parleras la prochaine fois.

Je l'attirai contre ma poitrine et elle s'y blottit volontiers, ses bras autour de ma taille.

— Salut, dis-je en lui volant un baiser. On se revoit bientôt.

Je l'embrassai une fois de plus.

— Bientôt, c'est vite dit. Je vais travailler plus dans les dix prochains jours que je n'ai jamais travaillé de toute ma vie, dit-elle en me regardant. Ne t'étonne pas si je ne suis pas facile à trouver.

— D'accord. Alors, il m'en faut un peu plus pour m'aider à attendre.

Je passai mon pouce le long de son nez, puis je me penchai et l'embrassai. Elle soupira contre moi, me laissant assaillir sa bouche.

Jusqu'à ce que quelqu'un m'attrape le genou en chouinant.

Nous nous séparâmes et regardâmes la petite personne à nos pieds, qui nous regardait en fronçant les sourcils.

— Mais je rêve ! Regardez qui est jaloux.

Zara se pencha et hissa Nicole dans ses bras.

— Merci d'avoir accepté d'être gardée par un amateur, dis-je à mon bébé avant de poser un baiser sur son crâne aux cheveux clairsemés. Au revoir.

J'en profitai aussi pour embrasser Zara.

— Fais au revoir, dit-elle à la petite.

Puis elles me regardèrent partir, de leurs grands yeux marron identiques.

29

ZARA

La semaine suivante fut plus longue qu'un kilomètre en rase campagne.

Comme Audrey était en voyage de noces, je manquais de renforts au café. Cela faisait des années que je n'avais pas autant travaillé, tandis que ma famille se relayait auprès du bébé. Je ne pouvais même pas demander à Kieran Shipley de faire des heures sup, car il cumulait déjà trois emplois.

Le moment le plus difficile de la journée, c'était à l'aube. Je me rendis compte qu'il y avait une énorme différence entre se lever avant le point du jour trois fois par semaine et six jours par semaine. J'avais envie de pleurer tous les matins, à cinq heures moins le quart, quand mon réveil sonnait. Alec ressentait la même chose, visiblement. Il ne se privait pas pour ronchonner quand je montais à l'étage et le ramenais sur mon canapé par la peau des fesses.

Habituellement, Audrey s'occupait de la fermeture les jours où j'arrivais tôt, et vice versa. Mais là, j'assurais autant le matin que le soir, m'accordant à peine une pause en milieu de journée avant que Kieran ne s'en aille, à quatorze heures.

— Tu aurais besoin d'un employé à temps plein, me dit ma mère lorsque je rentrai chez moi, lessivée, après le troisième jour.

— Trop cher, fis-je en soupirant.

Audrey et moi, nous avions souvent fait le calcul en prévoyant d'embaucher quelqu'un d'autre. Mais un employé à plein temps aurait droit à des avantages sociaux. Et nous redoutions de prendre de telles responsabilités si tôt dans notre aventure commerciale.

— Si Audrey est enceinte, vous aurez besoin de quelqu'un, que ce soit cher ou non.

— Qui te dit qu'elle est enceinte ? demandai-je en soulevant mon chemisier pour que Nicole puisse téter.

Ma mère agita sa main aux ongles impeccables dans un geste évasif.

— Le club de bridge ne parlait que de ça hier soir. Je sais que j'ai raté la cérémonie, mais apparemment, Audrey avait un beau teint verdâtre au moment des vœux.

— Ce n'est pas gentil.

Bien sûr, je l'avais remarqué, moi aussi. Mais même si Audrey se fichait éperdument des racontars du club de bridge, ce genre de choses m'avait toujours dérangée. Les petites villes pouvaient être si cruelles, parfois.

— Et qu'est-ce que le club de bridge a dit en voyant Dave débarquer au mariage avec Nicole ?

Ma mère me répondit avec un sourire de chat.

— Tu veux vraiment le savoir ?

— Non, grommelai-je. Il ne vaut mieux pas.

— Ils ont trouvé que vous étiez magnifiques ensemble, me rapporta-t-elle malgré tout. Et le fait qu'il achète deux maisons sur la colline n'est pas passé inaperçu non plus, figure-toi. D'après les rumeurs, il compte en faire raser une pour avoir un immense jardin avec une patinoire.

— Ce n'est *pas* vrai, soulignai-je. Mais où vont-ils chercher des idées pareilles ?

Ma mère se contenta de hausser les épaules.

— Tu as choisi la maison Tudor, non ? Jana Godfrey m'a dit que c'était la plus jolie.

— Oui, dis-je avec un soupir. C'est vrai.

J'avais essayé de ne pas penser à la maison ni à Dave en général. Mais décidément, ce n'était pas facile de l'oublier. Il m'avait envoyé des textos pour savoir quand il pourrait passer me voir et me montrer des échantillons de peinture.

Et par « me voir », j'étais certaine qu'il voulait dire « me voir nue ».

J'avais couché avec lui, mais c'était une erreur que je ne devais pas commettre deux fois. Pourtant, chaque fois que je m'allongeais dans mon lit pour mes précieuses heures de repos, je l'imaginais là, à côté de moi. Mon corps, ce traître, rêvait de le sentir, et pas seulement la nuit. Quand j'étais debout dans la boulangerie, seule à cinq heures et demie du matin, je pensais à ses yeux verts braqués sur moi pendant que nous…

Pfff.

Je ne savais pas comment arrêter de le désirer. Je m'étais toujours promis de ne pas faire ce que ma mère avait fait – attendre que le père de ses enfants revienne et l'aime enfin. Mais maintenant, même si j'étais déterminé à éviter la même erreur, je comprenais pourquoi elle avait passé deux décennies de sa vie la tête embrouillée par un homme qui ne tenait pas vraiment à elle.

Et si je le comprenais à présent, c'était parce que je craquais pour David Beringer. Je n'imaginais pas désirer un jour un autre homme autant que je le désirais, lui. Même s'il cessait de me traiter convenablement, je sentais déjà que ce désir ne disparaîtrait jamais.

Et si j'avais vraiment envie de me torturer, il me suffisait de regarder la photo que Bess m'avait envoyée hier. C'était une photo de Dave et Nicole, endormis dans un hamac, leurs têtes rousses l'une à côté de l'autre, leurs yeux fermés paisiblement. *Salut, bouffée d'hormones !*

Enfin, comme je le disais, c'était une longue semaine.

Le sixième soir, je remettais en question tous mes choix de vie. Heureusement pour moi, Benito m'apporta des wraps qu'il avait achetés dans le petit restau de Colebury. Après avoir mis Nicole au lit, je me laissai tomber à côté de lui sur le canapé.

J'étais trop fatiguée pour faire semblant de m'intéresser à l'émission de cuisine diffusée à la télévision. Je venais de terminer mon sandwich et je comptais les minutes jusqu'à ce qu'il soit acceptable de prendre congé pour aller me mettre au lit. Dans son berceau, dans la pièce voisine, Nicole babillait toujours toute seule.

S'il te plaît, fais dodo, ma grande. Maman est HS.

— Bon, comment tu vas, toi ? demandai-je à mon jumeau, essayant de trouver suffisamment d'énergie pour faire la conversation.

Entre le café et la nouvelle mission d'infiltration de Benito, ça faisait plus d'une semaine qu'on ne s'était pas vus, tous les deux.

— Il y a des moments intéressants, répondit-il. C'est confidentiel…

— Allez !

Nous avions toujours tenu les secrets l'un de l'autre.

— Bon, d'accord. Tu te souviens de Jimmy Gage ?

— Comment voudrais-tu que je l'oublie ?

Il habitait le mobile-home voisin quand nous étions adolescents. À l'époque, il était flic – de la pire espèce. Et il avait l'alcool mauvais. Il me fichait une trouille bleue, même avant sa crise de colère, il y a quelque temps, au *Mountain Goat*.

— Je t'ai déjà raconté la fois où il s'est assis à mon comptoir et où il a essayé d'humilier Jill Sullivan ?

Benito se raidit.

— C'était récemment ?

— Non ! Il y a deux ans. Je ne l'ai pas laissé faire, alors il m'a lancé sa bouteille de bière avant de partir. Voilà, c'est tout.

— Eh bien… dit mon frère en se frottant la nuque. Il ne s'est pas arrangé. Gage est responsable de la majeure partie du trafic de drogue dans ce comté. Je vais le pincer. Je ne devrais vraiment pas en parler, mais si tu le vois quelque part, j'aimerais que tu quittes les lieux et que tu m'appelles.

Merde. Maintenant, je regrettais de lui avoir posé des questions sur son travail.

— Bon, je crois que je ferais mieux de remplacer mon écriteau par : *Ouvert, sauf pour Jimmy Gage.*

Ben renifla.

— Il vient au *Busy Bean*, parfois ?

— Non. Je ne l'ai pas vu depuis des mois.

Quand même, j'étais inquiète. Ça ne me plaisait pas de savoir que Benito était mêlé à ses sales histoires. Jimmy Gage venait de remplacer l'accident où j'avais failli mourir en haut de la liste des sujets qui m'empêcheraient de dormir le soir. Non seulement ce type me faisait froid dans le dos, mais il me rappelait une époque désagréable de ma vie – mes années rebelles, quand je punissais tout le monde. Y compris Benito. J'étais en colère contre le monde entier, en permanence.

Maintenant, j'étais seulement lasse.

— Ça va aller, Z, dit-il en me serrant le poignet. Quand je vais l'arrêter, ce ne sera pas pour rire. Il en prendra pour vingt ans.

— Tu aurais pu devenir tailleur. Ou fabricant de bougies. Je dis ça comme ça.

Il rit.

— Même si j'étais tailleur, tu trouverais toujours quelque chose à craindre. Les aiguilles ou les ciseaux, je ne sais pas.

Ce n'était sans doute pas faux.

— Quand même. Jimmy Gage ?

— Il va se faire arrêter, m'assura Benito. Il gère de grandes quantités et il n'est pas soigneux. Les gens parlent. Certains clients meurent à cause de sa merde. Je le choperai à la première occasion.

Peut-être, mais il n'a besoin que d'une balle pour te tuer, ajouta mon cerveau soucieux.

— Comment ça va avec ton homme ? demanda Benito en changeant de sujet.

— Il est venu au café aujourd'hui, dis-je avec désinvolture.

Avec un peu de chance, Benito n'avait pas ces pouvoirs télépathiques flippants que partageaient certains jumeaux. D'abord, ce ne serait pas juste. Et puis, je ne voulais pas qu'il entende tout ce qui se passait dans ma tête. Surtout les parties censurées.

— Il est venu te voir ?

— Non, prendre un café. Et déposer les échantillons de peinture. Apparemment, je dois choisir des couleurs pour la maison avant ce week-end.

— Ah. C'est bien, non ?

— Carrément.

Dave était toujours prévenant. Ça ne m'aidait pas à garder la tête froide quand il était là. Aujourd'hui, il avait commandé une tasse de café à mon employé bougon. Puis il était entré dans la cuisine sans y être invité et m'avait donné un baiser si torride qu'à cause de lui, j'avais laissé brûler une plaque de biscuits dans le four.

— Il veut passer un peu de temps avec moi.

— Passer du temps ? dit Ben en souriant.

— Ne me juge pas.

Cela dit, je l'avais bien cherché.

— Disons que je l'aimais bien quand il t'a sauvée d'un accident avec un pick-up à pleine vitesse. Mais un peu moins quand Alec m'a dit qu'il avait passé la nuit avec toi après le mariage.

— *Primo*, dis-je en grommelant, Alec parle beaucoup trop. *Deuxio*, tu sais que les mariages mettent toujours des paillettes dans les yeux des gens.

— C'est pour ça que je les évite, admit Benito.

— Et si on planifiait le tien, dis-je, histoire de l'agacer un peu. Cravate noire ou pas ?

Il ricana.

— Tu m'as bien regardé ?

— Pas de smoking ? Veste et cravate, alors.

— Pas de mariage du tout. Tu me saoules.

Il me prit des mains la canette de soda et la vida d'un trait.

— On va rester célibataires pour toujours, tous les deux.

À ce rythme, je ne me marierais jamais. Et puisque j'avais gâché la belle histoire de Benito avec l'amour de sa vie quand on avait dix-huit ans, ça paraissait mal barré pour lui aussi.

— À nous deux, on cumule presque soixante ans de célibat, soulignai-je.

— Mais pas de virginité.

— Évidemment !

Il poussa légèrement ma cheville avec la sienne.

— Au moins, quelqu'un a trouvé une oasis récemment, pour interrompre sa longue sécheresse.

— Il était temps. Ma sécheresse a duré deux ans. Mais tu ne dois pas mal te débrouiller, toi, dans ce domaine. Des jolies filles dans ta formation ?

— On n'a pas le droit de coucher avec d'autres agents. Et comme le centre de formation est au milieu des montagnes des Adirondacks, le potentiel est plutôt limité.

Je ricanai.

— Plus limité qu'ici ?

— Je ne plaisante pas.

— Eh bien, en tout cas, je dois remonter à bord du train du célibat. Coucher avec le père de son enfant, c'est la pire des mauvaises idées.

— Sans doute.

Aussitôt, je voulus le pincer pour le punir d'être d'accord avec moi. Je m'en fis un plaisir.

— *Aïe.* Ce que je voulais dire, c'est que je n'ai aucune opinion sur le fait que tu couches ou pas avec Monsieur Hockey.

— Je préfère ça.

— Bon, je rentre à la maison, annonça-t-il en bâillant.

— Tu *es* à la maison.

— Oui, enfin, tu sais. J'ai entendu dire que quelqu'un allait avoir une maison à trois chambres sur les hauteurs, une fois qu'elle sera repeinte.

Alors, je m'attends à revenir vivre au-dessus du bar dans quelques semaines.

— Je ne sais même pas quoi penser de la maison, admis-je.

— C'est compliqué, reconnut mon frère. Surtout si tu couches avec lui. Ou peut-être que ça rend la chose moins compliquée, au contraire ?

— Le sexe n'a jamais rien facilité.

— Sauf la conception d'un bébé.

Je le pinçai à nouveau et il éclata de rire.

Malheureusement, la semaine me réservait d'autres punitions. Je ne touchai le fond que la veille du retour d'Audrey. Elle devait être quelque part dans les airs au-dessus des Grandes Plaines lorsqu'il y eut une panne de courant au *Busy Bean*.

Encore.

J'avais envie de pleurer. Au lieu de ça, j'appelai ma mère en lui demandant de laisser Nicole avec moi et d'aller en vitesse acheter du carburant pour le générateur. Audrey et moi avions l'intention de le faire après notre dernier incident, mais je l'avais sans cesse reporté. Hors de question que je perde tous les produits laitiers et les ingrédients de notre réfrigérateur italien.

Ensuite, même si je m'étais promis de passer dix jours sans solliciter de l'aide à la ferme Shipley, j'avais appelé Zachariah. C'était lui qui avait diagnostiqué notre problème électrique, la dernière fois.

— J'arrive tout de suite, me dit-il.

— Je te remercie !

Merci, c'était mon mantra. Maintenant, j'étais redevable envers Zach plus que quiconque. De toute façon, Audrey m'aurait demandé de faire appel à lui, car un réparateur nous aurait coûté cent cinquante dollars rien que pour le déplacement. Et je ne savais même pas si j'avais besoin du gars du chauffage et de la clim, ou plutôt de l'électricien. Au moins, Zach connecterait le générateur, s'assurant de maintenir nos réfrigérateurs en état de marche.

En l'absence de Griffin, la ferme Shipley devait avoir une tonne de boulot à abattre, un manque de personnel provisoire et les mêmes journées chaotiques que moi. Malgré tout, Zach arriva une demi-heure plus tard, me serra dans ses bras, puis disparut à l'arrière pour essayer de diagnostiquer le problème.

Kieran resta une demi-heure supplémentaire afin de balayer la cuisine et la salle à manger pour moi. Au bout d'un moment, ses yeux sombres croisèrent les miens et il m'adressa son fameux sourire ironique.

— J'ai mon autre job qui m'attend. Mais si tu as besoin d'un endroit pour entreposer les trucs froids pendant la nuit, envoie-moi un texto et je verrai ce que je peux entasser dans mon frigo.

— Je t'adore.

Puis je désignai la porte.

— Vas-y. Je t'ai déjà mis en retard.

Après un dernier petit sourire, il disparut.

Je restai seule dans la boutique avec Nicole sur le porte-bébé, devant ma poitrine. Elle était grincheuse de se retrouver emmaillotée, incapable de bouger. Pendant ce temps, je servais du café glacé et des viennoiseries aux clients étonnés de voir la boulangerie éteinte.

Et puis, c'était difficile de garder Nicole autour des pâtisseries sans lui en donner. Elle tendait constamment le doigt vers les biscuits.

— Écoute, dis-je en retirant un biscotti d'un bocal. Si je te donne celui-là, c'est tout, d'accord ? Juste un.

—Ah, pa, da, ba.

— C'est ça.

Du coin de l'œil, je vis deux hommes entrer dans le café.

— Bonjour messieurs, lançai-je. Notre courant est coupé, il n'y a pas d'expressos aujourd'hui. Mais j'ai du café glacé et plein de biscuits.

— Oh, là, là, fit alors une voix familière. Rude journée ?

Je levai la tête pour rencontrer les yeux vert océan de David Beringer. Comme toujours, mon cœur chavira.

— Salut ! répondis-je. Euh, oui.

Une fois de plus, j'avais oublié à quel point il était séduisant en personne, et je me surpris à babiller comme Nicole.

— Désolé, bébé, dit-il avant de sourire à la petite. Salut, toi ! Tu te souviens de moi ?

— Pa, pa ! cria-t-elle.

— C'est bien, ma fille ! Tu l'as encore dit.

Si ma mâchoire pouvait littéralement se décrocher et toucher le sol, c'est exactement ce qui se produirait en cet instant.

— Non, elle n'a *pas* dit ça ! C'était un hasard !

Le coéquipier de Dave s'approcha à son tour du comptoir.

— Je ne pense pas. Ça me semblait bien délibéré. Salut, Nicole ! dit-il à ma petite fille. C'est qui ?

Il désignait Dave.

— C'est *papa* ?

— Papa !

— C'est ça, bébé !

Le jeune coéquipier de Dave tapa tout doucement dans la main de Nicole.

— Bien joué !

À ce stade, une plume aurait suffi à me renverser.

— Sérieusement ? Il a fallu que tu choisisses aujourd'hui pour dire ton premier mot, et c'est… ?

— Papa, répéta ma petite fille.

Puis elle tendit sa main pour le biscuit.

Je le lui donnai aussitôt, reconnaissant ma défaite.

— Bon, tu sais que tu dois dire maman ensuite, n'est-ce pas ?

Elle me sourit tout en bavant sur son biscuit.

— Je peux en avoir un, moi aussi ? demanda Dave. Je serai sage.

— Certainement, dis-je avec un geste vers le présentoir. Choisis ta came.

— Pépites de chocolat. Et Castro prendra…

Il jeta un coup d'œil à son coéquipier.

— Raisins secs à l'avoine, répondit ce dernier. Et un cappuccino double dose.

— Sans électricité, impossible…

Castro lui fit un clin d'œil.

— Je rigole. Je suis un peu casse-pieds. Si tu as encore du café glacé, ça m'ira très bien.

Je remplis leurs tasses et leur remis les biscuits. Puis je refusai leur paiement.

— Votre argent n'est pas accepté ici.

— Oh, fit Dave, attendri, le regard soucieux. Sérieux, tout va bien ? Tu as besoin de quelque chose ?

— J'ai appelé un ami pour venir voir le générateur et me dire quel spécialiste contacter ensuite.

Au même instant, les lumières se rallumèrent d'un seul coup.

— Zara ? Tu as le courant ? lança Zach depuis l'arrière-cuisine.

— Oui ! Tu es le meilleur !

— Alors, ne vends pas tous les cookies, cria-t-il en retour.

— C'est Zach ? fit Dave en prenant une bouchée.

— Oui. Bonne mémoire.

Il ne l'avait rencontré qu'au mariage.

— Je retiens bien. Mais sérieusement, est-ce que je peux t'aider ?

Je jetai un regard circulaire.

— Pas vraiment. Maintenant, j'attends l'électricien.

— Tu veux que je la porte ? Elle a l'air un peu agitée dans ce machin.

— Avec plaisir. En fait, si tu veux me sauver la mise, emmène-la dehors pendant quelques minutes. Elle adorerait courir dans l'herbe. À moins que vous alliez quelque part, tous les deux.

— On partait pour une petite rando jusqu'à Skaggs Hill, répondit Castro.

C'était un gars séduisant d'une vingtaine d'années.

— Mais on peut se promener dans le coin, à la place.

Je sortis Nicole du porte-bébé.

— Tiens, Dave. Attention qu'elle ne coure pas tout droit vers la rivière.

Il me sourit.

— Vraiment ? Les bébés et les rivières ne font pas bon ménage ?

— Eh bien, je…

Son sourire devint immense.

— Je sais que je suis encore novice. Mais je ne la quitterai pas des yeux.

— Moi non plus, madame, déclara Castro. Je les ai à l'œil, tous les deux.

— Marché conclu.

Je posai Nicole par terre.

— Tu veux sortir avec ton papa ?

C'était la première fois que je parlais de Dave comme ça, à haute voix, devant lui. Ces mots me faisaient un drôle d'effet.

Nicole, en revanche, ne semblait avoir aucun problème avec ça. Elle se précipita de l'autre côté du comptoir, tout droit vers la porte ouverte.

— Tir au but ! lança Castro juste au moment où Dave se penchait pour arrêter sa course vers la liberté. Mais le gardien l'intercepte !

— Vous devriez faire des tournées, tous les deux, dis-je en retirant le porte-bébé de mon corps fourbu pour le suspendre à un crochet sur le mur. Merci d'avoir fait ça.

— Tout le plaisir est pour moi.

Dave s'approcha du comptoir et me fit signe. Je me penchai alors en avant et il m'embrassa doucement sur la joue. Je sentis mon cou se réchauffer de plaisir.

— On va la promener un petit moment. Combien de temps avant que tu termines ?

— Ça dépend de quand le réparateur arrivera.

Privée de pause déjeuner, j'étais fatiguée et je mourais de faim. Je finirais probablement par grignoter des biscuits dans l'après-midi, tant pis pour les coups de pompe.

— D'accord. Alors, je vais prendre mon temps.

— Si elle commence à pleurnicher, vous pouvez la ramener, dis-je en essayant de ne pas me perdre dans ses yeux verts. Ma mère m'a dit qu'elle n'avait pas fait une bonne sieste.

Il tourna les talons pour partir, Nicole dans ses bras volumineux.

— On verra bien.

Après un clin d'œil, il sortit. Mon cœur se serra lorsqu'elle disparut avec lui.

— Attends ! lançai-je.

J'avais l'impression d'être une désespérée, parce que ce que mon cœur avait vraiment envie de dire, c'était : *attends-moi*.

Il se retourna et m'attendit patiemment, Nicole avec lui. Apparemment, j'étais la seule à avoir des palpitations.

— Elle a besoin de son chapeau, dis-je en m'extirpant du comptoir pour aller le chercher dans mon sac. Elle prend facilement des coups de soleil.

— Ah, fit Dave. Je connais bien ce problème.

Il désigna son propre couvre-chef, une casquette des Brooklyn Bruisers.

— La couleur de ton équipe est le violet ? demandai-je en les rejoignant.

— Oui. Ne juge pas.

Ses yeux pétillaient. Je lui faisais confiance, sincèrement, mais ça me faisait encore bizarre de le voir avec ma petite fille dans les bras.

Je mis le petit bob blanc sur la tête de Nicole, glissant l'élastique sous son menton.

Elle ronchonna, insatisfaite.

Dave m'embrassa sur la joue une fois de plus. Puis je les regardai sortir, à la fois triste qu'ils me quittent, réjouie par sa proposition et éreintée par cette palette d'émotions humaines qui m'envahissaient pêle-mêle.

30

———

DAVE

— Ta femme est stressée, me dit Castro alors que nous regardions Nicole grimper à l'envers sur le toboggan en plastique derrière le café.

— Oui, acquiesçai-je.

Je remarquai qu'il avait dit « ta femme » en parlant de Zara, mais ça ne me dérangeait absolument pas. D'ailleurs, à présent, j'étais capable de penser à « mon bébé » sans céder à la panique. Enfin, pas trop.

— Castro, tu ne crois pas que le bébé va dégringoler de là-haut ?

Il secoua la tête.

— C'est un peu l'objectif du toboggan, apprendre à connaître ses limites. Tu crois que ta maman venait te récupérer en haut du toboggan quand tu étais petit ?

— Ma maman était plutôt du genre à se piquer dans la salle de bain, la porte fermée à clé, dis-je avec un ricanement sans joie.

— Et pourtant, tu as survécu.

— Quand même. Je préfère éviter de stresser encore plus Zara aujourd'hui en lui ramenant un enfant blessé.

— Hmm. Vous allez vous mettre en couple, tous les deux ?

Bonne question.

— Je n'en sais rien.

En réalité, cette idée me plaisait bien plus que je ne l'aurais imaginé.

— Zara est la meilleure, reprit Castro, même s'il venait tout juste de la rencontrer.

— Oui, je suis au courant.

263

— Et tu as déjà eu pas mal d'expériences, beau gosse.

— On peut le dire, pourtant je n'ai jamais cherché la quantité. Je voulais seulement éviter les filles qui risquaient de se faire des idées. Et je ne voulais rien *devoir* à personne. Si Zara et moi, on se mettait en couple, elle finirait certainement par me faire des reproches. Parce que je n'abandonnerai pas le hockey.

— Tôt ou tard, il faudra bien, fit remarquer mon jeune coéquipier.

Je lâchai un grognement. Cette idée me mettait encore plus mal à l'aise que la notion de paternité. Cet été resterait à jamais dans ma mémoire comme celui où mon âge et mon excès de confiance m'avaient rattrapé. *Bonjour l'humilité !*

Castro termina son café.

— Je vais jeter mon gobelet. Le tien aussi ?

Je le lui donnai.

— Je reviens tout de suite.

Sur ce, il retourna à l'intérieur. Quand il ressortit une minute plus tard, Zara était avec lui. Elle traversa le parking et monta dans son appartement.

— Qu'y a-t-il ? demandai-je.

— Je lui ai demandé si elle avait un sac à dos porte-bébé. Après tout, on peut la faire, cette rando.

— C'est quoi, ça, un sac porte-bébé ?

J'eus ma réponse quelques minutes plus tard quand Zara revint avec un sac à dos à armature métallique, avec un siège bébé et un harnais à cinq sangles.

— Parfait, fit Castro.

— Voici de l'eau pour elle. Revenez si vous avez un problème de couche.

Elle remit à Castro une tasse en plastique avec un bec, puis elle retourna dans le café.

— Ça ira ! lança Castro par-dessus son épaule. Nicole, bébé. Tu veux aller faire un tour ? dit-il en lui montrant le sac.

La fillette descendit du toboggan avec une glissade sur le ventre et s'approcha, intriguée.

— Tu connais ça, non ?

Castro savait y faire avec les bébés.

— Viens ici, princesse.

Il l'installa sur le siège et l'attacha soigneusement.

— Bon, je vais porter ça...

— Je m'en charge, dis-je en l'arrêtant.

Je soulevai le sac tandis que Nicole me regardait avec de grands yeux intéressés.

— Ton épaule va tenir le coup ?

— Évidemment. Elle doit peser moins de dix kilos.

Castro était un gars formidable, mais si quelqu'un devait porter mon bébé sur le dos, ce serait moi.

— Comme tu voudras. Attends, je te la donne.

Il m'aida à hisser le sac en le retenant par son cadre tandis que j'ajustais les bretelles.

— Attache la sangle devant ta poitrine, me dit-il.

Je suivis ses recommandations. Nicole laissa échapper un chapelet de gazouillis en lui donnant des coups de pied, remuant légèrement dans mon dos.

— Fais quelques pas, on verra si ça lui convient... Pas mal du tout. On descend au bord de la rivière ?

Je regardai autour de nous.

— Non, plutôt par-là. Elle a besoin d'ombre sinon elle va brûler.

— Regardez ce papa attentionné.

— J'ai la peau claire, moi aussi.

— C'est vrai que les Castro ne brûlent pas, souligna mon ami.

Dans trois semaines, je n'aurais plus à m'en inquiéter. Il n'y avait pas de soleil dans les patinoires de hockey. *Trois semaines.* C'était tout le temps qu'il nous restait avant le camp d'entraînement. Incroyable.

Porter Nicole sur mon dos était une expérience inconnue. Je pouvais sentir la chaleur de son corps, appuyé contre le mien. Alors que je marchais, une petite main se mit à explorer la racine de mes cheveux. J'agrippai à mon tour l'un de ses pieds potelés et elle gloussa.

Elle babillait tandis que nous marchions, remontant la pente herbeuse en suivant le cours de la rivière.

— Regarde ce rocher ! Tu penses que c'est profond ici ? demanda Castro en désignant un gigantesque rocher en plein milieu du ruisseau.

— Aucune idée, mon vieux.

— Attends une seconde.

Il se débarrassa de ses chaussures de randonnée et de ses chaussettes. Puis il retroussa les jambes de son short.

— Tu me montres tes gambettes ? Sexy.

Il répondit avec un doigt d'honneur.

— Pas d'insultes devant le bébé.

Il exécuta un autre geste grossier et j'éclatai de rire.

À présent, il pataugeait dans la rivière. Je pouvais l'entendre rire.

— Au secours, c'est trop froid !

Mais il finit par atteindre le gros rocher sans incident.

— Il y a de tout petits poissons qui me grignotent les orteils.

— Ils feraient mieux de s'abstenir, les pauvres. Tu veux que je te prenne en photo sur ce rocher ? Ça impressionnera les filles. Ou au moins tes sœurs.

— Bonne idée.

Je dégainai mon téléphone, mais Nicole commença à s'agiter. Après quelques photos, je le rangeai à sa place, puis je pris son petit orteil alors qu'elle donnait des coups de pied impatients.

— Tout va bien, là derrière ?

— Elle veut marcher dans l'eau, elle aussi, dit Castro en rebroussant chemin.

— Zara a dit de rester loin de la rivière.

— Elle a dit de ne pas laisser le bébé marcher dans la rivière. Mais ce ne serait pas sympa de ne pas lui permettre de se tremper un peu les pieds. Je ne la poserai pas.

Je retirai alors le sac, et le bébé se trémoussa pour sortir.

— Viens, dis-je en la soulevant avant de la poser sur l'herbe. Mais si ça se passe mal, tu diras à maman que c'est sa faute.

— Viens ici, ma grande, fit Castro.

Elle se précipita sur ses petites jambes et il la souleva au-dessus de l'eau avant de la balancer doucement, ses orteils effleurant la surface.

Folle de joie, elle gloussait.

— Youhou ! chantonnait Castro dans un mouvement de balancier.

Nicole s'esclaffait tellement qu'elle en avait le visage cramoisi. Tout son petit corps tremblait. Lorsqu'il s'arrêta, elle se mit à gigoter. Pour lui faire plaisir, il recommença, trempant ses orteils dans l'eau fraîche encore une dizaine de fois.

Brusquement, sans aucune raison, elle commença à pleurer. Les larmes ruisselaient sur ses joues.

— Là, là, fit Castro en l'asseyant sur sa hanche tout en revenant sur la berge. Je suis là.

Il essaya de la bercer doucement contre son corps, mais rien n'y fit.

Elle s'égosillait. Son visage était rouge pivoine. La bouche grande ouverte, elle criait.

— Tu l'as cassée. Donne-la-moi.

Je la lui pris des mains tout en réfléchissant. La dernière fois, je l'avais calmée dans un hamac. Mais il n'y en avait pas à proximité. Je pouvais la remettre sur le sac et faire quelques pas ?

— Elle est sans doute fatiguée, c'est tout, avança Castro. Zara n'a pas dit qu'elle n'avait pas fait de sieste ?

— Ce doit être ça.

Je la glissai dans son harnais, mais comme on pouvait s'y attendre, les pleurs redoublèrent. J'avais l'impression d'être un enfoiré, à l'attacher pendant qu'elle criait. Mais je ne savais pas quoi tenter d'autre. Alors, je remis le sac sur mon dos et m'éloignai. Castro dut courir pour me rejoindre.

Tout en marchant, il me raconta une histoire drôle. Sa sœur était sur l'autoroute quand son petit garçon s'était mis à vomir sur son siège auto. Elle ne pouvait pas s'arrêter pour l'aider.

— Ils ont dû nettoyer la voiture de fond en comble le lendemain.

Les cris de Nicole commencèrent à faiblir, puis ils cessèrent complètement. Elle était penchée sur la gauche, vers la rivière, sans doute pour regarder quelque chose dans l'eau.

— Qu'est-ce qu'elle fait ? demandai-je.

Castro la regarda.

— Elle dort à poings fermés, me dit-il en riant. On dirait toi dans le jet de l'équipe après un enchaînement de quatre matches.

— Très drôle.

— C'est drôle parce que c'est vrai !

Nous marchâmes en silence pendant encore une minute.

— Tu as toujours peur du bébé ?

— Non. Elle n'est pas très impressionnante.

— Attends qu'elle ait seize ans, qu'elle rentre plus tard que prévu et qu'elle t'emprunte ta voiture.

J'étais tout bonnement incapable d'imaginer ce scénario. Quinze ans, c'était une autre ère pour moi.

En y repensant, j'essayai de me remémorer Bess à seize ans. Elle n'avait jamais donné de fil à retordre à personne. Ni elle ni moi, d'ailleurs. Nous avions vécu notre adolescence sur le fil du rasoir, en espérant causer le moins de désagréments possible au grand-père maussade qui nous avait recueillis.

— Dis, Castro ?

— Oui ?

— Ça t'est déjà arrivé de penser que tu avais surmonté tes problèmes, pour te rendre compte qu'en réalité, tu n'avais rien réglé du tout ?

— Attends, de quel genre de problèmes on parle, là ?

— Le poids du passé, ton histoire personnelle.

— Peut-être… Avant, chez les juniors, je m'énervais toujours quand quelqu'un m'insultait. Mais je m'en suis remis, maintenant. Je me dis : dans vos dents, bande de losers. Je suis dans la ligue et pas vous. Enfin, de temps en temps, un supporter lance une connerie et je me rends compte que j'ai toujours un peu de mal à l'idée d'être le seul membre basané de l'équipe. C'est de ce genre de problèmes que tu parles ?

— En quelque sorte. Je croyais vraiment avoir surmonté les miens. Mais toutes les nuits, ces derniers temps, je rêve de ma mère défunte ou de mon connard de père.

La nuit précédente, j'étais dans notre ancienne maison pendant que mon père me cognait avec son poing. Nicole pleurait dans une autre pièce. Pas Bess, *Nicole*. Tous mes bagages émotionnels se mélangeaient en technicolor dans mon esprit.

La seule nuit où je n'avais pas fait le moindre cauchemar bizarre, c'était celle que j'avais passée dans le lit de Zara. Allez comprendre.

— C'est juste ton cerveau qui essaie de te faire peur pour t'améliorer, m'expliqua Castro. Comme quand je rêve souvent que j'arrive à l'entraînement sans pantalon.

Je ris, inclinant la tête en arrière pour sentir le soleil sur mon visage. Cet été, rien ne se passait comme je l'avais prévu. Mais ce n'était peut-être pas une mauvaise chose.

Nous continuâmes ainsi pendant une heure et demie. Le bébé dormit peu, mais se réveilla de meilleure humeur. Je sentis ses petites mains jouer dans mes cheveux alors que nous marchions sur le chemin arboré au bord de la rivière.

Il était plus de dix-sept heures et nous revenions vers le café quand mon téléphone tinta, annonçant un texto. *J'ai tout fini ici. Je vais aller me chercher un hamburger pour le dîner. Tu en veux un ?*

Oui, répondis-je aussitôt. *On peut les manger à la nouvelle maison ? J'aimerais te donner un jeu de clés. L'agent immobilier les a laissées dans la boîte aux lettres après la vente.*

Tu as déjà acheté la maison ? demanda-t-elle.

Oui. Tu me rejoins là-bas ?

Vingt minutes plus tard, j'arrivai sur la colline. J'étais seul avec Nicole. J'avais renvoyé Castro au chalet. Je retrouvai Zara à l'intérieur, qui flânait dans les pièces vides, l'air pensif.

Nicole poussa un cri de joie en voyant sa mère. Je ne pouvais pas lui en vouloir. Moi aussi, j'avais envie de pépier joyeusement chaque fois que je posais les yeux sur cette femme. Sans attendre d'invitation, je me dirigeai vers elle et l'embrassai dans le cou.

— Ton électricien est passé ?

— Oui, dit-elle contre mon oreille. Il a remplacé un truc dont j'ai déjà oublié le nom, mais apparemment, ça fera l'affaire.

Avant que je puisse l'embrasser à nouveau, ses mains attrapèrent mes joues, couvertes d'un début de barbe un peu rugueux.

— Et si on mangeait ? J'ai la dalle.

Je la suivis dans la cuisine, le bébé toujours sur le dos. Quand je détachai les sangles, Zara me délesta du sac et récupéra sa petite fille guillerette.

— Tu as fait une belle promenade ? J'ai à manger pour toi !

Nicole détala. On pouvait l'entendre galoper dans le salon vide, ses cris résonnant sur les murs.

— Viens ici, ma grande, fit Zara en la rappelant dans la cuisine. J'ai apporté ton siège de table.

Elle avait accroché un siège bébé au plan de travail en pierre, mais il lui fallut quelques minutes pour la convaincre de s'y asseoir. Enfin, elle déposa quelques nuggets et frites sur un set de table en papier. Quand la fillette aperçut la nourriture, elle accepta sans rechigner de rester à sa place.

— Enfin ! souffla Zara en l'attachant.

— Longue journée ? demandai-je, une main au bas de son dos.

J'avais envie de la toucher. La nuit que nous avions passée ensemble n'avait pas suffi à m'en rassasier. Au contraire, j'avais encore plus envie d'elle.

— Longue journée. Longue semaine, répondit Zara en plongeant sa main dans un sac en papier pour en sortir un hamburger enveloppé de papier aluminium.

— Tiens. Comme tu n'as pas l'air difficile, je t'ai pris le plus garni.

— Merci. C'est parfait.

À bien y penser, c'était dingue. Zara et moi n'avions mangé ensemble que deux fois – au mariage et au déjeuner familial du dimanche. Debout côte à côte devant le plan de travail, nous mâchâmes en silence pendant quelques minutes tandis que Nicole dévorait son repas avec enthousiasme.

— La maison te plaît toujours ?

Le soleil de fin d'après-midi filtrait dans la pièce, offrant une luminosité splendide.

— Je l'adore, répondit-elle immédiatement.

Bon sang, cette simple déclaration me rendit tellement léger que j'aurais pu m'envoler.

— Content de l'entendre. Tu n'avais pas l'air emballée par l'idée, au début.

— Ce n'était pas la maison, répondit-elle tout bas. Je te suis *redevable* maintenant. Comme à tout le monde dans ma famille. Non, tout le monde dans ma *vie*. J'aurais voulu éviter de t'ajouter à la liste.

Elle m'avait dit cela le dos bien droit, les yeux dans les yeux. Ce fut à ce moment que je pris enfin conscience que je l'aimais. Je l'aimais sans doute depuis longtemps, en réalité, mais j'étais trop peureux pour utiliser ce mot, même dans mes pensées.

— Tu ne me dois rien, bébé, dis-je doucement. Je veux que cette maison soit à toi. En fait…

Je traversai la cuisine spacieuse et ouvris plusieurs tiroirs vides jusqu'à trouver ce que je cherchais : une enveloppe avec une copie de l'acte de vente.

— Tiens. Cette copie est pour toi.

Zara ouvrit l'enveloppe et sortit le document. Elle fronça les sourcils en feuilletant les pages.

— Il y a nos deux noms dessus.

— C'est vrai.

Mon avocat était de bon conseil.

— Copropriétaires avec droit de survie. Si quelque chose arrivait à l'un de nous, l'autre obtiendrait automatiquement la maison.

Elle leva vers moi ses longs cils noirs et son regard rencontra le mien.

— Tu aurais pu te contenter de la léguer à Nicole.

Je haussai les épaules. Sans doute avait-elle raison. Mais je voulais que Zara ait une maison. Bon sang, je voulais qu'elle ait *tout*.

— Ça me fait plaisir de faire ça pour toi, beauté. J'espère que la maison te plaît. Et j'espère que tu me laisseras te rendre visite.

— Merci, Dave.

Ses joues étaient roses. Elle prit la dernière bouchée de son hamburger, puis froissa l'emballage.

— J'ai aussi des frites, dit-elle en changeant de sujet, plaçant le sac entre nous comme une barrière de friture.

Oh, pas question. J'écartai le sac et me penchai vers elle pour l'embrasser sur le menton.

Zara, qui n'était pas du genre à tourner autour du pot, posa sa belle main sur ma joue. Puis elle tourna la tête et m'embrassa sur la bouche, rien qu'une fois. L'instant d'après, elle repoussait mon visage.

— Je ne peux pas, Dave. J'aimerais, mais je ne peux pas.

— Pourquoi ?

Elle se tourna vers son bébé, la bouche pleine, avant de me regarder à nouveau droit dans les yeux.

— Avant, toi et moi, c'était juste une histoire comme ça. C'était merveilleux, magnifique, mais ça ne devait pas durer, expliqua-t-elle. C'était provisoire, et ça me convenait *très bien*.

— C'est vrai, dis-je en riant. Je n'ai pas oublié que tu me jetais dehors tous les soirs.

Son sourire était triste lorsqu'elle répondit :

— Le truc, c'est que je ne peux même plus faire ça, parce que maintenant, nous ne sommes pas les deux seules personnes impliquées. J'ai les sentiments de quelqu'un d'autre à prendre en considération.

— D'accord, dis-je en essayant de comprendre. Alors, tu ne veux pas que je passe du temps avec toi parce que tu penses que je ne suis pas bon pour Nicole ?

Elle ne voyait donc pas tous mes efforts ?

— Ce n'est pas ça, fit Zara en secouant la tête. J'adore que tu sois là.

Elle soupira, comme s'il lui en coûtait de me le dire.

— Mais ce que je veux n'a pas vraiment d'importance. Je peux vivre avec toutes sortes d'incertitudes dans ma vie, mais je ne ferai pas ça à Nicole. Je suis une grande fille. Pas elle.

— Bon, j'ai compris.

En quelque sorte.

— Seulement, tu m'as tellement manqué, repris-je. Je ne vois pas où est le mal à te le dire. Ça ne me dérange pas de me rappeler pourquoi tu me plaisais autant ni comment ça se fait que nous ayons un bébé ensemble.

— Toi aussi, tu m'as beaucoup manqué, murmura-t-elle. Mais l'autre jour, tu m'as demandé ce dont j'avais besoin. Et je ne t'ai pas donné de réponse.

— Eh bien, vas-y, maintenant.

— D'accord. J'ai besoin de savoir si nous sommes vraiment sur ta liste ou pas.

— Ma liste ?

Cette fois, je ne la suivais plus du tout.

Zara retira méticuleusement des peluches invisibles sur sa manche.

— Quand j'étais petite, mon père était là épisodiquement. Ma mère était d'une patience d'ange avec lui. Il nous a menés en bateau. Et puis, finalement, il est parti pour de bon. La dernière fois que je l'ai vu, j'avais quatorze ans.

Oh. Je comprenais mieux, maintenant. J'avais horreur de parler de ma propre enfance. À en juger par l'expression de Zara, ce n'était pas non plus une conversation amusante pour elle.

Elle continua néanmoins.

— Nicole n'est qu'un bébé. Quand elle sera plus grande, elle ne se souviendra pas de l'été où son père est venu la voir pendant deux mois.

Elle prit une profonde inspiration et rencontra mon regard.

— Tu peux passer, Bess peut nous rendre visite pendant une heure, mais ça ne veut rien dire pour Nicole. Même si Bess lui achète toutes les tenues pour bébé de Détroit.

C'est tout à fait son genre.

— C'est comme ça. Un jour, Nicole aura dix ans. Elle est née au printemps, le 7 mai…

Ensemble, nous nous tournâmes vers notre fille. Sans succès, j'essayai d'imaginer ce bébé joufflu en fillette de CM2 aux cheveux auburn.

— Audrey lui fera sans doute un gâteau avec Wonder Woman dessus, ou ce qui sera à la mode cette année-là, reprit Zara avec un sourire timide. Ici, dans cette cuisine, peut-être.

Elle tapota le plan de travail.

— Je vois, dis-je en l'écoutant attentivement. D'accord.

— Mais voilà à quoi je voudrais que tu penses.

Elle laissa échapper un souffle frémissant, puis elle ajouta :

— Le jour de son anniversaire, elle devrait déjà savoir où elle en est avec toi. Soit tu es dans sa vie à ce moment-là, soit tu ne l'es pas.

Oh.

Elle tendit la main pour prendre la mienne.

— Ne la laisse pas *dans l'attente*. Je ne veux pas qu'elle reste assise à regarder le téléphone, sans savoir si tu vas l'appeler pour lui souhaiter un joyeux anniversaire.

Zara détourna le visage. Mais j'eus le temps de voir les larmes dans ses yeux. Et mon cœur se brisa pour elle comme jamais auparavant. J'étais peut-être lent du ciboulot, mais pas au point de ne pas voir que ce petit scénario inventé par Zara reprenait une histoire très personnelle.

En lui serrant la main, je portai sa paume à ma bouche et je l'embrassai.

Elle déglutit péniblement, évitant de me regarder.

— Un enfant peut très bien se débrouiller sans père dans la vie. Crois-moi.

Elle soupira, la voix chevrotante.

— Tu n'es pas obligé de rester, Dave. Mais je ne veux pas que ma petite fille attende, assise par terre, en *espérant* avoir été suffisamment sage cette année pour mériter cinq minutes de ton temps pour son anniversaire.

Merde. Ma gorge était plus nouée qu'elle ne l'avait jamais été.

— C'est bon, ma chérie, dis-je d'une voix éraillée. J'ai compris.

Je n'avais pas prévu de faire un coup pareil à Nicole. Mais en écoutant Zara décrire sa douleur, je comprenais totalement les cicatrices qu'elle portait en elle.

Ce fut à ce moment que je compris enfin à quel point notre couple serait compliqué. Si ça ne fonctionnait pas entre nous, nous risquions de briser trois cœurs à la fois.

— Tu...

Une fois de plus, elle avala sa salive avec difficulté.

— Tu n'es pas obligé d'être son papa. Elle a déjà une grande famille. Si tu ne veux pas être impliqué, je comprendrai. Mais j'ai besoin que tu te décides avant qu'elle soit assez grande pour me demander si elle a un père ou non.

— Bien sûr, murmurai-je.

Enfin, elle se tourna franchement pour me regarder droit dans les yeux.

— Ça ne fait que quelques semaines. Tu dois encore être sous le choc. Elle ne se souviendra pas de cet été, Dave. Mais elle ne restera pas éternellement bébé.

— Évidemment, dis-je doucement.

Je m'avançai pour la prendre dans mes bras.

— Je comprends. Je ne lui ferai jamais ça. C'est promis. Peux-tu me faire confiance ?

Elle s'essuya les yeux du revers de la main.

— Oui, je peux. Mais j'aimerais que tu prennes le temps de savoir ce que tu veux vraiment. Il s'est passé beaucoup de choses ces dernières semaines. Tu as été génial. Mais tu es encore en vacances. Tout est toujours mieux en vacances. Ce n'est pas la vraie vie.

Pourtant, pour moi, c'était vraiment très réel. J'ouvris la bouche pour le lui dire. Mais elle me devança :

— Tout ce que je veux, c'est que tu réfléchisses. Quand tu retourneras à New York, tu seras complètement englouti par ton quotidien, n'est-ce pas ?

— Bien sûr, mais…

Elle leva une main.

— Retournes-y. Reprends ta vie pendant un moment. Pense à tout ça. Demande-toi ce que tu peux donner à ta fille. C'est important pour moi, parce que je sais que ce sera important pour elle.

— D'accord, murmurai-je.

Sa main tremblait dans la mienne.

— Viens ici, dis-je en l'attirant plus près.

Elle se laissa faire, posant sa joue contre ma clavicule. Un soupir lui échappa, comme si elle était épuisée d'avoir ôté ce poids de sa poitrine.

Je l'embrassai sur le front. Sa peau était si douce sous mes lèvres que je ne pus m'empêcher de recommencer. Je restai là un moment, à la serrer contre moi. J'avais envie de repousser sa peur et sa douleur, de les étouffer par la chaleur de nos deux corps.

Ce fut à ce moment-là que Nicole décida qu'elle avait assez mangé et commença à agiter ses bras, criant pour retrouver sa liberté.

— D'accord, d'accord, dit doucement Zara en se dégageant de mon étreinte pour ramasser les miettes qui avaient glissé sous la chaise. Le rappel à la vraie vie.

Mais la vraie vie était plutôt belle. Je me penchai sur le plan de travail, détachai la ceinture du siège et soulevai Nicole.

— Allez, ma grande. Allons dehors essayer ton nouveau jardin.

31

———

ZARA

Nous emmenâmes Nicole à l'extérieur, où elle s'activa comme une petite abeille sur la pelouse. Je nous imaginai jouer ici toutes les deux, l'été prochain, et encore l'été d'après, quand elle marcherait mieux, puis lorsqu'elle serait une vraie grande fille de maternelle aux jambes agiles. Je pourrais la pousser sur la balançoire, et même installer un bac à sable juste là, devant la fenêtre de la cuisine, pour pouvoir la surveiller tout en mangeant.

Dave s'assit par terre, passant sa main dans les hautes herbes à côté de lui.

— Ça pousse un peu trop. On devrait trouver quelqu'un pour tondre.

— Je vais demander à Benito une recommandation, dis-je aussitôt. L'été prochain, j'aurai une tondeuse à rouleau, je la passerai moi-même.

Dave me regarda, la mine pensive. Mais il ne dit rien. Il ne me fit aucune remarque sur le fait que je venais de l'écarter du tableau, partant du principe qu'il ne serait pas là pour tondre le gazon des deux maisons qu'il venait d'acheter.

Mais le ferait-il ? Mon instinct me disait que non. Il retournerait à New York, se rendrait compte que sa vie de célibataire ne manquait pas d'avantages, et rayerait le Vermont de ses projets de voyage dans un avenir proche.

Je ne pouvais pas compter sur son retour. Je ne devais même pas y penser.

Quand Nicole commença à se fatiguer, je la soulevai et la ramenai à l'intérieur.

— C'est l'heure de l'histoire, murmurai-je à son oreille.

Elle se trémoussa aussitôt, parce qu'elle savait très bien que les histoires étaient synonymes de coucher.

Dave rassembla les déchets de notre repas, la chaise de bébé et le sac.

— Je vais te raccompagner à ta voiture, en bas de la colline, proposai-je.

Il accepta en silence.

Il n'avait pas dit grand-chose depuis que nous avions parlé dans la cuisine. Et il ne fut pas plus loquace dans la voiture, alors que nous descendions la rue principale pentue en direction de la rivière. Je me garai sur une place de parking entre deux autres voitures – j'étais encore trop effrayée par l'accident que j'avais failli avoir pour m'arrêter n'importe où sans précautions – et je coupai le moteur.

Je jetai un coup d'œil à Nicole. Elle avait l'air profondément endormie.

La main de Dave se posa sur mon bras.

— Une minute, beauté. Il y a quelque chose que j'aimerais te demander. C'est important.

— Hmm ?

Mes pensées étaient accaparées par le bébé, je me demandais si j'allais pouvoir me brosser les dents avant qu'elle ne commence à s'agiter.

— J'aimerais rester avec toi ce soir, murmura-t-il.

— Attends, quoi ?

Je reportai brusquement mon attention sur son visage bouleversant et l'ardeur de son regard. M'avait-il seulement écoutée, tout à l'heure, dans la cuisine ?

— Tu ne m'as pas entendue quand j'ai dit que je voulais que tu prennes le temps de la réflexion ?

— Si, chaque mot.

Il me prit la main et la porta à son visage un peu rugueux, embrassant ma paume avec une telle douceur que je retins un soupir.

— Tu as dit que Nicole ne se souviendrait pas de cet été. Mais toi, oui. Et moi, c'est clair et net que je ne l'oublierai jamais.

— Et ?

Il me caressait la main, un geste infiniment troublant.

— *Et* j'ai déjà promis de retourner au travail et de réfléchir à ma situation. Mais je te demande le service inverse. De ne pas penser du tout jusqu'à ce que je reparte. Ne réfléchis pas. Contente-toi de te laisser vivre.

— De me laisser vivre… avec *toi*, précisai-je. Comment ça ?

Bien sûr, c'était une question bête.

— Laisse-moi t'aimer ce soir, dit-il à mi-voix.

— Ça résoudrait quoi, exactement ?

— Si tu ne peux pas comprendre ça, alors je ne peux pas vraiment t'aider.

Puis il tendit la main par-dessus le levier de vitesses, la posant sur ma joue.

— Mais je suis sûr que tu ne le regretteras pas.

Ses doigts me frôlèrent à peine, me donnant le frisson.

— Comment peux-tu le savoir ?

Je le redoutais déjà. Pas ce soir, évidemment. Ce soir, ce serait merveilleux. Mais je ne ferais que creuser plus profondément la tombe de mon pauvre cœur brisé.

— Tu m'as demandé de ne pas jouer avec l'affection de ma fille.

Ses yeux verts me fixaient et je ne pouvais pas détourner le regard.

— Je ne ferai jamais ça. Mais tu viens aussi de me dire que tu étais une grande fille qui acceptait de ne pas connaître le résultat de la partie avant que les cartes soient distribuées.

Merde, j'avais bel et bien dit quelque chose comme ça. C'était un beau mensonge, ça aussi.

— Peut-être que tu n'es pas ce dont j'ai besoin en ce moment, lui dis-je.

— Vraiment ?

Son regard brûlant semblait déceler chacun de mes mensonges.

— Dans ce cas, laisse-moi te convaincre que je le suis.

— Me convaincre, grommelai-je. Avec ta…

Évitant de dire le mot *bite* devant mon enfant, je baissai les yeux vers son entrejambe.

Il sourit, puis attira ma main à lui, rapprochant son corps musclé pour m'embrasser au coin des lèvres, juste une fois. Sa joue rêche glissa contre mon visage alors qu'un frisson remontait le long de ma colonne vertébrale. Il me chuchota à l'oreille :

— Je suis très persuasif. Pas seulement avec ma queue. Mais aussi avec mes doigts. Et ma bouche.

Je pris son visage dans mes mains et l'écartai pour pouvoir le regarder droit dans les yeux.

— Je ne sais pas quoi penser, admis-je.

— Alors, ne pense pas. Emmène-moi à l'étage.

Il se pencha en avant et m'embrassa pour de bon, cette fois. Il prit possession de mon être obstiné, faisant taire mes objections sous ses lèvres de satin et sa langue arrogante.

Il s'en allait dans quelques semaines, et une fois de plus, j'allais devoir surmonter son départ.

De toute façon, j'avais l'intention de céder.

Mais d'abord, le rituel du coucher.

— Attends, dis-je en interrompant un échange enflammé qui promettait de durer une heure. Avant de t'amuser, il faut mettre ta fille au lit. À y être, tu vas pouvoir m'aider.

À ces mots, j'eus droit à un sourire dévastateur.

— Ça marche, me dit-il. Apprends-moi.

Vingt minutes plus tard, je me laissai tomber sur le canapé, écoutant Dave lire un deuxième livre à Nicole. Je ne pouvais pas distinguer les mots, mais sa voix grave et toute douce avait une cadence apaisante. Au bout d'un moment, il cessa de lui faire la lecture et il n'y eut plus que le silence. Puis je l'entendis se racler la gorge, comme pour attirer mon attention.

Sautant du canapé de Benito, je m'empressai de rejoindre le couloir. Je m'arrêtai net devant la chambre de Nicole, découvrant le genre de scène susceptible d'illuminer mes ovaires comme un flipper. Nicole s'était assoupie sur le torse de Dave. Il était assis dans le fauteuil à bascule, son bras puissant sous la bosse formée par la couche dans son pantalon de pyjama. Il n'existait rien de plus beau au monde que le visage confiant de ma fille, bercée contre ce corps musclé.

— On a un homme à terre, murmura-t-il.

Le spectacle était si éblouissant qu'il aurait tout aussi bien pu parler de moi.

— Elle n'a pas tété, dis-je bêtement.

Il arqua un sourcil.

— Eh bien, je ne suis pas franchement équipé pour ça.

C'était bizarre qu'elle ne m'ait pas réclamée, cependant. Quand j'étais à la maison, elle me demandait toujours. Et si je n'étais pas là, elle donnait du fil à retordre à ma mère avant de s'endormir. Mais pas ce soir.

Peut-être que mon bébé était prêt pour le sevrage. Est-ce que je l'étais, moi ?

Je me secouai de ma torpeur.

— Bon, alors c'est facile. Pose-la simplement sur le matelas.

— Sur le dos ? demanda-t-il en se levant lentement, soutenant le poids plume contre son corps volumineux.

— Oui, mais ce n'est pas très important à son âge. Elle se retournera si elle n'aime pas comment tu la disposes.

De toute évidence, ma petite poussée d'hormones n'était pas encore retombée, car je ne pouvais pas m'empêcher de lorgner les biceps de Dave tandis qu'il déposait doucement notre enfant sur son matelas. Détachant mes yeux de sa silhouette parfaite, j'attrapai la couverture sur le côté du lit et en couvris le bas de son corps.

— C'est bien, non ? chuchota-t-il.

— Mission accomplie, confirmai-je tout bas.

Il me suivit hors de sa chambre, fermant la porte derrière lui dans un léger déclic.

— En temps normal, je la laisse légèrement entrouverte, précisai-je en me penchant devant lui vers la poignée.

— Vraiment ? fit-il, toujours à mi-voix.

Reprenant ma main sur le bouton de porte, il me fit reculer contre le mur. Alors qu'il coinçait mes mains dans les siennes, mon cœur se mit à battre la chamade. Enfin, il se pencha, effleurant mon lobe d'oreille sous ses lèvres.

— Je me disais que tu ne voudrais pas qu'elle entende tes gémissements quand je te ferai jouir.

Je frissonnai alors que sa bouche aux paroles si crues descendait un peu plus bas, déposant de tendres baisers dans mon cou.

Très malin, pensai-je, mes doigts entrelacés avec les siens. De toute évidence, il savait qu'il ne valait mieux pas me laisser le temps de me demander si c'était une bonne idée.

De toute manière, ce fut mon corps qui prit la décision à ma place. Je me laissai aller contre le mur, inclinant mon menton pour qu'il puisse m'embrasser au creux du décolleté. Il ne m'avait même pas encore déshabillée, pourtant ces baisers sensuels sur ma poitrine me faisaient déjà vibrer de désir.

— Mon Dieu, je suis vraiment une fille facile, dis-je en riant tout bas.

— Tu dis ça comme si c'était une mauvaise chose, répondit-il entre mes seins.

Il se mit à genoux et souleva mon haut, ses lèvres attisant la peau douce de mon ventre juste au-dessus de ma ceinture. Il poussa le bouton, puis baissa ma fermeture éclair.

— Retire ton jean, ordonna-t-il.

Seigneur. Cette intonation m'enflammait. À tous les coups. Mes mains tremblantes entreprirent de me délester de mon jean.

— Monte sur le lit, ordonna-t-il. Sur le dos. Allez.

Je m'exécutai rapidement. Le temps qu'il défasse son troisième bouton, je m'étais positionnée comme il l'avait demandé. Je le regardai déboutonner sa chemise, ce qu'il fit très *lentement*, cet enfoiré, parce qu'il me connaissait bien. Il jouait avec moi comme avec les cartes dans sa main, et il était certain de gagner.

Cela dit, je m'en fichais. J'avais toujours su profiter de l'instant présent, et c'était un très bon moment à vivre.

Dave jeta nos vêtements sur une chaise et détacha lentement sa ceinture, mon regard brûlant sur son corps. Enfin, il leva les yeux vers les miens et sortit sa verge, baissant son boxer pour mieux s'offrir à ma vue.

— Tu vois quelque chose que tu aimes ? demanda-t-il, taquin, en exerçant un mouvement de va-et-vient avec son poing.

— Viens ici, demandai-je, m'efforçant d'équilibrer les pouvoirs.

— Quand je serai prêt.

Il reprenait nos anciennes façons de faire. Ce jeu d'attirance et de répulsion, de stimuli et de réactions.

— Débarrasse-toi de ce petit haut et de cette culotte. C'est très joli, mais je veux te voir.

J'attrapai l'ourlet de mon débardeur et je marquai une pause.

— On désobéit déjà ? plaisanta-t-il, se méprenant sur mon hésitation.

Il était entièrement nu, sa main autour de son sexe en érection. Son corps était *tellement parfait*.

Je savourais le spectacle. Mais je ne pouvais toujours pas me résoudre à me déshabiller devant lui. Deux ans s'étaient écoulés depuis la dernière fois que nous nous étions vus aussi intimement et cette pensée me retenait.

— Tu es fantastique, dis-je à mi-voix.

— Comme toi, beauté. Mais tu portes toujours trop de vêtements.

Je m'adossai contre les oreillers et regardai le plafond.

— Dave, j'ai pris cinq kilos et j'ai expulsé un bébé de plus de trois kilos. Tout n'est plus exactement comme avant.

— Quoi ? demanda-t-il bêtement.

Je ne devais pas être la seule à me sentir étourdie par le désir, car il lui fallut quelques secondes pour comprendre, d'après l'expression de son visage viril.

— On s'en fout. Tu es aussi canon qu'avant. Tu as même de plus gros seins.

Je levai les mains vers ma poitrine bien ronde.

— Tu ne peux même pas les sucer, sinon tu auras le visage plein de lait.

Son sourire devint malicieux.

— Déshabille-toi, maintenant. Ou pas. Comme tu voudras. Mais continue à te toucher.

Il posa un genou sur le lit et avança les hanches, son sexe dans sa main.

Je gémis en le voyant, puis je pris une inspiration profonde et lente.

— Bon sang.

— Ça peut être à toi, si tu veux. Écarte les jambes. Et enlève ce putain de haut avant que je te l'enlève moi-même.

Sa voix éraillée me donna le frisson. J'oubliai de craindre qu'il remarque les vergetures sur mon ventre et je soulevai mon petit haut par-dessus ma tête.

En récompense, Dave se laissa tomber sur ses avant-bras et enfouit son nez entre mes jambes, ses lèvres effleurant la bande de dentelle. Il embrassa la jonction de mes cuisses tremblantes, puis ouvrit la bouche sur le tissu, exhalant un souffle chaud.

Je fus saisie de tremblements.

— Tu pourrais jouir comme ça ? demanda-t-il, posant des baisers contre la dentelle presque inexistante. Ou peut-être…

Il écarta le tissu et lécha mon clitoris sans préambule.

— Oh !

J'étouffai un cri et mes doigts s'agrippèrent à ses cheveux.

Il colla sa langue contre moi et gémit, un son guttural qui acheva de m'embraser. Je devins débridée, écartant davantage les cuisses et inclinant mes hanches vers sa bouche. Apparemment, une chose n'avait pas changé chez moi, ma capacité à démarrer au quart de tour. Bientôt, je mouillais et mes mamelons se dressaient en signe d'avertissement.

Oups. J'appuyai mes paumes contre mes seins, redoutant que mon lait se mette à couler.

Dave dardait sur moi son regard de braise, la bouche toujours occupée. Ses yeux s'assombrirent tandis que je me trémoussais sous ses lèvres, les mains sur ma poitrine.

Soudain, il perdit patience et se redressa, arrachant ma culotte d'un geste vif. Il rampa le long de mon corps comme sur un terrain d'exercice militaire, s'aligna avec moi et me remplit brusquement, tout cela dans un seul mouvement fluide.

— Oh !

Cette délicieuse intrusion me fit tressaillir et je me cramponnai à ses épaules, relevant instinctivement les genoux contre son corps.

— Hmm, acquiesça-t-il, baissant son front vers le mien. C'est exactement ce dont je parle.

Nous nous regardâmes sans sourciller et je m'attendais à ce qu'il passe à la vitesse supérieure.

Mais il n'en fit rien. Du moins, pas encore. Il me donna un bref baiser, puis m'étonna en posant une question :

— Quand penses-tu que nous avons fait Nicole ?

— Quoi ?

Je lui frottai le dos, incapable de me retenir de le toucher. Avec toute cette peau sur la mienne, j'avais du mal à réfléchir.

— Quand est-ce arrivé ? murmura-t-il.

Puis il ferma les yeux et décrivit une rotation du bassin en poussant un gémissement faible.

— Merde. Qui aurait cru que l'idée de te mettre enceinte m'exciterait autant ?

— C'est le cas ? demandai-je dans un souffle, avançant les hanches pour rencontrer les siennes.

Je savais exactement ce qu'il voulait dire. Une nuit d'été, il s'était allongé comme ça sur mon corps et nous avions fait un bébé. Mon cœur, cet idiot romantique, adorait cette notion.

— Quand, à ton avis ? insista-t-il en s'enfonçant lentement. Le premier soir ? Le dernier ?

Puis il accéléra le rythme et ces douces frictions m'empêchèrent de penser.

— La tequila, dis-je en haletant. Ce soir-là. Quand Jimmy a jeté ce verre, on s'est assis ensemble et on a bu de la tequila.

— Ah oui ? fit-il, ses lèvres effleurant les miennes. Pourquoi ce soir-là ?

Je l'embrassai en guise de réponse et il se détendit à nouveau, me torturant avec une poussée langoureuse.

— Parce que… murmurai-je enfin. Ce soir-là, tu m'as *allumée*.

Je tendis mon cou pour atteindre sa bouche, avide d'autres baisers sensuels.

Mais il s'écarta, hors de ma portée.

— Je t'ai allumée comment ?

— Hmm, dis-je en me remémorant ce moment. Sur le tabouret de bar. Tu m'as fait jouir avec ton gland, haletai-je en cherchant désespérément le contact.

Il sourit avant de m'embrasser à nouveau.

— Comme ça ?

Dressé sur un coude, il recula pour se retirer. Puis il passa son gland rond et gonflé sur mon clitoris. Je lâchai un cri.

— Comme ça, hein ? Et tu penses que c'est ça qui a fait l'affaire ?

— Il n'y avait pas de… préservatif, dis-je dans un souffle.

C'était une torture. Du moins, il nous torturait tous les deux. Un masque d'envie pure était placardé sur son visage. Alors, j'inclinai les hanches et je le repris en moi. Il s'y laissa aller avec reconnaissance. Tout en souriant. J'avais oublié ce détail : il me souriait pendant nos rapports. Comme si nous partagions un secret.

Pas étonnant que je sois tombée amoureuse de ce gars.

— C'est vrai, murmura-t-il. J'adore plus que tout te rendre accro.

Avec un petit rire, il emprisonna mes hanches dans ses mains fermes et les plaqua sur le matelas. Je renversai la tête en arrière, mes abdominaux tendus.

— Donne-moi tout, supplia-t-il. Donne-moi ton plaisir.

Sur ce, il se pencha et captura ma bouche dans un autre baiser autoritaire tandis que ses hanches palpitaient en rythme, son torse musclé bandé au-dessus de moi.

Qui pourrait résister à ce spectacle, ou à cet homme, d'ailleurs ? Je me cambrai, décollant mon dos du lit alors qu'une lame de fond déferlait à travers moi. Il poussa un grognement victorieux et me conduisit dans l'extase, tandis que je fermais les yeux pour retenir la sensation quelques secondes de plus.

— Oh. Putain, lâcha-t-il, presque avec surprise. Waouh !

La tête en arrière, il frissonna, ses biceps contractés alors qu'il s'abandonnait à l'orgasme dans un râle.

Au même instant, je constatai que ma poitrine était humide. C'était du lait. Le plaisir avait déclenché une montée de lait.

— Oh, merde.

Je ramenai mes mains sur mes mamelons. Mais il y avait du lait partout. Récupérant ma chemise de nuit sous mon oreiller, je m'en servis pour m'éponger en hâte.

— Ça fait désordre.

— Pfiou, fit Dave en secouant la tête. On ne va pas se mentir, c'est la chose la plus sexy que j'aie jamais vue. Laisse-moi faire.

Il prit le tissu en coton et me tamponna doucement la peau, mais elle était déjà presque sèche. En se penchant, il passa la langue sur mon sein sensible, puis il se lécha les lèvres avec une expression espiègle.

— Arrête, dis-je en repoussant son visage, comme on éloignerait un chien qui flaire là où il ne devrait pas. Tu vas empirer les choses.

— Tu es tellement sexy. C'est plus fort que moi.

Il se blottit entre mes seins, afin de m'agacer. Puis, toujours contre moi, il couvrit mon corps avec le sien et m'embrassa.

— Bon sang, Zara. Ça s'est terminé bien avant que je ne sois prêt. Je perds le coup de main.

Pas avec moi, murmura mon cœur. Au contraire, je ressentais une attirance de plus en plus forte chaque fois qu'il était près de moi.

Je suis tellement foutue, pensai-je, alors même qu'il m'embrassait.

Nous ne dormîmes pas beaucoup. Mon corps était épuisé, mais mon cerveau était infatigable, refusant de m'accorder le repos. C'était une nuit parfaite et je ne voulais pas en rater une minute.

Dave non plus. Il n'avait de cesse de me toucher. De me caresser. Ce qui entraîna plus d'ébats passionnés, et plus de câlins, aussi. Nous restions allongés dans l'obscurité et, à un moment donné, il me sembla qu'il s'était endormi.

— Parle-moi de ta grossesse, murmura-t-il pourtant après un moment. Tu as paniqué ?

— Oui et non, dis-je contre la toison fine de son torse, où j'avais posé ma tête. Quand j'ai réalisé que j'étais enceinte, au fond, je n'étais même pas surprise. J'avais été une adolescente rebelle et ça ne s'était pas vraiment atténué pendant des années. Je me suis dit : Bon, il est temps que ça s'arrête. Presque comme si Nicole venait me dire que ça avait assez duré.

Je décollai ma tête de sa poitrine.

— Ce n'était pas l'atterrissage le plus doux dans l'âge adulte. Mais ce n'était pas si terrible, en fin de compte. Et la grossesse en soi a été facile à vivre. Je n'ai même pas vomi.

— Eh bien, c'est une bonne nouvelle. Je n'aime pas penser que tu étais seule et que tu avais peur.

Sa grande main passa dans mes cheveux et je me liquéfiai.

— Je n'ai pas facilement peur, dis-je en essayant de ne pas lui montrer à quel point ses mots étaient importants pour moi.

— Je n'ai pas dit ça. Cela dit, ça faisait beaucoup à gérer.

— C'est vrai. Je me sentais vraiment nulle de ne pas connaître ton identité. Je me demandais ce que tu penserais de tout ça.

Je me le demandais encore, d'ailleurs.

— J'ai suivi ces cours sur l'accouchement, le genre où ils t'apprennent à bien respirer.

— Ah oui ?

— Il n'y avait que des couples. Et moi. Ma mère m'a proposé de m'accompagner, mais elle avait eu quatre enfants et n'avait pas vraiment besoin d'apprendre. Et puis, je ne voulais pas la traîner là-bas simplement parce que j'étais la seule dans le cours à ne pas connaître le nom de famille du père de mon bébé.

Il partit d'un rire grave et sa voix se réverbéra sous mon oreille, à travers sa poitrine. Ce devait être ainsi que Nicole entendait le monde. Elle adorait se servir des gens comme oreillers.

— Tu sais, dit-il à voix basse. Je suis remonté dans mon calendrier pour voir où j'étais le 7 mai, il y a un an. Mais c'était après la saison régulière et nous n'avons pas participé aux séries éliminatoires. Je n'ai pas fait de voyage avec les gars avant le mois de juin. Ça me fait bizarre de penser que je devais être en train de soulever des poids à la salle de sport pendant que tu donnais naissance à notre bébé. Comment était-ce ?

Encore une fois, il avait ramolli mon pauvre petit cœur. Je n'aurais jamais cru être couchée dans le noir, une nuit, à lui parler du plus grand jour de ma vie.

— Eh bien, je ne me souviens pas du plus palpitant, dis-je sur le ton de la plaisanterie. Alors, je ne peux pas te renseigner.

— Vraiment ?

Son bras se resserra dans mon dos.

— Les médicaments devaient être puissants, alors.

— C'était sans doute à cause de ça, en partie. Mais j'étais tellement épuisée, aussi. Elle a mis dix-huit bonnes heures à arriver. Je n'arrivais plus à parler quand ils me l'ont enfin remise.

— Qui était avec toi à l'hôpital ?

— Ma mère, tout le temps. Et les autres attendaient dans la salle d'attente. Mes frères. Mes oncles. Audrey et Griffin.

Je bâillai avant d'ajouter :

— Tu sais le plus drôle ? Je pensais que Nicole était le plus beau bébé que j'aie jamais vu. Vraiment parfait.

— C'est le cas.

— Oui, maintenant. Mais quand elle a eu un an, ma mère m'a donné un album photo de sa première année. Sur ses photos de nouveau-né, elle est toute rouge et fripée, on dirait un vieillard malingre.

Nous éclatâmes de rire, tous les deux. Puis je me levai pour aller chercher cet album photo et lui montrer ce que je voulais dire. À deux heures du matin, nous étions là, allongés, à feuilleter les pages. C'était quelque chose d'ordinaire et de mignon que la plupart des mères faisaient avec le père de leur bébé.

Je m'étais toujours dit que ce devait être merveilleux, et c'était le cas.

Dave

Dans mon rêve, un bébé gazouillait.

Un instant. Non, ce n'était pas un rêve.

J'ouvris les yeux pour voir la lumière du soleil par la fenêtre de Zara.

À côté de moi, elle gémit dans son sommeil, mais ses yeux étaient toujours fermés.

— Ba, bip, ta, da ! babillait Nicole, quelque part non loin de là.

Je balançai mes jambes hors du lit, enfilai mon boxer et passai la tête par l'entrebâillement de sa porte. Elle était dans son berceau, à attendre.

— Pa, pa ! cria-t-elle en me voyant.

L'horloge sur son mur indiquait 6 h 45, mais j'avais l'impression que c'était plus tôt. Je la sortis du petit lit et changeai sa couche, les yeux à moitié ouverts. Quand je l'emmenai dans le couloir, j'entendis Zara m'appeler.

— Ne fais pas de biberon, murmura-t-elle depuis le lit. Mes seins sont sur le point d'exploser. Elle n'a pas tété depuis hier matin.

Nicole prit son élan pour se tendre vers sa mère, mais cette fois je l'avais anticipé. Je la déposai en toute sécurité. Sans perdre de temps, elle se blottit à côté de Zara et referma sa bouche sur son téton. Elles fermèrent les yeux, toutes les deux, et se détendirent ensemble.

En les regardant, cette émotion inconnue me revint, celle pour laquelle je n'avais pas de nom. Un point de chaleur au centre de ma poitrine, sorte de désir sentimental que je n'avais pas l'habitude de ressentir.

Je m'éclipsai dans la salle de bain de Zara et m'aspergeai le visage. Puis je revins m'étendre à côté d'elles et je somnolai, essayant de ne pas réfléchir au temps qu'il me restait avant de devoir quitter le Vermont.

32

―――

ZARA

Chaque été, il y avait un moment où la saison amorçait un tournant. Et cette année, comme toujours, ce changement me prit par surprise. Les après-midi suivants furent ensoleillés et chauds, mais les coléoptères avaient cessé de venir s'écraser sur les moustiquaires la nuit. Les grenouilles s'étaient tues dans les étangs.

J'étais devant le café un soir, retournant l'écriteau sur la porte pour indiquer FERMÉ, quand je l'entendis, la première cigale. Ses stridulations montaient dans l'air, et bientôt, elle fut imitée par plusieurs congénères.

Ce fut à ce moment que je sus. L'été touchait à sa fin. L'automne allait bientôt peindre les feuilles en rouge. Des bus remplis de retraités attirés par les couleurs d'automne sillonneraient le Vermont. Je ne pouvais absolument rien faire pour retenir l'été.

Et cette année, cela me faisait un peu plus mal que l'année passée. Allez comprendre.

Les quelques jours après que Dave m'eut donné l'acte de propriété de la maison sur la rue principale me semblèrent doux-amers. Audrey était de retour, ce qui me permit de prendre un congé bien mérité.

— Allez, disait-elle en me houspillant hors du café. Je suis rentrée, je me sens mieux et tu as amplement fait ton quota d'heures. Va jouer avec ton bébé et profiter de ton homme. Je te vois jeudi soir.

En fait, je n'avais pas assisté au dîner du jeudi depuis très long-

289

temps. Dave m'avait accaparée et la lune de miel de Griff et Audrey avait chamboulé ma semaine.

Devais-je y aller ? Et plus important encore, devais-je emmener Dave ?

Toujours hésitante, j'appelai Ruth Shipley pour lui offrir un demi-boisseau des premières poires de mes oncles. J'en profitai pour lui demander si je pouvais venir avec un invité au dîner du jeudi, rien qu'une fois.

— Bien sûr, ma chérie ! répondit-elle. Viens tout le temps avec lui, si tu veux.

Si seulement.

Dernièrement, Dave et moi avions passé presque toutes les nuits ensemble. Chaque matin, je me réveillais pour le trouver dans mon lit, une main possessive sur ma hanche. Je m'autorisais à savourer le moment. Les matins où je n'ouvrais pas la boulangerie, on se réveillait ensemble à notre rythme, restant pelotonnés tous les trois dans le lit après le réveil de Nicole.

J'ignorais pourquoi elle avait choisi ce moment, mais mon bébé cessa de réclamer à téter. Elle voulait toujours des câlins, bien sûr. Mais elle buvait son lait dans des gobelets et ne cherchait plus à soulever mon chemisier.

Deux choses persistaient désormais à la périphérie de ma conscience, menaçant de me briser le cœur : Dave allait bientôt partir et mon bébé n'avait plus autant besoin de moi.

Le départ était dans quelques *jours*.

Le jeudi soir, nous montâmes dans sa voiture de location pour nous rendre chez les Shipley. Il lui restait moins d'une semaine dans le Vermont. Nous n'abordions jamais le sujet. Ni lui ni moi n'en avions envie. Mais le nombre d'appels téléphoniques qu'il échangeait avec le personnel de son équipe augmentait, et parfois quand je le regardais, je savais que son esprit était déjà ailleurs.

Je me mordis la lèvre, mais gardai le silence. Avais-je le choix ?

Lorsqu'il se gara à côté de la ferme Shipley, je sortis et détachai Nicole de son siège auto. Ensuite, j'allai chercher la tarte aux pêches que j'avais préparée. Le temps que je soulève le moule en équilibre sur ma main, Dave portait déjà Nicole sur un bras et un sac de poires d'un demi-boisseau dans l'autre.

— Elle est capable de marcher, observai-je. Je vais lui tenir la main dans l'escalier.

— C'est bon, dit-il avec douceur.

Il monta sous le porche et j'en profitai pour admirer ses fesses musclées dans son pantalon cargo. Il entra et me tint la porte ouverte.

Réprimant un gémissement de désir, je le suivis jusqu'à la salle à manger.

— Oh, bonjour, ma petite dame ! s'exclama papi Shipley en voyant Nicole. Qui nous as-tu amené ce soir ?

Nicole, qui adorait la foule, sautillait sur le bras de Dave.

— Papa ! chantonna-t-elle.

J'aurais juré voir des étoiles briller dans les yeux de toutes les femmes présentes. Même Griffin avait l'air un peu moins renfrogné à la vue de Dave et Nicole.

Audrey se précipita pour le délester du gros sac de poires.

— Oh ! Elles sont magnifiques. Sont-elles déjà refroidies ?

Les poires avaient besoin de quelques jours à une température proche du point de congélation pour mûrir correctement.

— Oui, c'est bon, assurai-je. Je les ai sorties de la chambre froide hier, laisse-les deux ou trois jours dans un sac. Tu peux en réfrigérer la moitié si tu ne veux pas qu'elles mûrissent toutes en même temps.

— J'ai hâte, dit-elle en se précipitant vers la porte de la cuisine. Je vais faire une salade de poire et de chèvre avec de la vinaigrette balsamique.

— Et du bacon ! lança Zach depuis son siège. Ça ira très bien avec.

On nous fit signe de nous asseoir sur le banc qui longeait l'immense table. Dave salua Zach et Lark, et on le présenta à Jude, Sophie et les jumeaux Shipley, Daphné et Dylan.

Quant à moi, je pris place à côté de Kieran.

— Tu devrais embaucher un employé à temps plein, déclara-t-il sans préambule.

— Bonsoir à toi aussi.

Je dépliai ma serviette pendant que Ruth et May posaient les derniers plats sur la table.

La petite amie insupportable de May semblait avoir disparu ce soir, et je ne pouvais m'empêcher de me demander pourquoi. Oserais-je espérer qu'elles se soient séparées ?

— Audrey va avoir un bébé, poursuivit Kieran. Et tu es très occupée avec ton joueur de hockey…

Dave lui lança un regard amusé avant d'accepter le verre de cidre que lui proposait Griffin.

— Ça ressemble au poiré, dit-il avec un clin d'œil.

Griffin leva les yeux au ciel et s'éloigna.

— … et je ne peux pas faire plus d'heures, termina Kieran.

— Je le sais bien, dis-je en lui tapotant le bras. Merci pour les conseils, mais chaque mois sans nouvel employé, on économise un peu plus d'argent.

— En fait, non, soutint-il. Si quelqu'un d'autre cuisinait, vous pourriez prendre plus de commandes en restauration.

— Il a raison, lança Griffin de l'autre côté de la table. Il est temps d'embaucher. Si une entreprise veut fonctionner, il faut investir, même si ça fait peur.

— Et j'ai des cheveux gris pour le prouver, ajouta Ruth, prenant place à côté de papi en tête de table. On dit les grâces ?

Je pris un petit pain chaud dans une corbeille et le tendis à Nicole pour l'occuper. Puis je refermai les mains sur celles de Kieran et de Dave, à côté de moi, avant de baisser la tête.

Dave caressait ma paume de ses doigts rugueux sous la table tandis que le grand-père dressait la liste de nos bénédictions.

Ce fut long, car il y en avait beaucoup. Même les yeux fermés, je pouvais sentir la présence de ce cercle d'amis, tous plus chers les uns que les autres. Mon cœur se fendillait comme une pêche trop mûre avec toute la bonté que la vie m'offrait.

J'avais passé beaucoup de temps avec la désagréable impression d'en avoir moins que tout le monde. Je ne savais pas que ça me ferait aussi mal de me sentir comblée.

Après le « amen » de rigueur, nous attaquâmes l'excellent repas de Ruth et d'Audrey : longe de porc avec une sauce aux prunes, carottes du jardin, pommes de terre gratinées et chou-fleur rôti.

— Waouh, fit Dave en se servant une autre portion de pommes de terre. Je ne devrais pas manger comme ça avant le mois prochain, mais je ne vais pas pouvoir me retenir.

Mon pauvre petit cœur se serra à l'évocation de son départ.

— Tu rentres à New York ? demanda May. Quand pars-tu ?

— Mardi, dit-il en posant sa fourchette.

Ce que j'avais avalé se changea en plomb dans mon estomac.

— Mais tu reviendras bientôt, non ? demanda gaiement Audrey.

— Je vais essayer, répondit-il. Et j'espère que Zara et Nicole pourront me rendre visite, elles aussi.

— Tu vois ? fit Griff. Vous allez vraiment avoir besoin d'un employé supplémentaire. La preuve.

— Bon, ça va, grommela Audrey. Si vous arrêtiez de nous apprendre comment gérer notre commerce, Kieran et toi ? Disons qu'on a été un peu occupées, ces derniers temps, entre la gestion du café, la préparation de vos dîners et la gestation de vos héritiers.

Je pouffai à ces mots. Sacrée Audrey, toujours là pour apaiser les tensions qui me nouaient la poitrine. Je découpai de petits cubes de viande pour Nicole, et la conversation s'orienta vers la cidrerie, comme c'était souvent le cas à cette époque de l'année.

Après le dîner, je laissai Nicole sur les genoux de Dave et j'aidai à la vaisselle, pour une fois. Le dessert fut servi et ma tarte aux pêches reçut des éloges. Je pris un autre verre de vin – ça aussi, c'était une première.

— Nicole ne tète plus le soir, expliquai-je à Ruth et Audrey. Alors, ça m'autorise à boire un peu.

— J'espère que je m'en sortirai avec l'allaitement, soupira Audrey, qui s'était installée près de nous avec une tasse de tisane.

— Naturellement, répondis-je en séchant une autre casserole.

Audrey gloussa.

— Toi, tu étais la mère nourricière *parfaite*. Mais j'ai entendu des horreurs chez d'autres femmes. Des mamelons qui saignent et des bébés incapables de s'accrocher.

— Ça va aller ! dis-je pour la rassurer.

— À te voir, on aurait dit que la grossesse était une partie de plaisir, gémit Audrey. Sérieusement. Mon cul a déjà doublé de volume et je viens de passer les trois derniers mois à vomir. Toi, tu ressemblais à un haricot vert avec un ballon de foot sous le t-shirt, et tu as porté des talons derrière le bar jusqu'à tes huit mois. Qui pourrait rivaliser avec ça ?

— Ce n'étaient pas des talons aiguilles, soulignai-je, mais Audrey, May et Lark riaient.

— Je regrette d'avoir raté ça, dit alors Dave en apparaissant dans l'encadrement de la porte, Nicole sur un bras et un verre de vin à la main.

Son regard vert irradiait de chaleur et il était rivé sur moi.

— Je regrette d'avoir raté beaucoup de choses.

Le silence retomba dans la cuisine. *Tu t'apprêtes à en rater beaucoup plus*, avais-je envie d'ajouter. Mais je ne pouvais rien y faire.

— On devrait rentrer à la maison, proposai-je.

Ma petite fille avait les paupières fermées sur son épaule.

— Pourquoi pas ? dit-il en vidant son verre.

33

DAVE

Nous remerciâmes nos hôtes avant de prendre congé. J'installai Nicole sur son siège auto sans la réveiller. Un mois plus tôt, je n'aurais pas imaginé faire ça, mais ce n'était même pas difficile.

En fait, câliner son bébé était d'une facilité déconcertante. Câliner sa femme de mauvaise humeur, en revanche, c'était une autre paire de manches. Ce soir, je sentais toutes les barrières de Zara remonter. Quand la sœur de Griff Shipley m'avait demandé quand je partais pour New York, elle avait affiché le masque blindé que je connaissais si bien, et elle ne l'avait pas enlevé de toute la soirée.

Le retour jusqu'au parking du *Gin Mill* se déroula en silence. Nous étions tous les deux perdus dans nos propres pensées, sans doute. C'était justement ça le problème. Nous n'avions jamais eu la chance de nous parler comme un vrai couple et je n'avais jamais fait ça avec qui que ce soit de toute ma vie.

Sur la glace, quand mes coéquipiers et moi nous retrouvions dans une mêlée, le coach Worthington nous criait :

— Parlez-vous ! Je n'entends rien.

Et je savais quoi dire dans ce genre de situation, comment sauver les miches d'un joueur quand un adversaire le plaquait.

En revanche, je ne savais pas quoi dire à une femme hérissée d'épines, trop habituée à se débrouiller toute seule.

— Bébé, tentai-je alors que nous étions assis là, à écouter le moteur refroidir. J'ai imprimé mon calendrier d'automne.

— Pardon ?

Elle se tourna vers moi, surprise.

— Le calendrier de mes prochains matches. Je l'ai imprimé au magasin de photocopies pour qu'on essaie de voir quand je pourrai revenir. On peut l'examiner après avoir mis le bébé au lit.

Zara se mordit la lèvre.

— Dave, tu as douze matches en octobre et dix en novembre. Puis quinze en décembre. À travers tout le pays. C'est impossible !

Je clignai des paupières. Les paroles qu'elle venait de débiter restèrent suspendues entre nous pendant une seconde.

— Tu l'as déjà regardé ?

— Évidemment, grommela-t-elle en se reposant contre l'appuie-tête. Je sais que tu dois partir, Dave. C'est très important pour moi de savoir que tu as envie de nous revoir. Mais ce ne sera pas facile.

— En effet, je dois y aller, dis-je lentement. Pour de nombreuses raisons.

— Tu n'as pas à m'expliquer.

— Et si j'ai envie de le faire ?

Elle déglutit.

— D'accord. Je t'écoute.

— Beaucoup de personnes dépendent de moi. Et ils me paient une fortune pour participer et me maintenir en forme.

— C'est toute ta vie. Ta carrière. J'ai compris. Le Vermont, ce n'est que pour les vacances.

Je tendis la main par-dessus la boîte de vitesses pour prendre la sienne.

— C'est plus que ça, l'écorchée vive. Je t'aime.

Les yeux de Zara s'écarquillèrent.

— Tu n'es pas obligé de me dire ça.

— Je *sais* que je ne suis pas obligé.

Je paraissais presque véhément, mais bon sang ! Elle ne me laisserait jamais entrer si je ne donnais pas un coup de pied dans la porte.

— Je ne l'ai pas dit par obligation. Et je ne l'ai jamais dit à personne avant toi, sauf si on compte ma sœur. Alors, ne me le rejette pas au visage quand je te dis que je t'aime et que j'aimerais me réveiller dans ton lit tous les jours.

Zara posa son coude sur sa portière, la joue dans sa main. Mais ses autres doigts s'enroulèrent autour des miens.

— Je suis désolée. Seulement, j'ai du mal à te faire confiance.

— Bon, d'accord. Je vais essayer de ne pas le prendre personnellement.

— Tu n'as pas *choisi* tout ça. Tu ne m'as pas choisie, moi.

Sa jolie tête au menton fièrement dressé se tourna à nouveau dans ma direction.

— Avouons-le, ton aventure de vacances est devenue un peu compliquée. Mais je refuse d'être celle qui essaie de te coincer. J'ai connu ça. J'en ai même gardé le t-shirt souvenir et quelques cicatrices.

— Personne ne me coince. À moins que tu aies envie de prendre les rênes quand on montera, tout à l'heure.

Elle me lança un regard noir et j'éclatai de rire sans pouvoir me retenir.

— Ce n'était qu'une petite blague pour te décontracter.

Je pris sa main et la serrai doucement.

— Si tu ne m'aimes pas, tu peux le dire. Mais ne me fais pas passer pour quelqu'un qui ne sait pas reconnaître ce qui est important. J'apprends lentement, mais je ne suis pas un connard, Z.

Elle soupira.

— Je ne sais pas quoi penser. Tu dois partir, et moi, je dois rester ici.

— Pour info, si jamais tu as envie de passer un peu de temps à Brooklyn, j'ai un appartement magnifique.

Ce n'était pas gagné, mais je ne voulais pas qu'elle s'imagine qu'elle n'était pas la bienvenue chez moi.

— Je ne peux pas, répondit-elle simplement. J'ai une entreprise à gérer. Je ne peux pas mettre Audrey en difficulté. Je loue un local à Alec. Toute ma famille est ici. Je ne peux pas partir à New York parce que je passe de bons moments avec toi.

— Au moins, tu avoues que tu aimes ma compagnie, dis-je en exerçant une petite pression sur ses doigts. C'est un début. Si j'ai de la chance, tu pourrais même avouer que tu m'aimes un peu.

— Je t'aime un peu. Beaucoup, même, ajouta-t-elle à contrecœur. Mais j'ai des obligations et je ne peux pas m'enfuir sur un coup de tête. Je dois protéger mon enfant.

Et moi-même. Elle ne le précisa pas, mais je l'entendis malgré tout.

À l'évidence, j'allais devoir l'attendre jusqu'au bout.

❦

Une demi-heure plus tard, je portai deux verres de vin sur le balcon de l'appartement. C'était moi qui l'avais proposé. Il ne me restait plus beaucoup de nuits d'été et je voulais passer du temps sous les étoiles avec Zara. Elle me suivit en faisant coulisser la porte moustiquaire derrière elle, posant le babyphone sur les planches de la terrasse.

Je pris place sur l'immense chaise longue en métal, le seul meuble sur son balcon, suffisamment large pour deux personnes. Le coussin dessus avait clairement connu des jours meilleurs, mais ça m'était égal. On entendait la rivière en contrebas et des éclats de voix étouffées dans le bar en dessous.

— C'est super ici, dis-je en me déplaçant. Viens t'asseoir, l'écorchée vive. Bois un peu de vin avec moi et arrête de te faire du souci. J'entends pratiquement les rouages tourner dans ta tête.

Elle m'adressa un sourire penaud.

— Je me demandais seulement pourquoi Benito avait toujours cette chaise bizarre. Il l'avait déjà dans les bois, derrière la caravane où on habitait à l'époque du lycée.

— Hmm, dis-je en prenant une gorgée de mon cabernet. C'était peut-être là qu'il emmenait les filles. Heureusement qu'il fait noir, ça nous évite de voir les taches.

— Pouah, non ! s'esclaffa Zara. Je pense juste qu'il aimait s'asseoir là pour réfléchir. Chez les Rossi, on aime bien se prendre la tête.

— J'avais remarqué, dis-je en passant un bras autour de ses épaules. Mais peut-être qu'il a simplement gardé ce transat parce qu'il le trouve confortable.

Elle s'assit à côté de moi et prit une gorgée de vin.

— Bon, peut-être. En tout cas, on est bien, ici…

— J'y pense, est-ce que tu as des meubles à toi ?

Je songeai soudain à toutes ces pièces vides dans la maison que nous possédions maintenant.

— Ça ira.

— Zara, dis-je en baissant la voix. Je t'ai posé une question, et ce n'est pas une réponse.

— Vieux réflexe, dit-elle de mauvaise grâce. Je n'aime pas me plaindre. Non, je n'ai pas de meubles. Pas pour les adultes, en tout cas. Nicole est prête, par contre. Son berceau se transforme en lit pour tout-petits et elle a une commode et un fauteuil à bascule. Je m'achèterai un matelas la semaine prochaine. C'est tout ce dont on a besoin pour l'instant. Je chercherai des meubles de salon cet automne.

— J'imagine que tu ne vas pas accepter mon aide…

— Non, répondit-elle du tac au tac. Une femme doit choisir ses propres meubles.

— D'accord.

Je souris dans l'obscurité.

— Mais si j'arrive à venir te rendre visite cet automne, on aura besoin d'un beau lit. Grand format. Et d'un canapé dans le salon, et peut-être d'un autre devant la cheminée à côté de la cuisine, pour s'asseoir devant le feu en hiver et regarder la neige tomber.

Je lui donnai une petite bourrade.

— Ai-je le droit de penser que tu m'ouvriras si je te rends visite ?

— Tu le sais bien, dit-elle en soupirant. Mais j'étais sérieuse quand j'ai dit que tu devais réfléchir avant de tirer des plans sur la comète.

— Promis. Et je ne commettrai pas l'erreur de me mettre entre une fille et ses meubles. Mais tu vas avoir besoin d'un cadre de lit et de tout ce qu'il faut dans une chambre. Oh… et des tabourets pour cet îlot, dans la cuisine, histoire que j'aie un endroit où me poser pendant qu'on préparera le dîner.

J'étais sur ma lancée.

— Et une table. J'avais oublié la table et les chaises. Il faudra bien que je mange quelque part. Quand je ne serai pas occupé à jouer avec Nicole ou à te prendre sur notre matelas king-size.

— C'est bien joli tout ça, dit-elle, surtout la dernière partie. Mais il semblerait que tu parles d'une relation longue distance. Venant d'un homme qui n'a jamais eu de relation ? Et si tu avais horreur de ça ? Si tu te rendais compte qu'une fois par mois dans ce lit king-size, ça ne te fait pas suffisamment d'exercice ?

— Peu importe.

Je frottai sa paume contre la mienne.

— Dès que je quitterai le Vermont, je fantasmerai sur toi, avec moi à Brooklyn. Allongé dans mon lit, en me caressant, à me demander quand tu viendras me rendre visite.

— Tu dis ça comme ça.

— Oui et non, dis-je en toute honnêteté. Tu éveilles un drôle de mélange chez moi. J'ai envie à la fois d'acheter des meubles et de baiser dessus. Avec toi, j'ai envie d'être patient. Parce que tu en vaux la peine, ma chérie.

Elle resta immobile à côté de moi.

— C'est la plus belle chose qu'on m'ait jamais dite.

— Je le pense sincèrement. Je suis célibataire depuis longtemps. Et ce n'est pas parce que j'ai envie de pouvoir m'envoyer en l'air avec des inconnues. C'est parce que j'ignorais que je pouvais vivre quelque chose de mieux.

Cette fois, je vidais mon sac. J'en pensais chaque mot. J'aimais mieux lui dire tout ça en personne, même si Zara n'était pas tout à fait prête à me croire.

— Tu dois comprendre mon point de vue, murmura-t-elle. Une fois, je t'ai demandé si tu avais une famille, parce que j'espérais ne pas être impliquée dans une liaison extra-conjugale. Tu m'as dit : Putain, non. Et ça n'arrivera jamais. Alors, excuse-moi d'avoir des doutes, maintenant.

À côté d'elle, je tressaillis.

— Ah, je vois, ce n'est pas une attitude franchement encourageante.

— En effet.

Merde, alors. J'avais donné à Zara toutes les raisons de penser que je la quitterais un jour. Non seulement je l'avais fait pendant deux ans, mais je lui avais juré mes grands dieux que j'étais du genre à ne pas m'attacher. Je ne pouvais pas revenir sur mes paroles. La seule chose que je pouvais faire, c'était lui prouver ma bonne foi. Et cela signifiait retourner à Brooklyn sans aucune promesse de sa part.

— Je t'aime quand même, dis-je d'une voix douce. Seulement, je suis comme ces poires vertes que tu as apportées à Audrey. Tu m'as choisi avant que je sois mûr.

Zara s'étouffa avec la gorgée de vin qu'elle avait essayé de prendre. Une main sur sa bouche, elle se mit à bafouiller, puis elle éclata de rire.

Je lui donnai une tape dans le dos.

— Respire, beauté. Ce n'était pas si drôle.

— C'était… trop, dit-elle dans un hoquet.

— J'apprends lentement, c'est tout.

Son verre de vin bien serré dans sa main, Zara gloussa et je dus l'embrasser pour la calmer.

34

ZARA

Ce n'était peut-être pas Dave en qui je n'avais pas confiance, mais le bonheur lui-même. Alors que nous nous embrassions et que mon corps se réchauffait, des larmes me piquaient les yeux. Ses bras forts m'encerclèrent et je le chevauchai avec joie.

C'était si formidable entre nous ce soir. Mais pouvions-nous survivre à une longue séparation ?

Instinctivement, j'avais du mal à lui faire confiance.

Dave souleva ma jupe, à même la chaise longue, et baissa ma culotte. Sans un mot, j'ouvris la fermeture de son pantalon. Deux minutes plus tard, j'écartai les genoux pour recevoir son sexe. Au lieu de m'y empaler comme j'en avais envie, toutefois, je m'amusai à le taquiner sans pitié, descendant centimètre par centimètre. C'était une torture pour nous deux, que j'atténuais en l'embrassant.

Il gémit dans ma bouche.

— Arrête de jouer et prends-moi.

Il m'empoigna les hanches, mais je serrai les cuisses avec détermination.

— À mon sens, murmurai-je, tu viens de te porter volontaire pour beaucoup de tourments auto-infligés cet automne. Alors, c'est l'occasion de t'entraîner à la patience.

Je m'abaissai d'un autre centimètre insoutenable. Il renversa la tête en arrière sur le transat et soupira.

— Est-ce que tout va me paraître aussi difficile ? Peut-être que ça ne me dérangera pas du tout.

C'était loin d'être vrai. Nous le savions tous les deux. Refermant mes bras autour de son cou, je l'embrassai à pleine bouche. Je ramenai mon corps sur le sien jusqu'à le recevoir aussi profondément que possible, puis je m'arrêtai. Nous étions face à face, les yeux mi-clos.

— J'ai besoin de toi, Zara, dit-il d'une voix tendue. Personne d'autre que toi.

Oh, waouh. Ces mots passionnés étaient impossibles à ignorer. Je l'embrassai avec intensité et mes hanches imprimèrent un rythme qui nous enchanta tous les deux.

— Beau parleur, murmurai-je contre ses lèvres.

— Ça a marché, non ? fit-il dans un souffle avant de me sourire.

Ce sourire, bon sang. Il me manquait déjà.

— Ne réfléchis pas, chuchota-t-il, ponctuant cet ordre d'un baiser. Ressens.

C'était un bon conseil que je me fis un plaisir de suivre.

J'ouvris la boulangerie le lendemain matin. Maintenant qu'Audrey était de retour depuis un petit moment, c'était un vrai bonheur, car je n'étais plus aussi fatiguée. Griffin nous avait envoyé le premier demi-boisseau de pommes précoces, que je pelai et coupai pour les intégrer à ma pâte à muffins avec gingembre et cannelle.

La cuisine embaumait.

Je n'étais pas la seule à commencer tôt. Dave et Nicole se réveilleraient ensemble aujourd'hui, comme c'était souvent le cas ces derniers temps, épargnant à mon frère Alec la corvée du petit matin.

J'avais espéré qu'Alec l'apprécierait, avec le temps, mais je n'en savais rien. Il n'avait toujours rien dit de positif à son sujet.

Comme je n'aimais pas les mélodrames, j'avais pris l'habitude de laisser Kieran assurer au comptoir pendant que j'allais libérer Dave de son service de garde juste avant que ma mère ne vienne prendre la relève. Si ma mère se demandait pourquoi c'était moi qui l'attendais et non Alec, elle ne me posait jamais la question.

Pourtant ce matin, les commandes d'expressos s'enchaînèrent plus qu'à la normale. Alors que Kieran et moi nous dépêchions pour réduire la file des accros à la caféine, j'en perdis la notion du temps. J'étais en retard, ou du moins suffisamment pour tomber sur ma mère dans le parking, alors qu'elle sortait de sa voiture.

Oups.

— Bonjour, ma chérie, dit-elle en glissant ses clés dans son sac. Tu as besoin de quelque chose à l'étage ?

— Euh, non.

Je me raclai la gorge.

— J'allais juste dire au revoir à Dave avant qu'il parte.

— Oh, dit-elle avec un mouvement de recul.

Puis, dans un soupir, elle ajouta :

— Je vois… Tu es sûre que c'est ce que tu veux ?

Est-ce vraiment nécessaire de le demander ?

— Si je ne voulais pas de lui, il ne serait pas là.

— Mais il s'en va dans trois jours, c'est bien ça ?

— Oui. Pour l'instant. On a prévu de se revoir bientôt, cela dit.

Je détestais l'intonation presque désespérée de ma voix.

— Je sais que ce ne sera pas facile. Peut-être que je me prépare à un désastre.

Elle arqua son sourcil parfaitement épilé et demanda :

— Comme ta mère, tu veux dire ?

— Je n'ai pas dit ça.

Maman roula des yeux.

— Tu ne t'es pas gênée. Très souvent et à haute voix. Tes frères aussi. Quand vous étiez ados, vous m'en vouliez beaucoup d'attendre votre père.

Oh, misère. Je n'avais aucune envie de recommencer ce combat.

— Je suis désolée pour toutes les horreurs que j'ai dites à dix-sept ans. Crois-moi, si je pouvais modifier cette décennie de ma vie, je n'hésiterais pas. Et je suis sûre que le destin se marre bien à mes dépens, maintenant.

Ma mère posa son sac à main sur le capot de sa voiture et soupira.

— Peut-être pas, ma chérie. Dave pourrait nous surprendre toutes les deux. Il a déjà mis un toit au-dessus de vos têtes, c'est plus que ce que ton père a jamais fait.

— C'est vrai que c'est un type bien.

Je pris conscience qu'au fond, je n'en avais jamais douté. Ce dont je doutais, c'était sa capacité à m'aimer comme je voulais être aimée.

— Peut-être que nos enjeux sont entièrement différents des tiens.

— Peut-être, admit-elle. En tout cas, je ne veux pas que tu souffres. Quand Nicole aura grandi, si elle tombe amoureuse d'un homme qui n'est pas disponible, tu comprendras ce qu'elle ressent.

— Aïe, dis-je. Ça pique.

Elle secoua la tête.

— Je veux dire par là que tu pourras compatir, que son homme soit un type bien ou pas. Je souffre pour chacun de mes enfants, tu sais. Et j'essaierai de ne pas voir ton père quand je regarde ton homme. Dave travaille dur, c'est tout à son honneur. On ne peut pas réussir dans les ligues sportives professionnelles sans beaucoup d'autodiscipline.

— C'est vrai.

Maman était la première du clan Rossi à dire quelque chose de gentil à propos de Dave.

— Ton père ne persévérait dans aucun domaine, reprit-elle. Il n'a jamais su garder un emploi, car il se vexait à tout bout de champ si le patron n'aimait pas ses façons de faire. Tout ce qui tournait mal était toujours la faute de quelqu'un d'autre. La mienne, généralement.

Je tressaillis, car c'était la pure vérité.

— Je suis désolée, maman.

— Moi aussi, ma chérie. Moi aussi.

Elle attrapa de nouveau son sac à main.

— Il faut croire qu'on ne choisit pas qui l'on aime. Alors, je vais monter, être polie avec lui et espérer le meilleur.

Une fois de plus, je la remerciai. Pour des raisons plus importantes, cette fois.

— Merci de lui avoir donné une chance.

Elle me fit un sourire triste et se dirigea vers l'entrée privée.

Quant à moi, je retournai dans le café pour reprendre mes expressos à la chaîne.

Le lendemain, Benito accepta de rester avec Nicole pour la soirée afin que Dave et moi puissions sortir ensemble.

— Un rendez-vous romantique ! me taquina Benito.

Il se moquait, mais c'était exactement cela. Curieusement, c'était notre tout *premier* rencard. Décidément, nous avions tout fait à l'envers.

Nous décidâmes de commencer la soirée dans un magasin de meubles à Burlington, comme un vieux couple marié. Dave me fit rire en testant tous les matelas.

— J'aime bien celui-ci. Allonge-toi.

— Ils sont tous pareils, ronchonnai-je. Comment fais-tu la différence ?

Il m'attira par la main.

— Pourtant, il y en a. J'aime bien celui-ci, mais tu ne trouves pas qu'il est trop ferme ?

— Non, ça va, répondis-je, comme je l'avais dit pour les cinq précédents qu'il avait essayés.

— D'accord. Vendu.

Puis il se retourna et m'embrassa. C'était chaud.

Après quoi, je m'écartai.

— Nous l'essaierons comme il se doit *après* sa livraison.

Il m'adressa ce sourire pour lequel j'aurais fait n'importe quoi.

Après avoir choisi une table basse – mais pas un canapé, car je n'aimais pas les choix en magasin – nous allâmes dîner au *Hen of the Wood*, l'un des meilleurs restaurants de Burlington. Dave passa son bras derrière le dossier de sa chaise, comme un roi repu, tandis que je l'admirais à la lueur des bougies.

— Quand vas-tu emménager dans la nouvelle maison ? demanda-t-il. J'espère pouvoir t'aider.

— Benito m'aidera, promis-je. Il veut récupérer son appartement.

Sous la table, sa jambe frottait contre ma cheville.

— Ne lui raconte pas ce qu'on a fait sur sa chaise longue.

— Certainement pas !

Je gloussai et il éclata de rire.

Au même moment, son téléphone émit un tintement. Il jeta un coup d'œil au message, puis rangea l'appareil dans sa poche. Malheureusement, il sonna à nouveau pendant le dessert, et encore sur le parking.

— Excuse-moi, fit-il en soupirant. Je crois qu'ils ne vont pas laisser tomber.

— Qui est-ce ?

— L'assistante du médecin de l'équipe.

— À cette heure-ci ?

— Oui, fit-il en effleurant l'écran. Il n'y a pas d'heures d'ouverture classiques dans le hockey professionnel. Je vais la rappeler, si ça ne te dérange pas.

Je regardai son visage tandis qu'une voix féminine lui parlait rapidement à l'oreille.

— Demain ? demanda-t-il, circonspect. Je suis à cinq heures de route.

Les éclats de voix continuèrent au fur et à mesure que son front se plissait. Quant à moi, j'avais une boule au ventre.

— D'accord, dit-il enfin avec un soupir. S'il le faut.

Il mit fin à l'appel une minute plus tard et me regarda, la mine sombre.

— Je suis désolé, bébé.

— Tu dois partir *demain* ?

C'était deux jours avant la date prévue. Je comptais sur ces deux jours.

— Oui. Ils m'ont pris rendez-vous avec un spécialiste pour parler de mon épaule.

— Et il faut que ce soit demain ?

J'entendais une pointe d'hystérie dans ma propre voix.

— Oui, fit-il avec une grimace. On m'avait dit que ce serait cette semaine, mais je ne savais pas qu'ils le prévoiraient avant le début du camp d'entraînement. C'est en partie ma faute.

Tu ne peux pas leur dire que tu es occupé ? J'avais cette question sur le bout de la langue. Mais je n'allais pas la poser, car je savais d'instinct que Dave resterait deux jours de plus avec moi s'il le pouvait. D'une certaine manière, j'en étais au moins à un stade où je pouvais avoir cette certitude à son sujet.

C'était déjà un progrès.

— Bon, dis-je lentement. Quand dois-tu partir ?

— Eh bien… fit-il en consultant la Timex à son poignet. Je dois faire mes bagages. Si je quitte le chalet à quatre heures et demie, je peux arriver à temps.

— Quatre heures et demie…

— Du matin, dit-il, la mort dans l'âme.

— Bon, déclarai-je, plus résolument cette fois. Je vais t'aider à faire tes bagages.

— Vraiment ?

— Bien sûr.

Si nous envisagions une relation à distance, tous les deux, je ferais aussi bien de m'y habituer tout de suite.

Benito leva les yeux de la télévision lorsque nous entrâmes dans l'appartement.

— Le restau était bon ? demanda-t-il.

— Oui, mais ne te lève pas, dis-je. Tu veux bien rester ici ce soir avec Nicole ?

Il cligna des yeux.

— Euh, d'accord.

— Je change les draps de ton lit, dis-je en m'éloignant avant qu'il ne puisse faire un commentaire sarcastique sur les raisons de cette requête.

Après quoi, je cherchai les affaires de Dave dans la chambre. Il avait laissé une chemise et une paire de tongs.

Ainsi que sa montre de luxe. Elle était restée sur la table de chevet, où nous l'avions laissée après que je la lui eus montrée.

— Je ne l'ai jamais vraiment appréciée, avait-il dit avec un petit rire. Ça m'aura au moins appris que dépenser de l'argent rien que pour la frime, ce n'était pas du tout mon style.

Je la laissai donc sur la table de chevet comme un talisman et je pris ma chemise de nuit et ma brosse à dents en prévision de ma nuit au chalet avec Dave.

Il n'était pas dans le salon quand je revins sur mes pas. Ni dans la cuisine.

Je le retrouvai dans la chambre du bébé, debout en silence dans l'obscurité, à regarder son enfant endormi. Alors que je m'attardais dans l'embrasure de la porte, il se pencha pour ramener la couverture sur son petit corps étendu et murmurer quelque chose que je n'entendis pas.

Des larmes perlèrent au coin de mes yeux et je m'éloignai rapidement pour les chasser en clignant des paupières.

— Bon, dit-il en me rejoignant dans le salon. On y va ?

— Tu reviens quand ? demanda Benito sans quitter des yeux le match des Red Sox.

— Il part à quatre heures et demie, alors dans ces eaux-là.

À ces mots, mon frère leva les yeux.

— Oh. Merde.

Tu l'as dit.

Il se leva et lui tendit la main.

— J'espère te revoir dans le coin.

— Le rendez-vous est pris, lui dit Dave.

Je savais que c'était aussi à moi qu'il le disait.

— Merci pour le baby-sitting. Tu sais, depuis seize mois.

Benito sourit.

— Tout le plaisir était pour moi. Je suis sans conteste son oncle préféré. J'ai le trophée et tout.

Il agita la main en signe d'au revoir et je suivis Dave à l'extérieur.

35

DAVE

À partir du moment où j'annonçai à Zara que je devais partir, je sentis que ça n'allait pas.

Mais c'était une guerrière. Ma Zara afficha une mine impassible, faisant contre mauvaise fortune bon cœur. Je tombai un peu plus amoureux d'elle alors qu'elle se redressait de toute sa hauteur, prête à affronter une autre déception. Elle me suivit dans sa vieille guimbarde jusqu'au chalet.

Les lieux furent rangés en un clin d'œil. Il n'y avait pas beaucoup de réserves dans la cuisine, parce que j'avais passé beaucoup de temps chez elle.

— Et les clés ? demanda Zara. Tu peux les laisser ici sur le plan de travail ?

— Oui. Ça paraît bien rangé, non ? On a fini.

Elle me fit un sourire triste.

— On a fini. Bon, tu dois dormir. Tu prends la route dans quelques heures.

— Le sommeil, c'est surcoté, dis-je en l'attrapant par la taille.

Mais mon sourire était faux et j'éprouvais une sensation d'oppression inhabituelle dans ma poitrine.

— Mon Dieu, j'ai horreur de ça, dis-je soudain. Je déteste te quitter. Vous quitter, toutes les deux.

Zara perdit un instant la bravoure qu'elle affichait pour la forme.

— Je sais, dit-elle à voix basse. Ça craint.

309

Puis elle m'embrassa pour me faire taire. Ce fut redoutablement efficace.

~

Nous restâmes longtemps ensemble dans le noir après avoir fait l'amour. Je ne parvins pas à trouver le sommeil avant de sentir Zara s'assoupir. Ensuite, je passai une nuit agitée, avec la nervosité de celui qui s'attend à ce que son réveil sonne bien trop tôt.

Enfin, ce fut l'heure. Je restai allongé là, groggy, essayant de trouver la volonté de m'asseoir. Je repensai à la dernière fois où j'avais quitté Zara pour rentrer à New York, quand j'avais dormi dans son lit sans y être invité.

— Tu vas me dire au revoir cette fois, non ? dis-je avec humour.

— Oui. Je te le promets, répondit-elle, le visage dans l'oreiller.

Je passai ma paume sur ses cheveux, puis dans son cou gracile, et enfin sur la peau soyeuse de son dos nu.

Comment s'y prenaient les autres dans de telles circonstances ?

Elle tendit la main et me donna une petite tape.

— Va prendre ta douche, mon chéri. Appuie sur le bouton de la cafetière. Vas-y.

Je m'exécutai.

Trente minutes plus tard, j'étais au volant de ma voiture et je quittais lentement Green Rocks sur une route de gravier, surprenant une biche et son faon dans la pénombre de l'aurore. Il y avait très peu de circulation dans le Vermont en général, mais en me dirigeant vers la route 91 avant cinq heures du matin, j'avais l'impression d'être le dernier homme vivant. Sur l'autoroute, à l'exception d'un poids-lourd par-ci par-là, il n'y avait pas âme qui vive.

Je passai toutes les heures du trajet à penser à Zara et Nicole. Le baiser d'adieu que j'avais finalement obtenu. L'étreinte de Zara, aussi vibrante que si elle ne devait jamais me revoir, et ses paroles affectueuses à mon oreille.

— Tu vas me manquer, avait-elle murmuré. À toutes les deux. Prends soin de toi, d'accord ?

Ces mots me bouleversaient. Cette femme était un cadeau, Nicole aussi, et je n'étais pas sûr de les mériter. J'étais déterminé à faire ce qu'il faudrait pour elles, mais c'était tellement difficile d'imaginer comment les trois prochaines années allaient se dérouler.

M'attendrait-elle vraiment ? À sa place, je ne sais pas si je le ferais.

J'arrivai à New York à temps pour rendre ma voiture de location et prendre un petit déjeuner vite expédié dans un restaurant du centre-ville. Mon seul compagnon était mon énorme sac de sport, posé sur la banquette de l'autre côté de ma table.

Alors que je me dirigeais ensuite vers le bureau du médecin, le vacarme de la circulation m'atteignit de plein fouet. J'avais oublié à quel point c'était bruyant, un détail que je n'avais jamais remarqué auparavant.

La spécialiste me fit entrer dans sa salle d'examen, où elle prit une série de photos avec ses équipements de pointe, avant de me pétrir l'épaule pendant un moment, tout en discutant avec un étudiant en médecine qui l'observait ce jour-là.

— Vous avez suivi des séances de kiné tout l'été ? demanda-t-elle.

— C'est exact.

Puis elle disparut.

Pendant que j'attendais, je consultai mon téléphone. Zara m'avait envoyé une photo de Nicole dans sa chaise haute, souriant à l'appareil avec du yaourt plein le visage. Le message indiquait : *devine qui a enfin dit maman ?*

J'éclatai de rire. Ce fut à ce moment que je me rendis compte que le médecin n'était toujours pas revenu. Les nouvelles n'étaient peut-être pas bonnes. S'ils me renvoyaient pour encore dix semaines de thérapie…

Cette idée m'aurait fait vomir à n'importe quel autre moment de ma carrière. Mais la première idée qui me vint à l'esprit, ce fut que j'allais pouvoir passer plus de temps avec Zara si je n'allais pas au camp d'entraînement.

La porte s'ouvrit enfin et la spécialiste revint.

— Félicitations, Dave ! Bon travail avec votre épaule. Je ne vois aucune contre-indication pour que vous retourniez sur la glace.

Elle me tendit la main et je la pris à contrecœur.

— Vraiment ? C'est guéri ? Je ne fais plus de kiné ?

— Non, répondit-elle en secouant la tête. Enfin, si vous ressentez soudain d'autres douleurs, assurez-vous de le signaler. Mais l'articulation est bien mobile et les tendons semblent solides. Bien joué.

— Je vous remercie.

Et ce fut tout. Je sortis de là un peu engourdi, sans doute à cause du manque de sommeil. Pourtant, c'était la bonne nouvelle que j'attendais.

Dans l'ascenseur, j'envoyai un texto à Bess. Puis je mis mon téléphone dans ma poche et je ressortis dans le bruit de Manhattan. Il y avait une station de métro à quelques rues du cabinet du médecin et je pris cette direction. Mais quand j'arrivai au tourniquet, impossible de passer.

Carte expirée, protestait la machine.

Putain, voilà comment on était accueilli à New York.

Les deux guichets automatiques étant pris d'assaut, j'attendis mon tour dans la file. Je regrettais de ne pas avoir pris un Uber à la place. Cela dit, avec la circulation sur le pont de Brooklyn, ça me prendrait sans doute encore plus de temps.

En plus, je n'étais pas franchement impatient de rentrer chez moi.

— Excusez-moi, vous êtes Dave Beringer ?

Je me retournai prudemment pour éviter de frapper quelqu'un avec mon sac et je découvris un adolescent avec une casquette à l'envers – à l'effigie des Bruisers – qui me souriait.

— C'est moi, dis-je après un temps d'arrêt.

— Comment va l'épaule ? demanda le gamin.

— Bien mieux, répondis-je en riant. Je reprends l'entraînement ce week-end, figure-toi.

— Un autographe.

Il tourna sa casquette, me présentant le bord. Il y avait déjà quelques gribouillis dessus. Ce gamin devait être un super fan, parce qu'il avait déjà croisé quelques-uns de mes coéquipiers.

— Avec plaisir.

Je tâtai mes poches, mais je n'avais rien.

— Désolé, mec. Pas de feutre.

Il tira une tête de six pieds de long.

— Je n'en ai pas non plus.

— Attends.

Je sortis de mon portefeuille l'une de mes cartes de visite.

— Écris à cette adresse e-mail en utilisant le nom de Bess, d'accord ? C'est ma sœur. Son assistante répond à mon courrier. Dis à Bess que j'aimerais envoyer un palet au gars que j'ai rencontré dans le métro.

Il prit la carte et son visage s'illumina.

— Merci ! J'ai hâte de vous revoir en finale cette année ! Oh, euh, c'est à vous.

Je me retournai pour constater que c'était mon tour d'acheter une nouvelle carte de métro. La foule derrière moi commençait à s'impatienter.

Bon.

Je tapotai l'écran et renouvelai ma carte en un rien de temps. Puis je pris congé de l'adolescent et je me dirigeai vers le quai.

Quand j'arrivai à Dumbo, mon quartier de Brooklyn, le portier m'accueillit avec joie.

— Ça alors ! Où étiez-vous parti ? Vous avez passé un bon été ?

Il récupéra mon énorme sac polochon et le plaça sur le chariot à bagages. Je n'étais pas mécontent de m'en débarrasser.

— Oui, un bon été, répondis-je en lui tapant amicalement dans la main. Quoi de neuf, Miguel ?

Il répondit avec une grimace.

— Rien de bien neuf. Vous étiez dans un bel endroit ?

— Dans le Vermont. C'est magnifique, là-bas.

— Je n'y suis jamais allé. Pas de golf cet été ?

— Non, heureusement.

Il rit avant de me demander :

— Vous n'avez pas plus de bagages ?

— Non, c'est tout.

— Pour sept semaines ?

Mon portier avait l'air étonné.

— Je voyage léger.

— Un célibataire comme vous ? fit-il en souriant. Ça doit vous réussir. Bon, je vous envoie ça là-haut.

— Merci, l'ami.

Sortant de l'ascenseur à mon étage, je m'avançai sur la moquette du couloir. J'habitais dans un ancien entrepôt rénové, avec de hauts plafonds et des appliques d'avant-guerre un peu partout. Quand je tournai ma clé dans la serrure et ouvris la porte, la lumière abondante me fit plisser les yeux. Il y avait des baies vitrées, du parquet et des murs en briques apparentes.

J'adorais cet appartement. Mais il était atrocement calme et vide. Je me déchaussai avant de faire un petit tour. Le service de ménage était passé pour enlever la poussière et aérer plus tôt dans la semaine. Tout était propre et sentait bon. En jetant un coup d'œil dans le réfrigérateur, je constatai qu'il avait été réapprovisionné. Œufs, fruits et yaourts. Dans le congélateur, il y avait du poulet et du poisson. Les placards étaient pleins de barres protéinées et de biscottes.

Tout ce dont un athlète avait besoin pour alimenter son corps. À défaut de son âme.

J'entendais le bruit de mes pas dans le silence alors que je pénétrais dans ma chambre. Le lit était impeccable. Je sortis mon téléphone et m'assis sur le bord du lit. *Bien rentré*, écrivis-je à Zara. *Le docteur m'a autorisé à retourner sur la glace.*

Aucune activité de son côté. Pas de réponse en cours. Elle devait être au travail. Moi, je n'avais rien d'autre à faire jusqu'au surlendemain.

J'envoyai un texto à Doulie. *Burger et baseball tout à l'heure ?*

Peux pas, répondit-il. *J'emmène Ari dîner avant le tourbillon de la reprise.*

Logique.

Au fait, j'ai le droit de jouer, écrivis-je.

Génial ! On se voit sur la glace.

Je me levai et me retournai, essayant d'imaginer Zara dans mon lit tout en retirant mon bermuda. Voilà un fantasme très agréable. J'attrapai un short et l'enfilai. Il était temps pour une séance de sport. Je devais me ressaisir et me concentrer sur la saison à venir.

Il y avait deux chambres dans mon appartement, mais j'utilisais la seconde comme salle de sport. Les équipements brillaient grâce au personnel de ménage. J'ouvris une fenêtre pour laisser entrer le soleil du mois d'août et je m'installai sur la presse à cuisses pour un échauffement.

Assis sur le banc, je commençai à soulever la plaque de fer par des mouvements lents et rythmés. Après le premier enchaînement, je pris le temps de regarder la pièce. Elle était grande. Je pourrais revendre mon équipement de sport et la transformer en chambre pour Nicole. Ces poids ne m'étaient pas très utiles en saison, puisque je passais une grande partie de ma journée au centre d'entraînement, de toute façon.

Bon sang. Il y avait une salle de musculation dans cet immeuble et je n'y avais jamais mis les pieds. Je n'avais pas besoin de cet espace pour moi tout seul.

Alors que j'entamais la deuxième série, la réalité se fit jour en moi. Même si j'avais largement assez de place pour qu'elles me rejoignent à Brooklyn, Zara n'aimait pas la ville. Et quand bien même, je venais de lui acheter une maison plus agréable que cet appartement, avec le jardin qu'elle souhaitait pour son enfant.

J'essayai d'ignorer la voix dans ma tête, celle qui me disait : *Si elle t'aimait, ça n'aurait pas d'importance. Elle serait là en ce moment même.*

Non, un instant. C'était mon passé qui parlait, là.

Curieusement, je n'avais jamais perçu la différence avant maintenant. Mais mon enfance avait toujours été en toile de fond, à gâcher toutes mes attentes, à me seriner que j'étais un solitaire et que c'était pour la vie, un gars dont personne ne voudrait jamais.

Zara m'aimait. Elle était terriblement méfiante, mais je la sentais chaque fois qu'elle m'embrassait : la même avidité que je ressentais, moi aussi.

J'allais devoir l'attendre. Et pendant ce temps, me surpasser sur la glace.

36

———

ZARA

Octobre

Audrey et moi étions cachées dans la cuisine devant une assiette de mini-muffins à la citrouille un peu trop cuits pour être vendus, selon elle. Ce n'était qu'une excuse pour les manger nous-mêmes, cela dit. Maintenant que les nausées matinales d'Audrey avaient disparu, son appétit était décuplé. Moi, je lui tenais simplement compagnie.

Mais ce n'était pas à cause des mini-muffins que nous nous cachions. C'était pour pouvoir passer un moment seules, toutes les deux, et fêter la grande décision que nous avions prise.

— Il commence mardi, chuchota Audrey. Ça ne me semblait pas très sympa de le faire commencer un week-end. C'est un peu bête, pourtant, puisque c'est le week-end qu'il va travailler.

— Pas tous les week-ends, précisai-je. On alternera toujours les samedis et les dimanches.

Audrey caressa son ventre rond.

— Je sais ! Mais je m'en fiche ! Je suis tellement contente qu'il ait accepté de faire l'ouverture quatre matins par semaine.

En effet, c'était un luxe pas croyable. Notre premier employé à temps plein, Roderick, était célibataire. Il n'avait même pas de petite amie. Et il n'avait pas sourcillé quand nous lui avions annoncé ses horaires de travail.

— Je suis *boulanger*, avait-il expliqué. Si je ne voulais pas me lever tôt, j'aurais fait de très mauvais choix dans la vie.

Il serait formidable. Je le sentais déjà.

— Tu penses qu'il aura besoin de combien de jours de formation ?

— C'est vraiment difficile à dire !

Audrey fourra un autre mini-muffin dans sa bouche et me sourit.

— C'est mon premier employé à temps plein. Je suis si fière.

— Tu es une gloutonne, voilà ce que tu es !

Je lorgnai les pâtisseries. En prendre une autre, ce serait vraiment exagéré.

— Alors… Qui va le dire à Kieran ? On tire à pile ou face.

Les yeux d'Audrey étincelèrent :

— Toi, tu le lui dis. Et moi, je regarde.

— Me dire quoi ? fit la voix grave de Kieran, qui passa la tête dans la cuisine au même moment.

Sans mentir, nous sursautâmes en l'entendant.

— Euh… fit Audrey, bottant en touche.

— On a engagé Roderick, lâchai-je de but en blanc.

— Quoi ?

Le visage de Kieran s'assombrit.

— Ne me dites *pas* que c'était votre meilleur choix.

Audrey et moi échangeâmes un regard. Roderick était un excellent choix. CV impeccable. Grande expérience dans la boulangerie du *King Arthur*, à Norwich. Et, même si nous taisions ce point-là, beau comme un dieu.

— Dis-moi, fit lentement Audrey. Pourquoi tu ne l'aimes pas ?

— C'est un connard, déclara Kieran sans ambages.

— On peut savoir sur quoi tu te bases ?

C'était un homme tout à fait charmant, chaque fois que nous l'avions vu.

— Comment tu le connais, d'ailleurs ?

— Du lycée ? devinai-je.

Kieran était un peu plus jeune que moi, mais j'avais un vague souvenir de Roderick adolescent.

— Oui, grogna Kieran.

— Alors… fit Audrey en tendant l'assiette de muffins à Kieran, qui secoua la tête. Il est toujours aussi con, d'après toi ? Enfin, tu comprends, je ne voudrais pas engager de connard. Tu dirais que c'est encore le cas, ou qu'il l'était à l'époque seulement ?

Kieran fit la grimace comme s'il avait goûté à un fruit amer.

— Je ne sais pas. Bon, je dois nettoyer les machines, je vous laisse.

Sur ce, il disparut.

— Qu'est-ce que tu en penses ? chuchotai-je. On devrait s'inquiéter ?

— Je ne sais pas quoi penser, répondit Audrey du même ton feutré. Kieran est bourru depuis des mois. Et il ne nous a pas donné beaucoup d'arguments.

Le moins qu'on puisse dire, c'était qu'il était resté évasif.

— On a bien vérifié les références de Roderick. Ils ne tarissent pas d'éloges à Norwich. Et son blog de pâtisserie a beaucoup de succès.

— De toute façon, on l'a déjà embauché, déclara Audrey en époussetant les miettes de ses mains. Ça fonctionnera ou non. On verra bien.

— D'accord.

C'était pour ça que j'adorais Audrey. Elle ne faisait jamais d'histoires. C'était un vrai soleil qui me rappelait de ne pas être sombre.

— On ferait mieux d'y retourner.

Je sortis de la cuisine. L'après-midi était calme et Audrey devait rentrer chez elle.

— Bon, si j'étais toi, reprit-elle en me suivant, je chercherais des vols pour New York dans trois semaines environ. Tu as une fenêtre à saisir ici. Ce bébé arrivera dans vingt semaines, qu'on soit prêts ou non. Alors, va rendre visite à ton homme pendant que tu en as encore l'occasion.

— Waouh.

J'en avais des frissons rien qu'en y pensant. C'était la première fois que j'entrevoyais cette possibilité.

— Comment va-t-il, au fait ?

— Bien, dis-je.

J'avais regardé en direct l'un de ses matches de pré-saison, la veille au soir.

— Il est à Philadelphie en ce moment. Nicole et moi, on va sûrement lui faire un coucou sur Skype ce week-end.

— Toutes les deux ? Ce n'est pas le genre de communication sur Skype que j'aurais avec mon homme, répondit Audrey avec un clin d'œil.

— Oh, je t'en prie.

Nous n'avions que des sessions Skype classées tout public. Je lui avais montré les meubles que j'avais achetés pour la maison. Des achats facilités par le chèque qu'il m'avait envoyé par la poste, la semaine après son départ – plus d'argent que le café n'en avait gagné au cours de sa première année. La ligne explicative indiquait : *Versement rétrospectif de la pension alimentaire.*

Cet enfoiré avait réussi à payer mes meubles, tout compte fait. Et j'avais versé un acompte pour une voiture d'occasion qu'Alec m'avait dégottée.

Bien sûr, je l'appelais toujours quand le bébé était réveillé. C'était bon pour lui de se rappeler que nous étions une équipe, que je n'étais pas qu'un fantasme érotique. L'ennui, c'était que cela nous empêchait aussi d'avoir de grandes conversations. Jusqu'à présent, je n'avais pas réalisé que je l'avais fait exprès.

— Je le tiens toujours à distance, dis-je lentement. Tu crois que j'ai raison ? Bon sang.

— Ma chérie, si tu continues comme ça, il gardera toujours ses distances.

— Je ne sais pas comment m'en empêcher.

Mais elle disait la vérité.

— Prends-toi un billet d'avion, va te blottir dans ses bras et dis-lui combien il te manque. C'est aussi simple que ça, je te jure.

— Tu as probablement raison.

— Je le sais bien.

Elle dégaina son téléphone.

— Jet Blue fait la navette avec l'aéroport JFK de New York. Voyons quels sont les horaires des vols…

37

———

ZARA

Ce ne fut pas une mince affaire de prévoir un séjour chez Dave. Il ne cachait pas son enthousiasme à cette perspective, mais quand nous prîmes le temps de chercher un moment qui fonctionne pour tout le monde dans nos calendriers, nous nous arrachâmes presque les cheveux.

Son agenda était plein à craquer, et chaque vol que nous trouvions n'arrivait pas ou ne partait pas au bon moment.

Je lui proposai de venir en voiture, mais il me faudrait cinq heures avec une Nicole ronchonne toute seule à l'arrière. Pas l'idéal. Plus je regardais les dates, plus je me décourageais.

Enfin, Dave me proposa une solution. Il avait quelques matches de début de saison en Floride, espacés de deux jours. Il pourrait nous faire venir à Miami pour trois nuits : deux avec lui dans un hôtel de villégiature, puis une autre toutes les deux quand il rejoindrait l'équipe pour le match contre Miami. Nicole et moi aurions des sièges au deuxième rang.

— Réserve le vol, lui dis-je, fatiguée d'attendre.

Maintenant que j'étais partante, j'avais hâte de le voir en personne.

Audrey m'accompagna dans une virée shopping de dernière minute. À présent que notre nouvel employé, Roderick, avait commencé, nous respirions un peu mieux. Deux jours avant mon départ, nous fîmes le tour des magasins de Burlington. Elle cherchait des vêtements de maternité, et moi, un nouveau maillot de bain.

— N'oublions pas la lingerie, me dit-elle, les bras chargés de sacs, alors que nous écumions les boutiques du centre commercial de Church Street.

Deux nuisettes en satin noir rejoignirent notre butin, une pour chacune.

C'était une bonne journée et, une fois n'est pas coutume, je laissai l'optimisme réchauffer mon âme.

Contre toute attente, le jour du voyage, le vol s'avéra si terrible que j'en fus complètement déstabilisée.

Plus tôt dans la semaine, Nicole avait couvé un petit rhume. C'était monnaie courante chez les enfants de son âge, car leur petit système immunitaire était encore en plein rodage. Je ne m'en étais pas inquiétée outre mesure, trop excitée de revoir Dave – dans une station balnéaire de luxe, rien que ça !

Nicole pleurnichait un peu quand nous commençâmes le voyage, mais je mis cela sur le compte du changement d'habitudes. Elle fut difficile pendant le vol, refusant de manger et de boire son lait. Jusque-là, rien de bien grave.

Mais alors que l'avion amorçait sa descente, elle se mit à geindre. Et lorsque les lumières de Miami apparurent, elle pleurait franchement. Les cris se changèrent en hurlements. Elle enfouit le côté de son visage contre ma clavicule en se lamentant comme s'il ne devait pas y avoir de lendemain.

Je ne pouvais pas la calmer en marchant dans l'allée, car le signal *attachez vos ceintures* était allumé. Elle s'égosillait. Les gens commençaient à nous regarder, alors je tentai de la faire taire en lui tapotant le dos.

— Ce sont sûrement ses oreilles, me dit une hôtesse en essayant de m'aider. Si elle boit quelque chose, ça pourrait soulager la pression.

Elle me tendit une bouteille, que je pris en la remerciant. Mais rien n'y fit. Nicole cria quand j'essayai de la faire asseoir. À présent, ses pleurs ponctués de hoquets exprimaient le désespoir le plus absolu.

L'avion mit quatre heures à atterrir. Enfin, pas vraiment, mais c'était mon ressenti. Ensuite, il y eut cette attente interminable avant que les passagers ne soient autorisés à descendre de l'avion. Dans la cabine, tout le monde tambourinait des doigts ou des pieds, impatient de déguerpir loin de nous.

Je ne pouvais pas leur en vouloir.

Quand je me levai enfin et pus l'examiner attentivement, elle avait une oreille rouge vif. Comme elle la frottait contre moi depuis près d'une heure, cela aurait pu être une simple irritation, mais j'avais le terrible pressentiment que Nicole avait un plus gros problème : sa première otite.

— Je suis vraiment désolée, murmurai-je à son autre oreille. Je ne savais pas.

Zut, je n'étais même pas certaine d'avoir emporté de l'ibuprofène pour bébé dans ma valise.

Le temps de quitter l'avion et de nous diriger vers les bagages, j'avais les nerfs en pelote. Et Nicole pleurait toujours.

Enfin, je repérai une tête auburn et un sourire franc. Pendant une seconde, j'en oubliai ma panique. Il était là, il m'attendait. Il *nous* attendait.

Mon Dieu, je faillis me pincer.

Quand il nous aperçut, cependant, son sourire ne tarda pas à disparaître.

— Qu'est-ce qui ne va pas ? demanda-t-il immédiatement.

— Elle n'arrête pas de pleurer. Je pense que c'est une otite.

Dave tendit les mains vers Nicole et la récupéra comme un bon père digne de ce nom. Il la berça en lui chuchotant quelque chose.

— Papa… gémit-elle.

Soudain, j'avais envie de pleurer, moi aussi.

～

Dave

Les heures suivantes ne furent pas faciles.

Au grand dam du chauffeur Uber, mon enfant pleura jusqu'à l'hôtel, comme si on essayait de la tuer. J'appelai le médecin de l'équipe à New York et je lui demandai ce que je devais faire. Il nous envoya dans un établissement d'urgence trop éclairé, où une jeune assistante médicale diagnostiqua une otite et nous remit une ordonnance.

— Donnez-lui une dose maintenant, nous dit-elle. Et à nouveau une dose dans la nuit, si elle se réveille. Elle devrait commencer à sentir un soulagement dans les douze ou vingt-quatre heures. Et l'ibuprofène pour bébé vous aidera aussi.

Un arrêt à la pharmacie plus tard, nous étions sur le chemin du retour dans le véhicule que nous avait fourni l'hôtel. Zara était dans tous ses états.

Nicole somnola sur son siège auto malgré ses larmes incessantes. Je pris la main de Zara. Nos doigts s'entrelacèrent, mais elle restait tournée vers la vitre en se mordant la lèvre.

Enfin, nous regagnâmes la suite que j'avais réservée. Il y avait un berceau dans la petite chambre adjacente et une bouteille de champagne couverte de condensation dans le seau où je l'avais abandonnée plusieurs heures plus tôt.

Comme quoi, les plans les mieux conçus tombent toujours à l'eau.

Zara fit couler le médicament du bébé dans une sorte de pipette, qu'elle glissa dans la bouche de Nicole.

Ma petite fille était furieuse. Malheureusement, Zara dut recommencer avec l'analgésique. Cette fois, Nicole était inconsolable. Elle s'endormit en pleurant dans mes bras. Je crois bien n'avoir jamais vu quelqu'un d'aussi éploré.

Quand je la déposai enfin dans le berceau et sortis sur la pointe des pieds, je n'en revenais pas qu'elle soit réellement endormie.

J'entrai à pas lents dans la chambre principale, où Zara s'était assise au bord du lit, étendue sur le dos, visiblement abattue.

— Waouh, chuchotai-je pour tenter de détendre l'atmosphère. C'était intense.

Elle se redressa.

— Je suis vraiment désolée. Tu t'es donné du mal…

Elle jeta un coup d'œil dans la pièce où patientaient le repas, la bouteille de vin, les verres. Le chocolat, aussi, que j'avais déposé pour plaisanter sur son oreiller.

— Ne sois pas désolée, dis-je en m'asseyant à côté d'elle. Viens là.

Je l'attirai dans mes bras.

— Je sais que tu es fatiguée et stressée. Mais ça va aller.

— Je sais, murmura-t-elle.

— Tout va bien se passer. Tu n'as pas idée comme je suis heureux que tu sois ici. Tu m'as terriblement manqué.

Ses yeux s'embuèrent.

— C'est ce que je suis venue te dire. Tu m'as manqué aussi. Tellement.

— Tu vois ?

J'enfouis mon visage dans son cou, embrassant sa peau douce.

— Nous sommes tous les deux, maintenant. Dans la même chambre. Et c'est tout ce dont j'avais vraiment besoin ce soir.

Ses bras se refermèrent dans mon dos et je sentis son corps commencer à se détendre. Des mains fines me caressèrent le dos, puis remontèrent le long de ma cage thoracique.

— C'est tellement agréable.

— Couche-toi avec moi, murmurai-je. Laisse-moi te prendre dans mes bras. Tu dois être épuisée.

Ça se voyait sur son visage.

Zara se leva et disparut dans la belle salle de bain en marbre, tout en approuvant ma suggestion à mi-voix. Elle ressortit quelques minutes plus tard avec une nuisette en soie noire que je n'avais encore jamais vue.

— Ça te plaît ? demanda-t-elle lorsqu'elle me surprit en train de l'admirer. Je l'ai achetée en pensant que nos retrouvailles seraient une fête des sens.

De l'index, je lui fis signe de me rejoindre.

— Monte dans ce lit, ma belle. On verra bien ce qui se passe.

Elle me répondit avec un sourire fatigué et je m'éclipsai à mon tour aux toilettes.

À mon retour, elle était roulée en boule, manifestement anxieuse.

— J'espère qu'elle pourra dormir. Et que le médicament fera effet rapidement.

— Si elle ne dort pas bien, dis-je en me glissant dans le lit à côté d'elle, on la bercera à tour de rôle. Ça va aller.

J'éteignis la lampe de chevet et me pelotonnai contre son corps.

— Comment s'est passé le voyage avant le début de la crise ?

— Bien ? Je m'en souviens à peine.

Je repliai mon corps autour du sien, mes mains sur ses épaules.

— Détends-toi, bébé.

Elle essaya. J'enfonçai mes pouces dans les muscles tendus de son dos et lui malaxai les épaules.

— C'est... vraiment génial, dit-elle d'une voix traînante.

— C'est vrai, murmurai-je. Je crois que c'est la première chose que je t'ai dite, que j'étais doué pour soulager le stress. Un vrai pro.

Elle partit d'un petit rire, mais ce fut de courte durée. Je venais d'effleurer son mamelon du bout des doigts, traçant un cercle jusqu'à le sentir se dresser sous la soie. Elle se cambra, m'offrant son cou, et je ne me fis pas prier pour y déposer une avalanche de baisers.

— Hmm, soupira-t-elle. Je pensais que j'étais trop fatiguée pour ça. Mais peut-être pas.

— C'est moi qui vais faire tout le boulot, lui promis-je en l'embrassant le long du bras.

Elle m'adressa un sourire sage par-dessus son épaule.

— Tu dois être désespéré.

— C'est vrai.

Je posai mon menton sur son bras.

— Mais pas comme tu l'entends. Je suis un grand garçon, Z. Je peux me passer de sexe pendant quelques mois, si je sais que je vais te revoir.

Son expression s'adoucit.

— Bien sûr, maintenant que tu es ici, ça devient tout de suite insoutenable.

Elle sourit. J'étais content de retrouver cette lueur coquine dans ses yeux. Une Zara toute triste, voilà qui était encore plus préoccupant qu'un bébé inconsolable.

— Que veux-tu que je fasse ?

— Reste là, dis-je en posant une main ferme sur sa hanche. Ne bouge pas à moins que je te le demande.

— Oui, monsieur.

Elle avait répondu sur un ton malicieux, mais ses joues s'empourprèrent.

Pour faire bonne mesure, je tournai sa tête de l'autre côté contre l'oreiller.

— Ferme les yeux.

Elle ne se fit pas prier.

— C'est bien, chuchotai-je alors que mes doigts partaient à l'aventure sur son corps.

Ils descendirent le long de sa nuisette, sur la soie puis la peau lorsque j'atteignis son genou. Ses lèvres s'entrouvrirent dans un soupir et je la sentis se détendre sous mes caresses.

— C'est ça, susurrai-je en passant à nouveau ma main sur son corps.

Je prêtai une attention toute particulière à sa poitrine, que j'allais à nouveau pouvoir toucher. Et sucer. Écartant la bretelle de sa nuisette, je m'avançai sur son corps jusqu'à poser ma bouche sur sa peau.

— Hmm, gémit-elle.

Ma main se fraya un chemin sous sa nuisette et je lâchai un gémissement, agréablement surpris en constatant qu'elle ne portait pas de culotte.

— J'aime bien cette tenue. C'est ma préférée.

Elle sourit, les yeux fermés. Quand je passai une paume sur son ventre nu et entre ses jambes, elle changea de position, écartant les jambes pour moi.

— C'est bien, murmurai-je à son oreille. Toujours prête à me recevoir. C'est ce que tu veux, n'est-ce pas ?

— Oui, souffla-t-elle alors que j'enfonçais les doigts dans la moiteur qui m'attendait.

Mes lèvres trouvèrent ce point sensible sous son oreille pendant que je caressais sa vulve soyeuse. Elle gémit, se pressant davantage contre moi.

En un rien de temps, j'eus retiré mon boxer et replié sa jambe, et je m'étais enfoui en elle par-derrière.

— Hmm, m'exclamai-je alors que son corps m'accueillait.

Nous restâmes ainsi une seconde, le souffle court. J'aurais pu jurer que chaque cellule de mon corps vibrait d'impatience.

— Voilà, c'est exactement ce que j'aime.

J'exerçai un mouvement du bassin et, à son tour, elle ondula des hanches.

C'était le paradis.

— Tu es parfaite, murmurai-je par-dessus son épaule.

Elle me prit la main et la serra.

— Tu n'es plutôt pas mal non plus.

— J'ai l'impression d'avoir beaucoup de chance, tu sais.

— Eh bien, tu vas bientôt en avoir, souligna-t-elle.

— Non, dis-je en ricanant à son oreille. Je parle d'un tout.

Je m'étendis sur le côté et l'attirai à moi, même si cela m'empêchait de continuer pendant une seconde. Mais j'avais besoin qu'elle ressente cette connexion jusque dans son âme. J'avais quelque chose à lui faire comprendre, et ce moment en valait bien un autre.

— Si c'était à refaire, je referais tout, Zara. Avec toi. Sans le moindre regret.

Elle resta immobile dans mes bras.

— Tu es la bonne, tu sais. Il y aura des otites et tu me manqueras souvent, mais peu importe. Je veux tout vivre, parce que tu es la meilleure chose qui me soit arrivée.

— Moi aussi, je t'aime, mon chéri, murmura-t-elle. Je crois bien que je t'ai toujours aimé.

Sous le coup de l'émotion, mon cœur eut un raté.

— Merci de me l'avoir dit.

Je la sentis sourire, même si je ne pouvais pas la voir. Elle plaqua ses fesses contre moi pour me rappeler que nous étions au milieu d'un moment important. Typique de Zara. Elle aimait garder le dessus.

Cela dit, moi aussi. Alors je basculai, l'allongeant à plat ventre et m'avançant sur son corps pulpeux. Hissé sur mes avant-bras, je commençai à bouger et elle se laissa aller au plaisir.

Nos peaux dansaient sensuellement. J'étais contre elle. Au-dessus d'elle. À côté d'elle. *En* elle. Partout en même temps, là où j'avais tant besoin d'être.

38

DAVE

Le bébé se réveilla de nouveau en pleine nuit. Zara se leva pour aller la calmer. Elle lui administra une autre dose de médicaments pendant que je restais allongé sur le lit, aux aguets, attendant de prendre le relais si la nuit s'annonçait difficile.

Mais Zara revint se coucher quinze minutes plus tard. Je sursautai, à moitié endormi, lorsqu'elle glissa entre nous dans le lit une Nicole silencieuse et sereine.

Je ramassai mon boxer sur le sol et l'enfilai, puis je m'étendis sur le dos, leur laissant plus de place.

Nous nous assoupîmes à nouveau, sombrant dans un profond sommeil. Il n'y eut pas le moindre pleur.

Quand je me réveillai, le soleil inondait mes paupières et une petite main me peignait les cheveux. En ouvrant les yeux, j'eus la surprise de découvrir Nicole à quelques centimètres de mon visage, qui me regardait attentivement.

Elle parut aussi surprise que moi, clignant soudain des paupières lorsque nos regards se rencontrèrent.

— Papa, dit-elle d'une petite voix.

— Salut, murmurai-je en la regardant.

Elle avait l'air étonnamment guillerette, compte tenu de toutes ses mésaventures de la veille. Enfin, j'avais été enfant, moi aussi. Je connaissais bien la différence entre la résilience juvénile de l'enfance et ces douleurs musculaires qui m'accueillaient chaque matin désormais.

Je me redressai lentement, à l'écoute de mon corps comme tout sportif professionnel dans sa deuxième décennie de jeu. Je pris note mentalement de mes sensations et douleurs mineures, puis je tendis les bras vers ma fillette.

— Viens, murmurai-je.

Nicole grimpa sur mes genoux, puis regarda Zara.

— Maman, dit-elle.

— Maman fait dodo.

En effet, Zara était allongée sur le ventre, dans les bras de Morphée.

— Viens avec moi.

Je récupérai un short et un polo et l'emmenai dans le salon.

C'est drôle, mais je parvins à trouver le sac de couches et à la changer avant même d'être complètement réveillé. Cela dit, je restai bloqué à l'étape suivante.

— Tu prends toujours du lait le matin ?

— Baba, fit Nicole, désignant le gobelet à bec en plastique qu'elle utilisait pour boire.

— Tu sais où ça se trouve ?

Nicole crapahuta vers le sac de couches et se mit à fouiller à l'intérieur. Au même moment, j'aperçus la tasse à côté du petit évier dans la cuisine de la suite.

— C'est parti. Allons te remplir ça, lui dis-je.

Le véritable intérêt d'un hôtel de luxe, ce n'était pas le mobilier élégant dans le hall ni la piscine à débordement. C'était de remettre un gobelet vide au premier concierge venu et de le voir s'empresser d'aller le remplir.

— Baba, dit Nicole, les sourcils froncés, en le voyant disparaître.

— Ils vont te servir, lui promis-je.

Si j'étais plus malin, j'aurais aussi demandé du café.

— Explorons en attendant.

J'aperçus un aquarium de l'autre côté du couloir et je l'y emmenai.

Alors que nous regardions à travers la vitre, un bar au faciès patibulaire passa devant nous en nageant rapidement et Nicole retint son souffle.

— Poiffon ! s'exclama-t-elle.

Waouh, ça alors ! C'était fabuleux d'entendre de nouveaux mots dans sa bouche. Elle avait fait un grand bond en avant depuis la dernière fois que je l'avais vue au Vermont, et j'avais pratiquement tout raté. Bien sûr, j'avais entendu quelques mots sur Skype, mais ce n'était pas comparable. Là, je la tenais dans mes bras et j'entendais sa petite voix tout près de moi.

J'avais peut-être été lent au démarrage, mais ça me plaisait maintenant d'être le père de Nicole. *Ta vie vient de changer et c'est formidable*, avait dit ma sœur, ce premier matin de stupeur après mon retour au Vermont. *J'espère que tu n'es pas trop bête pour le comprendre.*

Eh bien, frangine. Ça y est. Il aura fallu du temps, c'est tout.

— Excusez-moi, mademoiselle, fit une voix d'homme derrière moi. Est-ce que ceci est à vous ?

— Papa !

Je me retournai pour découvrir un jeune homme avec le gobelet de Nicole rempli de lait.

— Merci, dis-je en montrant la clé magnétique de ma chambre. Où dois-je signer ?

Il me remit le gobelet ainsi qu'un porte-addition relié en cuir, où je notai mon numéro de chambre et le montant d'un généreux pourboire pour la boisson de prédilection de Nicole.

— Merci, monsieur, dit-il avant de s'éclipser.

Afin de laisser Zara dormir un peu plus longtemps, j'emmenai Nicole sur la terrasse, de l'autre côté des portes-fenêtres. Au bout de la terrasse, le sable commençait. Comme la plage était immense ici, l'hôtel avait aménagé un espace ombragé avec des chaises longues en toile de type hamac. Elles étaient toutes vides à cette heure-ci. Je m'assis avec précaution pour éviter de basculer sur le côté et de tomber à la renverse dans le sable. Puis je me détendis, laissant Nicole se mettre à l'aise contre mon torse.

Immédiatement, elle s'empara du gobelet et commença à boire. La pauvre devait être affamée, car elle n'avait pas cessé de pleurer suffisamment longtemps pour envisager de manger hier soir.

Je me débarrassai de mes tongs et enfonçai mes orteils dans le sable frais. Quelque part au loin, les vagues de l'océan déferlaient sur la plage dans un rythme régulier. Les mouettes se poursuivaient à l'horizon, leurs cris emportés par le vent.

— Je dois dire que c'est plutôt joli par ici, murmurai-je à ma fille.

Je n'obtins aucune réponse, si ce n'est quelques bruits de succion. Pendant que je nous berçais sur le transat, elle vida son gobelet jusqu'à la dernière goutte, puis elle me le tendit. Je pouvais presque l'entendre ajouter : *Tu sais, papa, c'était tout juste suffisant.*

Dans une minute, je me lèverais et je commanderais un petit déjeuner au service de chambre. Après la nuit que nous avions passée, nous méritions de nous faire plaisir.

Mais d'abord… Je sortis mon téléphone. Il était à peine sept heures, mais ma sœur devait être debout, douchée et prête à se rendre à son bureau. Je saisis son identifiant sur Skype afin de l'appeler et de lui montrer Nicole.

Elle répondit immédiatement.

— Salut, toi ! s'extasia-t-elle.

— Salut, répétai-je. Regarde, Nicole, c'est Bess, ta tante fofolle. Tu lui dis bonjour ?

Nicole leva la main et l'agita devant l'écran, faisant fondre Bess à l'autre bout de la ligne. Je la laissai bavarder avec le bébé pendant un moment, puis je lui annonçai que j'allais commander le petit déjeuner.

— Attends, dit-elle en se souvenant brusquement de mon existence. Puisque je te tiens, tu vas avoir droit à ton harcèlement hebdomadaire.

— Je suis en vacances, répondis-je aussitôt.

Nous n'allions tout de même pas parler de ma prolongation de contrat *aujourd'hui*. Seigneur !

— Écoute, j'ai discuté avec Hugh d'un autre sujet cette semaine…

Hugh était le directeur général de mon équipe.

— Il a demandé où tu en étais sur la question des deux ans contre trois, et bien sûr je lui ai dit que tu n'étais pas encore prêt à y réfléchir. Un été mouvementé, tout ça, tout ça…

— C'est sûr. Et donc ?

Ma sœur se mordit la lèvre.

— Est-ce que tu voudrais que je lui demande ce qu'il pense d'une prolongation d'un an seulement ?

— Un an ?

Je ne voyais pas en quoi cela m'avancerait.

— Eh bien, reprit-elle avec un sourire hésitant. Je me suis dit que tu aurais peut-être du mal à choisir, parce que maintenant c'est plus difficile de penser à l'horizon de trois ans.

Ses yeux se tournèrent vers Nicole.

— Un an, ça te laisserait du temps pour réfléchir.

— Hmm.

Là encore, ils risquaient de me lâcher une fois l'année écoulée.

— Je vais y penser. Je te laisse. Les pancakes de l'hôtel m'appellent.

Nicole émit un joyeux gazouillis. J'étais à peu près sûr qu'ils l'appelaient, elle aussi. Je la posai par terre pour dire au revoir à ma sœur et Nicole se laissa tomber sur ses genoux boudinés, les doigts dans le sable.

— Allez, mon ange, dis-je en me levant lentement. Allons commander à manger.

Elle tendit la main pour la refermer autour de mon doigt. Et ensemble, nous retournâmes à l'intérieur.

39

ZARA

Je me réveillai seule. Parfois, dans ma vie, il m'était arrivé de me réveiller seule et de ressentir de la tristesse. Mais pas cette fois.

Quand je me retournai dans les draps raffinés et tendis l'oreille dans le silence absolu – un silence somptueux –, je compris que Dave s'était levé avec Nicole et qu'elle devait se sentir mieux. Je l'aurais entendue si elle avait eu besoin de moi, et je savais que Dave ne se promènerait pas dans l'hôtel avec un enfant malade.

En m'attardant sur cette idée, je pris conscience d'une chose. Je faisais confiance à Dave en ce qui concernait Nicole. Entièrement. Pourquoi avais-je mis aussi longtemps ?

Cette pensée me tira du lit. Je me lavai le visage et me brossai les dents avant d'enfiler l'un des peignoirs moelleux suspendus dans la salle de bain.

Puis je flânai dans la suite pendant quelques minutes, regardant à travers différentes fenêtres tout en me demandant quand ils remonteraient. Je n'étais pas inquiète, mais ils me manquaient.

À peine quelques minutes plus tard, la porte s'ouvrit et Dave apparut, vision de rêve dans l'embrasure de la porte. Nicole était sur son bras musclé, une main posée nonchalamment sur son épaule. En me voyant, elle sourit.

— Maman !

— Tu as l'air d'aller beaucoup mieux ! m'écriai-je en les rejoignant.

Nous nous enlaçâmes tous les trois jusqu'à ce que Dave recule pour annoncer :

— Le petit déjeuner sera là dans une vingtaine de minutes. Je meurs de faim, alors j'ai commandé un peu de tout.

— Oh !

Voilà qui me mettait en appétit.

— Je dois d'abord trouver du lait pour Nicole…

— Elle en a déjà bu, me dit-il en sortant sa tasse d'une poche de son short. Mais ils vont nous en donner pour plus tard.

— Ça alors, tu t'es occupé de tout.

Il me sourit et j'éprouvai le même frisson, une fois de plus.

— J'ai repéré la piscine, déclara-t-il. C'est un coin sympa. On pourrait y aller après le petit déjeuner ? Il y a aussi une aire de jeux pour les enfants.

— J'ai hâte.

~

J'étais follement amoureuse. Non seulement de ce mec canon de l'autre côté du canapé, mais de cette expérience en général. J'étais toujours en peignoir et nous buvions une deuxième tasse de café apporté par le service d'étage dans une cafetière en argent. J'avais aussi fait le plein d'œufs, de bacon et de pancakes.

— Mon chéri, il y a un an, si quelqu'un m'avait dit que je passerais des vacances en famille avec toi et Nicole dans un hôtel de luxe, je lui aurais conseillé d'arrêter la drogue.

Dave souriait dans le vague et je lui donnai un petit coup d'orteil.

— Ohé, tout va bien ? Tu as entendu ce que j'ai dit ?

— Hmm ? fit-il avec un petit rire. Tu peux répéter ?

Attendrie, je levai les yeux au ciel.

— Quelque chose te préoccupe ? À moins que ce soit la fatigue, peut-être ?

La nuit dernière, notre aventure avait pris un départ difficile.

— Je t'ai épuisée, c'est ça ? fit Dave en prenant mes pieds sur ses genoux, mon talon serré dans sa main.

Hmm, un délice.

— Je suis sérieuse. Est-ce que quelque chose ne va pas ?

— Pas du tout.

Il secoua la tête comme pour l'éclaircir avant de reprendre :

— Bess m'a posé une question ce matin, une idée curieuse. Elle me propose d'envisager une prolongation d'un an seulement. C'est contre-intuitif quand on pense à la sécurité de l'emploi.

Voilà un sujet sur lequel j'avais refusé de m'étendre. Je savais qu'il essayait de choisir entre les contrats de deux ans et de trois ans. Mais je n'allais pas exprimer mon opinion, parce que je ne voulais surtout pas qu'il s'imagine que je lui demandais de couper court à sa carrière.

— Si je prends un contrat d'un an, c'est un an et demi en réalité. Parce que mon contrat actuel se termine en juin.

— Je vois.

Je voulais qu'il sache que j'écoutais, mais Dave semblait seulement avoir besoin de le formuler à haute voix.

Son regard se tourna vers Nicole, assise devant la baie vitrée, un ours en peluche dans les bras. Elle regardait les palmiers osciller dans la brise.

— Elle aura trois ans à la fin d'un contrat d'un an.

— Exact.

— Je dois dire que j'ai toujours eu du mal avec l'idée de prendre ma retraite.

Il triturait le bord de son téléphone du bout des doigts tout en parlant.

— Qui ne serait pas inquiet ?

— Eh bien, un gars avec une *vie*.

Son sourire était triste quand il reprit :

— Tous les sportifs ont du mal avec la transition. C'est normal. Autrefois, quand j'envisageais mes années après la retraite, je voyais… le néant. Je m'imaginais tourner en rond dans mon appartement de Brooklyn, le premier matin, en me demandant ce que j'allais bien pouvoir faire de ma vie.

Je fis glisser mes fesses sur le canapé, avançant mes jambes sur ses genoux pour m'approcher de lui. Il passa un bras autour de moi.

— Ça me paraît difficile, mon chéri. Je ne peux même pas imaginer.

— Eh bien, moi, j'y arrive maintenant. Je veux voir comment tu as aménagé la maison au Vermont, et je veux y rester plus longtemps que sept ou huit semaines en été. Il y a un autre endroit où je veux être, désormais. Si tu veux bien de moi.

— Quand tu veux, chuchotai-je en m'appuyant contre lui, la tasse de café me réchauffant les mains. Ça a l'air formidable. Chez moi, c'est aussi chez toi, tu sais. Au sens propre du terme.

Je pris une gorgée.

— Mais je ne plaisante pas, reprit-il. Après ma retraite, je veux être avec toi et Nicole. Je veux me marier et tout le reste.

À ces mots, je m'étranglai avec mon café.

— Oh, zut, dit-il en me prenant la tasse des mains. Je t'avais dit que j'étais novice en matière de relations.

J'éclatai de rire, déclenchant une nouvelle quinte de toux.

— Respire, bébé, me dit-il, les yeux brillants. Désolé.

— Ce n'est rien.

Je toussotai.

— Je ne m'attendais pas à ce que tu dises ça, c'est tout.

— Moi non plus.

Il sourit et m'attira sur ses genoux, posant ma tasse pour mieux me taper dans le dos.

— Bess sera tellement contente qu'elle va se pisser dessus.

Mon hilarité redoubla. À présent, mes joues étaient baignées de larmes. Difficile de savoir si c'étaient des larmes de rire ou de béatitude, ou tout simplement parce que j'avais avalé mon café de travers. Quoi qu'il en soit, je ne m'étais jamais sentie aussi vivante. J'avais enfin compris quelque chose de crucial : Dave avait vraiment besoin de moi. Ce n'était pas seulement une vague alchimie. Il avait ses propres dragons à terrasser, et pour y arriver, il lui fallait Nicole et moi.

Il avait besoin de nous, autant que nous avions besoin de lui. Maintenant, il n'avait pas peur de le dire. Des bras puissants s'enroulèrent autour de moi et je me laissai aller en arrière. Il se pencha, me chuchotant à l'oreille :

— Merci de supporter un amateur comme moi.

— Tout le plaisir est pour moi.

Ce fut mon tour d'être pensive.

— Si tu reviens dans le Vermont…

— Pas *si*. Quand.

— *Quand* tu reviendras dans le Vermont, rectifiai-je, que feras-tu pour t'occuper ?

— Je ne sais pas encore. Mais je n'ai pas besoin de savoir. Vous êtes là. Ma famille a besoin de moi. Ça m'a plu d'investir dans cette maison d'à côté. Je pourrais en faire un peu plus.

— Bon, d'accord.

J'avais loué la maison de style colonial à une jeune famille avec deux petits garçons. La voisine et moi envisagions déjà de partager une nounou quelques heures par semaine.

— Je vais me donner un peu de temps pour y réfléchir. Il y a toujours le coaching. Je pourrais voir si mes coéquipiers connaissent quelqu'un parmi le personnel de l'Université du Vermont.

— Intéressant.

— Je pourrais ouvrir un bar, aussi, et rendre dingues ton oncle et Alec.

— Tu ne ferais pas ça !

— Non, répondit-il en riant. Cette famille doit fonctionner selon les horaires du café.

Il me serra fort dans ses bras.

— Mais je pourrais évoquer cette idée lors du déjeuner du dimanche, histoire de voir qui s'énerve en premier.

— Tu es diabolique.

— Et toi, tu es un ange parfait tombé du ciel.

Je pouffai à ces mots.

— Pourtant, il n'y a ni l'un ni l'autre sur ce canapé.

— Tu as raison, acquiesça Dave. Le petit ange est là-bas.

Il regarda Nicole.

— On l'emmène dehors ? Va chercher ton maillot de bain. Je vais appeler Bess.

Dave

— Quelque chose ne va pas ? demanda Bess en décrochant.

— Je savais que tu me dirais ça.

Ma sœur se faisait constamment du souci pour moi, c'était sa raison de vivre.

— Tu es en vacances et j'ai déjà reçu un coup de fil aujourd'hui. Excuse-moi si je me demande pourquoi tu m'appelles encore.

— J'ai réfléchi à ton option d'un an.

— Ah oui ?

— Oui.

Je ne mentais pas en disant à Zara que je ne m'imaginais pas prendre ma retraite. Ça me donnait des sueurs froides. Mais dernièrement, j'avais écouté Zara décrire la nouvelle maison et les meubles qu'elle avait achetés. La vaisselle dans le placard de la salle à manger, la poêle à omelette qu'Audrey lui avait offerte pour la cuisine.

J'avais envie d'y être, moi aussi.

L'avenir n'était plus une nébuleuse que je redoutais. Si on me virait de l'équipe demain, je savais exactement où j'irais. Je n'aurais même pas à prendre le temps d'y réfléchir.

— Et merde, pestai-je alors qu'une nouvelle pensée m'effleurait l'esprit.

— Qu'y a-t-il, frangin ?

— Ce n'est peut-être pas aussi délicat que je le pensais.

— La question du contrat ?

— Oui, la question du contrat. Si je prends un an, Nicole aura trois ans à la fin. Je pourrai passer huit semaines dans le Vermont l'été prochain, et peut-être voir ma famille quatre ou cinq fois d'ici là. Pendant quarante-huit heures. Et encore, ce n'est pas certain.

— Oui, c'est ça, convint ma sœur.

Je regardai Nicole. Elle gambadait pour échapper à Zara, qui voulait lui mettre une sorte de couche de bain. Elle n'était pas du tout intéressée et la course-poursuite était lancée.

Même si je n'acceptais que la prolongation d'un an, ce ne serait plus un bébé à la fin de cette période.

Zara s'arrêta au milieu de la pièce, essayant d'anticiper la trajectoire de notre fillette. Elle était là, en short et en haut de bikini, les mains sur les hanches, un sourire sur le visage, entre amusement et exaspération.

J'avais envie de l'emmener au lit et dénouer ce haut de bikini.

— Hmm, fit Bess à mon oreille en se raclant la gorge. Ça ne me dérange pas de faire attendre d'autres personnes pour te parler. Mais il faudrait au moins que tu me parles.

— Oui, excuse-moi. Bon, d'accord, alors voilà. Changement de plan. Pas de prolongation du tout. Qu'est-ce que tu en penses ?

— Répète ?

— Aucune année supplémentaire. Je vais prendre les devants et arrêter là.

Pendant quelques secondes, je n'entendis qu'un souffle laborieux à l'autre bout de la ligne.

— Bess ? Ça va ?

— Mon Dieu, soupira-t-elle. Si tu es un tant soit peu sérieux, je vais te demander de prendre quelques semaines de réflexion. Attends encore plusieurs matches. Pense à ce que ça signifierait de partir définitivement au mois de juin.

— Juin ? Tu es sympa, ça nous replonge dans les séries éliminatoires, dis-je avec un petit rire. Pourquoi faut-il que les femmes de ma vie me demandent d'aller jouer au hockey et de prendre le temps de réfléchir ? Je suis assez grand pour savoir ce que je veux. J'ai encore une saison complète à jouer, puis je tirerai ma révérence alors que Nicole viendra de fêter ses deux ans.

Zara avait renoncé à courir après Nicole et elle se tenait immobile, une main plaquée sur sa bouche.

— D'accord, dit Bess lentement. C'est vraiment courageux et incroyable de ta part. Si c'est ce que tu veux, je te laisse quelques jours et je le ferai savoir à Hugh.

— Je ne changerai pas d'avis.

C'était une certitude. J'aimais le hockey, mais j'aimais tout autant ma famille. Zara et Nicole méritaient la même attention que ma carrière avait toujours reçue. D'ailleurs, j'étais encore plus enthousiaste de la leur donner.

— Je n'ai pas dit que tu changerais d'avis, reprit Bess. C'est moi qui ai besoin de quelques jours pour m'en remettre.

— Ne t'achète pas de yacht, frangine. Je suis désolée de te coûter un million et demi.

— Ce n'est pas une question d'argent, idiot. Je m'inquiète pour toi, c'est tout.

— Tout va bien, Bess. Sinon, je ne le ferais pas. Je dois y aller, maintenant. J'ai rendez-vous au petit bassin de la piscine.

Elle raccrocha et je rencontrai le regard interloqué de Zara.

— Tu viens vraiment de faire ça ?

— Je viens vraiment de faire ça.

Cela m'avait fait un bien fou de prendre cette décision.

— Allons nager. Tu as de la crème solaire ? Je crois que j'ai oublié la mienne.

Zara cligna des yeux.

— Je ne voudrais pas être la raison pour laquelle tu abandonnes ta carrière.

Je me levai et la serrai dans mes bras. Le parfum du shampoing à la noix de coco m'enveloppa et je pris une profonde inspiration.

— Tu sais, ces carrières-là se terminent toujours un jour ou l'autre. Au moins, comme ça, c'est moi qui décide.

— Tu as toujours été autoritaire, plaisanta-t-elle.

Son souffle dans mon cou me donna le frisson. Un frisson bienvenu.

— Tu ferais mieux d'y croire.

Je lui donnai un baiser rapide à la racine des cheveux, de peur de dévier sur un baiser beaucoup plus prenant. Ce n'était pas le tout, nous avions des choses à faire.

— Eh, Nicole ! Je ne peux pas t'emmener nager si tu ne mets pas cette couche spéciale. Il y a un poisson dessus, regarde.

Ma petite fille se retourna et plissa les yeux vers moi, comme pour réfléchir.

— Daco'.

— Alors, viens ici, mon ange.

Elle arriva de son plein gré. Zara me lança un regard noir qui signifiait : *Je n'en reviens pas que ça marche avec toi.*

~

Nicole s'épuisa dans la piscine pour enfants. Après quoi, nous descendîmes à la plage, où je construisis un château de sable. Bon d'accord, un amas informe. Mais ça plaisait à Nicole.

Finalement, Zara la convainquit de s'envelopper dans une serviette sur une chaise de plage, sous un parasol. Et elle fit sa sieste devant l'Atlantique, dans le clapotis des vagues à quelques mètres de là. Zara la laissa sur une chaise longue et vint partager la mienne. J'écartai les jambes de part et d'autre pour lui laisser de la place et elle s'appuya contre ma poitrine.

— Je pourrais bien m'y habituer, dit-elle.

— L'année prochaine, on pourra planifier des vacances sans regarder le calendrier de la ligue, répondis-je.

J'avais encore du mal à me faire à l'idée. Le calendrier des matches régentait ma vie depuis que j'avais dix-neuf ans.

— Peut-être que nous ne prévoirons pas de grandes escapades avant un certain temps, tu sais. Il faut être prudent avec l'argent tant qu'on ne sait pas ce que tu vas faire.

— Non, lui dis-je. On peut très bien voyager avant que Nicole commence l'école. En plus, j'ai des investissements. Et je pense que je peux obtenir trois millions pour mon appartement de Brooklyn.

— Trois millions… de *dollars* ?

Elle tourna la tête, sexy comme jamais avec ses lunettes de soleil et son haut de bikini. Assise comme ça entre mes jambes, elle me faisait un certain effet. J'allais sans doute devoir porter une serviette autour de la taille sur le chemin du retour jusqu'à notre chambre.

— Plus ou moins. Je le mettrai sur le marché au printemps.

— Alors…

Elle s'éclaircit la voix.

— Tu n'as même pas besoin de travailler, n'est-ce pas ?

— Non. Mais j'en aurai envie un jour.

Au même moment, mon téléphone vibra dans ma poche.

C'était un texto de Bess. *Ça y est. Je me suis remise du choc. Je comprends.*

Bon à savoir, répondis-je. *Cette décision me fait du bien. Je suis regonflé à bloc.*

Tu as intérêt. Maintenant, tu peux venir bosser pour moi.

Répète ?

Bosser pour moi. C'est difficile à comprendre ? Tu peux dénicher de nouveaux talents et les orienter dans mes filets.

Zara et moi éclatâmes de rire.

On s'entre-tuerait. Et puis, je ne sais pas préparer de contrats. C'est ton truc, ça.

Personne ne te laissera approcher d'un document légal, riposta ma sœur. *C'est moi le cerveau de cette opération. Toi, tu seras le flair.*

J'en avais le tournis. *On peut en parler plus tard ? Dans un an ou deux, par exemple ? N'essaie pas de planifier toute ma vie.*

Mais c'est ce que je fais !

Je rangeai le téléphone.

— C'est trop tôt pour prendre une bière, pour fêter ça ?

— Jamais.

Elle se retourna et m'embrassa. Une fois, puis deux. Avec sa langue, sa fougue, sa chaleur et toute son ambition.

J'en gémis de plaisir.

— Arrête, sinon je vais me faire arrêter pour attentat à la pudeur.

Zara se rassit sur ses talons en riant.

— Il est peut-être temps de retourner au frais.

Je regardai le bébé endormi.

— Elle ne va pas se réveiller si je la ramène dans la chambre ?

— Essaie toujours.

Alors, je pris mon enfant assoupi et déposai un baiser sur ses cheveux cotonneux.

— Allez, mon ange. On rentre à la maison.

Je pris conscience que *la maison* prenait un sens tout nouveau pour moi. Parce que désormais, c'était là où seraient mes deux petites femmes.

Cette image me plaisait. Elle me plaisait beaucoup.

~

Merci !

AUTRES TITRES DE SARINA BOWEN

Série Ivy Years

Notre Année Trouble, Série Ivy Years, t. 1

Notre Année Cachée, Série Ivy Years, t. 2

L'Homme de l'année, Série Ivy Years, t. 3

L'Heure de vérité, Série Ivy Years, t. 4

L'Heure de gloire, Série Ivy Years, t. 5

Série Grand Nord

Amertume

Ancrage

Secrets

Accidentelle

Avec Elle Kennedy

Attirance

Confidence